《九宫夜谭》获首届"掌阅文学创作大赛"一等奖

四川省文联副主席、四川省文艺评论家协会主席、二级研究员李明泉权威推荐：

北魏文帝年间的历史,可以有多种讲述方式。璇儿以她特有的生花妙笔和瑰丽想像,为我们展开了一段皇权与氏族、公主与太子、铁蹄与战乱、刺客与江湖、情爱与仇杀的纷繁复杂的历史故事。其作诡异却源自《魏书》,其事蹊跷却符合逻辑,其人特异却鲜活生动,风云变幻不失大局走势,悬案迭出却又妙趣横生,情节惊险凸显张驰艺术。历史悬案与小说悬疑合二为一,让人掩卷沉思：历史是无数偶然写就的,还是多种社会力量推动的？读完本书,相信每位读者有自己的理解和回答。

九宫夜谭

1

璇儿 著

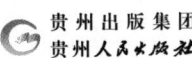

图书在版编目（CIP）数据

九宫夜谭1／璇儿著．—贵阳：贵州人民出版社，2018.6

ISBN 978-7-221-14648-9

Ⅰ.①九… Ⅱ.①璇… Ⅲ.①长篇小说—中国—当代 Ⅳ.①I247.5

中国版本图书馆CIP数据核字（2018）第127776号

九宫夜谭1

璇儿／著

出 版 人	苏 桦
总 策 划	陈继光
责任编辑	黄蕙心
版式设计	陈红昌
出版发行	贵州人民出版社（贵阳市观山湖区会展东路SOHO办公区A座）
印　　刷	长沙鸿发印务实业有限公司（长沙市黄花工业园3号）
版　　次	2018年8月第1版
印　　次	2018年8月第1次
印　　张	23
字　　数	300千字
开　　本	710mm×1000mm　1/16
书　　号	ISBN 978-7-221-14648-9
定　　价	39.00元

版权所有　盗版必究．举报电话：0851-86828460
本书如有印装问题，请与出版社联系调换。联系电话：0851-86828460

目录

序　章		1
人物小传		6
之一	黄泉渡	15
之二	偷天劫	124
之三	血昙花	244
人物概念图		354

太延五年，
继灭大夏、大燕、仇池之后，
魏太武帝灭大凉，一统北方。
为向南朝示威，太武帝南渡淮河至瓜步，
铁蹄到处，六州摧扫，山渊残破，
以致千里白地，人相食之，鸡鸣犬吠亦不闻。

正平年间，
景穆太子与太武帝相继暴毙，
皇孙文帝即位，施德政以抚民，叛乱日少。
然乱世未平，风起云涌，
群雄观衅伺隙，
只待翻天覆地。

序章

京师，西苑。

此时已然入秋，那些半人高的长草也有些变黄了，却还不是灿然的一片金黄，黄中又带着些青绿，煞是好看，风一吹便高高低低地起伏不定。

一队人马疾奔而来，个个都是全副甲胄，只有当中一个少年是寻常服色。那少年十六七岁年纪，目如点漆，眉如墨画，清朗英气兼而有之，双眉间一点朱砂痣，色如珊瑚。脸蛋圆圆，尚带稚气，嘴唇天生得微微噘起，不生气都有点撒娇使性的样子。

"凌将军，咱们找了半日了，那家伙就是不出来。"少年身边一个青年武官道，"都这么晚了，还要不要找下去？"

"斛律大哥，我都说过了，叫阿羽就成，什么将军不将军的，我听不惯。反正我这个……这个羽林中郎将也是陛下随口封的。唉，这什么羽林郎将，羽林中郎，羽林中郎将，我老是分不清楚！"少年说道。众人听了，都想笑却不敢笑。

少年又道："找，怎么不找？我大老远地从宫里跑来，连你们高车羽林都带了，就为了把它围堵出来。哼，献白鹿有什么稀罕的，白虎才珍异呢！"

那青年武官笑道："是稀罕得很，我自小打猎，家那边都没见过这样通体纯白的老虎。"

凌羽道："斛律大哥家在何处？"

"阴山。"青年武官道，"那地方，可比这里又大十倍、百倍了。那才真的是天为穹庐，四野茫茫哪！"

"啊，我知道！"凌羽笑道，"陛下说了，阴山巡狩的时候带我一道去……"话未落音，忽听密林深处响起了低低的咆哮声。众人都是精神一振，凌羽拍手道："来了！"

一只浑身雪白的老虎，慢慢地自林中走了出来，一对碧汪汪的眼睛左顾右盼，实在是威风凛凛。凌羽道："取弩箭来。"

他接了弩箭，飒飒飒飒连着四箭掷去，那白虎狂吼数声，四肢已被强弩穿透，钉在地上，箭箭没柄。凌羽自马上飞身而起，竟跃到了那白虎的背上，左掌拍出，按在那白虎头顶。只听白虎仰首向天，咆哮不绝，终于慢慢委顿在地，动弹不得。

凌羽笑道："好啦，你们赶紧把这大家伙送回宫吧，这不比什么白鹿的有趣多了？陛下和公主一定喜欢。"说着又去看那白虎，浑身上下一根杂毛也无，实在是漂亮得很，只是现在全没了百兽之王的气势。凌羽拍了拍白虎的头，道："哎呀，变病猫了。算你倒霉，谁叫你今儿个要跑出来呢！放心，我不会杀你的，等过了长公主殿下的生辰就放了你。"

回头一看，众禁卫军都呆呆地对着他看，奇道："你们怎么啦？还不赶紧，待会儿过了时辰，就没意思了。"

那姓斛律的青年武官这时才回过神来，笑道："凌……阿羽，你真是厉害。要用弩弓才能射出的箭，你徒手就能……莫烈真是佩服死了！"

凌羽道："好啦，快送回去吧，别让我空忙一场！给它敷敷药，我没伤着它筋骨，过几日好了，记得放了它！"

斛律莫烈应了一声，又问道："你不回宫？"

凌羽仰头看了看天，只见天上无云，圆月当空。眉头一蹙，道："现在什么时辰了？"

"已近子时。"斛律莫烈答道。凌羽摇了摇头，道："不成，怕是来不及了。我今儿就在西苑住，不回去了。"

斛律莫烈道："可是皇上若问起来……"

凌羽有些不耐烦了，自虎背上跳了下来，道："宫里今夜大宴，陛下哪里有空管我？你们回去吧！我还想去看看我的小鹰是不是长大了些。若是见着我大哥，告诉他，我过了明日再回他府上去。"

斛律莫烈不敢再说，一礼道："是，那我等先回宫了，自当禀告平原王。"众人将那白虎抬进铁笼里，一行人如乌云滚滚，顷刻间自猎场疾驰而过，踩得草都倒了一大片。

凌羽仰头看天，喃喃地道："唉，一年那么多天，为什么偏偏公主生辰是这个日子？弄得我提心吊胆的，秋分啊秋分！"

西苑本是皇家猎场，凌羽有时会随文帝去打猎，自然轻车熟路。也不叫人，自寻了个最僻静背光的屋子，闭目盘膝坐了下来。静坐了大约半个时辰，凌羽忽然眉头一蹙，睁开了眼睛。片刻之后，只听马蹄声渐近，凌羽推开窗户一看，见一乘马踢踢嗒嗒地跑近，一人浑身是血，背上还插着数支羽箭，自马上滚了下来。

月光照到那人满是血污的脸上，凌羽失声叫道："斛律大哥！"奔出屋去，到他身边想扶他，斛律莫烈断断续续地道："路上……有人设伏……都……都死了……宫里一定出事了，你……"话还没说完，头一侧，便再不开口了。

凌羽叫道："斛律大哥！"扶他坐起来，一手抵在他背上。忽然眉头一挑，道："谁？"

只见十数名黑衣人站在不远处，为首一人上前两步，朝凌羽一礼道："原不敢扰你用功的，只是这人闯进来了，我们也不得不现身。"

凌羽道："你们是……"一转念间，便已明白，道，"啊，你们是大哥的属下——'天鬼'，对不对？我还是第一次面对面见着呢。是大哥派你们来找我的吗？有什么事？"

"主公吩咐，请你今夜就留在西苑，哪里都不要去。"那人道，"我等便在此处随侍相护。"

凌羽沉下了脸，道："为什么？为什么我哪里都不能去？"

"主公特意嘱咐，已至秋分，还请你安心闭关，外面的事，一概不要理会。"为首那黑衣人道。

凌羽此时已心知不妙，道："你们到底要干什么？我大哥呢？"其时也看到黑暗之中青光闪烁，黑压压的不知有多少人围着这猎场。凌羽笑了一笑，道："我大哥不会以为这千儿八百铁甲军，便能困得住我吧？"

"平日不能，但今日不同。"那人道，"你是主公的义弟，我们自当以礼相待，还请不要为难我们。"

凌羽朝地上一动不动的斛律莫烈看了看，道："是你们杀了他？"

黑衣人道："不仅是他，所有赶回宫的禁军，一个不留。"

凌羽道："什么？！"手已握上剑柄，此时面前围得铁桶似的铁甲军突然向两边撤开，中间走出一个人来，是个武将装束的高大男子，相貌颇为威武。凌羽叫道："左大哥，你怎么也来了？我大哥在哪里？我为什么今晚非得留在这里？"

左肃走到他面前，道："阿羽，你想一想，今日调这么多禁军来西苑围猎，是你闹着要皇上答应的，皇上此刻会怎么想？必定会认为你是跟平原王合谋要害他的，你如今回去又有什么用？"

凌羽道："大哥要杀皇上？！"

左肃放柔了声音，道："阿羽，这些事，你不懂，也不必理会。若主公大事能成，你想要的，他都会给你。听话，留在这里，不要回宫了，明儿主公自会来向你赔罪。"朝凌羽伸出一只手，道，"我陪你进去，成不成？你秋分这一日须得闭关，是不能擅动真气的。"

凌羽默然片刻，道："我是不懂，但若不理会，那我成什么人了？"

左肃只觉眼前一花，凌羽霄练已出鞘，一道白影倏忽卷舒，洒出满天寒光，唯见其光，不见其形。众人只觉耳边银铛声不绝，定睛看时，哪里还有凌羽的踪影，众铁甲兵已有一长列齐刷刷地倒地，兵器也全部撒手落地。再向远处一望，一点影子如木叶干壳，凭虚而行，竟似被风吹远的一般。

众军士不觉凛然，那为首的黑衣人怔了半晌，方道："御寇诀是昔年九宫会的镇教之宝，传说若练成此心法，小能千里取人首级于无形，大能横扫千军。实在神乎其技，南林越女也不外如是！"

左肃凝视远处，道："南林越女可比他聪明多了，功成身退，复隐山林，名传世间。我请主公把阿羽交给我，既有这等高手，何不效仿越国剑士，大家都学学？可主公就是不愿意，反倒便宜了皇上，哄着阿羽替他训练羽林军。"

黑衣人道："听说若练御寇诀，每年秋分之日必得寻一穴室闭关，原来是真的。他这般赶回去，就不怕毁自己功力吗？"

左肃叹道："这孩子只知道别人待他好，就也待人好。可人心莫测，他哪里懂？"又道，"乌离，你也别跟他一般见识，他是真不懂事，主公也拿他没办法。"

乌离笑道："他是主公的义弟，哪怕他杀我，我也得认了。我只担心，他会不会坏了主公的大事？"

左肃哈哈大笑，道："有什么好担心的！修短随化，终期于尽！"喝了一声，"走，回平城宫！"

众军齐声领命，顷刻间退出西苑，不见踪影。唯见月光冷冽，数十具尸首躺在长草之中，人人咽喉处赫然一点血痕。遗在地上的兵刃青光竟似充塞天地，森寒如冰。

出身江湖,身世神秘,练成道家至高武学「御寇诀」,容貌永如少年

凌羽

心凝形释,骨肉都融,不觉形之所倚,足之所履,随风东西,犹木叶干壳。竟不知风乘我邪?我乘风乎?

——『列子·黄帝』

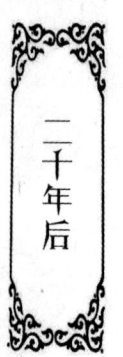

当朝太师的三公子,母亲清都长公主
武功高强,为人重情重义,心思缜密

朝廷候官之首,裴明淮心腹

候官,又称"白鹭",司监察之职,百官深惧之

黄泉渡

1

裴明淮并不认得往黄钱县的路。他一路走,一路问,也渐渐地由"还有一百里""距此五十里",终于到了"这条山路一直走下去,走上一个时辰,便是黄钱县了"。但这些回答他的人,都拿一种十分怪异的眼光看他,总要上上下下地把他看个够才会给他指路。裴明淮起初还以为是自己有何不妥,后来一连数人皆是如此,甚至还有些孩子躲在一旁偷偷看他,裴明淮终于确定,若非自己有不妥,那就必是他问的去处有不妥。

但既已走到此处,怎么着也得走下去。

裴明淮看看天色已晚,那条山路又甚崎岖,见路旁有家灯笼铺子尚未关门,便想去买盏灯笼。他虽带有火折子,但灯笼岂非更适合走山路?

那灯笼店的老板一见他过来,模样便活像见了鬼似的。裴明淮一路上已然看惯,目不斜视,只道:"给我一盏灯笼。"

店老板瞪了他半晌,方道:"你……客官,你可是要去黄钱县的?"

裴明淮道:"正是。"

店老板脸上顿时现出惊惧之色,讷讷道:"客官,这灯笼我不能卖给你。"

裴明淮奇道:"为何?"

店老板左看右看,旁边并无一人,又见裴明淮看起来实在不像歹人,才小声道:"客官,你是第一次到黄钱县吧?"

裴明淮笑道:"若不是第一次到黄钱县,又怎会问路?"

店老板道:"客官到黄钱县是……"

他已问得过多,裴明淮见他似并无恶意,便道:"访友。"

店老板喃喃道:"访友?那也不是时候……"他说到一半又停住了,道,"客官,不是我不卖给你灯笼。而是我们这里有个规矩,决不可在七月鬼门开这段时日，提灯笼进黄钱县。我这里还有些火折子，不如客人拿去吧？"

裴明淮还是第一次听到这样的规矩，好奇道："为什么？"

店老板连连摇头，脸上惊惧之色更浓："我这是为你好，客官。"

裴明淮笑了一笑，放了些钱，顺手拎了一盏灯笼便走。店老板大吃一惊，裴明淮人早已在数丈开外了，顷刻间便没进了暗处。店老板又惊又吓，追出去找了一圈不见人影，踌躇半响，找了一张黄符贴于门上，小心翼翼地把裴明淮留下的那些钱收了起来，嘴里还喃喃地道："我卖上一个月灯笼，也未必能赚这些。就算不是人给的，我也认了……"

说到此处，他不自觉地打了一个冷战，忙去把店门给关上了。

这一头，裴明淮走上了那条小路，更觉得自己买了一盏灯笼是十分明智之举。山路狭窄，仅能容一辆马车通过，虽有月亮，但云层极厚，透下来的光再被小路两侧的树木一挡，几乎是伸手不见五指。树是柏树，棵棵高大无比，裴明淮把灯笼高高拎起，仰头向上看，竟然黑乎乎地看不见树的顶端。当下心里有些犯嘀咕，这得是多少年的古树，才能长成这副样子？柏树根多且长，这一路上两侧都是柏树，那岂不是盘根错节，地下全都是树根？

想到此处，裴明淮竟也莫名一阵发寒，提了灯笼，急急地便往前走。山风吹得树影乱战，裴明淮偶然一抬头，不知何时那轮月亮又自云层中露了半边脸，只是天色黑得发蓝，月色又极惨淡，映得树影一片鬼影幢幢，着实瘆人。林子里枭啼不断，尖锐凄厉，不时地还有野兽咆哮之声。裴明淮抓紧了手里那盏被风吹得一团昏黄的灯笼，想着这灯笼的黄光如今笼在他自己的脸上，不知是何等光景，只怕有人见到了也会大叫一声"有鬼"。

一个时辰的山路不算久，但裴明淮自从上了这条遍生百年古柏的小道上，就没见过一间房、一盏灯，更不要说见到人了。他往前望去，但柏树枝干伸展，交错盘纠，身旁黑压压的一片都是柏树林，实在是望不到尽处。当下也无计可施，好在那条山路还算平坦，虽是夏日，也并没有多少野草，看来是常常有人在走的。想到此处，裴明淮才算是松了一口气，自己好歹走的是条常常有人走的路，而不是荒山野岭的无路之路。

忽地一阵阴风飕飕刮过，裴明淮手里的灯笼顿时熄了。裴明淮正想掏出火石再把灯笼点燃，一抬头，见不远处竟有点点灯火，只是那些灯火颜色各异，红、黄、青、紫，色色俱有。裴明淮加快了脚步，走不多时，便见着小路上有了一条岔路。

那岔路两侧，也是柏树林立。那些灯笼便是挂在柏树之上。山风过处，灯笼忽明忽暗，上面垂着的各色穗子也被吹得乱荡。夜色深浓，灯笼又都悬挂甚高，但裴明淮眼力极好，仍可看出那些灯笼虽形状各异，但都精美绝伦，一色的宫灯式样，均用绫绢糊成。裴明淮忍不住放下了手里那盏只能照亮、毫无美观可言的灯笼，一跃便上了最近的一株柏树，一手攀住树枝，去看树上所悬的那盏灯笼。

那是一盏六角宫灯，以紫檀木做灯骨，糊着轻红细纱，便如霞影一般，隐隐地看得到红纱里面还有一层淡色绢罗，呈奶白象牙之色，也不知是何种绫罗，极是细柔。绢罗上绣了一尊菩萨，却与寻常庙宇里供奉的颇为不同，衣色碧绿，面庞端丽如满月，只是面色雪白，隐隐透出妖异之态。这菩萨一手执念珠，一手执云，身边海浪翻卷，靛蓝碧青。

裴明淮觉着这菩萨少见，看了半晌，忽听手里攀着的树枝嚓嚓作响，忙一松手跃回了地面，头顶上那根树枝也跟着折断了，啪的一声落了下来。裴明淮又去看旁边几株柏树上的几盏灯笼，或糊紫纱，或糊红纱，或糊青纱，色泽不一，但每盏灯笼上都绘有佛像。

这一排灯笼，竟是一路不绝，一直延伸到这条岔路不远处的又一个岔路。裴明淮犹豫了片刻，终究抵不过好奇心，沿着这条路又走了过去。一路上，他不时抬头看树上悬挂着的灯笼，数了一数，共有八盏之多。

走到尽头，便是山壁。裴明淮本在疑惑没了路，转向右侧一看，竟是豁然开朗。右边山壁如削，下面有一处极大的平台，光滑平整，平台上又立着两根石柱。裴明淮走到平台之前，仔细看去，四处遍布暗色痕迹，显是年久日深了。

裴明淮正自沉吟，忽然间听到一声极微弱的呻吟之声，似就自不远之处发来。裴明淮走下那处平台，原来旁边有条小河，水边芦苇遍生，足有一人多高，此时白雾凄迷，裴明淮拨开芦苇往水边走去，芦苇有些倒在地上已经枯了，踏在上面沙沙之声不绝，觉着便似踏在雾上一般，有种恍惚迷离之感。

好容易走出芦苇丛，到了水边，眼前赫然现出了一块石碑。此时天上浓云已散，月色虽惨淡，但也明亮。裴明淮借着月光，看清了石碑上的三个字。

黄泉渡。

墓碑乃是青石，唯三字殷红，竟似鲜血写成一般！

裴明淮顿觉一股寒意自脚底升了起来，这时一阵冷风刮过，火折子也被吹熄了。再看那弯河水，水上也起了一层淡淡白雾，淡如轻烟。水色混浊，伴有一股恶臭，令人欲呕。裴明淮不觉皱了眉，左右一顾，耳边忽又听得一声呻吟，声音却是极近了。

他循声寻去，顿时呆住。那芦苇丛中竟倒着两个人，两人背上衣服都被撕开，见着都是肤色白皙，看身形一个是男，一个是女。此时月亮无巧不巧地正移到了头顶之上，将那两人的背照得清楚，裴明淮不觉瞪大了双眼，怔在当处。

两人的背上皆有大片刺青，几乎覆着了大半个背。那刺青色彩鲜艳，描绘精细，无比生动。

裴明淮失声道："十罗刹？！"

裴明淮于佛理甚精，自然记得《妙法莲华经》有云：十罗刹本为恶鬼，性情凶厉，啖人血肉。后为世尊所感，护持信奉佛法之众生。他此时自然也想起，方才在灯笼上所见的那尊执云观海的白面菩萨，必定是十罗刹中的毗蓝婆罗刹无疑。那男子背上的罗刹刺青，虽做美女之形，却生有曲齿，怪异至极，定是曲齿罗刹。

目光转处，他又见着地上落了两朵花。这花有五瓣，花苞深红如血，开出来的花却是洁白如雪。

裴明淮伸手拾了起来，却又一怔，那花竟不是鲜花，而是干花，只是保存得极好而已。

他忽觉着那女子微微地动了一下，急忙弯下腰，将那女子翻过了身。他本待去探那女子呼吸，但月光清明，一见着那女子之脸，立时打了个寒战,手猛地一松,那女子又落入了芦苇丛中。

那女子的一张脸,赫然竟是罗刹鬼脸!

裴明淮定了定神,把那女子再扶了起来。不知何人,依照罗刹模样,精描细画,重彩浓绘,给她画上了一张罗刹鬼脸。裴明淮见她背上罗刹刺青身着金色衣衫,一手持璎珞,想必便是十罗刹中的"持璎珞罗刹",据佛经言,貌如天女,秀丽无比。这女子手上挽了璎珞,脸上色彩极浓重艳丽,肤做雪白,唇做血红,眼角描了血红眼线,额上还另有一只眼睛,这只眼用一颗红色玉石嵌在额上,旁边彩绘繁复,血光四射,诡异无比。

他去探女子呼吸,只觉细如游丝,他身边虽也有不少灵丹妙药,但看这女子情形古怪,也不知如何施救,只得先取了一粒药,塞入她口中,望能暂时保她性命。

他再去看倒在一侧的男子,这一回见到那男子的脸也画作了罗刹之状,只眨了眨眼,并未退缩。那张脸做淡青之色,唇画作淡金,眼角描的眼线却是深青色。这男子的脉搏甚是有力,只人也尚在昏迷之中。

这时白雾更浓,裴明淮已看不到丈许之外。他站起身,寻找方才自己过来的方向,想赶快把这二人带离此处。突然,他听到了一声阴恻恻的笑声。那笑声忽远忽近,尖利怪异,犹如夜枭啼叫,生生地让裴明淮寒毛都竖了起来。

"谁?"

裴明淮大声喝问,浓雾白茫茫的一片,他被困在其中,什么也看不见。过了一歇,那笑声又响了起来,裴明淮努力地想辨明笑声发出的方向,但那声音飘浮不定,虽在身边,却实在摸不清来处。

"一介凡夫,怎敢枉自闯到黄泉渡?速速退去,饶你性命……"

那声音更细,却极尖锐诡异,裴明淮只觉似有无数细针在刺着耳膜,十分难受。当下喝道:"你是何人?"

笑声又响了起来,裴明淮心里担忧那两人,不欲与这怪声做无谓纠缠,便将那一男一女一手一个架了起来。这时,突听那声音猛地拔高了,更是尖细刺耳:"已入幽冥之人,你也敢抢?还不放下!"

裴明淮冷笑道:"我便要抢,你又能怎的?"

那声音又是一声怪笑，裴明淮正凝神注意四周，忽然听到远处有人高叫道："明淮，可是你在这里？若在，赶快回答！"

裴明淮听到那声音，心下一喜，当即叫道："英扬，我在这边！"

英扬的回答，却似顿了一顿："你……你在哪里？"

裴明淮不及思索，当即提了声音答道："黄泉渡！"

英扬发出了一声惊喊，仿佛被人捏住了咽喉似的。"明淮，那是禁地，不能进的。你……你赶快回来，朝着那黄泉渡的石碑相反的方向，一直走……便可走回来了。赶紧，赶紧，此地不可久留！"

裴明淮听英扬声调有异，不敢怠慢，一手扶了一人，发足便往与那"黄泉渡"相反的方向掠去。他飞掠的速度极快，只听一声凄厉怪笑，又复变作了细细幽幽之声：

"黄泉难渡，彼岸无花。这渡口，非人人能过……你抢了已入幽冥之人，你迟早得回来的……迟早……"

英扬手里拿了个火折子，正在岔道口等他。裴明淮借着火光看去，见英扬与从前并无二致，高大英武，只是略瘦了些，眉目之间全是焦灼之色。英扬一见裴明淮便松了口气，忙迎上前去："好了，好了，你出来就好了。我们离开这里再说。"他一见裴明淮手中还扶了两个人，一怔道："这两人……"

裴明淮道："是我在水边救下的。"

此时英扬已借着火折之光看清了那两人，顿时面色大变。"这不是……青囊和墨林吗？"

裴明淮问道："你认识？"

英扬脸上神情变幻不定，自裴明淮手上接过了那唤作青囊的女子。裴明淮还要再问，英扬已一把拖了他往那条古柏山道便走，一面低低地道："只管往前走，不要说话，不要抬头。"

裴明淮看他埋了头不作声往前急急地走，也只得随了便走。头顶灯笼还在夜风里飘飘摇摇，山风阴冷，走出来也不过半盏茶的工夫，裴明淮却只觉英扬拽着自己的手心，已尽数是汗。

英扬扯了他，急急便往前走。又走了一段路，月色下已隐隐可见前面便是一处城镇，房屋众多，虽然已是午夜，但有几处仍是灯火通明。英扬此时方舒了口气，松了他手，道："你好大的胆子！"

裴明淮一回头，只见方才那条岔道两旁柏树上所挂的灯笼，正在风中飘荡不已。古柏密密，黑影幢幢，这数盏灯笼却是色彩纷呈，只是被风吹得飘摇不堪，艳中又带了些许说不清的诡异。裴明淮心中，突地冒出了两个字：鬼灯！

英扬见了裴明淮表情，微微苦笑，道："明淮，你送信说今日必到，我等了你一天都不见人，心里焦急，便出来迎你。见着一盏遗在路口的黄皮灯笼，我猜便是你到了，又好奇心大发，去了那……那地方。你怎么来得这么迟？"

裴明淮跟英扬相交日久，深知英扬绝非胆小之人，心下更是惊疑不定，道："路上马蹄受了点伤，这地方我也找不到好马换，只得把马暂寄在路上一户人家。想着反正也没多少路了，索性走过来……那究竟是什么地方？"

英扬只道："先把青囊和墨林送回方家，我再向你解释。"

裴明淮道："那位姑娘呼吸微弱，我也看不出她怎么了，只得先给她服了颗药，暂时拖住。至于那男子……除了昏迷不醒之外，似乎无甚大碍。只是……他们的脸……"

英扬望了一眼裴明淮，道："你信上说，你是奉旨下来巡查的，怎么有空来找我了？"

裴明淮道："几年没见了，正好离你这里不远，就想着过来聚一聚。怎么，看你倒是不太高兴的样子，我来得不对了？"

英扬摇摇头，裴明淮只见他眉宇之间，愁云满布。"不是你来得不对，是这时候，真的不对。"

那方家看来该是此地一大富家，屋舍占地数顷，朱漆大门，金漆门环，甚是气派。方家的下人跟英扬极熟，忙将二人请了进去，但裴明淮留意看这些仆佣，虽然强颜欢笑，但都掩不住面上一片愁云惨雾。尤其是这个时辰，方家居然还是灯火通明，想来定然是发生了什么大事。

到了正堂，只见一个年近六十岁、须发皆白的华服老者正坐在当中，愁眉不展。英扬一进门，便叫道："你看，我给你带谁来了！"

那方起均慢慢起身，似乎是站立不稳的模样，一旁的仆人连忙去扶。他眨动双眼，却似看不清楚英扬在何处，英扬急忙三步并作两步走了上去，扶了他道："我在这里，你这双眼睛，真该好好治治了。"

方起均摇了摇手，连脸上皱纹都似尽是苦涩之意，道："老了！老了！不中用了……我这般年纪，若死了也罢，偏生……"他使劲对着裴明淮的方向看了几眼，道，"好像来了位老夫不认识的客人？"

英扬道："这是我多年的朋友，姓裴名明淮。他方才去了……"他又吸了一口气，方放低了声音道："黄泉渡。"

方起均"啊"了一声，声音里满是惊讶恐惧之意。英扬不等他说话，又道："明淮在那里救了青囊和墨林。"

方起均又"啊"了一声，道："什么？"

他再眼神不济，这时也看到英扬和裴明淮手里都扶了一人。他正待走近，英扬却伸手作势一拦，道："方老爷，你且等一等。他二人的情形有些……"

方起均颤声道："难道……难道他们已经……"

英扬摇头道："不，两人都活着。"

方起均又道："那……"

英扬又摇头。"不，只是他们二人的脸……被画作了罗刹鬼脸。我方才曾试着用力去拭，竟……全然抹不掉。"

方起均"咕咚"一声，又重重坐了回去，只有喘气的份儿。家仆忙上来替他捶背揉胸，方起均只喘了道："不妨事，不妨事……你们快去请胡大夫，就说有急事，请他立时过来……赶快去！……"

说毕这番话，方起均又喘了半晌，喝了半盏茶，方气息顺了些。又扶了家仆，颤巍巍地起了身，对着裴明淮便拜。"多谢这位裴公子，救了犬子和小女……老夫……感激，感激不尽哪……"

裴明淮见着这样一个眼瞎了大半之人对着自己便拜，哪里当得起，忙还礼道："不敢当，只是在下正好路过，见他们昏倒在水边，便把他们救了回来。"

方起均略回了些神，便命了身边那仆人道："快去令人准备些吃食点心，再送茶水来……"

英扬打断了他道："还跟我客气？还是先把青囊、墨林送回房间，让他们躺下的好。"

方起均忙向裴明淮道："裴公子，您先请坐，容我先去看看我那两个孩儿。"

裴明淮点头，刚要说话，却见英扬正朝方起均打手势。他不知英扬葫芦里卖的什么药，便也不再开口，只坐在那处喝茶。

两人这一去，却去得甚久。回来之时，裴明淮留心看英扬脸色，却觉得英扬的神情，似比刚才放松了些。

英扬与方起均都归了座，英扬望着裴明淮，道："明淮，你说你听到了一个声音，对你说什么……黄泉幽冥的？"

裴明淮缓缓地念道："黄泉难渡，彼岸无花。那声音还说……那黄泉渡口，非人人能过，说……我总是要回去的……"

他的声音里，竟似也带了那幽冷空渺之意，连自己都不由得打了个寒战。

英扬长长地叹了一口气，道："明淮，这事得从数十年前说起。"

裴明淮道："愿闻其详。"

英扬端起茶喝了一口，目注窗外，缓缓道："数十年前，这黄钱县一带，曾有一唤作'万教'的教派盛行，据说远自西域而来，教众遍及郡县，竟达数千人之多。"他见裴明淮眉头微皱，便道，"难道你也有所耳闻？"

裴明淮道："你且说下去。"

英扬道："这万教十分慷慨，常常分发钱米。历年战乱，民不聊生，你说，明淮，百姓们又怎会不追随他们？"

裴明淮叹了口气，道："人总是想活下去的，至于信不信，信多少，那又是一回事了。之后呢？发生了什么事？"

英扬道："万教在此处日益壮大，居然生出了谋反之意。官府派兵过来，将他们一网打尽。为首的数十名教内首脑，连同那些追随他们的百姓，被剥皮斩首，处死在升天坪上。据此地老者说，血腥至极，那处平台至今仍有数十年前的血迹旧痕，抹之不去。数十具被剥了皮砍了头的尸体被胡乱地扔在那里，不日便被天上的乌鸦吃尽，只余白森森的骨架……"

裴明淮淡淡地道："那也无妨，这万教既来自西域，这等死法本就是极高礼遇，比什么土葬、火葬都要来得体面。"

英扬道："这本是过往之事，年日久了，也只当是茶余饭后的闲话罢了。但十余年前，却开始有怪事发生。"

裴明淮扬了扬眉，此时方起均却叹了口气，开口道："我有一对儿女，便是裴公子方才所救的青囊和墨林。我妻早逝，我对这双儿女十分疼爱。一日里，他二人却失踪了，遍寻不得。我方家在此地也算大族，派了家丁四处寻找，又报了官府，悬了赏金，但一连找了月余，依然不见踪影。我已几近绝望，但此时，青囊和墨林却被送了回来。"

裴明淮奇道："送了回来？"

方起均点头道："他二人在一天清晨出现在我方家门口。下人发现了，立即将他们送了进来。他们两人都毫发无伤，醒了就开始嚷饿，我那心里真是又惊又喜。问起他们这一个多月来的事，根本说不清楚，只说一直是在一个黑屋子里面，大都在睡觉。我当时高兴得什么都忘了，还是胡大夫提出，要替青囊和墨林好好诊视一下。"他脸上骤然出现了极惊恐的神色，"墨林的衣衫一褪下，我便看到了他背上的刺青！"

裴明淮道："我先前也曾看到过。令人称奇的是，居然是十罗刹中的曲齿罗刹，实在少见得很。"

方起均一双昏花老眼，也透着惊惧之色。"我们这黄钱县的后山之上，留着一幅壁画，上面便有十罗刹女。我们早已看惯了，所以我跟胡大夫一眼便认出了那是曲齿罗刹，且那刺青极其精细繁复，便是绘画刺绣也不过如此。当下我们又是惊又是疑，去解了青囊的衣衫一看，她背上竟然也……"

英扬见方起均眼望前方，嘴唇不住抖动，说不下去，便道："方老爷一再追问两个孩子，只是他们年纪太小，什么也问不出来。无奈之下，众人只得将这件事放在心中，过了几个月，也并无怪事发生，虽然还是疑惑不定，但也逐渐淡了。"

方起均惨笑道："原本我担心的只是青囊长大后，背上有这般一幅骇人刺青，如何嫁人。后来，我才知道，这样的担心实在是太微不足道了。"

裴明淮道："难道还有别的事发生？"

方起均叹道："半年之后，黄钱县便不时有孩子失踪。他们失踪的情形，便与我家这对儿女一模一样。失踪月余，突然出现，除去背上多出来的刺青之外，并无伤损……一时间，黄钱县中凡有儿女之家，人人自危，但孩子仍是不断失踪。"

裴明淮脱口道："难道他们的背上，都被刺上了罗刹？"

方起均道："正是，三年之中便总共有十人失踪，每人背上一尊罗刹像，各不相同。"眼中又露出了恐惧之色，道，"众人都吓得不轻。平白的后背上被刺青，又是这等可怖的图案，孩子又诸事不知……一时间县中人心惶惶，父母都替儿女们用尽了法子洗刷，可那刺青又怎能消掉？不仅不消，孩子们日益长大，那罗刹刺青竟占了大半个背……"

裴明淮道："说起来，在下见到的罗刹刺青，实在……太过于精美了。也正因为如此，反而格外狰狞可怖。"

方起均叹道："正因如此，老夫多年来几乎从不敢细看。"

裴明淮思索片刻，又问道："失踪的孩子，可是男女皆有？"

方起均道："正是。"

裴明淮道："是男孩多，还是女孩多？"

方起均一呆，沉吟了片刻，答道："四人是女，六人是男。"

裴明淮道："都是大户人家的子女，还是？……"

"只有青囊、墨林乃是富家子女，别的都是小门小户的孩子。"英扬苦笑道，"那时凡有儿女之家，想必都是人人自危，官府也是日夜巡视。结果……唉！还是一无所获，丝毫线索也无。这十个孩子失而复返之后，这事便是停了，过得久了，便也淡忘了。"

裴明淮听他言语中尚有不尽之意，便道："难道此后还有怪事发生？"

英扬叹了一声，道："明淮，这还只是开始。"他想了一想，问方起均道，"最先出事的，是那个叫小玉的姑娘吧？"

裴明淮问道："这小玉是又失踪了？"

方起均长叹一声，道："我们本来以为是失踪……小玉第一回不见，大概是十岁光景。五年后……她也有十五六岁了。那时她已经许嫁了她远房表哥，正准备过门，一家子正喜喜庆庆的，再不想突然会出这事……"

2

此时一个五十余岁的灰衣男子走了进来，面貌虽不年轻了，但一头头发却是乌黑发亮，气色也极红润，步履矫健，想必是个习武之人。见他来了，方起均忙道："老胡，我这眼神不好了，手也抖了，你看他两个……怎样了？"

胡大夫似是累极了，一倒便倒进了下首一张椅子里面，摇头道："怪，怪，怪！"一面端了一碗茶，一口饮毕，又喘了几口气，方道，"墨林尚好，脉搏有力，想是中了什么迷药，过得一两日自会醒来。青囊的情况却极糟糕……她五脏碎裂，按理说早该死了，呼吸却尚存一线，虽气若游丝，但却一直不断……我也是束手无策！"

裴明淮沉吟道："在下见到青囊姑娘时，也是如此想的。不过，在下只是粗通医理，不敢断言。"

方起均脸色更是灰败，颤颤道"那……那青囊是不是……已然无救？"

胡大夫叹了一口气，道："你自己难道看不出来？青囊想必是服用了什么灵丹妙药，勉强延命到此时。否则，她早已……唉！"

裴明淮道："那是因为在下发现她的时候，见她呼吸微弱，便把身旁带着的药给她服了一粒。"

胡大夫这时方注意到裴明淮，一怔道："这位公子是？"

英扬道："这是我的好友，裴明淮。"

胡大夫道："你这几天请朋友来？"

裴明淮道："只是凑巧，我前些日子行至这一带，记起英扬如今便住在此地，我也好久不见他了，便过来了。"

英扬苦笑道："我是一万个愿意你来，但这时候，实在不凑巧。"

裴明淮道："我来的时候，去买灯笼，那店老板也这么说。"

英扬听到"灯笼"二字，面色又是一变。胡大夫见气氛尴尬，便转向裴明淮道："裴公子的药颇有神效，竟能给了一个素不相识的女子，老夫佩服。"

他这话说得裴明淮倒不好意思起来，道："药自是用来济世救人的，若是藏着掖着，岂非失了原意了？"

胡大夫又打量了他几眼，道："公子姓裴，难不成……"

裴明淮此时不欲多说，忙打断他问道："胡大夫说青囊姑娘内脏碎裂，难道是被高手掌力所伤？"

"不像。"胡大夫摇头道，"照我看来，倒像是受了极大的冲撞。"

裴明淮皱眉道："冲撞？"

英扬道："他兄妹二人是坐马车走山路的，难道马车出了事？山路本来崎岖，若摔下去……"

胡大夫道："极有可能。"

英扬道："杜大人派往随行的衙役也未回来，我待会儿差人去跟他说一声，派些人手在墨林兄妹去的路上搜查一番。"

方起均对他们的对答似未闻一般，只凄然道："难道青囊真无救了？"

胡大夫安慰道："且看看，也许到了明日，她的情形尚有变化呢？"

裴明淮道："他们二人的脸……"

胡大夫脸上惊疑之色更重，道："我已想尽了法子，替他们一再擦洗，那颜色却丝毫不褪，也不知道是何种物事画上去的。"

方起均双手发抖，只道："那……难道再也去不掉了？多年以来，我们想尽了法子要弄掉青囊与墨林背上的那罗刹刺青，丝毫无功。如今……如今在脸上，这……这……以后怎么办？"

裴明淮冷笑了一声，道："那行此事之人也未免太过恶毒了。若是让我逮到这人，哼哼，必定让他给自己也画上个鬼脸！"

英扬苦笑道："明淮啊明淮，现在不是说这话的时候。"

裴明淮此时才想起方才那小玉之事还未曾讲完，便道："你们说那小玉又不见了，这又是怎么回事？"

方起均叹道："小玉家里报了官，县令也派了人，一连又寻了数日，不见下落。小玉因为生得有几分姿色，一直不太愿意嫁她表哥，是以众人都有些疑她是否私下跑了……毕竟，若是死了，总该有个尸首吧？于是一直找到了黄钱县的赛灯会那夜。"

胡大夫对裴明淮道："我们黄钱县，最有名的便是赛灯会。"

英扬道："黄钱县的灯笼十分有名，每年都会有一次赛灯会，时间便在七月。其实这赛灯会，也有祭拜之意。数十年前，被重刑处死的万教教众，据说在处刑之前，曾狂喊狂叫，念了一大篇咒语。这篇咒语，谁也听不明白，只听得他们一阵叽里咕噜，声势骇人。他们念咒之前，个个咬破了舌头，狂喷鲜血……有传言说，他们念的是一篇毒咒，是咒这里一方百姓的……"

裴明淮摇头道："若他们真有法术，那也该先救他们自己。若自身都救不了，遭剥皮酷刑而死，他们的法术，又怎能作准？"

英扬眼中骤现了一丝怪异之色，道："你说的话固然有理，但寻常人可不如你看得这般通透。于是百姓们暗地里将这赛灯会也当作了一场法事，每年鬼节时分一办，顺便弄些果品香烛供奉，落得心安……"

裴明淮点头道："这也是人之常情。可跟小玉失踪之事，又有什么相干？"

此时胡大夫插言道："裴公子，你是不曾见过我们这里每年赛灯会的盛况。不论大街小巷，都挂满各色各样的灯笼，争奇斗艳。等到赛灯会当晚，把那些最出色的灯笼放在一处评比，最好的便是当年的灯笼花魁了，做它之人，还有一大笔彩头可赚呢。"

裴明淮笑道："难怪我来之前，到附近的镇上买灯笼，人家对我说可不能带着灯笼到黄钱县，原来是不敢相比的缘故？"

他此话一出口，便见着三人的面色齐齐一变。英扬强笑道："倒不是这等缘故。我说出来，恐吓着你呢。"

裴明淮失笑，道："吓着我？有什么能吓着我？就凭那黄泉渡旁边那个藏头缩尾、不敢露面的家伙？"

三人的脸色更是难看，裴明淮只得苦笑道："几位，就不要与我打哑谜了。我敢保证，我定然不会被吓死的。"

方起均叹道："我记得十分清楚，那一年的彩头空前得多，于是各人也分外着意。从外地赶来看灯的客人也多，县里的客栈都住得满满的，我家里也来了几位远亲，都是为了看一看这赛灯会。"他的眼神越发遥远，声音也更低了几分，"众人兴致都极高，宴席上个个谈笑风生。我还记得一清二楚，那晚是冯老头的灯笼艳冠群芳……"

裴明淮道："冯老头？"

方起均啊了一声，对胡大夫道："老胡，对不住了，我这口无遮拦的……"

胡大夫笑道："我那老爹自己都管自己叫冯老头，大家也都叫惯了，这有什么对不住的？我也是养子，并不同姓，大家常常都忘了我爹便是做灯笼的冯老头呢。"

方起均道："那冯老头一辈子做灯，乃是我们这里最闻名的灯笼师傅。他眼已半瞎，好几年不曾做了，这一年又动了手，我们都赞果然是宝刀不老！"

裴明淮笑道："想必是彩头众多，动了凡心？"

胡大夫涩然一笑，道："眼看我爹已然要夺魁了，此时却出了怪事。"他的眼睛骤然睁大，似乎看见了当年的景象，"我当时，正端了一杯酒要喝，突然小玉的表哥冲了进来，说见着升天坪的路口挂了一盏灯笼，上面的画像似乎就是小玉背上的那个。我们大吃一惊，立即随之一同前去。去的人，有数百之多，凡赛灯会上之人，都想去看看那个灯笼……"他叹了一声，眼中不乏痴迷之意，"我在这里住了多年，再美的灯笼都见识过了，却从未见过那般精美的灯笼。"

裴明淮一凛，忙问道："什么灯笼？"

胡大夫叹道："一盏六角宫灯。"

裴明淮道："可是外面覆以轻纱，里面有一层非丝非罗的织物，上面绣着罗刹像的？"

胡大夫一呆，英扬叹了一声道："方才，我去接明淮，却看到八盏宫灯，挂在黄泉渡那边。我就知道，必定会又有大事发生。但当时那情形……青囊、墨林总得先送回来，而且……说实话，那时辰了，我也真不敢在那里耽搁。我可没明淮胆子大。"

　　胡大夫点头，问裴明淮道："裴公子仔细看过那里的灯笼了？"

　　裴明淮道："那灯笼绘着个毗蓝婆罗刹，色泽艳丽，绣工精美，实乃上上精品。"

　　胡大夫苦笑道："裴公子就未曾注意到什么异处吗？"

　　裴明淮一怔，道："异处？"

　　胡大夫苦笑道："那裴公子觉得，那像画得可好？"

　　裴明淮脱口道："好！从未见过那么精致细腻的画像，也不知究竟是绘在什么绢罗上的，那绢罗色泽奇特，就真如人的肌肤一般，光泽细腻，似乎还有弹性。"

　　胡大夫笑容越发古怪，喃喃道："正是这盏宫灯，正是它。当年一见，我便一直不能忘，那实在是最精美的灯笼……不管拿到何处的赛灯会，都定然是夺魁之作……"

　　裴明淮笑道："不错，任是宫中之物，怕也及不上它。"

　　胡大夫惨然道："此话是实，但当时赛灯会上，见着这灯笼之人，却是齐齐变色。"

　　裴明淮道："为何？……"此话方一出口，他的脸色也一变，似乎想到了什么极可怕的事一般。

　　方起均叹道："裴公子已然想到了。"

　　裴明淮摇头道："这……这不可能。"

　　方起均道："小玉第一次失踪又被找回，我们便去看过她背上的文刺，对那个毗蓝婆罗刹印象极深。这时见到那灯笼上的绣像，面白衣青，观海持云，不是小玉身上那一幅，又是什么？"

　　裴明淮道："我见到的那毗蓝婆罗刹，肌肤如同活人一般娇嫩细腻，是因为……因为……"

　　胡大夫一字字地道："因为那本是一盏人皮灯笼！"

"人皮灯笼"四个字一出口，裴明淮顿觉一股冷风从堂中直穿了过去，连烛火也暗了几分，摇摇欲灭。英扬三人，在这烛火下，个个面色青白，如同鬼魅。裴明淮不自觉地摸了摸自己的脸，想来自己的面色，也好不到哪里去。

半晌，方起均方道："我们当时虽然震惊难言，但仍是大着胆子围在树下观看。杜大人倒比我们都来得镇静，便令揭了那层红纱，细看看里面那层……那层……爬上树去揭那纱察看的，自然是冯老头。亏得他身体健朗，不输年轻人。"

胡大夫苦笑道："我爹揭了红纱，手指一触那层……便像是被火烫着了一般，立时缩回，险些自树上摔了下来。杜大人问他话，他只张大了嘴，也不答言……"

方起均叹道："冯老头做了一辈子灯笼，做得两眼都快瞎尽了。我们常常夸他的灯笼，他却总说他做的灯笼不是最好的。"他摇了摇头，道，"灯笼匠们流传一种说法，糊灯笼的最好的材料既非绢，也非罗，更非绫，而是人皮。据说用人皮做成的灯笼，看起来质地细腻柔软，上色后更是如活人一般娇美无比。冯老头陡然间见了这真正的人皮灯笼，虽然觉着害怕，但一直只在传说中有的东西突然成了真，他的心情也可想而知……"

裴明淮骤然觉着一阵恶心，道："那真是人皮？"

胡大夫道："千真万确，便是那小玉背上的人皮。"他又叹了口气，道，"本来是极热闹的一场赛灯会，这一下全然变了味。在场的人听我爹说了究竟，居然连喧哗之声都没有，当时又是夜里，我记得，真是静得连掉一根针都能听到……人人都被吓着了,吓得连说话的力气都没有了……"

他说到这里，却停住了，两眼远远地望着前方，似乎在回想往事。方起均便接道："杜大人十分镇定，令大家都先回去，关紧门户，小心注意。常日里，大家白日都不敢去那升天坪的，一是因为那处山壁遮天，甚是阴森，又终年雾瘴不散，更添诡异之气，二也是因为那里山崖上的壁画……唉！据说那里的壁画是会动的，传得多了，更让人不敢走近了！我们一直等到第二日午时，实在是等不及了。杜大人亲自带了人，我们几人也随后跟着，一同进去……"

裴明淮道："可是找到小玉了？"

方起均点了点头，涩然道："升天坪上，我们并未发现什么，连昨晚那盏人皮灯笼也不见了。我们壮着胆子，走到了水边……小玉，那可怜的姑娘，便倒在那里，头还淹在水中……她的尸首也不知在那里泡了多久，都腐烂了，脸都看不清楚了。只是她那背……整一块皮，都被剥了下来……"

他说到此处，闭了双眼，良久方道："从那时开始，那些幼时背上被刺了青的孩子，不管长到十多岁还是二十岁，总是逃不了这命……"

裴明淮一震道："难道他们都……"

方起均道："不仅死了，尸首还从黄泉渡口一路漂下来，待到在下游发现之时，早已腐烂。每人背上的皮都被揭去，血肉模糊，腐臭难闻。"他眼中那恐惧之色更浓，"而且，每个人的身边，都有两朵花。"

裴明淮又是一震，忙从怀中取出了方才从青囊墨林身边捡到的那两朵花，道："可是这花？"

方起均老眼昏花，把花接过来，一直举到眼前方看清了，手一抖，花又落到了地上。"正是，正是此花。"

裴明淮道："恕在下孤陋寡闻，这是何花？"

方起均正要回答，裴明淮忽然听见一个阴恻恻的声音，幽幽渺渺，细如游丝，但却极清晰地钻入了他耳中。

"彼岸既然无花，赠一朵以渡黄泉……"

裴明淮听得分明，正是方才在黄泉渡所听到的那个声音，登时跳起，推开门奔到了院中。院落不大，且点了不少灯笼，照得通亮，还站了不少小厮家丁，看样子都听到那声音了，个个面带惊恐之色。裴明淮问："你们方才可有看到这院中有人来过？"

小厮们齐齐摇头，裴明淮心知有异，一股不祥之感涌了上来。英扬已追了出来，问道："明淮，你也听到了？"

裴明淮皱眉，道："不错，方才在黄泉渡我听到的便是这声音。"

英扬沉吟道："在黄泉渡的时候，我却不曾听见。"

裴明淮道："你离得那般远，听得到倒怪了。"

回到正堂坐下，裴明淮缓缓道："那声音说……彼岸既然无花，赠一朵以渡黄泉……他说的花，想来就是死去之人身旁那花了。"

方起均一叹道："这花是随着那万教一起传来的。"他眼神更是遥远，慢慢道，"他们并不喜花草，却在山顶专辟了一块地方，种这种花，日日供奉。"

裴明淮道："山顶？"

方起均道："裴公子有所不知，此花甚异，在我们这地方，极难种活。必得是高处，又极寒冷的所在，才能成活。听说那些教众以雪水灌溉，方能开花呢。"

裴明淮道："现在可还种有这花？"

方起均摇头道："早没了，谁还费那么多力气去种？"

裴明淮笑道："难怪是干花。红白相间，着实怪异。先前在黄泉渡口，我刚一见着，真真是吓了一跳，还以为那花是浸在血里养出来的呢。"

方起均摇头道："这花是从西域传来，本来也无甚稀奇，只是跟那万教搭了边，便显得格外诡异了。"

裴明淮忽道："方老爷似乎对此花知之甚详？"

胡大夫在一旁道："裴公子有所不知，此花剧毒，却可入药。我等乃是大夫，多少知道些。"

裴明淮"哦"了一声，道："是在下孤陋寡闻了。"说罢，沉默不语。

英扬见他不再说话，便道："明淮，折腾了这么久，你也该累了，先到我家去歇息，明日再谈，如何？"

裴明淮点点头，问方起均道："令爱和令公子现在何处？"

方起均一怔，胡大夫道："已安置在了西跨院里，让小午守着呢。"

裴明淮道："我先去看看他们，再歇息吧。"

方起均已上了年纪，身上又有病，行动缓慢，英扬便道："老胡，你且扶他慢慢来，我先带明淮过去。"

那西跨院中，相邻的两间屋子里灯火明亮，有个小厮靠在门前，却在打盹。英扬拍了拍那小厮的肩头，道："小午，你这时候还瞌睡？"

那小午被他一拍，竟然软软地就滑了下来，一直滑到了地上。英扬大吃一惊，忙缩回手，弯腰想去扶他。裴明淮比他更快，一脚踹开了门，一闪身便进去了。

门一开,裴明淮便闻到一股刺鼻的血腥味,心中暗道不妙。再定睛一看,榻上躺着一个女子,一手手腕上挽了璎珞,正是他方才救下来的青囊。她此刻呼吸早已停止,只是脸上仍是那副罗刹鬼脸,也看不见她的表情,裴明淮突然一怔,他发现原本嵌在青囊额头上的那粒血红玉石竟不翼而飞,只余了一个血红的空洞,血肉都被翻了起来。

他见青囊衣上尽是鲜血,却并未见着伤痕,便轻轻将她翻了过来。这一翻,裴明淮连呼吸都屏住了。

青囊背上的整块皮,都被揭走了。此时她的背上,一片鲜血淋漓,腰下、脖颈、手臂上的肌肤,却是白嫩细腻,与背上血红的一块相比,红白分明,更是骇人。裴明淮见她情状极惨,不愿再看,便把她轻轻平放回了榻上。一回头,方见英扬正面色惨白地站在门口,脸上又是惊,又是怒。

"青囊……她……她……"

裴明淮叹道:"这位青囊姑娘已然死了。"这时他才发现自己手中竟还捏着那两朵花,冷冷道,"这两朵幽冥之花,必然有一朵是她的。"

英扬道:"那墨林他?……"

裴明淮已转身冲了出去,那小厮尚软软地倒在门口,裴明淮一跃而过,把邻室的房门推开,见那方墨林同样躺于榻上。裴明淮试了试他的呼吸,舒了一口气。"没事。"

正在这时,胡大夫扶着方起均走了过来。方起均双眼虽然不济,一闻到血腥味,"啊"了一声,往后就倒。英扬忙帮帮扶住方起均,道:"想是急痛攻心,不碍事,你进去看看青囊吧。"

胡大夫忙进了屋,一见青囊便倒抽了口气。他看过了青囊的背,回头对英扬道:"这……这跟前面那些人,都一模一样啊。"

英扬点头,脸色惨然。胡大夫皱眉道:"看青囊的肌肤柔软,应是刚死便被人……被人……"

裴明淮道:"刚死便被剥了皮?"

胡大夫苦笑道:"也可能,是在昏迷之中便被人剥了背上的皮。"

裴明淮、英扬齐齐打了个寒噤,英扬惨然道:"这也未免太丧心病狂了！"

裴明淮道："青囊姑娘是怎么死的？"

胡大夫摇了摇头，道："老夫眼拙，看不到她身上有伤口。若是能看到她的脸，也许能看出是否中毒，如今，如今她的脸……"他看了一眼青囊那张鬼脸，在烛火下看来仍是狰狞无比，立即转了头。

裴明淮望着青囊的脸，心里甚是难受。青囊肤色白皙，体态轻盈，想来一张脸也是同样娇美，如今却被密密绘得连本来肤色都不见了。

他这时细看青囊，却发现她身上颇多伤痕，倒像是在哪里撞了一样。英扬见他的表情，问道："明淮，你怎么了？"

裴明淮道："我还忘了问你，她跟她哥哥是去哪里不见的？"

"他们前日去拜祭方夫人，到晚上都没回来。这方老爷自眼病加重以来，不便出门，未曾同去。"英扬叹道，"车夫是方府上的人，还跟了杜县令的几个手下，至今也不见回来，恐怕也是凶多吉少。"

裴明淮问道："他们是坐的马车？"

"不错，方家祖坟在山里面。"英扬道，"大约来回也要大半日光景，怎么？"

裴明淮点了点头，道："我看这青囊姑娘，身上有不少伤痕，都是新伤。不是擦伤，就是碰伤，并不致命。我猜，这兄妹二人，是在路上被人截下的，青囊姑娘大概从马车上摔了下来，才会有这样的伤。"

英扬坐在一旁，一手扶头，道："我如今真是失了方寸了。"

裴明淮见他脸上疲色尽显，便道："青囊姑娘已死，依我看，先把她尸身停放好，待得明日再到县衙，请仵作来细细检视。至于那位方公子……"他迟疑了片刻，方道，"若是方便，我便住在这院里，有什么事也能见机行事。"

英扬道："有理，还是你想得清楚。"

裴明淮道："可是，不管是要抓凶手，还是要抓鬼，我都不在行。这里的县令，你很熟吗？"

英扬叹道："杜大人这些年来，一直致力于此事。他说，即使有升迁的机会，也定然要把这桩悬案给破了再走。如今他年纪也不轻了，却还在这个小县城耽着……"

裴明淮道："这杜大人看来是个好县令了？"

英扬道："十分清廉，凡事都为百姓着想，是个好官。若非这桩悬案未破，他也早不在这里熬了。"

裴明淮找了一床绣被，遮在青囊身上。此时方起均哼了一声，悠悠醒转，过了一时方才掉下了泪，只叫道："青囊……我那苦命的女儿啊……"哭了一阵，突又道，"墨林呢？墨林他怎样了？"

胡大夫见他要起来，连忙按了他道："且坐着，墨林没事。这位裴公子已经答应在这里住下了。"

裴明淮见这方起均又要对他见礼，忙道："若是再要这般拘礼，在下就连住都不敢住了。"又道，"我住这里便是。"

方起均一呆，道："这间屋？"

裴明淮道："正是。"

方起均道："可青囊……"

裴明淮道："另寻一间屋子，停放青囊姑娘。我便就住这间，且看还会有什么怪事发生？"

英扬突然笑了一声，裴明淮见他笑得古怪，便道："你笑什么笑？"

英扬摇手道："没什么。"

裴明淮道："有话直说。"

英扬苦笑道："你又不是这里的人，就算那鬼来了，又怎会来找你？"

裴明淮道："那倒难说。"

英扬奇道："此话怎讲？"

裴明淮笑道："那鬼声说，我抢了已入幽冥之人，我定然会再回黄泉渡。嘿嘿，我偏不回去，我看它倒来不来找我？"

英扬叹了口气，道："你果然胆子大。"

裴明淮斜了他一眼，道："昔年的鹰扬坞主，怎的变得如此英雄气短？"

英扬苦笑道"在这里住长了，昔年的什么英雄豪气，也早磨得没有了。"

3

当晚裴明淮果然便是在青囊暴死的那屋里住的,一夜无事。裴明淮累了一日,这一觉一直睡到阳光刺眼,方醒了过来。屋里熏了香,血腥味早已不闻,那张染血的榻也早已移了出去,是以裴明淮这一夜倒睡得甚好。

他先到隔壁看了看那方墨林,见他依然昏睡,脉搏有力,当下放了心,关好门走了出来。

方起均由两个丫头扶着,正向这边走来。裴明淮知他眼神不好,便迎了上去,道:"方老爷这么早便来了?"

方起均叹道:"担心墨林那孩子,睡不着哪!睡不着哪!又想着青囊……"说着说着便抹泪,裴明淮也不知如何应对。好在方起均抹了两把眼泪,又道,"裴公子,你自己……昨夜可好?"

裴明淮点头道:"我不怕那恶鬼,恶鬼也未见得敢来扰我。"

方起均道:"那便好,那便好……"

裴明淮道:"在下有个疑问,想问方老爷。"

方起均道:"公子请讲。"

裴明淮道:"既然知道令公子与令爱可能会失踪,为何还不小心在意,竟让他们这时候出门?"

方起均叹道:"他兄妹二人,本来就极少出门。这一回,本来英扬打算送他们去,但正好裴公子要来,英扬生怕礼数疏忽了,这几日都在家里候着公子。"

裴明淮一听,实在是不知如何作答。方起均忙道:"公子不须多想,这与裴公子毫无干系。昨晚英扬不说,便是怕公子多心。唉!即便英扬跟着,又能如何?躲得了这次,也躲不了下次。"

裴明淮沉默半晌,方道:"听说,县令大人也派了身边的人跟着?"

这时，院门口有个甚是沉稳的男声道："派是派了，却怎的也斗不过那暗里的鬼神。"

裴明淮一抬头，便见着有个相貌颇为威严的中年男子站在院门口。那男子留了三绺黑须，虽穿了便服，裴明淮也一眼便看出他必是个官，当下便笑道："这位想是县令大人了？"

那杜大人一怔，道："正是本官。"又问道："这位公子是如何看出……"

裴明淮笑了一笑，道："在下见的官不少，那做官的人，跟寻常人差得可多。"

杜大人又打量了他几眼，道："这位公子看来气度不凡，既有此言，想来也定非寻常之人了？"

裴明淮又笑了笑，不置可否。那杜大人微觉尴尬，方起均忙上来道："杜大人，这位是裴明淮裴公子。"

杜大人一怔，道："裴？"

裴明淮道："正是。"

杜大人道："我朝太师……"

裴明淮道："家父。"

杜大人又是一怔，但立时看出裴明淮不欲再提此事，忙赔笑见礼道："下官草名如禹。裴公子，听英扬说，您昨夜便是在此处留宿的？可有异事发生？"

裴明淮笑道："我倒一心想有异事发生，无奈没有。"

方起均道："饭已摆好，不如到正堂那边，边吃边谈，如何？"

杜如禹笑道："正好，我还粒米未进呢。"

方家准备得十分丰盛，裴明淮和杜如禹都并未客气，只有主人方起均却只喝了几口清粥。杜如禹便开口道："方兄，我知你心中难过，不过，你那身子，还是多加在意的好。"

方起均苦笑道："多谢关心，只是老夫实是如鲠在喉，咽都咽不下去。想到那升天坪……我便一些胃口也无了。"

裴明淮喃喃道："升天坪，好贴切的名字。"

杜如禹笑了笑，道："不过比剥皮坪好听些罢了。"他叹了一声道，

"那件事已经过了几十年了,我看过了当年的卷宗,想想当时那些人被活活剥皮而死,凄厉毒咒之声不绝,便觉着不寒而栗。"

裴明淮道:"有卷宗?"

杜如禹道:"自然有,且记载详尽。据说那日正是七月十五,万教为首那人口念毒咒,咬破舌尖狂喷鲜血,天上骤然响了一个炸雷,将升天坪的山壁都劈掉了一块。当时行刑的一众人都吓得不轻,只是仗着人多,又有上命,强自撑着罢了。"

裴明淮笑道:"七月十五有雷雨也是常理,巧合罢了。"

杜如禹微笑道:"像裴公子这般什么都不信之人,倒也少见。据记载,那日黄泉渡里的河水骤然变成了血红之色,翻滚咆哮,有大胆的人去舀了一碗,闻之腥味扑面,便与血水无异。"

裴明淮已经有点笑不出来了。"想当日处死了那么多人,染就河水成血,也非特异之事。"

杜如禹叹道:"还好那时当县令的不是我。"

裴明淮道:"可否把卷宗与我一阅?"

杜如禹答得十分干脆。"好,回去我便叫人送来与裴公子。"

裴明淮道:"多谢。"

杜如禹道:"那处坪本来无名,只是发生了此事后,众百姓为讨个吉利,便唤了它作升天坪。那万教有个画师,最擅佛像壁画,据说他花了数年工夫,在山壁上画了十罗刹之像。"

裴明淮道:"又是十罗刹!"

杜如禹道:"不错。如今这壁画尚留于山壁之上,因色彩浓重,画功出众,大约又加了些特别的颜料,虽经风吹雨打,至今还看得出昔日颜色。不过,怪事也就从这些壁画上生出来了。"

裴明淮道:"怪事?"

杜如禹道:"那条路本是百姓进山的捷径,那些教众被处决之后,百姓惧怕,不敢进入升天坪。过了些时日,大家的惧意渐消,也开始有些胆大之人,敢走进去了。因为若是绕路,得多走上半日呢。但有一日,一个村民从升天坪发疯一样地跑出,说壁画上罗刹手里拿的莲花从闭合变成了开放的！"

裴明淮皱眉道："还有这等事？"

杜如禹道："这些都在卷宗里写得一清二楚。我也很是不信，但问了几个当地的老者，都说是实。那个村民，也在不久之后发疯而死。这类的记载甚多，有人是看到了壁画中的罗刹天眼放光，有的是见着罗刹手持的莲花开放，甚至有说罗刹从壁画上走出来的。但他们都发疯死了……无一例外。"

他长叹一声，道："这种事多生几桩，便再也无人敢入升天坪，自然成了禁地。大家都宁肯多走几个时辰，绕道而行，也决不愿把自己性命赔上。这情形，竟一直持续了数十年，直到小玉的事情发生，尸身在黄泉渡被我们找到……"

裴明淮道："我在那处见到一块写着'黄泉渡'三字的石碑，不知是何人所立？"

杜如禹道："黄泉渡本来无名，升天坪也本来无名。那块石碑，也不知是何人所立。升天坪这名字，也不知究竟是谁叫出来的，已经叫了几十年啦。"

裴明淮淡淡地道："莫不成鬼还能立块石碑？这鬼神之说，我可不信。"

杜如禹望了他一眼，方起均的眼神也甚是怪异。杜如禹摇头道："我学的是儒家之道，要我信，实在难。但在黄钱县，类似的事一再发生，我……唉，由不得下官不信。"

裴明淮正想再问，忽然听到院外一阵喧哗。他便问道："外面何事这般吵？"

方起均道："裴公子，可还记得昨晚我等说的赛灯会？如今正是在准备哩。"

裴明淮一怔道："既然每次赛灯会都会有这种事发生，为何你们还要开这赛灯会？"

杜如禹道："下官怎会未曾想过？第一次赛灯会上出现小玉的人皮灯笼，尚不足以让赛灯会取消。下官也是抱着一探究竟的心情，去了第二年的赛灯会。这一年的赛灯会，却再无往日的热闹气氛，众人都是惴惴不安……记得正是我为了安定心情,在招呼席间众人喝酒之时,我派往升天坪路口巡视的衙役惊慌不安地回来了,说在那里看到了两盏灯笼,"他顿了一顿,叹道,"此时,康家的书茗已经失踪了月余了……"

裴明淮道:"如此说来,这次的人皮灯笼,便是这康书茗的了。"

杜如禹点头道:"我等众人一见着人皮灯笼上那个夜叉形貌的蓝婆罗刹,便知是……是康书茗了。另一盏灯笼,却仍是小玉背上的毗蓝婆罗刹。我本待天明再进黄泉渡查看,只是不到午时,书茗的尸首便在下游被发现了。那两盏人皮灯笼也莫名消失了……但下一年,却又出来了……"

裴明淮又问道:"然后呢?"

杜如禹苦笑道:"再一年,我自然不再让开赛灯会了。这虽是百姓们数十年来的最大乐子,但大家自然也决不会反对取消。但那一年,却失踪了两个孩童,我心里极为不安,便跟方兄,胡大夫,还有几个衙役,去了升天坪……"

他长长地吸了口气,道:"我们到了那处,抬头一看,只吓得浑身发冷,寒气直冒!这一次,树上竟悬挂了四个灯笼!蓝、黄、绿、红,每盏都有一个罗刹像!"

裴明淮道:"那失踪的二人……"

杜如禹道:"过了数日,尸首先后在下游发现,腐烂不堪,死状甚惨。"

裴明淮道:"于是杜大人次年又重开了赛灯会?"

杜如禹苦笑道:"这实是个不是办法的办法,下官也不是没派过人去守着升天坪,只是也没发现什么。后来也就不派人了,谁不怕呢……重开赛灯会之后,果然有所好转……唉,说着这四个字,下官自己都觉着愧对自己这县令之名。后来,每隔一年便会多出一盏人皮灯笼。算算,也已经有七年了……"

裴明淮一算,道:"头两年每年一盏,第三年二盏,然后又过了四年……也便是说,已有八尊罗刹,尚余两尊,也就是青囊、墨林二位?"

杜如禹叹道:"若非裴公子仗义相救,恐怕他们也与前面之人并无二致。"

裴明淮一呆,想想杜如禹此言也甚有理。若非他那时凑巧赶到,青囊、墨林二人，恐怕当场就会被剥下背上人皮，再过两日恐怕也会浮尸黄泉渡中。

当下三人一时无话，裴明淮又问道："往年的人皮灯笼，都是赛灯会上出现？"

杜如禹道："正是。"

裴明淮皱眉道："这就怪了。今年分明还没到赛灯会，灯笼却都挂上了？"

杜如禹听得此言，也是一怔。半晌，方道："兴许，今年是……是……"

他迟疑着不肯说下去，裴明淮接道："今年是最后一年了？"

他这话一出口，杜如禹竟不知如何回话了。

方起均抬起头，强笑道："裴公子初到此地，不如出去逛逛？今日正逢黄钱县集市哪。过了今日，直至赛灯会结束，街上可都是冷清得紧了。"

裴明淮望了一眼方墨林的房门，道："可是方公子……"

杜如禹道："公子放心，下官自会派人守着，英扬也会留在这里。这大白天的，有鬼也不敢来吧？"

裴明淮忽又道："不知这青囊、墨林二位，今年岁数几何？"

杜如禹道："墨林二十岁，青囊小他二岁。起均兄这几年身体不好，青囊为了照顾她爹，是以一直不肯嫁人。"

裴明淮叹道："看来是个极孝顺的姑娘。"

方起均垂下头，两滴泪掉了下来。

裴明淮也不好再说什么，只得默然。方起均抬起头，强笑道："我叫小午陪裴公子出去逛逛。那孩子倒是命大，醒了后，居然什么事都没有！"

裴明淮走出了方家，身旁还跟了方家那个叫小午的小厮。裴明淮问小午昨夜之事，小午却全然说不出个究竟，只当自己是瞌睡了。裴明淮叹了口气，只得罢了。

一路走来，见着集市上卖吃食的，卖日用什物的，卖胭脂水粉的，应有尽有。有一样东西特别多，那就是灯笼。有纸扎的，有牛皮裁的，有绫绢糊的，十分细巧。灯笼上的花色繁多，有山水，有人物，有鱼虫，有花鸟。

街角有个不起眼的小摊,却围了不少的人。裴明淮也走过去看热闹,别家铺面都会招徕生意,只有这个小摊的主人静静地坐在角落的阴影里,手里正在用竹篾编着灯笼的骨架,连头也不抬一下。裴明淮起了好奇之心,定睛看那摊主时,却是个白发老头,隔得老远都能闻到他满身酒气,一双眼睛也是似睁未睁,像宿醉未醒一般。但他摊子上的灯笼,却精致漂亮到出奇。

裴明淮不由得赞叹:"好精巧的灯笼,宫里面的还未必及得上呢。"

那老者却只当没听见,依然继续在编他的竹篾。小午笑道:"裴公子,你是第一次来我们黄钱县,这位便是我们这里最有名的灯笼师傅,冯老师傅。"

裴明淮一听到"冯老师傅"四字,便知道是方起均等人提到的那位灯笼名匠,也就是胡大夫的养父。他多看了那老头几眼,果然见着一双眼睛十分混浊,就算未瞎,也离瞎不远了。裴明淮低声问小午:"这老人家眼睛这样了,还怎么做灯笼?"

那冯老头眼睛虽昏,一双耳朵却灵敏至极,裴明淮话声虽低,却也立时听到了,当下冷笑一声,道:"就算老头子没了眼睛,恐也比那些有眼睛的人强哩。"

裴明淮略觉尴尬,便笑道:"在下并无不敬之意。"

冯老头斜着眼睛,朝他努力地看了几眼,道:"公子是外地来的?"

裴明淮道:"正是。"

冯老头嘿嘿一笑,道:"可是来赏灯的?"

裴明淮道:"贵县赛灯会,远近驰名。"

冯老头点了点头,道:"以前啊,若我冯老头子想夺魁,彩金总跑不出我手里。如今,嘿嘿,老头子再怎么用心,也总赢不了那人皮灯笼了。"

光天化日之下,"人皮灯笼"四个字自冯老头口中吐出,顿觉得四周都冷了几分。裴明淮道:"在下也算有眼缘,昨夜来时,见识过了那人皮灯笼。果然是……"他停了停,道,"非人所能想象。"

冯老头笑道:"不是人能想象,那便是鬼斧神工了?"

裴明淮也笑。"或是个厉鬼吧?而且是生前被剥了皮的鬼,死后还怨气不散？"

　　他二人一唱一和，说得小午浑身发抖，直拉裴明淮衣角道："裴公子，我们走吧，小午带您四处逛逛。"

　　裴明淮便朝那冯老头道："赛灯会当晚，再来看冯老爷子的灯笼。"

　　他随着小午走开，只听那冯老头在身后道："没喽！没喽！以后再没喽……"声音越来越轻，终于不闻。

　　一路上，裴明淮都见着有人烧纸，那纸钱撒得满天都是。按理说，在集市上烧纸钱是十分忌讳之事，但那些摊主都似看惯了一般，全不在意。有一个老妇人抱着一筐纸钱，从集市中走过，一面走，一面抓了纸钱，四处乱抛，黄色的纸钱便像纸蝴蝶似的飘到那些货摊之上，摊主们竟连拂都不拂。

　　小午见裴明淮一脸诧异，便低声道："裴公子，这是我们这里的规矩，凡到赛灯会的前几日，都会上街撒纸钱烧纸的。因为……因为……"他缩了缩头，声音放得更低了，"赛灯会上，一定会出现……人皮灯笼，然后定然会跟着死人的。传说……我们这里的老人们都说，被剥皮而死的人，都是不得超生的……"

　　裴明淮不觉摇头道："这便是胡说了，谁说这般死的人不得超生了？十八层地狱里，还有个剥皮狱呢。"

　　小午脸色发白，道："裴公子，您……您别说了……"

　　裴明淮见他害怕，一笑便止住了。他又走了几步，发现已经走出了集市，道："这条路是通向哪儿的？"

　　小午道："这……这便是通往……黄……黄……黄泉……渡的路。"

　　他好不容易才把这句话说完，牙齿都在咯咯打架。裴明淮道："你在这里等我，我去那里看看。"

　　他正要走，小午却猛地一把拽住了他的衣袖，叫道："公子！公子，不能去呀！那里去了，是有死无生啊！"

　　裴明淮道："我昨晚上都进去过了，这时候怕什么？"

　　小午只是扯着他袖子猛摇，就差没给他跪下了。"公子，求您不要去！那地儿是真去不得啊！"

裴明淮道："你不必怕，我又没要你去。"

小午摇头道："公子是个好人，就算小午求您，不要去！那黄泉渡，真的就是……黄泉渡啊，去了的人，没一个能活着的。"

裴明淮道："我不是活着吗？杜大人，英扬，这些人都进去过，不都好好的吗？"

小午又左右看了一看，才悄声道："公子，那可不同。"

裴明淮道："不同？有什么不同？"

小午踮起了脚尖，把嘴凑到了裴明淮耳边，压低了声音道："杜大人他们，可都是有东西护佑的。"

裴明淮呆住，道："有东西护佑？什么东西？"

小午摇头道："我也不知道，我也就见着一回，是好几年前的事了！杜大人和我家老爷一起在看一个香囊，上面绣着非常奇怪的图样。我猜，那一定是什么辟邪用的东西！裴公子，英爷既然进去过，他定然也有。我看您跟英爷是好朋友，您找他要，他一定会给，你拿了这东西，再进去，好不好？"

裴明淮被他一席话说得云里雾里，见小午只拖着自己衣袖，满脸乞求之色，只得苦笑道："也罢，你先领我到英扬那里吧。"

小午如蒙大赦，急忙便往回走。裴明淮跟着他三转两转，穿过了一条小巷，便见着一处宅子，虽气派不比方家，但也小巧精致，想来便是英家了。

英家门上的人一听说是裴明淮，忙地将他引了进去。裴明淮还未到正堂，便听到了英扬的声音，隐隐含着怒气：

"这事可是你们干的？"

裴明淮暗道自己来得不巧，此时小厮已进去报了，英扬的声音陡然不闻，紧接着英扬便三步并作两步地走了出来，笑道："明淮，你怎的来了？来了也不说一声？"

裴明淮笑道："我上街逛逛，顺道来看看。"他往里一瞟，只见有个穿藕色纱裙的女子，正急急转到屏风之后。虽是惊鸿一瞥，也见着那女子身形袅娜。正堂里如今再无他人，难道方才英扬叱骂的便是这个女子吗？

英扬留意到他的目光，忙笑道："明淮，来来，进来屋里坐。"

裴明淮一笑，便随了他进去。英扬一面叫人上茶，一面道："听说杜如禹一大早便到了方家？"

裴明淮笑道："看来，你们几位交情不错？"

英扬笑道："黄钱县本是小地方，大户人家不多。至于我嘛，你也知道，大多数的积蓄也都在那时候散给众人了，剩下的也只够在这小地方过过日子罢了。"

裴明淮道："你这宅子虽不如方家的大，但可精致多了。"说着又朝墙上看了一眼，墙上都挂着书画，便笑道，"我倒忘了，你颇善丹青，如今更是大有进益哪。"

丫鬟端了茶来，裴明淮呷了一口，笑道："好茶，我都不能说不好。看来黄钱县虽然偏僻，你的日子也过得不错。"

英扬笑道："你这是在取笑我吧？清都长公主的宝贝儿子，你当我不知道你底细？"

裴明淮笑了笑，道："你也不用说得这么大声吧？"

英扬也笑，喝了一口茶道："上街可看到了些什么？"

裴明淮笑道："还能看到什么，不就是满街的灯笼。对了，我见着你们说的那冯老头了，灯笼做得真不是吹的，我姑姑最好精致物事，我见着她宫里的灯笼也算是极精致的了，但还比不上这冯老头做的。我正好要去见她，也请这冯老头做上两盏，带去讨她欢心。"

英扬道："这是小事，我一会儿便打发人去告诉冯老头，全按着宫里式样做，你可别说我逾了制。"

裴明淮一笑，道："我本想去那黄泉渡，方家那小午却死活扭着，不让我去。"他又一笑道，"我听小午说，你们有个什么香囊，可以避邪？有了这物事，你们才敢进那升天坪？"

英扬呆了一呆，方道："这个……"

裴明淮笑道："怎么，什么宝贝物事，连我也不让看？"

英扬似乎有点尴尬，道："不是不让你看，是怕你看了笑话。"从袖中取了一只香囊，递到裴明淮手里。裴明淮一拿到手中，便闻到一股细细幽幽的香味，略吃了一惊，道："这不是中原的香。"

英扬道："看来你知道此香。"

裴明淮道："曾在西域一处寺庙里待过几天，闻到过这香。"他又看那香囊，上面刺绣艳丽精美，密密地绣着咒文，道，"这我可不认得了。"

英扬道："我也不认得，据说上面的咒文是什么辟邪镇魔的经文，是由高僧亲自加持的。我看杜大人他们都有，便也弄了一个。"

裴明淮道："难道拿到这物事，就真能辟邪了？"

英扬苦笑道："至少我进升天坪，都能活着出来。"

裴明淮把香囊还给了英扬，香囊上的香气虽不闻了，但房中依然有股淡淡的脂粉香。便笑道："你既然打算在此处长住，难道就没打算娶房妻室？"

英扬笑道："这话，恐怕该我还给你吧？"继而又叹道，"住在此处，又怎敢要儿要女？"

这时留在门外的小午跑了进来，拜了英扬便道："二位爷，我家少爷醒了，老爷请二位过去呢。"

英扬啊了一声，道："墨林醒了？好，我们这就过去。"

裴明淮却道："等等，我这趟来，还有个不好的消息要告诉你。偏来了又那么多事，还没机会对你说。"

英扬一愣，道："什么？你可别吓我。"

裴明淮道："吕谯死了。"

英扬张大了嘴，半晌说不出话来。"什么？你在开什么玩笑？"

裴明淮道："我怎会拿这种事开玩笑？他不仅死了，还死得十分蹊跷。我这次来也是想告诉你这桩事，不知你有无头绪？"

"……我住在这么个偏僻地方，连他死了都不知道，又哪来的头绪？"英扬看来，心绪极是纷乱，隔了良久，才答出话来，"不过，照我看来，吕谯的死，跟他那身本事脱不了干系。"

裴明淮道："你是说……"

英扬一字字道："匹夫无罪，怀璧其罪。吕谯那双巧手，天下皆知，又怎会不给自己惹来祸事？还有……你自然也知道他原不姓吕。"

裴明淮缓缓点头，道："不知他会不会留下些什么物事来？"

英扬摇头道:"难。吕谯这人嘴十分之紧,以你我跟他的交情,他也从不多言,恐怕更不会留下什么东西。"

裴明淮道:"如今吴震在查这件事,我必不让吕谯死得冤屈。"

英扬道:"你那个好朋友?现在不知道升到什么官了?"

裴明淮笑了一笑,道:"他那脾气,能升什么啊,还是廷尉评。我不懂查案,他是行家。"

英扬叹息一声,道:"我前日还在想,你要来,若是还能见着吕谯,是多痛快的事。没想到……没想到……他竟死了?"

裴明淮摇了摇头,道:"等这里的事完了,你我再一起去给他上炷香。"

英扬仍然是一副心事重重的样子,连裴明淮后面的话大约都不曾听清楚。

一直走到方府大门前,英扬才像是想起了什么,停住脚对裴明淮道:"有桩事,我得先对你说,省得你待会儿惊讶。"

裴明淮道:"什么事?"

英扬道:"墨林那孩子,虽然生得清秀,但却生来就有个缺陷。"

裴明淮道:"缺陷?"

英扬道:"天生便是个哑巴。"

裴明淮一呆,道:"那岂不是自他口中什么都问不到了?"

英扬笑道:"这不妨事,墨林虽哑可不聋,况写得一手好字,平日里青囊便是这般跟他说话的。他们两兄妹,唉,一向感情极好……"

裴明淮点头道:"我晓得了。"

两人到了方家,方起均还在正堂里与杜如禹对坐,面前的茶却早已凉透。英扬上前道:"不是说墨林醒了吗?怎么你二人还在这里?"

方起均叹道："问过了，他什么都说不知，连青囊之死都还不知呢，问青囊何在，我只敢说青囊病了，唉……他们兄妹情深，我真不知如何开口……"

裴明淮忍不住道："我能不能见见方公子？"

方起均道："裴公子只管前去便是。只有一点，裴公子先莫要告诉他青囊之事。墨林这孩子身有残疾，自小唯青囊与他相伴。青囊不愿嫁人，一半也是为了她这哥哥……"

裴明淮道："在下知道。"

他随了小午去到小院，只见方墨林住着的那间屋子此时门已敞开，微微的阳光洒了进去。裴明淮想着那张罗刹鬼脸在正午的阳光下，也不知是什么情状，硬着头皮走了进去。

有个穿青色衣衫的男子，正站在窗前磨墨。案上铺了几张纸，墨汁淋漓地也不知写了些什么。他背朝着裴明淮，裴明淮暗地里舒了一口气，走到他身后道："方公子？"

他见方墨林肩头微微一颤，便道："在下裴明淮。昨夜，我在黄泉渡见着了方公子……"

他话还未说完，就见着方墨林换了一张雪白的纸，在上面匆匆写道："我都已知道了，多谢相救。不知可见着青囊？"

裴明淮回答之前，略顿了一下。"没有……在下只见着公子一人。"

方墨林半晌不曾有反应，忽然一下子转过了身。裴明淮猝不及防，昨夜见着的那张罗刹鬼脸就与他的脸只距半尺了。任他胆大，在光天化日之下骤然见着这鬼脸，也退了一步。

此时天光明亮，裴明淮见着那方墨林脸上虽画成了鬼脸狰狞之状，一双眼睛四周绘出的青色眼线也是诡异难言，但眼珠黑亮，十分晶莹，眼中竟似还含了淡淡笑意。裴明淮一时只觉惊讶，也不知是否自己看错了，但这时方墨林已然低下头去，在纸上写道："不必骗我，青囊究竟怎样了？"

裴明淮虽也觉着这事终归是瞒不过去的，但方起均一再叮嘱，也不能不瞒。便道："在下真未见过青囊姑娘。不过，还想请问方公子，还记得出门之后的事吗？"

方墨林挥毫写道:"马车行在山路之上,突然翻倒。青囊摔出车外,我跟着撞了头,便人事不知了。"

裴明淮心中失望,道:"方公子不知马车外发生了什么事吗?"

方墨林侧头思索了片刻,写道:"只记得车夫惊呼之声。……不过,在昏迷之时,听到个十分古怪的声音。那声音反反复复地在耳边重复一句……"

裴明淮忙道:"什么?"

方墨林抬了头,对着他看了片刻。裴明淮见着他的脸在日光下袒露无遗,硬是强忍住跟他对视,没有转过头去。过了半晌,方墨林方低头写道:"裴公子就不害怕?便是侍候我惯了的下人,也都害怕哪。"

裴明淮笑道:"我也说句实话,若说看了毫无所觉,那自然是假,但看看便也惯了。"

方墨林的眼中似又露出了笑意,裴明淮一瞬间觉得他那鬼脸也没先前看着那么吓人了。心中暗想,难道这还真能看惯的不成?

方墨林在纸上又写了一行字,将纸推向了裴明淮。裴明淮一看,只见纸上写着:

黄泉难渡,彼岸无花。

他浑身一震,望向方墨林道:"这便是你听到那声音反复说的话?"

方墨林点了点头。他又在纸上写道:"从未听过那般的声音,就像直钻进耳中一般……是以记得那般清楚。"

裴明淮从怀中取了那两朵花,道:"方公子可识得此花?"

方墨林伸手接了那花,只看了一眼,便在纸上写道:"这并非鲜花。"

裴明淮道:"这是在我寻到方公子之处发现的。"

方墨林摇头,将花还给了他。裴明淮虽然失望,也只得将花收了回去,道:"不打扰方公子了,在下先走一步。"

裴明淮也不愿回正堂与那几人枯坐,便信步走到了花园里。方家颇大,方起均又是个半瞎之人,但这方家上上下下,却打理得颇为整齐,想必是那青囊姑娘治家有方。一念及青囊,面前顿时又浮现了那张罗刹鬼脸,裴明淮忙转过头去看花园里那几株开得正艳的紫薇。

忽然，他见着一株紫薇，有一袭藕色纱裙一闪。裴明淮一惊，扬声道："是谁在那边？"

人影一晃，一个女子亭亭玉立地站在了紫薇花下。这女子年不过双十，一袭薄薄的藕色纱衫，裙边袖口都绣着大团的白色花朵。手里拿着一柄团扇，扇上却缀满了红色花朵。女子唇角挂了一丝浅笑，眉目含情，模样极是娇丽动人。

裴明淮见这女子也不说话，只以扇掩口，笑个不休，只得道："在下惊扰了姑娘，请姑娘莫怪。"

女子笑道："人家正在这里看花，你偏跑到这里打扰。你一个人溜到这里来，难不成也是来看花的？"

裴明淮笑道："这紫薇花哪有姑娘美？要看，也得看姑娘，看什么花？"

女子掩口咯咯而笑，笑得花枝乱颤，只闻环佩叮当之声。"这位公子的嘴好生甜。"

她身上脂粉香气甚浓，一只蜜蜂正嗡嗡地绕着她转。裴明淮笑道："再甜也甜不过姑娘，否则那蜜蜂怎会绕着姑娘飞个不停呢？"

女子突然把脸一板，道："你这般调笑，好生无礼！"

裴明淮笑道："蜜蜂不追不香的花，姑娘若不给在下机会，我又怎能'无礼'了？"他又将女子从上到下细细打量了一遍，道，"早知是方夫人，在下也不敢失礼了。"

那女子一撇嘴道："可别这么叫我，锦心哪里担得起？锦心虽是老爷的妾，在老爷眼里，跟个丫头也差不多，裴公子这么叫，折杀死我了。"

裴明淮一笑道："那我如何称呼？锦心姑娘？还是锦心姨娘？"

锦心娇笑，道："什么姑娘哪，姨娘呢，公子还不如直呼锦心的好。"一面说，一面朝裴明淮送了一个秋波。

裴明淮见锦心这般娇媚，举止言语又颇多轻佻之处，暗道莫非方起均是赎了个烟花女子来做小妾？之前出现在英扬家中的女子，便是她了？

锦心见他不语，又笑道："裴公子，你这次来黄钱县，是做什么的？"

裴明淮道："英扬是我老朋友，来看他的。"

锦心笑道："他面子可真大。"

裴明淮笑道："我也是正好到这边，顺路……"

锦心忽地将手指放在唇上，左右一顾，便隐进了树丛里。过不了片刻，英扬从另一边走来，笑道："怎的一个人跑到这里来了？你跟墨林谈过了？"

裴明淮笑了一笑，道："跟他谈，可真费事。"

英扬笑道："墨林下得一手好棋，若你不怕他如今……唉，他如今那张脸，你倒可跟他下下棋，消磨时间。我怕你在这里，也无聊得紧吧？"

裴明淮问道："如今离赛灯会还有几日？"

英扬道："赛灯会都是在七月十五，今儿是十四。"

裴明淮道："那岂不是明日便到了？我猜那人……不管他是人是鬼，他是一定会来找方墨林的。赛灯会上，若就差最后一盏，岂不大煞风景？"

英扬道："我也是这般想的。我想那个……就当那是个厉鬼吧，他这一两日必来！我问过冯老头，他说要做那种人皮灯笼，就算上面的刺青是早已刺好，灯笼的骨架也早已做好，要拼好灯笼，至少也需要一日工夫。"

裴明淮道："那好，我今晚就去找方墨林下棋。我倒要看看，那个厉鬼敢不敢来？"

他说到做到，当晚便去找方墨林下棋。方墨林大约是见着天黑了，正要出门去花园走走，见他过来，甚是惊讶，裴明淮将来意说明，方墨林沉默半晌，在纸上写道："裴兄不必费心了。"

裴明淮道："听英扬说，方兄棋艺甚精，在下就是来讨教的。"

方墨林听他如此说，又在纸上写道："裴兄如有此心，不如去看看我妹妹？"

裴明淮也不能说方青囊已死，只得笑道："方兄放心，青囊姑娘有英扬守着呢。"

方墨林又过了半晌，方写道："也罢，那就向裴兄请教了。"

他把烛台移开了，这样他的脸就隐在黑暗之中，裴明淮也不用一抬头就看到那张近在咫尺的罗刹鬼脸了。诚然如此，裴明淮全副精神也一直放在棋局上，因为他发现方墨林的棋艺确实极高，他在棋上是下过苦功的，一盘下来，居然还输了三子，让他好生不服气。

方墨林在纸上写道："还下？"

裴明淮道："当然下，否则这漫漫长夜怎生消磨？"

方墨林又写道："只怕阁下是输了一局，好生不服吧？"

裴明淮讪讪而笑，方墨林却把手里拈着的棋子放下了，写道："先前无事，倒是卜了一卦。"

裴明淮道："方兄善卦？"他目光一转，见案上有几枚铜钱，便道，"不知卜出来的是什么卦？"

方墨林半晌方挥笔，在纸上写了一个字。

"剥"。

裴明淮默然，过了良久，方笑道："剥卦之后便是复卦，方兄不必过于担心。"

方墨林摇了摇头，又写道："裴兄，我问你一言，我妹妹青囊是不是已经死了？"

裴明淮一惊，抬起了头。方墨林容貌虽然不见，但一双眼睛仍是漆黑发亮。裴明淮叹了口气，知道这事是瞒不住的，便道："方兄，你是个聪明人，又是这黄钱县的人，你当然也该知道，从小被刺青的人长大后失踪，结果如何。不错，在我救下你的时候，青囊姑娘还活着，但回你方家之后，青囊姑娘便离奇而死，背上的皮也被剥去。"

方墨林双手颤动，竟把手边的茶壶茶盏都碰到地上，"砰砰"几声，摔得粉碎。夜里本来十分寂静，这声音听来，煞是惊心。

裴明淮一时也不知说什么好，半晌方道："方兄，你放心，我定然会找出害死令妹的凶手。"

一言未毕，他便听到"嘎吱"一声，却似房门开关之声，像是从隔壁房间传来的。裴明淮立时站起，道："方兄，你且不要出这屋子。"

他出了门一看，只见有扇房门正在来回摇摆。那屋子正是昨日青囊被杀的地方，见着那房门左右乱晃，裴明淮心中也不自禁打了个突，喝道："什么人？"

他立时听到了一声阴恻恻的笑声，这声音裴明淮已不陌生，正是这两日间听了数次、鬼魂般飘荡不定的声音。裴明淮顿时浑身都绷紧了，喝道："何必装神弄鬼，有种就现身！"

那声音又笑了两声，幽幽道："本来便是厉鬼，又何须装神弄鬼？"

裴明淮道："厉鬼？什么样的厉鬼？"

那笑声变得更加阴森，阴阴地道："被剥了皮的厉鬼，来接那已入黄泉之人！你救得了一次，也再救不了第二次！"

裴明淮打了个冷战，还未来得及说话，只见从那扇门里，飘出了一个人。裴明淮只惊得呆住，失声叫道："青囊姑娘？！"

那女子一身白衣上全是鲜血，腕上挽了璎珞，脸做美女之状，却不是青囊是谁？只是她行走之时，便如同漂在水上一般毫不着力，倒像是个纸糊的人儿。裴明淮瞪着她，瞪了半响，方如梦初醒，扑了过去，便去抓她手腕。心里暗想，不管你是人是鬼，我抓住了你，就别想我放手！

正当裴明淮的手要触及青囊手腕之时，那扇门板竟然整块地向他撞了过来，裴明淮吃了一惊，只得向后避让。这时，只听一阵哗啦啦之声响个不停，裴明淮一怔之下便明白是方才跟方墨林下棋的棋子，不知怎的尽数滚落到了地上，叮叮当当地清脆响声不绝。

他暗叫不好，一瞟青囊消失的那间屋子，一片漆黑，只缺了一扇门。他本拒绝了英扬跟他一同守夜，此时却只恨分身乏术，一掠掠进了方墨林的房间。只见棋盘掀翻，黑白棋子散了一地，烛台也落在了地上，方才方墨林写字的纸张，烧得满屋子乱飞。

窗户大开，却哪里还有方墨林的影子？

裴明淮大喝："来人！"

英扬这夜并没回去，也守在方家，顷刻间便奔了过来，看样子他过去的功夫也并没有搁下，身法极是快捷。他见着院子里横着的门板便呆了一呆，待得进了屋，见裴明淮怔在当地，忙问："明淮，墨林呢？出什么事了？"

裴明淮无暇解释，只道："你留在这里，我去外面。"

他一直追到方府外面，不管人影鬼影，都没见着半个。裴明淮自知无用，又找了一圈，只得回来。英扬正在原处走来走去，见了裴明淮，忙道："明淮，究竟出了什么事？"

裴明淮把方才之事讲了一遍，苦笑道："是我疏忽了，说了大话，却仍让方墨林从我眼皮子底下被劫走，实在惭愧！"

英扬盯着他，道："你说你看到青囊了？青囊不是死了吗？"

裴明淮苦笑道："可我看到的确实是青囊。"

他捡起地上的烛台，重新点亮了，向那个已经缺了门的屋子走去。屋子本不大，家什也不多，里面空无一人，哪有青囊的踪影？裴明淮游目四顾，忽然一弯腰，自门边拾起了一小串璎珞。

这璎珞他曾在青囊的腕上见过，所谓的"持璎珞罗刹"，是必得手挽璎珞的。

英扬自然也认出了那璎珞，喃喃道："没有立即火化，难不成真诈尸了？"

裴明淮道："火化？"

英扬道："本来打算明日火化的。"

裴明淮道："这么快？"

英扬摇头道："这里的规矩，凡被……被剥皮而死的，都得立即烧掉。"

裴明淮道："这却又为何？"

英扬看了他一眼，道："防有厉鬼作祟。"

裴明淮苦笑了一声，又问道："青囊姑娘的尸身，本来在何处？"

英扬道："东厢。因那里是方府里最背静之处……"

裴明淮道："我去看看。"

英扬道："我陪你去。"

东厢果然如英扬所说，十分僻静，且并未留人看守。英扬苦笑道："按理说，应该有人看守尸体才对。但青囊是如何死的，人人皆知，也不愿意为难下人……"

他推开了东厢房的门，道："就在这里。"

借着手里烛台的光，裴明淮已见着了躺在榻上的青囊。他缓缓拉下了覆在青囊身上的白布，青囊的那张鬼脸，一如昨日所见，暗淡光线下更显诡异。他再去看青囊的手腕，那璎珞确实少了一段。

裴明淮取出了拾到的那璎珞：道，"你看。"

英扬看看璎珞，又看看青囊，脸色一变再变。"这……这……这不可能。这决不可能。青囊，青囊已经死了，我们都亲眼见着她被剥了背上的皮，停了呼吸……现在，她也躺在这里啊……"

裴明淮道："我知道，我也亲眼所见。可是，刚才我也确实亲眼看到青囊出现在我面前的。"

英扬喃喃道："这……这究竟是怎么回事？"

裴明淮干笑了一下，道："这还能有怎么回事了？自然是诈尸了。青囊姑娘被害冤屈，若说是诈尸似乎也说得过去……"

英扬也随着他干笑，道："明淮不过来此一两日，却也变了。"

裴明淮道："我变了？变了什么？"

英扬苦笑道："你不也开始相信鬼神之说了？"

裴明淮摇了摇头，道："那杜县令是不是留了些衙役在此？还是让他们跟方家的家丁一同四处找找吧。"

英扬道："听你口气，你并不相信能找到墨林？"

裴明淮道："你信吗？"

二人走至正堂，却见方起均坐在一旁，想来已然知道方墨林失踪，脸色呆滞，直如傻了一般。又见小午捧了一大叠卷宗，呆呆地站在一旁，便道："这可是杜大人差人送来的？"

方起均便似未曾听到一般，裴明淮又大声重复了一遍，方起均方"啊"了一声，道："正是，正是。老夫最近忘性大，一直忘了给裴公子送来。"

他眼中已无眼泪，想是这数日间变故太多，人已有些呆痴之状。裴明淮便道："方老爷不如回房休息……"说到此处，却觉得甚是惭愧，道，"在下一直跟方兄一处，却还是……"

英扬出言劝慰道："这又岂是你的错了？青囊突然出现，任谁也要去看看的。"

方起均听到"青囊"二字，却似被雷击中了一般。"什么？青囊？青囊她不是死了吗？你们在说什么？"

英扬道："我扶你回房休息吧，待我对你细说。"

裴明淮目注小午，道："小午，将这些卷宗留在此处，再替我弄些茶水来。"他想着自己这晚上恐怕也是很难睡得着的了,不如将这些卷宗细看一遍,也许还会有所发现。

小午答应着下去了,英扬道:"明淮,那我先去了。"

裴明淮道:"你自去,不必管我。"

他给自己倒了碗茶,将卷宗翻开了。杜如禹所言无差,卷宗中记载十分详尽。黄钱县数十年前便有一异端教派在此建庙供奉,后来也发展了不少教众,到出事之时,总有数千之众。按理说,一个地方上的小小教派,决不值得劳师动众。但偏偏官府却对黄钱县极其重视,专派了人来查实,后来连刺史自己也亲自来了。

据卷宗记载,该派教义与众不同,诸多古怪之处,当地有些百姓十分信奉,但却有另一些信佛佞道的百姓对这教派厌憎无比,刺史派人下来查证时,不少厌憎此教的百姓也纷纷向官府举报万教教徒的种种恶处,至于是真是假,却也不知了。

裴明淮看到此处,颇觉困惑。自文帝登基以来,这些年来广施德政,百姓们总算是少见战火,颇得民心。那刺史为这区区小事,大动干戈,似乎有些奇怪。

那记载此事的书吏想必是个文采出众之人,形容那些教徒被剥皮未死之际,咬破舌尖喷出鲜血,狂念毒咒,继而电闪雷鸣劈碎山石,写得极其生动。又说他曾用木勺舀了一勺黄泉渡中之水,腥气扑面,夹以一种怪异难言的气味,闻之欲呕。

裴明淮越翻越快,一行行小字在面前跳动,当日画面似欲跃出纸页。

"雷声隆隆,震耳欲聋。忽天色亮如白昼,众人皆惊,抬头视之,闪电如龙。又闻炸雷声响,山壁裂开数丈,罗刹之面,寸寸剥落。为首刑犯口喷鲜血,溅至罗刹剥落面上,视之心惊。"

"水色混浊,泡沫如蒸,竟如污血沸腾。"

"十日后视之,仅余森森白骨,血肉全无。老鸹凄鸣,黑羽落于枯苇之间。血色渗入石中,拭之不去。"

"思之当日情景,尚栗栗不止。"

裴明淮吁了口长气,将卷宗合上。茶已冷去,他早已遣了小午去睡,如今也只有冷茶可喝了。

忽然听到有人轻轻敲门，裴明淮道："谁？"他已听到来人脚步轻捷，有这等武功的，在此地似乎只有英扬一人。

果然英扬的声音在外面道："明淮，是我。"

裴明淮走到门口，开了门。英扬面色有些苍白，神态也略有些紧张。一进来便道："有别人在这里吗？"

裴明淮道："除了我，没别人了。"

英扬叹了口气，道："我知道你对我颇有疑窦，如今我便将前因后果和盘托出，只盼你心中芥蒂能消。"

裴明淮在他对面坐了下来。"你说，我听着呢。"

英扬望了烛火半晌，忽道："你可知道'九宫会'？"

5

裴明淮正在替英扬倒茶，听到"九宫会"三字，手竟也一晃。"你是说……九宫会？哪个九宫会？"

英扬道："天下难道还有第二个九宫会？"

裴明淮沉默半晌，方道："岂有不知之理？九宫会乃是如今第一神秘的帮派，势力极大，传说天下坞壁大都为其所用，奉其为龙头。遁甲为首，其下便是日奇、月奇、星奇这三位，再下便是戊、己、庚、辛、壬、癸六仪。江湖传闻，这九宫会不但为首的'遁甲'身份成谜，就连他身边的日奇、月奇、星奇也从未有人见过其面。不过……传说日奇主文，月奇主武，而星奇是个女子。"

英扬叹道："看来你知道的也并不比我多多少。"

裴明淮笑道："九宫会素来手段高明，行事不留痕迹，我又能知道多少？只不知你提到九宫会，却是为何？"

英扬道:"你可知我当日为何要解散我那鹰扬坞?"

裴明淮道:"难道与这九宫会有关?"

英扬又是深深一叹,道:"正是。"

裴明淮道:"这倒未曾听你说过。"

英扬缓缓道:"他们要我加入九宫会。"

裴明淮笑道:"这并不奇怪,凡不肯为朝廷所用的坞壁皆为九宫会收罗,一直都有这样的传闻。只是不知这九宫会有何本事,能令这般多的坞主为其卖命?"

英扬苦笑一声,道:"各坞也是靠天吃饭,前些年朝廷忙于征伐,对他们几乎放任不管,但真想灭哪个坞壁,也没有灭不了的。不过,若是众坞拧成一股,几乎能扛下大魏半壁江山。那九宫会的财路可谓是源源不断,你缺什么,便能供什么。思量起来,也没什么不好的。若是不肯,九宫会杀人的本事,谁人不知道?说白了,加入他们也并无大碍,各取所需罢了。九宫会做事,尚属公道。"

裴明淮道:"但你不肯。"

英扬道:"自然不肯。一入九宫门,凡事便再难由得自己。我本来胸无大志,比不得旁人。"

裴明淮道:"那……"

英扬道:"唉!我想来想去,只有解散鹰扬坞一途,将家财散给众人,令他们自去我交好的坞主处谋生。这样,九宫会也无话可说吧?"

裴明淮笑道:"此后九宫会没再来找过你?"

英扬道:"大概是我言微人轻,人家犯不着对我斩尽杀绝吧。"

裴明淮一笑不语,过了片刻方道:"然后呢?"

英扬道:"然后你也知道,我便搬到这里了。"

裴明淮道:"别人不知道你的底细,我却知道。你到这里做什么?你不说,我也不想问。"

"我们朋友一场,你不追问,我很是感激。"英扬笑道,"今夜我既然来找你,便不想对你隐瞒什么。不过,明淮,我对你说的话,你万万不可再对别人说。"

裴明淮道："难道我是那等多嘴之人了？"

英扬道："我自然知你不是那等人，但此事重大，我多嘱咐一句罢了。"

裴明淮道："你赶紧说吧。"

英扬道："你知道我的身世来历。"

"那还不是你喝醉了告诉我的。"裴明淮道，"你不姓英，你本来姓吕，是昔年鹰扬将军吕光的后人。你的名字，便取自吕光的封号'鹰扬'。吕光建的凉国，倒也显赫一时，只是那乱世之中，也就匆匆几十年罢了。"

英扬道："那你知不知道，昔年我祖上自西域回来的时候，带了极多的珍宝？"

裴明淮笑道："自然听说过，说是两万多匹骆驼才运回来，自西域各国搜寻来的，也不知道有多少。"

英扬朝他凑近了些，压低了声音道："而这笔珍宝，除了一部分我祖上自己用来建国之外，大半其实都还留着。虽说比不上江湖上传说的王莽黄金，但也是颇为可观。"

裴明淮一怔，道："难不成就在这黄钱县？"

英扬道："正是！"

裴明淮道："愿闻其详。"

英扬道："我对你说过，万教教众素来散钱散米，十分慷慨，正是因为他们教中宝物何止千万！"

裴明淮皱眉道："你的意思是说……昔日那些被剥皮处死的教徒，他们的藏金，来源却是你祖上……？"

英扬点头道："我那位祖上并未把所有的宝物都带回来，而是留了一大半在西域。可究竟是藏在何处，交与何人，我都是不知道的。我在解散了鹰扬坞之后，多少还是有些心灰意冷，毕竟那也是我多年心血。家财也散得差不多了，忽然知道此事，就……动了念头。"

裴明淮笑道："我还不知道你是如此贪心之人呢。"

英扬道："我只是个俗人罢了，你若看不起我，也由得你。"

裴明淮笑道："你既肯对我说，自是把我当朋友看，财帛动人心，是人都不例外，我又怎会看不起你？我只是有些疑惑，依这卷宗上所言，也有好几十年了,那宝藏……若有的话,又怎会不早被人找去?"

英扬道:"既是宝藏,必定藏得十分隐秘,岂是那般轻易就会被人找去的?"

裴明淮道:"那你是有什么头绪了吗?"

英扬叹道:"其实我甚是怀疑,当日那位刺史大人亲自前来,下令对那些教众严刑逼供,是否便是知道有这样一笔宝藏,于是起了贪念?只是那些教众太过刚硬,誓死不吐,就算是用了大刑,也仍然……"

裴明淮道:"那些教众十分虔诚,哪怕将之凌迟剥皮,怕也未必会吐实。"

英扬道:"我也是这般想。刺史将那庙翻了个底朝天,也未曾翻出什么来,最后刺史大怒,一把火把那寺庙给烧了。你如今看那升天坪,可还有寺庙的影子?"

裴明淮道:"你手里必定有些线索。"

英扬叹道:"我父亲过世甚早,不过倒是留了些东西下来。其中有一卷文书,我本来不知道说的是什么,后来才明白就是祖上的所谓西域珍宝。"

裴明淮道:"文书?"

英扬道:"文书我已毁去,不过里面一字一句我都记得非常清楚。文书里说,宝藏的玄机,便藏在十罗刹里面。"

裴明淮望了望他,道:"那些人皮灯笼,莫不是你弄的把戏?"

英扬一怔,继而大怒道:"你这是在胡说什么?自然不是我!我怎会丧心病狂到如此地步?我怎会做那良知丧尽之事?"

裴明淮打断他道:"是我失言了,你继续说。说起来,那些东西,也算是你的。"

英扬又道:"文书里提到这万教,说是交付于他们了。我好一阵查访,才知道这万教早已不复存在,只有一股教众来到了黄钱县。我便到黄钱县查访究竟,却正逢赛灯会,见到那人皮灯笼,实在是大吃了一惊!于是我在黄钱县买了宅子住下,想把这事查个水落石出。"

裴明淮道:"你是为了那笔珍宝,还是为了查出真相?"

"都有。"英扬道,"我不是没见过世面的人,以前也过的是刀头舐血的日子。但见到那人皮灯笼，仍然是震动不已。……若为了宝藏，让那些无辜的孩子丧命，我又于心何忍？"

裴明淮目注了他半晌，英扬与他对视，毫不躲闪。裴明淮方笑道："你如今对我和盘托出，就不怕我抢你的宝藏？"

英扬苦笑道："你哪里是这等人！你说要来，时间着实不巧，我本想推却，但想了一想，你也许能帮我一把。"

裴明淮盯了他道："你是想让我帮你抓那厉鬼，还是要我帮你找宝藏？"

英扬道："究竟会发生什么，我心里全然没底。只是你在这里，总多个帮手。但我不曾想到，你来的头晚，便闯进了升天坪！我虽然头皮发麻，但也只能硬着头皮去找你。好在你安然无恙，若是你有了什么闪失，叫我如何是好！"

裴明淮道："难道真的那些进了升天坪的人，都会无端发疯暴死？"

英扬道："确实如此。"

裴明淮道："我方才看过卷宗，这数十年来，共有八人因进了升天坪而死。这八人不约而同，都是高热发疯而亡。据称他们在发疯之前，先是高热数日，医治也是无用，最后都是疯癫而亡。"

英扬道："我来黄钱县时间不长，对此实在所知不多。杜如禹比我清楚，明日可去问问他。"

裴明淮笑道："我如今还活得好好的，若我不疯不死，那所谓的'发疯而亡'，便一定有文章。"

英扬叹道："这么几十年啊，居然进去的人都……若不是有厉鬼作祟，我真不知道如何解释？"

裴明淮道："现在只差最后两尊罗刹，这个答案不会久了。"

英扬道："不错，我也是如此想。"

裴明淮道："若是我所料不差，赛灯会那夜，最后两盏人皮灯笼定会现身。"

英扬道："此时我更关心的不是宝藏，而是到时候会发生什么。我总有一种感觉……似乎会发生极恐怖极可怕的事一般。我这段时日，总是心慌意乱，烦躁不安，几次都想搬离此处……唉！"

裴明淮笑道："如今有我在这里呢，你就不用再心乱了，咱们等着赛灯会便是。"他顿了一顿，又道，"提到赛灯会……如今这黄钱县里面住的百姓，还会做好灯笼去吗？"

英扬道："虽然知道必有人皮灯笼出现，但大家都还是遵着老规矩，带着做好的灯笼去赛灯会。"他又道，"对了，你不是说想带盏灯笼回去送人吗？我已经打发人去告诉冯老头了，叫他用心替你做上两盏。"

裴明淮笑道："只不要是人皮灯笼就行。"

这话一出口，屋子里面似乎都冷了几分。英扬勉强笑道："冯老头？他就算有这个心，也弄不到……"

裴明淮接道："也弄不到人皮？"

英扬忙道："明淮，你可再别拿这事开玩笑了，说得我毛骨悚然的。"

裴明淮道："我就不信，厉鬼还会做灯笼！那些人皮灯笼，定然是有人背后所为，而且一做便做了这些年。至于为什么要这么做……你想想，这么多年的工夫，也有十余年了吧？那幕后之人的耐心实是非同一般。他必然也是为了一件极大之事，哈哈，大概便是跟你的目的一般吧！"

英扬望了望他，道："若非鬼怪，你在黄泉渡听到的那个鬼声，作何解释？"

裴明淮望了一望，方道："也许那人藏在暗处对我说话，我却没发现他藏身之处。"

英扬笑道："你说这话的时候，分明连你自己也不相信。"

裴明淮想了半晌，仍旧摇头道："我还是不信。"

英扬道："不信这世间真有鬼怪？"

裴明淮笑道："至少我还从未见过。若是这次能见得一见，倒也是不虚此行了。"他顿了片刻，又道，"看来到了明晚赛灯会，还不知会有什么怪事发生呢？"

英扬道："方才我曾对你提到九宫会，此事尚未了结……"

裴明淮道："九宫会不是已然放过你了吗？"

英扬道："我也一直这般认为，前些时日，我却收到了一封书信。书信中称，九宫会昔日轻易放过我，已对我大大开恩，而我却对他们有所隐瞒……"

裴明淮失笑道："他们不会连你这笔还不知在何处的宝藏也想要吧？"

英扬愁眉道："若找到了，他们要也由得他们。可如今，我连那宝藏在何处都不知。九宫会下手素不容情，到时候真找我讨要起来，恐怕我这条命……"

裴明淮道："这可奇了，他们为何会知道你在找这笔宝藏？"

英扬道："这我也想不通了。我可是从来不曾与一个人说起哪。"

裴明淮顿时想起白日里所见的那个锦心，便道："真未曾与一个人说起？"

英扬似乎迟疑了一下，仍道："不曾。"

裴明淮见他不欲提那女子之事，也不便再问，笑道："想来九宫会神通广大，有别的法子知晓，也未可知。"

英扬忙道："正是，我也是如此想的。"

裴明淮笑道："听说九宫会中人，都会留下一块龟甲，以示身份？"

英扬道："正是，龟甲本便是取其九宫之义。除了书信之外，确实留有龟甲，乃是'辛仪'。你可要看看？"

裴明淮道："看也没用，不必了。你若有好酒，倒是送来我喝喝。"

英扬道："我还真有几坛好酒，明晚我送到赛灯会上，一起喝两杯。"

裴明淮叹道："那时候，还有心情喝酒？我看，我们还是去找找方墨林吧，虽说只是尽人事，也得去找。"

找到天亮，仍是毫无头绪。英扬一定要劝裴明淮回去歇息，裴明淮叹了口气，也只得听他的了。其实也只睡了个把时辰，辗转反侧，梦里又是电闪雷鸣的升天坪，又是雾气弥漫的黄泉渡口。裴明淮从梦里惊醒坐起身的时候，发现自己惊出了一身冷汗。

他一出门，就看到杜如禹带着几个衙役，急匆匆地走来。裴明淮道："杜大人一早便来了，想是已然知道昨夜的事了？"

杜如禹面色凝重，道："正是。"

他向裴明淮走近了一步，低声道："听说……青囊昨夜……诈尸了？"

裴明淮脸上笑容也不觉敛去，此时一块乌云正移至头顶，太阳也被遮得无影无踪。"此乃我亲眼所见。"

杜如禹不觉又变了色。裴明淮道："杜大人，依我看来，可以找件作来，替青囊姑娘验尸。"

杜如禹失声道："验尸？"

裴明淮道："青囊姑娘死因不明，本就应该验尸，这不须我提醒县令大人。验尸后，至少可以知道她的死因，也许还能知道昨晚她'诈尸'的来龙去脉。"

杜如禹面上有为难之色，沉吟道："可是方老爷……"

裴明淮笑道："你是县令大人，这等事难道不该由您做主？"

杜如禹打了两声哈哈。"那是，那是。只是起均兄年纪不轻，染病已久，我怕他……"

裴明淮道："杜大人若觉为难，由在下去说便是。"

杜如禹忙道："不必，不必，我自己跟起均兄说去。"

裴明淮笑了一笑，道："若杜大人不介意的话，验尸的时候在下也想在场。"

杜如禹又愣了一下，方道："自然，自然。"他又道，"下官还想起一事，英扬对我说，替你做的灯笼，冯老头已做出了个大样，让公子去看看合不合心意。"

裴明淮浑然忘了此事，没想到众人却都将此事真当了一回事。当下笑道："也亏他心细如丝了。也好，我就去看看。"

杜如禹道："可要下官派人带路？"

裴明淮笑道："这黄钱县人，又有哪个不认得冯老头的？"

杜如禹迟疑了片刻，又道："下官听说……听说公子是领了东道大使之职，出使监察，不知到这里有何……"

裴明淮打断了他，道："我来这里，只是为了见老朋友英扬，杜大人不必这般小心在意。"又笑了一笑，道，"当然，若是此间有事，我行事也一般的方便，杜大人说是不是？"

杜如禹除了"是"之外,哪里还说得出第二个字?

裴明淮辞了杜如禹出来,一直走到大街上,走了一阵,却又悄悄地折回了方府背后的一条小巷。方府的院墙虽不矮,却也难不住他,裴明淮眼见左右无人,纵身便上了墙头,跃了下去。

他早看准了方位,这里乃是方府花园中的一个背静之处,少有人至。跳下去之后一看,果然四周清静无人。裴明淮在方府住了两日,早觉着从方起均到杜如禹甚至英扬,还有那个叫锦心的姑娘,都有些古里古怪的。方府里的气氛就像是这几日黄钱县的天气,明里看是阳光明媚,其实天上的乌云多着呢。

裴明淮忽然听到有人声传来,忙一闪身躲到了树丛里。那是个女子声音,娇媚甜腻,裴明淮立时便听出是锦心的声音。

只听锦心娇笑道:"那位裴公子总算是走了,他在这里,我便浑身不自在。这人长得倒是很俊,待人也有礼,但我偏就看不惯他,总觉得他要坏我的事。"

裴明淮听到有人回她的话,似乎是个男子声音,但任他支起了耳朵,也听不清说的些什么。锦心与那男子,都远远地隐在花树丛中。

只听得锦心又笑道:"你太小心了,有什么好怕的?赛灯会一过,这里的事便完了,我们就可离开这鬼地方了。什么黄钱县,依我说,是黄泉县吧!"

纵然如此,锦心的声音却也小了,裴明淮也再听不清了。过了片刻,锦心一个人自花树丛里面出来了,摇着团扇袅袅娜娜地走了。

裴明淮皱了眉头,等了半晌,也没见着别人出来。他知道再等也无用,便小心翼翼地朝正堂的方向走去。他总觉得杜如禹是有意想把自己支开,如果自己感觉无误的话,杜如禹是想做什么?

大白天的,方府上上下下人也不少,裴明淮虽然轻功了得,但也不能在光天化日下飞檐走壁。他见有个丫鬟捧了一个食盒,正往西花厅走去,想必是送早饭的。他便悄悄尾随在那个丫鬟身后,到了西院。

西院花厅里不仅坐着方起均和杜如禹,英扬也在场。裴明淮隐身在纱窗之外，心中疑惑不定。这几个人一大早就聚在这里，有什么极重要的事情要商议吗？

那丫鬟将食盒放下，把碗碟一样一样地放了下来，然后退了出去，掩上了门。杜如禹咳了一声，道："两位，你们看怎么办？"

方起均脸上老态毕露，挥了挥袖道："到了今日，还能如何？就依了那裴公子吧……唉！我失了孩儿，就算心愿得偿，又有何意义？"

英扬笑了一笑道："怎的颓然如此？"

方起均神情黯淡，只苦笑道："我早年丧妻，养这两个孩子，不容易啊……不容易……"

杜如禹道："走到这一步，难道还能回头？"

英扬道："正是，我们已不能回头。"

杜如禹却道："我说英扬，那位裴三公子可是跺一跺脚都能地动山摇的人物，你是从何处结识的？"

英扬道："实在是偶然认识的。只是他从没什么架子，要他自己不说，我都不知道他是裴家三公子。"

杜如禹看了他一眼，又看着面前热气腾腾的清粥小食，叹了口气，道："这几日我也疲累得紧，唉，这夜里都睡不好。连平日喜食之物，都吃不下。"

方起均道："不如我帮你把把脉，开副方子吧。"

杜如禹苦笑摇手道："我这乃是心病，看也无用。"

方起均道："心病有时也是由身病起来，让我瞧瞧吧。"

杜如禹果然伸了手去，方起均把了一把脉，便道："我替你写副方子，叫小午替你煎好送去。纵然不能治心病，至少也能吃下饭，能睡个安稳觉。"

杜如禹笑道："起均兄还是一般的妙手回春。"

方起均惨然笑道："妙手回春？杜兄啊，你是在取笑我吗？哈哈哈……妙手回春，在姓方的手里，做的那事……我这眼瞎了，也是报应……"

杜如禹立时截道："此话断断不可再说。"

英扬却重重哼了一声，道："那等伤天害理之事，最好莫提。"

方起均果然不再说话，只是千言万语化作了一声长叹，苦涩至极。裴明淮在窗外听着，也是心绪起伏不定。听起来，这三人似乎在做一桩事，为了此事，连方起均的一对儿女都送了命。方起均已然心灰意冷，英扬与杜如禹虽也忧虑重重，却仍坚持不肯放弃。他见杜如禹起身出门，英扬也随后跟上，只有方起均仍是怔怔坐在那里，也未起身相送。

裴明淮知道已听不到什么，便沿着原路悄悄离开方府，一路上只觉得疑惑，究竟这三人要做的，是件什么事？

大约是这日县里集市未开的缘故，裴明淮一路上仍没见着几个人，但路边都插着香烛，烧有纸钱。街上无人，店铺关门，路上他见着一家门面极大的药铺，写着"方氏回春堂"，想来便是方起均的家业了。

裴明淮好不容易见到街角一间铺子的门板后面，有个人影晃了一晃，连忙过去，用力敲了敲门板。过了好一阵，一个老人才自门板后露出头来。见那老人又想把头缩回去，裴明淮一把将他给揪住了。

那老头吓了一跳，颤声道："这位公子……您有什么事吗？"

裴明淮笑道："我只是想问问，冯老头住在哪里？"

"就那条路。"老头伸手一指，"顺着一直走下去便是了。"

裴明淮谢过了他，闻到那铺子里秽臭扑鼻，便道："老人家，你是一个人住在这里？也没个人照料？"

老头叹了口气。"原本是跟我侄子住一起的，他得急病死啦，刚刚下葬。现在铺子也开不了了，我这日子，也没法过了……"

裴明淮抬头一望，这铺子上挂着一块"洪氏香烛"的招牌，敢情这洪老头和他侄子是靠卖香烛为生的。

6

裴明淮按着洪老头指的方向走去，却是越走越荒僻。这黄钱县本是坐落在山间的一个县城，附近都是大山，这里算得上是最繁华的一个所在，方圆百十里的百姓都是到此处来赶集的。黄钱县就是一个平坝，被大山环绕，走出黄钱县，前也是山后也是山，左也是山右也是山。裴明淮是从西边进来，一路上全是参天古柏，走到接近黄钱县时便见着了靠山的升天坪，如今他反其道而行之，往东而行。

裴明淮抬头望去，只见茫茫一片树林，却没看见一所房舍。他心里很是怀疑自己走错了路，但也只得硬着头皮走下去。好在进了树林，没走多久，就看见了一间相当破旧的茅草屋，孤零零的，看来着实不太像有人住的地方。只是茅屋旁边，挂了不少大红灯笼，倒是光鲜得紧。

裴明淮走到茅屋前，伸手推那柴门，柴门"吱呀"一声便开了。他叫了一声："有人在吗？"

等了片刻，裴明淮不见回音，便走了进去。这茅屋内连件像样的家什也无，四周胡乱地堆着尚未完工的灯笼和各色各样的彩纸、绸缎，还有不少砍下来的竹子，看得裴明淮眼花缭乱。一张长案正中，放着一盏已做好了骨架、糊上了一层素绢的莲花形状的灯笼，大概是冯老头正在做的。

窗台上却收拾得格外整洁，上面搁着一个小盆，盆中盛满清水，撒了一些白色花瓣。

"是你？"

一个苍老的声音出其不意地在裴明淮身后响了起来，裴明淮吃了一惊，一转头就看到冯老头站在一扇开着的门后面。以裴明淮的武功，就算是轻功高明之人，也很难逃得过他的耳目，这冯老头居然能够无声无息地从外面进来？

冯老头径直走到案前，指着那个莲花状的灯笼骨架说："这就是给你做的灯笼，可中意吗？"

"好极。"裴明淮笑道，"老人家果然手艺精湛，名不虚传。"

冯老头淡淡地说："英老爷已经帮你付过钱了，老头子自然会替公子做好。"他那张满是皱纹的老脸上忽然浮现了一丝诡秘的笑意，"公子一定会喜欢的。"

裴明淮看到他的笑意，忽然觉着有点凉意，竟不想在这茅屋里多待下去。当下笑道："在下就不打扰老丈做活了，先告辞了。"

只听那冯老头在他背后道："公子为人不错，只是不该到这黄钱县来。"

裴明淮不自觉地停了步，回头道："此话怎讲？"

冯老头脸上的笑容更是古怪，缓缓地道："公子是个好人，看得出身份不一般，却对人人都礼貌有加。公子，恕老头子多嘴说一句，趁鬼门未关，您还是早些离开黄钱县的好。这黄钱县……呵呵，不是好人来的地方啊。"

裴明淮道："在下实在不明白，烦请老人家解惑。"

冯老头又是一笑，从柴门外射进来的阳光在他脸上投下了几道阴影，看不清他的表情。"听说公子胆大无比，竟一个人到了那黄泉渡。老头子实在佩服公子的胆量哪！"

裴明淮笑道："只是不知黄泉渡乃是禁地罢了。"

冯老头道："我劝公子，莫要再去了，那去处，死的人太多，阴魂不散哪！……呵呵，我冯老头是活得太长了，跟我同辈的人，都死得差不多了哪……差不多了……"

裴明淮道："老人家还记得？"

冯老头眼中露出了一丝又似回忆又似怨毒的光芒，那张老脸也骤然生动起来。"记得？自然记得！死了那么多人，怎么不记得？怎么死的都有！只要是万教中人，要么被乡民给乱棒打死，要么被沉到江里，要么被活生生地把头给割下来挂着风干……被剥了皮跟教众们一起在剥皮坪陈尸的，也大有人在。我还记得……嘿嘿，康老四抢着把锄头便上了，对着自己邻居的头一阵乱打……那头啊，最后血浆跟脑髓混在一起，哪里还看得出来是头？"

他说得活灵活现，裴明淮心中却微微一动。卷宗中有提到：凡出首者，不但免罪，还可得赏钱。供一人，得绢五匹，供二人，得十匹。若是供出一家人，赏的便是金子了。对普通百姓，诱惑实在不小，也难怪这告示一出，被供出来的"同谋"便层出不穷。

冯老头还不罢休，又道："老头子偷偷去过剥皮坪，看那里挂着的尸首，还有砍下来扔在一旁的头。看过被剥了皮的兔子吗？红瘆瘆的，只有肉，没有皮！平日里是没有乌鸦的，那些时日，黑压压的乌鸦就一群一群地聚在剥皮坪，黄泉渡……那叫声，阴惨惨的，叫得人心里发寒……我就看着它们一口、一口地把人的肉从身上给啄掉，但是人死久了，没有血了，一滴血都没有了……只有黄泉渡，翻起的水花，就像血一样，闻起来也像血，又腥，又臭……"

裴明淮强笑道："老人家好大的胆子，敢去黄泉渡。"

冯老头眯缝着老眼，瞟了他一眼，道："这位公子不也去过了吗？老头子当年不知天高地厚，若是换了如今，嘿嘿，嘿嘿，我是一步也不敢踏进去的。那黄泉渡，可遍地是冤鬼啊！"

裴明淮试探道："不是说那些人妖言惑众，聚众谋反，众百姓追随他们，才会被处死？"

冯老头又是一笑，老眼里满是异光。"那时候，供出一个'同谋'，可是有赏钱的，十分丰厚的赏钱哪！谁不想要呢？于是，大家都想方设法地要供出一些'同谋'来，这样的话，没有也变成有了……"

裴明淮忽道："老人家怎知我去过黄泉渡？"

冯老头道："是我那当大夫的儿子告诉我的。"

裴明淮道："胡大夫也住在这里？"

冯老头嘿嘿笑道："他住在城里方老爷的铺子里呢，我这里，他哪里住得惯？"

裴明淮道："这岂非太过不孝？这地方实在太荒凉，我看周围，就只有老人家这一座房子……"

冯老头却摇头。"不是，不是。这你可冤枉了我那好儿子了，他倒是一直劝我去他那里住。只是，我不愿意，不愿意哪……他常常带了好酒来看我，可没有不孝啊……"

裴明淮问道："听说胡大夫是老人家的养子，您就没有别的亲人吗？"

"有啊。"冯老头点了点头，说道，"我四十多岁才有了个儿子，可聪明了。但他死了……生病死了。我妻子伤心得很，没过半年也死了。"

他朝周围看了一看，笑道："我那以后，也没什么好挂心的了，就一个人搬到这里来了，离人远远的最好。"

裴明淮道："胡大夫想必医术甚高，难道也治不了？"

"他倒是想尽了办法在治，可是，医术再好，没有药，那又有什么用？"冯老头坐了下来，聚精会神地开始糊那盏灯笼。裴明淮见他再没跟自己搭话的意思，只得轻轻走了出去，掩上了柴门。

裴明淮一抬头，只见日正当午，天气极好。他心里一横，便大步朝升天坪的方向走去。心道反正是正午，管你什么妖魔鬼怪，只怕都不敢出来吧？

走到通向升天坪的那条古柏密密的山路，裴明淮略停了一停。古柏依然苍青，只是那夜柏树上挂着的那一盏盏精美绝伦的灯笼却不见了踪影。裴明淮只恨当时自己不曾多看几眼，如今想再细察，竟不得了。

他一走进那条路，阳光顿时被古柏遮得几乎没了漏下来的。裴明淮走了十余步，回头看了看入口尚在，方才放了心继续往里走。他没再回头，这一走，便直走到了升天坪。

那山壁坍塌了一小半，多半却是完好无损。裴明淮定睛看去，上面果然有大幅壁画，绘有罗刹。有个罗刹像正好在石壁崩塌之处，只余了身子，少了个头。裴明淮数了一数，果然有十个。

裴明淮曾在一处寺庙中见过十罗刹的画像，占了一满壁，据说是僧侣们画了数年方完工的，十分精美细腻。这山壁上的十罗刹像虽历经风吹雨打，损毁不少，但裴明淮看得出其中所花的心力。

他又记起了杜如禹的说话，"罗刹的天眼发光""来的人出去后都吓疯了"。这石壁上的罗刹像虽说面目如生，十分传神，但也只是壁画罢了，又怎能"眼睛会转"？裴明淮目不转睛地看了半晌，也不曾见着哪个罗刹的眼睛转了一下。

裴明淮站在当处，心里隐隐地倒有些盼着发生些怪事。但他站了半晌，也没见着一丝异动，只得叹了口气，打算原路返回。

他正要转身，忽然心里一动，又回过了头，对着壁上罗刹凝视了半晌，眉头蹙得越来越紧。

忽地听到一阵轻微破空之声，似是有人在施展轻功之际的衣袂飘动，依稀还听到叮当响声。裴明淮心中一凛，知道这声响是从黄泉渡那边的芦苇丛中传出来的，便朝那边掠了过去。心里想着，我来过一次，难道还怕来二次？

他自芦苇丛顶掠过，左右四顾，却又没见着人影。落到那"黄泉渡"

的石碑之前，裴明淮伸了手，再次去触摸"黄泉渡"三个字。那三字跟寻常石碑一般，是镌刻之后又上色的，只是日光下看来，色呈暗朱，着实像干涸了的血迹。裴明淮在石碑前看了片刻，只见那河水甚是湍急，翻涌间溅出暗色泡沫，闻之有股腐臭之味。裴明淮暗自嘀咕：这河里的水，想必是喝不得的吧？

裴明淮呆了半晌，又在芦苇丛里寻了片刻，并无丝毫收获。他叹了口气，朝来路走了回去。

街上无人，店铺关门，裴明淮又觉着饿了，连个吃饭的地方也无，只得回了方府。

他一进了方家大门，英扬便迎上来道："明淮，你又跑到哪里去了？我等了你半日呢。"

裴明淮坐下笑道："若是我说了我到了何处，怕你要吓一大跳哩。"

英扬变色道："莫非你又去了升天坪？"

裴明淮悠然道："我不仅进了升天坪，还去了黄泉渡呢。"

英扬手里的杯子"当啷"一声落了地，裴明淮笑道："你这是怎么了？我如今不是好好地在你面前，却把你吓成这般？啧啧，当年的鹰扬坞主，如今怎么如此胆小了？有什么好怕的？管他是人是鬼，是人就拿把剑架他脖子上，是鬼就找两个道士来作法！总好过年年看，不使力！"

英扬瞪了他半晌，道："你这是怎么了，火气这么大？"

裴明淮端了茶喝了一口，道："大约是晒了正午的太阳吧？"又道，"你是去年来到此地的？你既然当时撞上赛灯会，为何不守在升天坪？那些人皮灯笼，总不见得是自己溜掉的，一定是有人挂上去，又有人收走的。别人信鬼神之说，你总不会信吧？"

英扬叹道："当时也是吃惊得很，又听他们说了这些年人皮灯笼的诸多异事，实在惊疑不定，待想到此节，已经晚了。你这时候来也好，这一回，你我务必要把这件事弄个清楚明白。"

裴明淮道："只要你到时候别临阵退缩就是。"

他左右一望，没见着方起均和杜如禹，便道："方老爷跟杜大人呢？"

英扬道:"方老爷身体不适,在房中休息。杜大人……他去了停放青囊的房间。听他说,你要仵作验尸?"

裴明淮道:"正是。说起来,正想问你,你家里可有佛经?有件事,我心中颇为疑惑,也不知道是不是我记错了,还是再求证一下的好。"

英扬失笑道:"我可从来不看那个!你找错人了。"

这时杜如禹身后跟了个衙役,走了进来。英扬笑道:"这倒真是说曹操,曹操便到了。"

杜如禹朝裴明淮道:"就等裴公子了,下官已经把仵作传到了。"

裴明淮道:"那敢情好,不如这就前去吧。"他想想自己既然还饿着肚子,那也好,省得看了之后又吐出来,不如早做了早省心。

杜如禹道:"这边请。"

三人还未曾踏出厅堂,裴明淮便皱了皱眉,吸了吸鼻子道:"什么味道?"

英扬道:"似乎什么东西烧起来了?"

裴明淮一抬头,只见东厢的方向浓烟滚滚。东厢最是僻静,正是停放青囊尸首之处。失声叫道:"不好!失火了!"

英扬变色道:"失火了?那青囊她……"

杜如禹脸色也变了,道:"还不快找人救火!"

他二人忙着便叫下人们打水救火,裴明淮却一言不发,只冷眼看着英扬和杜如禹二人。若是英扬看到了他此刻的眼神,怕定是要吓上一跳。

待得火尽数扑灭,已是大半个时辰后的事了。不要说一众下人、衙役,就连英扬和杜如禹也满脸黑灰。方起均却像是睡死了一般,压根儿不曾出现。裴明淮一直靠着一棵树冷眼旁观,一身上下倒是干净得紧。

此时东厢的三间屋舍,早已烧得片瓦不剩。裴明淮看着衙役们将一具烧得焦黑的尸体抬出来,道:"等等。"

英扬一怔道:"怎么?"

裴明淮道:"让我看看。"

英扬道:"已然烧成这样,还有什么好看的?"

裴明淮自然也知道无甚可看,青囊的尸身被抬出之时,焦炭般的肉块还在不断地往下掉，满院只闻呕吐之声。他一看那张已经无法用言语形容的脸，只好罢了，挥挥手让抬走了。

杜如禹喃喃道："此处怎会失火？"

裴明淮笑道："难道大热天的，有人在此处生火取暖？"

英扬道："明淮你莫不是在开玩笑？"

裴明淮道："那便是有人在此处烧纸钱了？"

英扬点头道："这两日正是七月半，若有人想替青囊烧些纸钱，倒是不无可能。"

杜如禹叹道："可怜了青囊，死后连尸身都……"

裴明淮淡淡道："确实可怜，还是趁早将青囊姑娘下葬的好，也不必再等了。否则，唉，恕在下说句无礼的话，她恐连骨灰也不得剩了。"

英扬和杜如禹都被他这句话给噎住，作声不得。裴明淮道："今日外面关门闭户，我连个吃饭的地儿也找不到。"

英扬忙道："你怎的不早说？我这就叫方家厨房去安排。"

裴明淮道："难道此处都是这般，赛灯会之前连生意都不做了？"

英扬和杜如禹对望了一眼。杜如禹道："正是如此，因这些年来赛灯会总要发生……那人皮灯笼之事，众人都说是厉鬼作祟，十分害怕，七月半之前，都是尽量不出门的，尤其是在夜间。"

裴明淮道："但我昨儿去逛的时候，仍是好生热闹。"

英扬笑道："那是正逢上最后一次集市呢。赶过这次集，众人都再不敢上街的了。"

裴明淮"哦"了一声，道："原来如此。"

英扬道："还是到正堂去吧，这里自会有人收拾。"

裴明淮随着他和杜如禹出了院门，似不经意地道："我看这方老爷身子不好，这偌大一家子，是谁在管家？"

英扬愣了一下，道："这个……这个，方家也有不少下人，也有管家……"

裴明淮笑道："若是没个得力的人，下人再多也不济事。"

英扬干笑道："这个，这是他们的家事，我也不太清楚。"

裴明淮并没再追问，一行人回到了正堂中。不出片刻，便有热菜、点心送了上来，闻之喷香扑鼻。裴明淮笑道："我可真是饿了，就不客气了。"

英扬笑道："你还跟我客气？"

裴明淮一笑，便自吃了起来。英扬隔了半晌，忍不住问道："明淮，你方才说……你今日去了升天坪、黄泉渡？可有看到什么……奇怪之事？"

裴明淮道："没有，我倒想见见呢，只可惜白日里也见不着鬼。"

杜如禹道："裴公子胆子实在是大。"

裴明淮道："可我什么都不曾看到，除了英扬所说的那幅壁画之外。"

杜如禹面色微变，道："那幅罗刹壁画？"

裴明淮道："画得极好，想来当年必是彩绘辉煌，香烟不断。只是我有一事不明，为何要将壁画画在山壁之上，若是画在庙宇之中，岂不是好？供奉起来，也比在荒山里面来得好哪。"

杜如禹道："裴公子有所不知，当年那庙便是修在升天坪，依山而建，只是现在全然看不出痕迹了。"

裴明淮愣了一愣，喃喃道："当日那位刺史大人也确是胆大，竟然在那地方大开杀戒，动上了剥皮酷刑。更有甚者，把庙宇都一把火烧了，如今这升天坪，说是寸草不生也不为过。"

杜如禹叹道："何尝不是如此？听这里的老者说起当日情景，下官也觉栗栗不止。"

裴明淮道："说起老者，我方才还去找了那冯老头，他给我看了替我做的灯笼。"又朝英扬笑道，"你可真是代我想得周到。"

英扬道："你找着他了？冯老头住得那般偏僻，你还真去了。"

裴明淮缓缓道："那冯老头也七十多岁了吧，倒还硬朗。……他当年想必对那惨事印象极深，对我说得绘声绘色呢。"

杜如禹点头道："是哪，冯老头那么一大把年纪了，自然经历过……不过他这人不是太爱说话，只知道埋头做他的灯笼。他的灯笼是一绝，人也有点傲气，不喜的人，给钱他也未必肯做呢。"

裴明淮听他说着，沉吟道："这冯老头一大把年纪，又有个当大夫的儿子在，偏要住在那等偏僻的所在。听他说，他亲儿子是病死的？"

"唉，为这事，他还跟起均兄好一阵吵呢。"杜如禹叹道，"他那儿子得的病，须用几样贵重药材，那可不是冯老头买得起的。起均兄念着跟胡大夫的交情，倒也不是不肯给，只是有一味他自己铺子上也没有，托人去买，路上却又耽搁了，送来的时候那孩子已经死啦。"

裴明淮道："那却也不是方老爷的错失，怨不得人啊。"

"冯老头那年纪才得了个儿子，突然死了，能不伤心？起均兄也不好跟他一般见识。"杜如禹道，"加上胡大夫解释劝慰，日子长了，自然也罢了。只是冯老头从此也变了许多，话也不爱说了，一个人远远地搬到那林子里面去住了。"

英扬笑道："这冯老头做灯笼的时候最怕人烦他，我看也是想住到那偏僻地方，图个清静。他身子可好得很呢，平时带着灯笼来赶集，走得飞快。"

他见裴明淮似乎颇有心事的样子，便问道："明淮，你方才说有甚不解之事，想看看佛经，究竟为何？"

裴明淮道："这事说来也奇怪得很。我今日去看壁画上那罗刹像，却突然想起，我在灯笼上和方家兄妹身上见着的罗刹，似乎跟惯常所见的有那么一点不一样。"

杜如禹一惊，两眼紧紧盯着裴明淮，问道："裴公子，敢问是哪里不一样？"

裴明淮慢慢地道："毗蓝婆罗刹，手中应该是执风执云，可灯笼上的只有云，并无风。还有，她应该是对着镜台，可并没看到镜台。曲齿罗刹，手中必捧香花，方墨林背上的却没有。还有持璎珞罗刹，从没听过会有天眼，可青囊额上有，而且还是闭着的天眼。"

杜如禹两眼仍不离裴明淮，半晌道："裴公子好眼力！"

裴明淮摇头道："不是我眼力好，而是这些都是罗刹像上极为关键的物事，实在不应该有错的。我却不知，这是为何？"

他见杜如禹和英扬都不答言，也不再说，只道："今晚便是七月十五了。"

杜如禹叹道："我这一颗心，实在是七上八下的，不知道今夜究竟又会发生什么事。"

裴明淮淡淡一笑，道："猜也无益，今晚就知道了。"

七月十五。

赛灯会的地点是杜如禹选定的，以往都是在街口一大片空地，这一次，却移到了县衙对面一处空置的大院。院子毕竟有墙有门，杜如禹已经打发了衙役，把所有出入口都守住，此时院中已经挂满了各色争奇斗艳的灯笼，一院子都是人。虽说是喧哗不绝，但众人都是偷偷地你看我，我看你，眼中的猜忌和恐惧之意一览无余。

裴明淮不见胡大夫，便道："胡大夫怎的不来？"

方起均道："胡大夫这些年极少到赛灯会，他无甚兴趣。"

几人坐定，旁边那些乡绅也才慢慢坐下。裴明淮看了看面前几上，时鲜果品、精致小菜色色俱全，还有一壶酒。裴明淮给自己斟了一杯，笑道："杜大人怎的一副愁肠百结的模样？"

杜如禹叹了一口气，低声道："你看这在场的人，哪个不是愁云罩顶？"

裴明淮朝院里扫了一眼，院中灯笼做得十分精美，绫绢绸缎皆有，形色各异。灯笼五颜六色，喜庆满满，但那些百姓却似乎丝毫喜气也未曾沾到，静寂无语。当下便朝英扬笑道："不管怎么说，此处的灯笼做得实在是好。即便没那些鬼话，也一样的不该在这个时候提灯笼入黄钱县，那岂不是班门弄斧了？"

英扬只是摇头，方起均垂首不语，杜如禹苦笑道："公子是说笑了。什么班门弄斧！七月半，鬼门开，黄钱县里的灯笼，还不都是供奉给黄泉下面的孤魂野鬼的！"

他的声音里带着一股森森寒意，恰逢此时头顶又是一个炸雷，声如爆竹，噼噼啪啪，众人都觉着头皮发麻。

裴明淮道："既然如此，还不如就不要这些百姓来了，白白地来害怕一场。"

杜如禹却问道："不知裴公子见过杀人没有？"

裴明淮不觉一笑，英扬也干咳了一声。裴明淮道："杜大人看我是没见过世面的人吗？"

杜如禹不觉尴尬，忙道："自然不是。下官只是想说，平日里若在市里勾决人犯，必定有大批百姓拥来观看。这赛灯会上……也是同样的道理。"

裴明淮道："有理。虽然惧怕，却总怀有一份好奇之心。何况人人心中都知道，那惨祸也不会轮到自己身上，是以更加放心大胆了。"

杜如禹叹道："正是此理。"

杜如禹酒量不佳，却是一杯接着一杯，酒到杯干。裴明淮素来善饮，自然也不甘落后。英扬心中有事，只闷了头喝酒。裴明淮觉着这气氛实在难受，便对英扬笑道："你准备的酒，还真是好酒。"

英扬干笑了一声，道："好酒倒是好酒，大家都多喝几杯……"说到此处，这劝酒，却又劝不下去了。

几人都在喝酒，只有方起均喝的是白水，想来是身体不好，不敢碰酒。他眯缝着眼睛，尽力地往人群里张望，道："怎么不见冯老头？"

英扬也望了几眼，道："怪了，往年冯老头早就拎了灯笼来了。今年怎的……他对赛灯会一向兴趣极浓，怎么会迟到？莫不是病了？……"

裴明淮道："不会吧，我去他家时，他还精神十足呢。"

杜如禹见时辰已至，便搁了酒杯，站起身来，道："今年的赛灯会……"

他话还未曾说完，人群中就发出了一阵惊叫声。杜如禹的话被打断，很是不悦，正要说话，只听人群里有人叫道："死人了！死人了！"

裴明淮一惊，丢了杯子便掠了过去。众人已自行退开，围在边上，裴明淮定睛一看，中间的空地上，竟站着一具无头尸身！那无头尸身直立不倒，身上披了一件深灰色斗篷，枯瘦的手腕上还挂了一串念珠。

"冤鬼！是当年被剥了皮的冤鬼来索命来了！……他们总算来了！……"一个连站都站不稳的老头声音嘶哑地叫了起来，"终于来了……来了！"

只见天上电光一闪，陡然间照得天地间如同白昼。裴明淮见面前的一众人脸上都被照得雪亮，满是恐惧之色。接着便是炸雷一声，只听得院中惊呼声不断。本来天色早已浓云密布，但这闪电雷鸣也来得实在太"是时候"了。

裴明淮又把视线转向那具无头尸身。尸身脖颈处断口平整，显然是用宝剑利刃之类的兵器把头削落的。但颈部断口处，却并无鲜血涌出。

"这是怎么回事？"杜如禹不知何时已走到了他身后，英扬也跟在一旁，两个人都面色泛青。

裴明淮道："我也不知。"他一低头，只见地上有一件深灰色的披风，便伸手捡了起来。那披风质地粗劣，但却十分厚实。裴明淮沉吟了片刻，提高声音问："方才有哪些人在这……无头尸身边的？"

众人都畏缩着不肯开口，杜如禹沉声道："快说，此事事关重大。"

一个中年汉子，嗫嗫嚅嚅地道："我方才……好像是在这……这……旁边的。"

裴明淮道："你注意到这个'人'了吗？"

中年汉子道："有……他披了件厚披风……就是你手上的那一件，走路很是奇怪，我怕撞到他，就躲开了些。"

裴明淮道："走路奇怪？怎生个奇怪法？"

那中年汉子想了想，道："很是僵硬，好像一步步都走得很吃力……"

那个方才惊叫"冤鬼索命"的老者颤巍巍地道："那是自然，这压根儿就不是活人。那是死人，是无头的尸体啊！"

此话一出口，人群里又是惊呼一片。中年汉子也不自禁地缩了缩，道："洪老伯，你可别吓我。"

那洪老者颤颤巍巍地伸了手，指着那具无头尸道："这不是摆在你眼前吗，有何不信的？"

裴明淮还记得这个洪老伯，便是今天给他指路的人。他朝那具无头尸身走近了一步，实不相信死尸还能混在人群之中行走。他伸手将那无头尸身推了一推，又吃了一惊，那尸身两脚倒似是长在地上一般。裴明淮好胜心起，一手抓了那无头尸身肩头，运力往上一提。

他这一提，就算是有数百斤，也能轻轻提起，那无头尸身也自然被他拎了起来。英扬失声道："他的脚！……"

裴明淮向下一看，果然那尸体脚上套了一双极奇怪的铁鞋，脚底竟然全是长达三寸的铁钉。院中本是泥地，又因这段时日雨水甚多，泥土潮湿松软，只要用力一脚踏下，脚底的铁钉便会深深插入泥土之中。

英扬恍然道:"难怪他虽无头,却仍能直立不倒!"

裴明淮道:"不错,所以那位大哥看到他走路,十分僵硬吃力。"

洪老者面上恐惧之色却不曾稍减,只道:"可他……他没有头……没头的人,怎能四处行走?"

杜如禹道:"也许是他混在人群中的时候,被人一剑飞头?"

裴明淮摇头道:"不会。"

杜如禹道:"为何?"

裴明淮道:"他脖子上的血早干了,而且浑身冰凉僵直,早已经死了不知多久了。"他把那具无头尸身在地上横放了下来,道,"杜大人,先命人把这尸首抬下去吧。"

杜如禹回头,正欲叫人,忽然定住。裴明淮和英扬顺着他的眼神望去,这时天上又是一道闪电划过,照得满院雪亮。

7

只见院外不远处,闪出了两点幽光。那两团光一团金色,一团碧青之色,先只是小小火苗,渐渐越来越亮。

灯笼!

英扬手中一紧,"喀"的一声,竟将忘记放下的酒杯捏了个粉碎。裴明淮沉声道:"那里是县衙?"

杜如禹仍然呆呆而望,他平日里口才甚佳,这时只惊得连说话都结结巴巴起来。"是……正是……县……县衙……大……大门!"

裴明淮道:"平日里门上挂的灯笼呢?"

"灯笼被雨淋坏了,刚好换下。"杜如禹声音迟滞,缓缓地道,"我……下官从县衙里出来的时候,那里……绝无什么灯笼哪……"

此时风声甚大,吹动树叶,满院里无人出声,只觉森森寒意,直浸入每个人四肢百骸。裴明淮道:"我去看看。"

英扬道:"我随你去。"

那两盏灯笼,一盏碧绿色,一盏淡金色。淡金那盏垂着长长的血红丝穗,绿的那盏色呈青碧,里面烛焰摇摇,裴明淮竟觉得似坟场中的鬼火一般。

裴明淮抬了头,定睛细看。他方察觉那灯笼的金绿绢纱中,也有两幅佛像。

曲齿罗刹!持璎珞罗刹!

裴明淮只觉手脚发冷,这时院中的杜如禹发出了一声惊呼:"起均兄!"

裴明淮全副精神都在那两盏灯笼之上,听杜如禹这一叫,暗道不妙,飞身掠回。只见方起均已然歪在一侧,当下一个箭步冲了上去,把方起均扶了起来。

他一触手觉着温热湿润,便知不好,但把方起均扶起的那一刻,还是吃了一惊。

方起均的头不见了!

满院灯笼光照下,院里众人都已看得分明,短暂的一阵静寂之后,尖叫声不绝于耳,一众人便向外奔散,就连衙役们都不例外。

裴明淮断喝一声:"都不准走!"

众人都被他这一声吓得站住,此时天上已下起倾盆大雨,人人淋得衣履尽湿。绫绢的灯笼尚好,那些纸糊的灯笼连里面点着的蜡烛大都熄了。裴明淮的眼神对着院中的人,缓缓扫过,终于落到了杜如禹身上。杜如禹脸色极白,身子颤抖,还好有个不曾逃走的衙役正扶着他。

"杜大人,叫你手下守好院门,一个也不准进,一个也不准出。"

人群中不知何人叫了起来,声音里满是惊恐。"让我们留在这里?那厉鬼便在我们中间,要找我们索命呀!方老爷……头也不见了!"

裴明淮厉声喝道:"住口!什么厉鬼索命?都是骗人的把戏!"他伸出手来,五指上皆是鲜血,都是方才扶方起均时沾上的,"鲜血尚热,方老爷便是在方才我们都围在无头尸身身边之时遇害的,想必凶手是个高手,且使用了某种奇形兵器,才能将方起均的头轻轻巧巧的割下取走!至于那个无头尸身,早已死了多日,想必是有人扶着进来,趁人不备时扯了斗篷,让其暴露在我等面前，看起来就似个无头尸自行进来的一般！"

杜如禹声音微微发颤，道："此言当真？"

裴明淮道："这类兵器我也曾见过，不是什么奇物。"他又看了一眼方起均颈部的伤口，呈均匀的锯齿状，鲜血狂喷而出，溅得到处都是。

他将方起均的尸身轻轻放了下去，他自己满手是血，衣襟也沾上了血，也不在意，只是望着那两盏灯笼发呆。

他眼力远高于常人，虽隔了一段距离，仍能看清那两盏灯笼上的佛像。确与方青囊、方墨林背上所刺一模一样，若非青面白面颜色狰狞，当真是颜如好女。

英扬面色惨然，声音也有些发抖。"真是……真是他兄妹二人的……"

裴明淮默然不语。过了良久，道："我们就在这里等。"

英扬道："等？"

裴明淮冷笑道："不是说凡赛灯会上，人皮灯笼出现之后，总是要失踪的吗？我这次偏要守在这里看看，它究竟怎么从我眼前失踪的？"

说完这番话，他大步自英扬身旁走过，坐回了席上，便就正正对着对面县衙大门挂的两盏灯笼。案上的果点小菜，已被打翻，但酒壶酒杯尚在。裴明淮也不用酒杯，就着壶嘴，一口灌下了半壶。

杜如禹本在旁边看他，此时在案上拍了一掌，在他对面坐下了。"给我也留上一口。"

裴明淮看了他一眼，果然把酒壶递与了他。杜如禹也一气喝了，笑道："好酒无论何时都是好酒。"

"你们两人喝酒，也不给我留下些。"英扬也走了过来，从杜如禹手中抢过酒壶摇了摇，都快见底了，仍不舍地对着壶口喝了几口，才把酒壶扔下。

杜如禹笑道："我们三人就在这里坐上一夜，坐到天明，我倒想看看，那鬼怪究竟会不会出来？"

裴明淮目注那两盏灯笼，那灯笼外面笼了轻纱，里面一层想必便是人皮，柔滑细致，无比光润。他想起当日救方青囊和方墨林时，两人背上那美艳绝伦却诡异无比的刺青，如今竟被活活剥了下来，蒙在灯笼骨架上，制成了这两盏人皮灯笼。再想着曾与方墨林彻夜弈棋，心里那滋味实在是不好受。

杜如禹道："我命人将众百姓都带到了旁边跨院，暂时安置。那里有数十间房舍，总比在外面淋雨的好。"

裴明淮道："切莫放了一人。"

杜如禹道："我已派人把守院门，想来也无人能出。"

裴明淮苦笑一声道："这院子虽然墙也不矮，但对于身有武功之人，要出去也是轻而易举。我想那杀了方起均的凶手，早已鸿飞冥冥了。不过……"

英扬见他沉思，问道："不过怎么？"

裴明淮道："我总觉得这事有点奇怪。"

英扬道："哪里奇怪了？"

裴明淮道："方起均被杀，凶手一定是在靠近我们坐的地方。当时人多，凶手动作又极利落，我们都没有看到，这是情理之中。但是，那个吸引了我们注意力的无头尸身，就算脚底有铁钉可以立在泥地里，也一定要有个人在旁边帮忙才行。所以，凶手应该不止一个人，至少还有一个帮凶，而那个帮凶如今有可能还混在人群里。"

杜如禹沉思道："有道理，极有道理。"

裴明淮道："今日来的人，都是附近百姓，想必都是熟面孔。不如你让衙役挨个查看，看看有没有生疏之人。"

杜如禹道："就按裴公子说的办。"

他叫过衙役盼咐，衙役奉命下去了。裴明淮又道："这也只是尽人事罢了，那帮凶多半是身有武功之人，可能已经悄悄溜走了。"

杜如禹摇头，只自嘲苦笑道："唉……都是下官无用哪！无用哪！愧对百姓，如今连起均兄也……"

他说到这里，忽然"砰"的一声，重重地栽倒在地，便如死人一般。

裴明淮大惊，忙去扶他，叫道："杜大人，你这是怎么了？"

他一动便觉着有点头晕。一运劲，却发现内力无法凝聚，眼前也越来越花了，连身前的杜如禹都看不清了。

裴明淮暗叫糟糕，知道是着了道儿，但为时已晚。不管那药是怎么下的，但药性强烈到如他这般的内力都扛不住，人竟也坐不住，倒了下去。他昏迷之前，尚见着英扬也晕了过去。

裴明淮眼前最后晃动的，便是灯笼上栩栩如生的罗刹像。他这时相当确定，灯笼上的罗刹，又与之前在方家兄妹身上所见不同。

曲齿罗刹手上捧了香花。

持璎珞罗刹额头上天眼已开。

虽是细枝末节，但定然极为重要。只是这时候，他已无法再多想了。

裴明淮醒来之时，只觉身上头上冰凉，衣衫头发均已湿透。裴明淮仍觉着头痛难当，勉强抬头一看，杯盘狼藉，血迹亦被雨水冲净，那一青一金两盏灯笼，早已无踪。英扬仍在他对面，伏于案上，裴明淮叫道："英扬！"

他微一运力，内力已能运转了。想来也是因为他功力深厚，醒得便早。院中横七竖八地倒了不少衙役，但一眼望去，却未曾看到杜如禹。方起均的无头尸身，竟也莫名消失。

裴明淮起身，拍了一拍英扬的肩头。英扬"啊"了一声，骤然坐起，道："谁？！"

裴明淮道："还能有谁？是我。"

英扬左右四顾，眼神仍是十分茫然，道："我这是……怎么了？……"

裴明淮道："有人下了迷药，药性着实霸道，连你我都着了道儿。"他忽觉得这院子里较昏迷之前，有些不同，又四处看了看，方恍然大悟。因是赛灯会，院中灯笼全都给点燃了，齐齐而放，耀目至极，此时灯笼却已尽数熄灭。大雨已停，空气本该清新湿润，但此刻空气里却弥漫着一股闷闷的香气，闻之头晕目眩。

英扬道："灯笼！必是灯笼里面点的蜡烛散发出来的味道……"

裴明淮道："应该是，否则那些未曾沾酒的衙役怎会昏倒？"他已连着察看了好几个倒在地上的衙役，都只是昏迷，呼吸均匀沉实，并无性命之忧。

他又拣起了落在地上的酒壶，闻了一闻，道："不知是下的什么迷药，我喝在嘴里，竟然毫无所觉。"

英扬道："你是说，酒里也有迷药？"

裴明淮点了点头，道："照我看来是。否则，你我怎会比那些衙役还先晕倒？本来喝了酒的，便只有你，我，杜如禹。谁都知道我们会坐这一席，酒是你送来的，便摆在面前，要下药，实在是太容易了。"

英扬望了望对面原来坐着方起均的座位，上面血迹也已被大雨冲刷得干干净净。"方……方起均的尸身……也不见了。"

他怔了片刻，忽道："杜大人呢？刚才我记得他先我们便倒了下去……"

裴明淮道："我一醒来便不曾看到他了。"

英扬的声音微微发颤。"明淮，你想说什么？"

裴明淮道："我什么都没说。"

英扬道："也许是他比我们先醒，发现了凶手的踪迹，追出去了。"

裴明淮发出了一声笑，英扬道："你笑什么？"

裴明淮笑道："杜如禹会武吗？"

英扬摇头道："他握笔杆子还行，若说别的……真是杀只鸡也不成的。"

裴明淮道："这就对了，那凶手显然是个武林高手，行动如风。他要走，杜如禹能追得上？"

英扬哑然，裴明淮道："好在你我却不是手无缚鸡之人。你如今可好？"

英扬道："还好。"

裴明淮道："据你们所言，往年人皮灯笼最后都会出现在通往升天坪的那条古柏道上。"

英扬道："不错。"

裴明淮道："县衙大门挂着的那两盏人皮灯笼，也不见了，想来已经被人带走了。你我这就去升天坪探上一探。"

英扬失声道："去升天坪？"

裴明淮侧目看他，道："害怕了？"

英扬沉默半晌，笑道："你都不怕，我有什么怕的。只是这里的人……"

裴明淮一跃上了围墙，朝隔壁那重院落张望。"那些乡民和衙役都昏过去了,既然在我们昏迷之时,对方都未曾下手杀人,想来现在更是无碍。不必管了,我们去了再说。"

英扬与裴明淮一路奔到了通向升天坪的古柏道前,两人都猛地停住了脚步。

人皮灯笼!

两排人皮灯笼,高高悬于柏树之上。风雨飘摇,灯笼便在风中晃动,黑夜里电闪雷鸣不断,只觉鬼气森森。

裴明淮站在路口处,道:"我初来黄钱县时,所看到的,与此无异。"

英扬叹道:"听杜如禹他们说,往年赛灯会,年年如此。只是初时只有一个灯笼,此后……唉,越来越多,越来越多……"

裴明淮忽道:"为何这一年,还没到赛灯会,灯笼便出现了?"

英扬一怔,半晌方道:"确实古怪。"

两人走上了那条路,裴明淮边走边数,走到尽头时道:"八盏,那夜我见着的也是八盏。剩下的两盏……"

一言未绝,他便顿住。此时升天坪已在眼前,两根石柱上,各悬了一盏灯笼。一盏碧青,一盏则是色呈淡金,垂着鲜红如血的丝绦。两尊罗刹,在灯笼中隐隐灯光映照下,艳丽夺目,容颜如生。

英扬瞪着双眼,看了半晌,道:"终于十尊罗刹都齐全了。"他脸上神情十分特异,裴明淮却一直往地上看,并未留意。这本是山路,下过暴雨后更是难走,一不小心就会踩进泥塘里去。"你看地上,都是乱七八糟的脚印。"

英扬回头看去,果然如此。脚印极多,大小都有,重重叠叠。当下奇道:"这就怪了,似乎来了许多人?夜里进升天坪,这些……都是什么人?"

裴明淮笑道:"我只知道,来的一定是人,不会是鬼。若是鬼的话,又怎会留下如此多的脚印?"

英扬也跟着笑,笑了几声,又突然止住了。他面露惊骇之色,指着山壁道:"那……那是什么?!"

裴明淮顺着他所指的方向望去,虽有灯笼的光亮,却终究不够亮。除了壁画上的罗刹似在灯笼火光下摇曳不定,裴明淮并不曾看到什么出奇之事。他正要回头问英扬，忽觉得腰间一麻。裴明淮摇晃了一下，栽倒在地。

英扬走到了灯笼下面，幽光笼在他面上，他的脸一时泛白，一时泛青，竟像是从幽冥黄泉里走出的厉鬼一般。

"你……你为何要点我穴道？！"

英扬淡淡一笑，但映着灯笼的光，裴明淮看着只觉得惊心。"对不住了，明淮。不过你放心，我不会伤你。"

裴明淮厉声道："你想干什么？"

"你可还记得，我曾对你说过，十罗刹现身之时，便是宝藏现身之际？"英扬说道。

裴明淮喃喃道："玄机真是藏在这些灯笼之中？"

"正是。"英扬笑了起来，他的笑声回荡在黄泉渡，伴着吹过芦苇的风声，裴明淮听在耳边，却多少觉得他笑得有些苦涩之意。

"明淮，我知你满腹疑团，如今我就一五一十地告诉你，绝不会再有所隐瞒。我的身世，你一直是知道的，我并没瞒过你。我在跟你说我祖上的事的时候，只当是酒后的空话罢了。我根本没料到有朝一日我也会来找那笔珍宝。"

英扬眼望远处，缓缓地道："数十年前，这里发生了一起惨剧，个中详情，你也是全知道了。其实到了现在，我们都心知肚明，这乃是一桩大大的冤案——当日的那位刺史，是有所图的，他图的，就是那笔昔年我祖上留在西域的那批珍宝。那刺史起了贪念，为了加他们一个'聚众谋反'的罪名，也下了偌大功夫，最后却不可得。卷宗里所写甚是吓人，电闪雷鸣，河流变色，教众中的首脑咬破舌尖发毒誓以咒之……"

裴明淮冷笑道："我看了却只觉得，当年执笔那人的文采实在不错。想必是他印象深刻，故此写出来也极为惊骇了？"

英扬却摇头道："你错了。"

裴明淮奇道："我错了？错在何处？"

英扬笑道："写下来的，并不都是真的，颇有夸大其词之处。因为……"他略顿了一顿，方道，"因为那个人便是杜如禹的父亲，一直在刺史身边，对事情经过一清二楚。那刺史后来是死了，但杜如禹的父亲，可没忘记这回事,也并没死心。他心里明白,记载越骇人,便越会令人对此地退避三舍。"

裴明淮道:"那方起均又跟当年之事有何关系?"

"方起均是个大夫。"英扬道,"他的父亲虽也是大夫,却是仵作出身的。"

他长长地叹了一口气,道:"我在江湖上闯出了点名头,世事本乱,祖上的事,跟我已经是毫无干系了。但我自散了鹰扬坞,多少也是不甘心的,于是找到了这黄钱县。有一回跟方起均和杜如禹喝酒,都喝多了,我才知道他们……他们对这件事……"

裴明淮道:"于是你对于宝物的那份心更是活络起来了。"

英扬道:"杜如禹他早年丧妻,又无儿女,偏打通关节来这里做县令,其心可知。方起均原本是个小郎中,这几十年却也置下了一份产业,又有对极可爱的儿女……但人心,总归是不知足的。"

裴明淮又是一声冷笑。"只是贪心不足蛇吞象。"

英扬又叹了口气,道:"自从我们三人把此事说透之后,我们把各自知道的事,凑在一起细细思量,大致弄了个明白。宝物就藏于那壁画之后的山壁之内,但机关设计巧妙,若是用硝石硬炸,或是开山凿石,就会引动之中的机关,使得里面放置的硝石硫黄把秘洞炸毁,自然里面的宝物也会化为飞灰。"

英扬摊开手掌,掌心里竟是一颗颜色如血的玉石。裴明淮自然识得,这便是他初见青囊尸身时,嵌在青囊额头上的,后来又不知被何人给偷走了。当下冷冷道:"原来是你将这东西自青囊额头上取出的!"

英扬却摇头道:"看来相似,但这却决不是青囊额头上的那颗。方才我已说过,我等三人都自父辈那处听到了不少细节,但方起均之父更是将开启藏宝秘门的钥匙弄到了手。"

裴明淮道:"这颗血玉便是钥匙?"

英扬道:"正是。方起均之父乃是仵作,他在众教众死后搜检他们尸体,自一首领人物身上发现此物,心知有异,便悄悄藏了。那人竟在自己手臂上挖出了一小块肉,将此血玉缝在其中。而我得到的文书里绘出了钥匙的形状,我一见便知了。"

裴明淮道："你们既然有了钥匙，为何不将宝藏取出？"

英扬问道："如果你要去找一处宝藏，除了钥匙之外，你觉得还需要什么？"

裴明淮失声道："藏宝图？"他又自下而上地扫视着志得意满的英扬，道，"既然你这么说，想必已是得到了藏宝图了？"

英扬叹了口气，自怀中取了一卷极薄的细绢，道："藏宝图，其实你早已经看到过了，只是你都没有想到它是藏宝图而已。"

裴明淮惊声道："你指的是……那些罗刹刺青？！"

英扬将手里那卷细绢缓缓展开，裴明淮借着灯笼之光，看到细绢上比照壁画，细细描绘了十罗刹像。

"那些孩童背上的刺青，并不完整，文刺之人也许是有意，也许是无意，漏了一些极关键之处。你眼光奇佳，一瞥之间，竟能看出墨林、青囊背上的刺青少了什么。"英扬笑道，"要想得到完整的藏宝图，就必须等到十盏人皮灯笼全部现身。如今，总算是等到了……"

裴明淮道："只有人皮灯笼上面的罗刹图，是完整的？"

英扬道："不错。"

裴明淮道："究竟人皮灯笼是谁做的，你难道就不想知道？你就不怕他这是在设计害你？"

英扬瞥了他一眼，道："想来这个黄钱县，也没有武功胜于我之人，我有什么好怕的？去年赛灯会我一时惊疑，错过了大好时机，今年我可不会再错过了。"

裴明淮忍不住大笑，道："英扬啊英扬，说这话，倒挺像当日的你了。我愿与你结交，便是因为你是个直爽仗义之人，这回一见，你却大大变了，事事小心谨慎……"

英扬叹道："你一向精明，我心里有鬼，又怎敢不小心翼翼？你早不来，晚不来，偏偏拣着这时候来，我看也是见鬼了！"

裴明淮道："你一再做作，夸大其词，力劝我不要进升天坪，也是怕我发现壁画的事？"

"只可惜，你是无论如何都不会信鬼神之说的。"英扬摇头，道，"我还不知道你了？既然阻你不住，我也只得见机而行。"

裴明淮道："方起均和杜如禹是你杀的？是你在酒里下了迷药？"

"不是。"英扬淡淡道。"我跟你一样，喝了酒便昏了过去。"

他的眼里，忽然露出了一种相当奇怪的表情。裴明淮问道："难不成你知道是谁干的？"

英扬不答。裴明淮又道："他们不是你杀的，人皮灯笼呢？难道不是你做的？"

"人皮灯笼若是我做的，我早凑齐了藏宝图了，又何必在这里苦等？"英扬道，"你一向聪明，今日怎的却糊涂起来了？"

英扬不再理会裴明淮，将那层细绢极细心地用金针钉在石壁上。裴明淮躺在地上看着，原来英扬细绢上所绘的十罗刹，竟能与原来壁画上的完全重合。想来这幅细绢，已画了多时，就等着灯笼全部现身，补上所缺的部分了。

只见英扬又取了一只小盒，里面盛放的是些极精致的小瓶，装的自然是各种颜色了。

裴明淮见英扬连勾带画，在细绢上急急点染，忍不住冷笑道："你倒是什么都准备好了。"

英扬对他的话只如未闻，全神贯注在那幅绢帛之上。随着他点画完毕，裴明淮也能看出端倪了。佛像壁画通常色彩鲜明丰富，这十罗刹像也不例外。近看时，看不出什么异样，一远看，便能看出那些白、红、蓝、黄、绿、黑的颜色，似乎连缀成了一长串奇形怪状的文字。只是裴明淮也不认得，只能看着发怔。

"我都死到临头了，你倒是解释一下，凭这壁画，怎么能找到宝藏？"

英扬又叹气，道："我什么时候说要杀你了？你还没看出来吗？这幅完整的十罗刹壁画，暗藏了文字在其中，是那教派自己的文字，一般人不认得的。这文字便能指示进口的方位。"

裴明淮竖起了耳朵，听得他低声念道："黑齿罗刹……左行十步……右行……五十步……第五瓣莲花……第三颗青金石……曲齿罗刹……手中香花……二十步……持璎珞罗刹天眼……"

英扬左行右移，终于站定。裴明淮只见他俯在山壁之上，点了火折子，正在低声数着什么。借着火折子的光，裴明淮见着那山壁凹凸不平，有很多大大小小的圆洞。这种圆洞在石壁之上本属平常，升天坪旁的山壁上，到处都是。

英扬终于数到了其中一个，叫了起来："定然是此处了！"他声音微微发抖，显是心中激动至极。

裴明淮忍了又忍，终于道："英扬，朋友一场，我劝你一句，不要贸然行事。"

英扬头也不回地道："你尽管放心，我取了宝物，自会离去，不会伤你。不管你现在怎么想，我还当你是朋友的，若是你那晚不曾告诉我吕谯之死，我也不会……"

他说到此处，陡然住口。裴明淮见他把血玉小心翼翼地按进了一个圆洞，大叫一声："住手，恐怕……"

忽然一阵巨响，裴明淮闻到一阵刺鼻的硫黄味，只觉得地动山摇，山壁上沙石簌簌而下，一时间灰尘漫天，裴明淮只得闭上了眼睛。

他再睁开双眼的时候，却见到山壁已被炸出了偌大一个洞。裴明淮跳了起来，奔到洞前，见到英扬已被这一炸震出老远，满脸鲜血，双眼紧闭，一动不动，已然毙命。

8

裴明淮怔怔望着英扬尸体，眼中皆是伤感之意。他心神动荡，忽觉着有人在他肩上拍了一拍，裴明淮移开三步，一回头便见一个穿官服的高大男子站在旁边。那男子浓眉大眼，浑身精悍之气，一见到裴明淮便沉了脸道："这里出什么事了？"

裴明淮见到他，松了口气，笑道："吴尉评，你倒来得挺快！"

那吴尉评冷冷道："有你裴三公子传信，敢不快来？"他扫了一眼英扬的尸体，道，"这人是谁？你杀的？"

裴明淮苦笑道："自然不是。昔日鹰扬坞的英扬，你吴震吴大神捕不会不知道吧？"

吴震一呆，上上下下地朝英扬尸身看了半晌，道："难道这位便是……英坞主？他怎会……毙命在此？"

裴明淮一声叹息，道："人为财死，鸟为食亡。我……唉，我还是应该阻止他的。我本想先看个究竟，没想到居然会有这么多硝石硫黄……"

吴震却不耐烦听他这些话，只大声道："你这般着急将我叫来，究竟为了何事？你不是叫我全力去查吕谯的事吗？我刚有点眉目，又叫我来这里，你还真是会使唤人！"

裴明淮道："你先听我说。"

他将黄钱县之事，约略地讲与了吴震。吴震只听了片刻，便道："一派胡言，什么冤魂作祟，什么每年出现的人皮灯笼……我还不知道你是如此迷信鬼神之人！"

裴明淮叹道："你就不能听我讲完吗？"

吴震只得闭嘴。听裴明淮说得有条有理，也不再说他"一派胡言"了，只道："数十年前那桩事，我也略有耳闻。这么说，藏宝是确确实实有的喽？"

裴明淮指了指那个大洞道："我们且进去看看。"又苦笑道，"依我看，已是被人先下手为强了。"

山洞里面也无灯烛，裴明淮便取了火折子点燃了。那洞门可容两人进出，二人便并肩走了进去。裴明淮道："这甬道当年想是费了不少心力，蜿蜒数十丈，硬生生地把山腹给打通了。我如今倒真是相信这里面是放宝藏的所在了——否则怎会如此不惜人力、物力？"

走了不多时，两人面前便豁然开朗。原来在狭窄甬道之后，居然是个石室，颇为宽阔，但却是空空荡荡，只在靠墙处放着一排木箱。

吴震道："这便是藏宝所在？"

裴明淮弯下腰，自地上拾起了一颗明珠。"我想便是这里了。"

吴震也在厅角拾起了一块金砖。金砖上印着几个奇形文字，裴明淮虽不识得，也知道是方才壁画上现出的文字。吴震掂了掂，道："这金砖可是十足十的好货色啊。若是有上几箱……嘿嘿，那可是不得了。"

裴明淮道："想必原来此处放了许多箱笼，都是藏宝所在。你看地上的灰尘……有些地方还留有箱子长年放着的痕迹。"

吴震仔细一看，道："还有脚印。"

裴明淮道："所以我说，我们来迟了一步，有人先我们一步，找到了入口，把里面的东西尽数给搬走了。"

吴震疑惑道："金银珠宝都是沉重之物，这里应该堆放了许多，不是那么容易搬走的吧？"

裴明淮道："因此这一定是事先计划周详，准备妥当的。那个主使之人……不但深知内情，还有相当的势力，可以预备下车马，暗地里搬运宝物。"他忽然笑了一笑，"不过，有一件事，是那主使之人怎样也算不到的。"

吴震道："什么事？"

裴明淮道："夜里的暴雨。"

吴震愣了一愣，随即道："正是！下了雨，道路上满是泥泞，来搬运之人一定会留下脚印！我们这就去追！"

裴明淮道："去看看墙角的那些箱子。"

那些箱子并无箱盖，裴明淮一走过去，便道："果然是硝石硫黄之属，还连着引线。引线是沿着我们进来的秘道牵过来的。你可见着山壁上不下百个圆孔了？只有一个是对的，若是胡乱放入，便会牵动机关，将这里面炸个粉碎。"

吴震皱眉道："若是有人无意间放了个什么物事进圆孔呢？"

"那便什么事都不会有。"裴明淮道，"那血玉钥匙，必定有什么与众不同之处，能够触发机关。"

吴震沉吟道："这么说，即便英扬手中的血玉是假货，也一样触动了机关，但却是硝石的机关！那倒怪了，仿制这血玉，可不见得是容易的事哪。"

他把金砖和明珠收了起来，道，"这里没什么可看的了，我们出去吧。"

他二人沿着秘道出去，一回到升天坪上，便齐齐怔住。石柱上挂的两盏灯笼已着了火，烧得只剩了骨架。再往古柏道上一望，原本挂着的八盏人皮灯笼，这时竟全都烧得精光，残余一点火光，还未熄尽。

吴震疑惑道："谁烧了这些灯笼？"

裴明淮道："这些灯笼已然没用了，自然要烧掉。"

他又慢慢走到了英扬尸身之旁，黯然道："本来在黄钱县见到他，久别重逢，我很是欢喜。没想到……会是这样的结果。"

吴震道："你跟这英扬，认识很久吗？"

裴明淮道："我好些年前便认得他了。"

吴震道："这英扬的人品，江湖上也是有口皆碑的。我有个朋友便曾在他的鹰扬坞之中待过些时日，对他一直大为赞扬，说他为人慷慨仗义……"

裴明淮苦笑道："此言不假。我实在没想到，他终究还是逃不过宝藏的诱惑，枉自送了性命。"

吴震斜眼看他，道："既然如此，你一定知道这英扬是为何突然要解散鹰扬坞的。"

裴明淮道："我一向不问他人的隐秘，是英扬对我说了实情。是九宫会强要他入会，他无可奈何，才隐退的。"

吴震失声道："九宫会？！"

裴明淮道："不错，正是九宫会。"

吴震喃喃道："以英扬的名头，九宫会要他加入，倒是不奇……我奇怪的是，他当年肯散尽坞中所藏给众人，如今又怎会为了一笔藏宝断送自己性命？"

"他说他不会杀我，我倒是信的。"裴明淮淡淡地道，"我确是想阻止他，只可惜，迟了一步。"

吴震无言，只是拍了拍他肩头，道："走吧，待会儿等我那些手下到了，叫他们将人抬回县里，好生安葬。"

裴明淮点了点头，正待举步，眼神忽然定住，吴震随着他的眼光望去，只见黄泉渡那边的芦苇丛里，有一点鲜红。

吴震道："那是什么？"

裴明淮道："过去看看。"

二人行至芦苇丛中，只见一朵红白相间之花，落在芦苇之中。吴震道："这是何花？"

裴明淮握了那花，缓缓道："我第一夜来至黄泉渡时，也曾见过此花。有人说……此乃幽冥之花。"

吴震道："这是何意？"

裴明淮淡淡一笑，道："有个幽冥中的鬼声，曾对我言：黄泉无花，赠花一朵，以渡之于彼岸。青囊、墨林二人，身旁各有一朵。如今……我又见了此花，这花又是渡谁过黄泉渡口的？"

他说此话的时候，眼神也带了些迷茫意味，仿佛真看到了黄泉彼岸。吴震禁不住也觉得有些寒意，道："好好的，你莫胡说。"

裴明淮笑道："既有彼岸之花，那被送上黄泉路之人，想来也不远了。吴震，你我就在附近找找何妨？"

吴震绷起了脸，道："这里能有什么？"

话虽如此，他还是走到了那写着"黄泉渡"三字的石碑之旁，伸手在石碑上轻抚，道："这渡口之名，起得实在怪异……"

他的声音陡然中止，裴明淮顺着他眼光看去，只见"黄泉渡"那"渡"字之旁，竟赫然有一滴暗红。裴明淮此前曾凝神看这"黄泉渡"石碑良久，记得清清楚楚，之前是绝无那点暗红的。

吴震声音中已带了警觉之意，道："血！"

裴明淮道："我也不会认为这是丹青之色。"

吴震在碑前踩了几踩，道："这里的土质松软，颜色也比较新鲜。"

裴明淮道："你想挖开？"

吴震道："说不得，你也来出个力吧。"

挖了片刻，一具尸体的脚就露了出来。吴震道："看来掩埋尸体之人，十分慌张，埋得如此之浅。"

裴明淮道："普通人也决不敢到这黄泉渡来，埋得深些浅些，似乎无碍。"

言语之间，那尸体已被挖了出来。那人身着官服，却无头颅。

吴震问道："这可是黄钱县的县令？"

裴明淮慢慢地点了点头。"正是。"

杜如禹咽喉断处鲜血淋漓，那伤口之状，便与方起均无异。

裴明淮沉默良久，道："奇怪，凶手杀了他，也杀了方起均，却为何不杀我和英扬？"

他摇了摇头，道："我们先回县衙再说。"又回头望了一眼，见英扬仍躺在那里，心下只觉黯然。

古柏道上的脚印凌乱，二人一直走到路口，裴明淮抬头一望，道："脚印的方向是朝这边的。"

吴震眼中露出疑惑之色，道："那方向，可是朝黄钱县走啊。要我说，带了宝物，肯定应该立即出山。"

裴明淮道："我们且顺着脚印走去，看看能走到哪里。"

两人便沿了脚印而去，脚印虽凌乱，去向却十分分明，一直往东而行，真是走到了黄钱县里。裴明淮脸上的疑惑之色也越来越浓，终于叫道："县衙！"

众多脚印果然是在县衙门口突然消失的。县衙大门关着，连个看守之人都无。黄钱县本来就是个小县城，衙役人数不多，杜如禹为了赛灯会，已把所有的衙役派到了附近的院子，县衙等于就是一座空衙门。

吴震和裴明淮对视一眼，进了县衙。里面也是空无一人，不要说衙役们，就连里面的下人，都全部去了附近大院看灯，现在大约还昏迷着呢。院中地上，却是干干净净，没有半个脚印。

吴震低声道："似乎没有人进来。"

裴明淮道："可那些脚印确实停留在县衙门口。"

吴震道："真是怪事，那些人消失到何处去了？……"

裴明淮道："莫不是入了黄泉了？"

吴震瞪了他一眼，道："你在胡说什么？！"

裴明淮道:"那你怎么解释脚印到了县衙大门就消失了?"

吴震的回答就是大步走回到了县衙大门前,来来回回地在县衙门口踱了好几圈,道:"难道这一干人,是上天入地了不成?"

裴明淮道:"走,先到那边院子去。"

吴震只得随了他走,那开赛灯会的大院就在对面,吴震一进院门便见着满院灯笼,虽说已被雨打得不成样子,仍能看出原本精巧不俗。忍不住赞了一声道:"妙,一直听说这县里就灯笼最出名,看来果然是名不虚传。只是……怎么没见个人?"

裴明淮道:"这边走。"

他将吴震带到了相邻的跨院,吴震见院中东倒西歪了满院的人,吃了一惊,弯下腰去察看片刻,知道无碍,方道:"这是怎么回事?"

裴明淮道:"我们回那边。"

到了正院,吴震走到那席面之前,道:"你们先前便是在此处喝酒?你们坐的这一席?"

杯盏打翻,酒壶也不知被谁慌乱之中一脚踩扁了。小菜果点,也已倾翻在地。

吴震伸手在方起均坐过的地方一抹,道:"没看到什么血,看来这场雨来得很不是时候。"

裴明淮道:"不错,我发现方起均尸体之时,他的颈部血如泉涌。我猜想,凶手定是用某种奇形兵器取走了他的头颅,才会鲜血喷涌。至于那个披斗篷的无头尸首……"

吴震道:"怎的?"

裴明淮道:"我觉得他的头是被剑削下来的。剑口我还是能看出来的,是一柄比较薄的利剑。而且……那无头尸已经是死了多日……"

吴震哼了一声,道:"杜如禹也死了,没了县令,难道这黄钱县就无一个能管事之人了?"

裴明淮苦笑道:"有是有,也在跨院中昏迷着呢。"

吴震道:"我带了几名手下,都是随我日久的捕快。他们的马不如我快,如今还在路上,应该快要到了,来了也好有些帮手。"

他见裴明淮脸上神情古怪，恼怒道："你似乎还瞒着我什么？"

裴明淮道："没有，我只是想听听你对这件事如何想。"

吴震冷冷道："案发之后，要在最快的时间内搜查案发之处，尽量搜寻线索，这是最浅易的道理。"

裴明淮道："那你找到了什么线索？"

吴震道："一场暴雨，将线索都冲毁得七七八八了。那些脚印，其乱无比，如我所料不错，定然是有人故布疑阵，意图令我们误入歧途。"

裴明淮道："说了半天，都是废话。吴大神捕，你要回话，也这么回？"

吴震哼了一声，道："据我所见，如今那批从秘洞中运出的宝藏，想必还在黄钱县。黄钱县与邻近村子，只有我来的那条路能容马车通行，要运出去，只有那一条路。宝物多而沉重，若是单靠人力，绝不可能。所以……"

裴明淮道："你的手下不正是在赶往黄钱县的路上吗？"

吴震道："若是他们遇到有车马出去，定会上前询问。此时他们应该也快到了……"

他话音未落，忽然听到有人在用力拍打县衙大门的门环。此时夜深人静，这声音远远地都可听到，十分响亮瘆人。

二人快步走至院门，只见几名汉子正站在县衙门口。为首一个汉子回头见了吴震，忙疾步过来，施礼道："吴大人，夜里暴雨，山路泥泞，有些路段被冲得难以通行，因此来迟，请大人见谅。"

吴震道："难以通行？怎么个难以通行？"

他的声音甚是严厉，那汉子以为吴震是在责怪他们，十分惶恐，忙道："路被冲毁了，我们中间有两位兄弟轻功不行，只得寻些树木搭桥……"

吴震挥了挥手，道："我不是怪你们，我只是想知道路上的情况。既然连人都不可通行，马车自然更不可能了？"

那汉子道："当然不能。连我们过那圆木搭的桥，都得小心万分呢。"

吴震又问："你们在路上可曾遇到过出去的马车？"

汉子一愣，道："我们不曾遇到过马车。"

裴明淮插言道："那可曾遇到过什么人？"

汉子看了看裴明淮，忽然失声道："啊，是裴三公子！……卑职没看到您……"

裴明淮笑了笑，道："不必客气，答我的话便是。我记得，你姓冯吧？"

汉子道："是，小人冯虎。回公子的话，一路上并没遇到过什么人。只见到处都是极高大的柏树，树身参天，若非我们人多，还真觉着有些惧怕呢。"

吴震沉吟片刻，吩咐道："你带两个人去那大院里，细细搜查。其余的，赶紧救治那些昏迷之人。"

几名捕快都领命而去，裴明淮道："我做什么？闹了一夜，可以睡觉了吗？"

吴震瞪他一眼道："不能。"

裴明淮道："你都有手下来办事了，还拖着我做什么？我是真有事，我要去趟方家。要不，你找两个人跟着我，去把英扬给抬回来？他是我朋友，我不想让他一直晾在那里。"

吴震无奈，道："你要去方家就快去，别的事，我着人去办！包你回来的时候，人也抬回来了！"

方府此时更是一片愁云惨雾，小午出来迎裴明淮，苦着脸道："裴公子，我家老爷他真的死啦？"

方起均的尸身如今还在县衙，并未送回，但区区一个小县城，消息自然传得极快。裴明淮点头道："不错。"

小午唉声叹气地道："老爷以前精神还好，就这段时日，整个人都变了……"

裴明淮道："变了？怎么说？"

小午道："自从接了那个姨娘进门后，就变啦！"

裴明淮道："锦心？"

小午撇了撇嘴，道："公子也知道？是啊，就是锦心姨娘！她啊……趁我们老爷不注意，还去勾搭英爷呢！我们怕老爷知道生气，也不敢说……现在老爷死了，我也不怕说出来了……"

裴明淮道："你家老爷是从何处娶得这位锦心姨娘的？"

小午道:"老爷有一次出门,回来时便带了这位锦心姨娘。虽然老爷不说,但看这位姨娘的做派,才不是个好人家的姑娘呢……哼!"

裴明淮虽然心绪不佳,此刻也忍不住笑道:"看不出你年纪小,知道得还不少呢。"

小午瞪着眼睛,道:"我不小,我什么都知道呢!"

裴明淮道:"她现在何处?"

这个问题却问得小午呆了一下,道:"裴公子,您这一说,我才想起,我有一阵子没见着她了。"

裴明淮道:"带我到她房中看看。"

小午带着裴明淮进了花园,指了花园角落一所小小精舍,道:"锦心姨娘便是住在此处的。她喜欢静,最怕人吵她。"

裴明淮不语,穿过花园进了精舍。精舍里布置雅致,一股淡淡的女子幽香萦绕其中,轻红罗帐,水红绣鸳鸯的被褥,十分柔美。一条藕荷色的裙子放在床上,上面绣着白色的花朵。这便是裴明淮初次见到锦心之时,她所穿的衣裙。锦心那时手里拿的团扇,也扔在床上。

小午见他站在那里不语,便叫了一声:"裴公子?"

裴明淮嗯了一声,道:"小午,这几日来,多谢你了。"想取些钱递给他,却不留意把怀里放着的那朵花掉在了地上。小午一见,便道:"哎哟,裴公子,你也有这花啊。"

裴明淮一凛,道:"你难道见过?"

小午道:"现在不就在面前吗?"

裴明淮道:"在哪里?"

小午把嘴一努,笑道:"裴公子,这不是?"

裴明淮大吃一惊,这时他才发现,锦心扇子上与裙上绣的花,竟跟他手里的花,十分相似。

他捏了那柄团扇,一时之间,心中诸绪纷呈。

9

回到县衙，已是天色微明，鸡啼之声不绝。县衙附近那个大院这时称得上是人声鼎沸，几个眼睛都还没完全睁开的衙役，正握着腰刀，站在院门口。冯虎也站在门口，他生得豹头环眼，正左右四顾，颇有虎虎生威之概。见到裴明淮，他忙见礼道："裴公子。"

裴明淮道："里边怎样了？"

冯虎道："有不少人已然醒了，我叫兄弟们自井里打了些凉水与他们，坐一坐，躺一躺，便无妨了，自可回家去。还好，迷香无毒。"

裴明淮点了点头，道："你们吴大人呢？"

冯虎赔笑道："在里面，公子这边请。"

吴震看到裴明淮，面色不悦，埋怨道："事那么多，你又去那么久。"

裴明淮笑道："我这不是帮你找线索去了吗？"

吴震道："可有收获？"

裴明淮道："大大的有。"

吴震叹了一口气，道："这黄钱县，看起来颇为安宁，怎会发生这等事？"

裴明淮道："你一向对怪案奇案都感兴趣，为何对这黄钱县多年不断的人皮灯笼毫无所知？"

吴震道："天下事可多去了，我虽然爱看爱记，但也不能一一查去。这回还是听了你说，我又调了昔年的卷宗，再细细看来，确实诡秘难言，兴趣也自然来了。话说回来，你不是奉皇上之命，领东道大使之职兼持使节，下去巡视吗？怎么跑这里来了？"说着又朝裴明淮从上到下瞅了一眼，"你穿便服，看起来是不想张扬的样子，这是事已经办完了吗？听说你连晋州刺史都杀了，依例不是刺史要先弹劾，不能当场处置的吗？"

"皇上特旨，这一回我领使持节下去，不管是谁，都可以处置。事情是办完了，我顺道过来看朋友，没想到弄成这样。"裴明淮道，"不过是例行公事罢了，朝廷不发俸禄，让当官的喝西北风去？只要不太过分，也就罢了。但那晋州刺史实在是太惹民愤，已经是明目张胆地抢了，杀了他人人称快，又何必麻烦？这制，倒是该改一改了，已然不合时宜了。日子一太平，可也就没东西可掠了，更得抢百姓去。"

吴震笑道："我倒是宁可不发，我现在日子过得还不错，若是只吃俸禄，怕是得穷死的。"

裴明淮瞪了他一眼，吴震道："阿苏呢？怎么你没带他一道？"

"他架子比我大多了，带他做什么。"裴明淮道，"侯官人人惧之，白鹭所到之处便如闻丧。苏连身为侯官之首，连皇亲国戚都让他三分，能避则避，怎么，你吴震倒还不怕，还想见他？"

吴震讪讪一笑，道："那不是久了没见嘛。"

裴明淮道："你少招惹苏连去！你那张嘴没个遮拦的，惹恼了他，我也不会帮你说话！"

吴震苦着脸，道："好歹看在你师父的面子上……"

"行了行了行了！"裴明淮打断他道，"就为了我师父那句话，我也算是倒了霉，多少回替你收拾烂摊子！好了，说正经事，你查得怎么样了？"

吴震正要说话，忽见冯虎急匆匆地跑了过来，面有惊疑之色，见了吴震便道："大人，发现了一具尸体！"

吴震道："谁？"

冯虎却摇头道："不知道。"

吴震皱眉道："什么叫不知道？"

冯虎道："大人，那尸体……没了头。"

裴明淮忙问道："穿的什么样的衣衫？"

冯虎道："一身青色衣衫。"

裴明淮叹道："背上的皮被人剥去了，可是？"

冯虎望向裴明淮，脸上惊疑之色更浓。"裴公子所言不差，正是。"

裴明淮对吴震道："想来便是方墨林了。"

吴震问冯虎道："是在何处发现的？"

冯虎道："是在黄钱县旁那条小河。尸体漂到了岸边。我们走到那里，便看到了。"

裴明淮不觉又是叹气，吴震道："走吧，去看看。"

二人随着冯虎到了那处，这一日的河水比起前两日又涨高了不少，河水混浊，腥臭难当。

两名捕快已经把尸体抬到了岸边。吴震看了看方墨林断颈处的伤口。"跟那方起均一样，是被同一种兵器砍下头颅的。不过……"

裴明淮道："怎么？"

吴震道："这人比方起均死得早多了。头颅是死后良久才砍下来的。"

裴明淮道："你确定？"

"当然确定。"吴震道，"他父子二人，都不会武吧？"

裴明淮摇头道："不会。"

吴震挥了挥手，对冯虎道："抬到县衙去。"又对裴明淮道，"你说你去方府找线索，究竟找到什么了？"

裴明淮道："找到凶手了，我这就带你去。"

吴震呆了一呆，道："真的假的？"

裴明淮笑道："真的。"

吴震问道："在哪儿？"

裴明淮道："你跟着我走便是。"

吴震只得率了几名手下，与裴明淮一同前行。还没走出几步，两个捕快就奔了过来，叫道："大人！"

吴震道："怎么了？不是叫你们去抬尸体吗？人呢？"

那两个捕快对视了一眼，道："大人，没见着啊。"

吴震和裴明淮都吃了一惊，裴明淮道："你们没见着英扬的尸身？"

"只有一大滩鲜血。"其中一个捕快回道，"血里还有一些断发，半片头巾……照我看来……"他嗫嚅了一下，方道，"恐怕是有人把他的头砍了下来，又连头带尸身一同拿走了！"

裴明淮大为震动，一时竟不知如何是好。吴震冷冷道："看起来，这凶手，对头颅情有独钟啊，一个都不肯放过。照我看来，英扬的尸身，恐怕也被抛进了河里，头也被凶手给带走了。你还不带我去见凶手，不知道下一个死的是谁呢！"

裴明淮沉默半晌，方道："该死的，大概都死得差不多了。"说罢不再说话，只在前面带路，吴震也只有跟上。

只是越走越偏僻，吴震忍不住道："你这究竟是要去哪里？"

裴明淮道："冯老头的家。"

吴震道："冯老头？"

裴明淮道："这里手艺最好的灯笼匠。"

吴震又是一怔，道："灯笼匠？"

此时已到了冯老头那茅屋之前，吴震喃喃道："住这么偏僻的地方？"

裴明淮却恍惚觉着地上的野草较之前日又高了些，晨色低迷，那一串串暗红的灯笼如同凝固了的血。茅屋前半人高的野草，把柴门都掩住了一半。

吴震压低了声音道："没有点灯。"

裴明淮道："我去看看。"

吴震道："还是我去吧。"

裴明淮笑道："我难道还怕一个七八十岁的半瞎老者不成？"他有意放重了脚步，踩得树叶沙沙作响，一手把柴门拍开，扬起声音叫道："冯老爷子，我的灯笼做好了吗？"

没有回应。

吴震从怀里摸了个火折子，晃亮，抛给了裴明淮。裴明淮举起火折子，朝茅屋里一照，却见屋里还如前日一般，四处胡乱堆着灯笼骨架、彩纸、绸缎之类的物事，却不见冯老头的踪影。

吴震耐不住了，道："人呢？难不成畏罪潜逃了？"

裴明淮道："我进去找找。"

吴震回头对手下道："将这茅屋牢牢围住，一只老鼠也不准放出去。"

冯虎等人齐声答应。柴门甚窄，吴震身形高大，弯腰侧身方走了进去，裴明淮忍不住嘲笑道："看到吴大神捕生来就是富贵命，这等破旧茅屋，不是你该来之处。"

吴震冷冷地掷回了一句："你裴家的窗，比我家门还大呢。"

他自裴明淮手里接过火折子，那火折子十分小巧，但极明亮，偌大的一间屋子，也被照得毫无遗漏。只见案上放着一只碗，碗里尚有半碗剩饭，吴震端起来闻了一闻，皱眉道："已经馊坏了。"

裴明淮却踱到窗边，回头笑道："吴大神捕，我考一考你。你看这窗台，有何异处？"

吴震只看了一眼，便道："这冯老头家里乱七八糟，不堪入目，只有这窗台收拾得干干净净，可说是一尘不染。这小盆里又盛放着花瓣……据我看来，想必是供奉之物了？"

裴明淮笑道："好，好，吴大人继续说。"

吴震走至裴明淮身边，敲了敲那小盆，道："非金非玉，也绝非石头木材。这……这是何物？"伸指在盆里拈起一片红色花瓣，道，"干花。"

裴明淮已不再笑，脸色变得煞是凝重。"这不是普通的干花，是千辛万苦留下来的供品。我听方起均说过，这花乃自西域传来，在这里要想栽活极是不易。想必这些干花，是冯老头刻意保存下来的，毕竟再要鲜花太难得了。吴震，你也读了当年的卷宗，你可知道这个小盆是何物？"

吴震握着火折子的手一晃，屋里光线乍暗复明。"你……你的意思是……"

"我上次到冯老头住处时，便已注意到这东西。"裴明淮道，"直到方才，我才记起，我曾看过卷宗，说那个万教诸多教义甚是古怪，有一桩便是将人的头盖骨做成供盆，盛香花来供奉他们的神佛！"

吴震手指本握着供盆边缘，此时像被火烧了一般，急忙缩手，目注裴明淮道："你……你所言属实？依你所言，这冯老头……冯老头……他必定是昔日当地的教徒，而且是极虔诚的那一类，方才会以人头骨来做供盆。"

裴明淮注视那供盆，里面盛了小半盆水，微微荡漾，里面漂着的花瓣，虽是干花，却着实鲜艳，色泽如血。"我记得曾在卷宗上看到，当年这万教在本地也有不少教众，对之十分虔诚，在为首教众们被处死之时，也有不少信奉他们的百姓被杀。我猜想，这冯老头的父辈，恐怕就是那时候被杀的人。他曾对我提过，当年那些乡民不仅告发自己的左邻右舍，还不分青红皂白地加以杀害，形容时怨毒至极，想来……他家人必定死状极惨。"

吴震道："他对你提过？"

"不仅提过，还说得极是绘声绘色，字字怨毒。若非亲身经历，断不会如此记忆深刻。"裴明淮道，"他做灯笼了得，那岂不同时也是绣工了得、画工了得？我猜想，他当年一定是在那寺庙里帮工，也许就是替那绘制壁画之人干些零活，才学得了一手绝活。也因此，他拓下了那壁画的原图，保有了完整的藏宝图。"他又指了那人头供盆道，"那供盆看来已是年久日深，我怀疑便是数十年前在寺庙里偷出来的所谓圣物，冯老头一直小心翼翼地供奉着。我就想，既然能以人头骨制供盆，那冯老头以人皮制灯笼，不就理所当然了？"

吴震喃喃道："这冯老头胆可真大，把这供盆就这么放在外面，也不怕人瞧见。"

"他住这么偏僻，有什么好怕的？"裴明淮道，"更何况，跟他同辈的人，几乎都死光了，他算长寿的了。若非心里有数，又怎能想到这供盆是头骨做的？"

吴震道："照你这么说，那冯老头就是为了报仇了？"

裴明淮道："当年刺史下来查案时，不少乡民都对万教中人落井下石，还为了一笔赏钱出卖乡邻！已过了数十年，很难查清当年之事了，但我想这冯老头选择的那些孩童，他们的祖辈，一定就是当年那些对教众们落井下石的人！他曾提过一个叫'康老四'的，为了一点赏钱，残害乡邻。我听杜如禹说，失踪的少年里面有一个叫'康书茗'，想必便是那康老四的后人。"

"好，好，好狠的一招。"吴震的脸在火光晃动之中，忽明忽暗，"令那些人惶惶不可终日，日日对着儿女背上的罗刹刺青，便想起自己犯下的天大罪行……待得儿女长成，又被剥皮残杀而死！试问这世上还有更残酷的报复之法吗？这冯老头……好深的心计，好毒的法子，好长久的耐心！只是……这事情大约就发生在这十多年、二十年，冯老头难道是到了老，才开始想报仇吗？"

"因为他儿子和妻子都死了,他从此再无挂碍,只有报仇之念了。"裴明淮道,"这是我亲口听他说的。他中年得子,疼爱无比,儿子却得了病。他朝方起均讨要些药材,却到得晚了,不曾救得他儿子的性命,连他妻子也伤心病死。是以他最恨的,就是方家,首先下手的,就是方家的一对儿女!"

吴震皱眉摇头,道:"这冯老头实在乖戾得紧。"

"他反正也老了,又孤身一人,还有什么好怕的。一个人若是钻了牛角尖,就会越陷越深,出不来了。"裴明淮叹道,"那些孩子,又何罪之有?将他们杀害,制成人皮灯笼,看一家家都哭得肝肠寸断,那冯老头大约更觉着志得意满。世上本无厉鬼,有的只是怀了各种各样心思的人。"

吴震铁青着脸,喝道:"还说这么多作甚?我们赶紧把这冯老头找出来,以免他畏罪潜逃了!"

裴明淮回忆前次来到此处的情形,那冯老头便似鬼魂一般自身后冒了出来。心中一动,叫道:"地室!地下一定有暗室!"

吴震也道:"对,必定是地室。我就不信他平日里做人皮灯笼,敢在这屋里做?若是有人闯来了,那还不露馅?"

二人都是江湖经验丰富之人,暗道机关见得多了,这小小茅草屋里的地室又怎难得倒他们?不出半盏茶时分,吴震已在灶台之下发现了地室的入口,也只是一块石板,上面用几捆柴草盖着。当下把柴草掀开,揭开石板放在一旁,道:"我先下去。"

裴明淮随后下去,吸了吸鼻子,道:"什么味道?好生难闻。"

这时吴震已点亮了案上的数盏油灯,顿时地室里大放光明。两人一时都怔住无语,只见地室里一张长案之上,放了一盏莲花形状的宫灯,赫然竟是给裴明淮做的那盏,已然完工,十分精致。冯老头却歪在榻上,仰面向天,脸色发黑,口鼻耳眼里,都是凝固了的黑血。

裴明淮喃喃道:"大约他做灯笼之时,少不了光亮……这里的油灯,足足有数十盏哪……"

冯老头面前放了一壶酒,两个酒杯,杯子却已空了。吴震拿起酒壶闻了闻道:"好酒。"

裴明淮道:"我曾听冯老头说过,胡大夫常常带着些好酒,来孝敬他……"

他一语未毕,吴震便叫道:"不好!"

说时迟那时快,只见"轰"的一声,一个火把自地室口落了下来,紧接着"啪"的一声响,石板盖了下来。地室里多是柴草,又浸满了油,火把一点即着,顿时柴草燃了起来。裴明淮叫道:"是胡大夫!他一直便在这里等着我们……"

虽说隔着一层石板,但胡大夫的狂笑声仍然隐隐可闻。只听他的声音,断断续续地传来。

"我早在此处等着你们了,我就知道来者不善,来者不善哪……哈哈哈,哈哈哈……你们迟早都会查到是我爹干的好事,如今他跟你们一同葬身火海,便再无人会怀疑到我了……哈哈,哈哈……这机关我布了多年,原是怕有人寻到此处,我也能杀人灭口,今日终于派上用场了……"

柴草极干,火势蔓延极快,刹那间地室里便是火光熊熊,热浪灼人。裴明淮只觉整个人都似要被烤熟一般,挥掌猛击石板,那石板却十分坚固,击之竟有金石之声,想来上面还有一层更厚的铁板,仅凭掌力是击之不穿的。

吴震道:"用你的剑!"

裴明淮道:"剑毁了你赔我?"

吴震大叫道:"那是御赐的剑,我赔得起?"

裴明淮道:"你既然知道,还要我用?"

吴震"呸"了一声,道:"剑重要,还是命重要?何况那是宝剑,哪有这么容易毁!"

"你的那些手下都死了?"裴明淮道,"还说都是千挑万选出来的哪,我看都被姓胡的用迷香给迷倒了吧?没一个中用的!"

他提气喝道:"姓胡的,你以为把我们烧死了,你便能独得财宝?难道你不知道藏宝已然被运走了?"

只听那胡大夫又是一阵狂笑,吴震低声道:"那石板虽被盖上……咳咳,但仍可听得到他声音,想来这里另有出口。"

裴明淮瞪他一眼，烟灼得两眼流泪，抹了一把道："是有出口，碗大的通气口，老鼠才爬得出去！"

胡大夫狂笑了好一阵，方道："运走是运走了，但必然也有我一份功劳……"

裴明淮道："你以为九宫会真会给你你那一份？"

吴震跺脚急道："你还跟他多说什么，你身上必定有葛氏的火器吧？剑舍不得，那些物事总该舍得吧？东西重要还是命重要？"

胡大夫一直在狂笑，此时笑声陡止。裴明淮与吴震竖起耳朵听了片刻，上面再无声音传来。二人皆是两眼通红，相对一望，忽然听到"咔咔"之声，那被封死了的石板，竟正在缓缓移开。二人已被灼得受不住了，裴明淮笑道："就算上面是刀山，也比这火海强！"

他伸手在案上一按，人已飞起，从那地室口掠了出去。他原准备着外面便是刀剑加身，双脚落在实地一看，面前却跪了一个人，一根树枝自心窝里透了出来，已然气绝。黑发灰衣，不是胡大夫是谁？再左右一看，吴震那几名手下倒在一旁，试了一试呼吸，只是昏迷，尚无性命之忧。鼻端依稀还闻得一股异香，想来便是迷香了。

吴震也出来了，一见到胡大夫死在外面，也吃了一惊。裴明淮一回头，见那地室里火光冲天，已成火海，在外面也能觉得热浪灼人，忍不住打了个寒噤道："好险，再迟上一步，我们真要被烧成焦炭了。"

吴震注视着胡大夫，喃喃道："这是怎么回事？……"

裴明淮笑道："难不成他良心发现，救了我们又自杀了？不通，那下面的油，分明是他浇上去的。冯老头也定是他杀的，他知父亲好酒，便备了些好酒来陪父亲喝酒，冯老头喝了后，即刻身亡。他知道我们迟早会怀疑到冯老头，所以在这里等着我们哪。"

吴震道："就算是养父，总也是父子一场，真真是禽兽不如！"他想了想，又道，"胡大夫是怎的知道人皮灯笼藏宝之事的？"

裴明淮道："这黄钱县能有多大？胡大夫跟杜如禹等人交好，又在方起均那里坐馆，我都能偷听到些端倪，他又怎会偷听不到？胡大夫既然父母双亡，说不定家里人也是信奉那万教的，所以冯老头才收留了他。"

吴震嗯了一声，道："此言有理。"

裴明淮又道："照我看来，胡大夫定然是这几年才发现这个秘密，继而充当帮凶的。当然，胡大夫帮他父亲杀人，可不只是为了复仇，大半是为了那笔宝藏。胡大夫最初并不知道养父在做人皮灯笼，只是觉着冯老头有些神神秘秘。他也许是偶然发现了冯老头的地室，才知道了这个秘密……他想到平日里从方起均、杜如禹等人处听到的闲言碎语，猜到父亲所制的人皮灯笼内藏宝藏之秘。冯老头每次在孩童身上刺青的时候，从不刺上完整的图样，只有灯笼出现的时候才会把罗刹像补齐。我觉着这冯老头很有点看热闹的心思，看着一群人为了宝藏而发疯。"

吴震道："这么多年，居然没有人发现他杀人，他的运气还真是好。"

裴明淮道："谁大半夜地去升天坪、黄泉渡？除了我这不知避嫌的外地人。照我看来，这几年必是胡大夫接替了其父干这桩事。那胡大夫脚步轻捷，面貌比他的年龄看起来要年轻多了，想来必然也练了些强身健体的功夫，比起普通人要敏捷多了。他是当地的大夫，谁会怀疑他？"

他说到此处，微微叹息了一声。"我看这胡大夫父子，想要财宝、想要复仇固然是种执念，但却都已迷上了杀人，甚至迷上了人皮灯笼。英扬对我说，胡大夫对灯笼不感兴趣，连赛灯会都不怎么去。可我明明听过他自己大大赞赏人皮灯笼之巧夺天工的，照我看来，他不参加赛灯会，大约就是在干那挂人皮灯笼的勾当！"

吴震疑惑道："那英扬，杜如禹，方起均三人，就从未怀疑过冯老头父子？"

裴明淮道："恐怕不曾。谁会去怀疑一个风烛残年的老头？"

吴震忍不住冷笑道："那方起均明知道自己的儿女也逃不过此劫，居然还这般跃跃欲试？"

裴明淮叹道："多年执念，如附骨之蛆。正因为知道可能连儿女都会没了，才更对身外之物不舍。"

吴震想了半晌，道："你这话，我似懂，又非懂。"

裴明淮道："你不贪财，自然不懂。"

吴震斜眼看他，道："你这是在夸我？"他顿了顿，又道，"有一件事，我有些想不明白。胡大夫身有武功，劫人杀害不难，但方墨林可是在你眼皮子底下被劫的！他们父子，就这么厉害了？"

裴明淮却摇头道："不，仅凭他们父子，是办不到的。"

吴震变色道："你这是什么意思？"

裴明淮脸上浮起了一丝淡淡笑意，提了声音，笑道："你在一旁听了这么久，如今也应该出来了吧？"

吴震失声道："谁？"

只听得树林里有人一声轻笑，枝叶微微响动，一人走了出来。暗红灯笼的血光笼在他的脸上，吴震竟激灵灵地打了个冷战。

罗刹鬼脸！

10

裴明淮笑道："方墨林，果然是你。"

"你……你不是死了吗？"吴震初次见着这般鬼脸，比不得裴明淮已"看惯了"，一时间惊骇难言。

方墨林虽是一张罗刹鬼脸，仍可看到他嘴唇微微扬起，似乎是在笑的模样。他的声音虽刻意压低了些，但仍然十分悦耳，这还是裴明淮初次听到。"你看到的只是一具无头尸身，又怎能证明他是方墨林呢？"

吴震更是惊骇莫名，对裴明淮道："你不是跟我说，方墨林是个哑巴？"

裴明淮淡淡一笑，道："他本来就不是方墨林。"

吴震沉声道："这人究竟是谁？"

"方墨林"一双眼睛十分灵动光芒四射，此时瞟了下裴明淮，声音里隐隐含了笑意。"他似乎都知道，让他说吧。"

裴明淮又笑了一笑。"以你的身手，在九宫会必居高位，你定是日奇、月奇、星奇中的一个，星奇传闻是个女子，你是日奇还是月奇？"

"方墨林"笑道："这我可不能告诉你。不过，英扬应该已经告诉你了，给他留书信的是辛仪。"

裴明淮沉吟道："留信的是辛仪，但是来的不止辛仪，你的地位在辛仪之上，看来九宫会对这笔财宝，势在必得。"

"方墨林"笑道："不是势在必得，是已然得了。那些东西，此时已然运往九宫会总坛了。"

裴明淮道："我也是这般想。是你们劫了墨林、青囊，杀了他们？"

"方墨林"摇头道："不是。我没想过杀他们兄妹，马车出事还真是个意外。我们一路跟着，原准备伺机劫下他们，想相救却已来不及了，方墨林当场身亡，方青囊却还剩了一口气。我与方墨林身量相仿，他又是哑巴，我原本便预备冒方墨林之名去方家。有这张鬼脸吓人，方起均又有眼疾，想来也不会有人发现。"

裴明淮道："你这鬼脸，是个面具？"

"方墨林"笑道："辛仪易容之术，天下无双。"

吴震奇道："你们这般冒险，却是为何？"

"方墨林"道："为的自然是血玉钥匙。辛仪在他们三人家中，久寻不得，不得不出此计。我们仿制了一个，嵌在方青囊额头之上。果然不出我们所料，英扬与方起均一见到便大惊失色，急急前去察看。待得他们一走，我便以赝品调换了。唉，英扬确是江湖老手，设计得着实麻烦，累得我出此下策。"

吴震问道："究竟血玉钥匙藏在哪里？连你们都找不到？"

"方墨林"道："东西虽在方起均家，钥匙却在英扬自己身上。且钥匙有数把，顺序绝不能乱。我若非此次在旁亲眼窥见如何开锁，就算辛仪偷了英扬的钥匙重制，也不敢下手。若是错了，不仅打不开，必会被他等发现，打草惊蛇。"

吴震冷冷道："以九宫会之能，难道找不到当年制钥匙的匠人？"

"方墨林"叹道："那人已经死了。干这一行当之人，性命难道还能长久了？"

吴震一震，道："难不成那人是……！！！"

裴明淮道："正是吕谯。吕谯与英扬交情甚好，若是英扬要吕谯为他弄处地方藏这血玉，吕谯必当全力以赴。不过……"

他说到此处，却望着"方墨林"道："吕谯之死，可与你九宫会有关？难不成是你等逼迫于他……"

"不是。""方墨林"打断了他，"吕谯之死，与九宫会全无干系。我等从不知晓吕谯与英扬竟然交情颇深。"

吴震眉头皱起，似在思索什么，不再说话。裴明淮却冷笑道："方起均不惜将血玉自女儿额上挖出，以察真伪，嘿嘿，这可残忍得紧。小午那孩子说，杜如禹、方起均二人拿着个视如珍宝的香囊，曾在一起密谈，想必那个香囊里装的就是血玉。我向英扬询问，不合说出了'香囊'二字，他居然拿了个高僧护持过的符来糊弄我。"

"方墨林"轻轻一笑，道："你以为，杜如禹他们图谋那些被剥了皮的死人的财物，就真的不怕了？求一符来辟邪，人之常情。那小午说的，大概也是多年前的事了。如今他们极谨慎，把那血玉藏了起来，再不肯轻易取出。若是真拿出来，我等早就下手抢了。英扬武功虽不错，辛仪也能对付。"

裴明淮冷笑道："恐怕英扬手里那个香囊不是自己求的，而是有人送的吧？"

"方墨林"道："裴兄果然明察秋毫。"

裴明淮道："不是我明察秋毫，是她太过于掉以轻心！"

吴震这时候，打断了二人对答。"宝藏你们已经运走了？"

"方墨林"笑道："吴大人好歹比裴兄想得周到，还知道问我东西在哪里，是怕回去不好交差吗？不错，血玉一到手，我等就把东西找出来运走了。"

吴震慢慢道："难怪我的手下来的时候，根本不曾看到马车出去。原来……你们白日就已将东西送了出去。"

"方墨林"道："不错，那日正是集市，又逢了赛灯会，众人都要出去买些物事，来来往往，丝毫不足为奇。可笑你等如今才想到一路搜寻，真真是太迟了。"

吴震冷笑道:"若是将你擒下,自然也会知道九宫会总坛在何处。"

"方墨林"笑道:"我知你吴大人用心仕途,若能破了九宫会,当是大功一件。只可惜,要凭你,恐怕还截不下我来。"

吴震道:"再加上明淮呢?"

"方墨林"道:"你以为我是一个人?"

裴明淮道:"自然不是。不是早已说过了,辛仪也来了吗。"

吴震道:"谁是辛仪?"

裴明淮道:"锦心!我曾偷听到她与你说话,只是当时不知是你罢了。"

"方墨林"哦了一声,道:"辛仪一向托大,这次也不例外。我都叫她小声了,她还怕没人听到。"

裴明淮道:"九宫会耳目遍及天下,也不知道你们是从何处得到了那桩数十年前的宝藏的消息。这笔财富,实是非同小可,是以九宫会肯派辛仪来办这桩事。"他停顿了片刻,又道,"方起均以前身体尚好,精神也甚健旺。他出门之时,遇上了锦心——也就是辛仪。锦心自然是刻意接近,这女子无比娇媚,让一把年纪的方起均也动了心,将她带回了家。锦心除了在方家上下打探之外,还去勾引英扬,为的就是找那钥匙。"

他望着"方墨林",道:"万事俱备之时,你便也来了,你是来助辛仪一臂之力的。你们原本如何打算,我不清楚,但你冒方墨林之名去方家,必得想一个万全的法子。锦心记起从英扬口中得知我要来,路上又有眼线,我何时前来她自然一清二楚。所以,我顺理成章地在黄泉渡救下了'方青囊'和'方墨林',将二人送回方家,这实在是天衣无缝。我来的那晚,本不该那时出现的人皮灯笼竟然出现,也是你与辛仪的意思,假胡大夫之手而为。就是要让我看到,引我前往黄泉渡!只是青囊本该已经是个死人了,你们给她的药加上我的,也延不了几时命。"

"方墨林"微微点头,道:"她自山上跌下,伤及内脏。我有心救她,却也无力回天。"

吴震冷笑道:"九宫会中人,居然还这等心慈手软?"

"方墨林"淡淡道:"她本是无辜之人,杀了她,对我有何好处?你也莫说我心慈手软,她断气后,背上的皮可是我揭走的。我假扮方墨林,可也是揭了他背上的皮，贴在自己背上的。"

吴震被他呛得无话可说，裴明淮却道："辛仪身有异术，想必便是'腹语'。这锦心，嘿嘿，倒甚是顽皮，她在黄泉渡见到我的时候，便与我开了个大大的玩笑，不仅说了些什么幽冥黄泉的话来吓唬我，还遗下了两朵花给我。"

吴震道："你在黄泉渡所听到的幽冥鬼声，在方家听到的声音，都是她以腹语说出来的？以前在江湖上也听闻过腹语异术，但还从未亲自碰上……"

裴明淮点头道："正是，所以那声音才如此怪异，不似人声。我一直守在'方墨林'身边，跟他下棋，弄得这'方墨林'想走也难，于是已死的'方青囊'不得不又出来了。你有意问我青囊之事，只有一个用意，便为做出震惊之态，摔碎茶碗为号，让辛仪扮作方青囊引开我，你好脱身。你还推翻烛台，烧了跟我对答所用的纸张，毕竟，你的字迹，跟真的方墨林决不相同。辛仪有意遗下了一串璎珞，让我认为是诈尸了。我日里在黄泉渡见到的也是辛仪，她从方家一直跟着我，见我在那里细看壁画，怕我发现什么端倪，才有意把我引开的。她做事也真爽快，为避免我在青囊身上发现破绽，诈尸的不是青囊而是她，索性把青囊的尸首给烧了。英扬等三人说话又闪闪烁烁，我不以为他们心中有鬼才怪呢。"

"方墨林"笑道："你现在倒事事看得分明，只是略晚了些。"

裴明淮道："我如今只是有一事不解，你们既已得了宝藏，已可功成身退，为何还不走？杀方起均，杀杜如禹，究竟为了什么？"

"方墨林"道："你且猜猜看？"

裴明淮道："是否与锦心有关？"

"方墨林"叹了口气，道："你猜到了。"

裴明淮道："杜如禹等人认得那万教的文字，不奇。你和辛仪，必有一人是识得的。不是你，就是她。而且辛仪连衣服、团扇，都用那花的图样，我不得不怀疑，她与那万教本来便有渊源，是以才知之甚详。"

"方墨林"叹道："我对她三令五申，不要多生事端，她偏不听。女子若固执起来，真是没办法的。"

吴震奇道:"她是你属下,你却管不了她?"

"方墨林"不语。裴明淮道:"想必锦心来此地寻找宝藏,另一目的便是要报当年之仇,是以你也不好多加干涉。方起均和杜如禹,这二人的父辈,都与此事大大脱不了干系。"

吴震道:"方起均是辛仪杀的?"

裴明淮道:"她安排的人扶着那披了斗篷的无头尸体出来,把我们的目光都吸引过去,她立即取了方起均的头。方起均身上染病,行动迟缓,不像我等会立即奔过去看那两盏人皮灯笼。趁我们都围过去之时,她给酒坛里下了药。灯笼里面的蜡烛,自然也是特制的了,由辛仪派人给暗地里换上的。她怕蜡烛药力不足以迷倒我与英扬,是以又在酒里补了一记。不杀我,是怕若是杀了我,后患无穷。"

吴震道:"不杀你,自然有理,你裴三公子什么身份,他们也得掂量下。可为何不杀英扬?"

裴明淮缓缓摇头,道:"也许是因为她已经给英扬另设下了一个陷阱,而英扬也确实中了计,把自己给害死了。"

吴震道:"杜如禹想必也是那时被杀的,只是为何不把尸体留在原处?杀方起均,以辛仪之能,又何必如此麻烦?"

裴明淮道:"故布疑阵!黄泉渡留下的那些脚印也是同理,我们越在此地耽搁,理不清头绪,他们的珍宝就走得越远,越是安全!还有,辛仪割下了方起均和杜如禹的头,英扬头颅被砍想必也是她干的。她必定是打算携这三人之头,祭奠她的亲人,因为当年那些万教中人,都是被剥皮砍头的!"

吴震不由得打了个寒战,又问:"那无头尸体又是何人?"

裴明淮道:"你有所不知。我曾经遇到一个卖香烛的洪老头,他说他侄儿不久前急病死了。想来尸体是被盗了,死了都不得安宁。"

"方墨林"又是一声轻笑,道:"你们两个,到底谁才是名捕啊?"

吴震面不改色地道:"我初来乍到,自然比不得他事事亲历。"

"方墨林"笑道:"吴大神捕倒是真会说话。"

裴明淮道:"只可怜那真的方墨林,死了多时,还得被你们把头给砍下来，不得全尸。"

"方墨林"道："那都是辛仪的主意，可别赖我。你们若要，我还给你们便是。"

吴震怒道："一丘之貉，假慈假悲！"

"方墨林"也不理他，向裴明淮笑道："你输了我数子，想来甚是不服。如今知道我还活着，可还想讨回来？"

裴明淮笑道："若非我缠着你下棋，你跟锦心也不必那般麻烦了。你趁入夜正要走，却正好遇到我来了。"

"方墨林"道："正是。你还真是个麻烦之人，要摆脱你纠缠，真得大费周章，还好我与辛仪事先已有应对之策。"

他们对答之际，吴震还在皱眉寻思，这时忽道："我还有一事不明。那胡大夫，为何会跟你们九宫会合作？"

他眼望"方墨林"，"方墨林"笑道："辛仪来到此处之后，细细打听，便想到了人皮灯笼必是高手匠人所制，在这附近，却只有冯老头一人。辛仪窥视多时，终于撞上冯老头父子二人密议，地室里居然藏着历年来的所有人皮灯笼。辛仪此时现身，自然吓得他们不轻。冯老头对宝藏并无染指之意，只是想要报仇罢了，有我等相助，他高兴都来不及。他儿子若不跟我们合作，便只得死路一条。更何况，他们捏着藏宝图，没有钥匙，又有何用？那姓胡的，于父无情，于友无义，是个该死之人。我替你们代劳了，又救了你二人，你们难道不该谢我？"

裴明淮狐疑道："你杀他尚在情理之中，可你为何要救我们？"

"我救你，是因你还算个讲情义的人。""方墨林"缓缓道，"我虽不是方墨林，你与我萍水相逢，却愿意施与援手。九宫会行事，一向有仇必报，有恩必还。这次我救了你，以后若你再撞在我手里，我就不会客气了，管你是不是裴家三公子。"

他话音未落，只听一阵银铃般的娇笑声，一个穿水红纱衫的美貌女子，飞燕般地落到了院中，正是锦心。"你这人可真是多管闲事。要不是你嘴那么甜会讨人欢心，我才不要救你呢。"

她一个转身，再回过头时，竟已变了罗刹之脸，裴明淮和吴震都吃了一惊。她那张罗刹鬼脸，确只是个极精致的面具。其时再一想，实在觉得一切都明白得不能再明白了：能够做出那般精美的人皮灯笼，除了冯老头，难道还能做第二人之想？只是人在局中之时，又怎能看得那般清楚明白？

这时"方墨林"已走到了锦心身边，吴震叫了一声："想走？"

裴明淮笑道："难道方兄真不打算以真面目示人吗？下次见到你，我又如何能认出你？"

"方墨林"笑道："我的真面目，岂是那么容易示人的？至于下次……照你这爱管闲事的性子，我们总会再见面的。这次被你拆穿了，我倒想看看，下一回你是不是还能看破？"

吴震怒喝道："你们还想走？"

只听锦心又一声娇笑，一蓬白烟炸开，隐隐还有异香，二人都只得屏了气跃开。待得白烟散尽，二人早已无影无踪。

吴震恨恨地道："这丫头，逃跑倒是一流的本事。"

他见裴明淮脸上殊无气恼之色，怒道："你也不追？"

裴明淮道："以九宫会的作风，自是留了后路，我们是追不到的。"

吴震冷笑了一声。"总有一天，我会把这九宫会连根拔起。"

裴明淮淡淡一笑。"你还是先把这黄钱县的事料理好吧。"

吴震默然半晌，却道："其实这两人行事，倒也不算太过恶毒。说起来，这九宫会啊，跟此前实在颇有不同。"

裴明淮道："何出此言？"

吴震道："行事作风，似乎更严密谨慎，而且对官府更加避忌。唉！越是这般，越难对付了。"

裴明淮笑道："你难道真的想立个大功？"

吴震忙道："没这回事，说说泄愤而已。九宫会根基太深，我这小小廷尉评，哪里办得到？"

裴明淮瞟了他一眼，道："吴大神捕什么时候也这么谦虚了？"

吴震嘿嘿一笑。"在裴三公子面前，我自然得客气。我说，你到底能不能告诉我，你来这里干什么？真的只是为了访友？"

裴明淮道："也是为了查当年那件事。"

吴震满脸狐疑,道:"为什么突然要查?"

裴明淮道:"西域有异动。"

此话一出口,吴震自然也明白了,立即噤声。裴明淮大大地叹了口气,道:"别的也罢了,只可惜我的灯笼也没了。我这就要去见姑姑,难道空着手去?上次她生辰,玲珑绣了一幅兰花图给她贺寿,她喜欢得很,早知道我就应该请玲珑多绣几幅备着了。"

吴震冷着脸道:"说不定冯老头给你的那个也是人皮灯笼哪。藏在地室里的或者还没烧光,要不要找找去?"

裴明淮苦笑一声,道:"要不起。"

吴震心思却早转回到案子上了,沉吟道:"认得那种文字的人当不会少,当年那壁画也是画在山壁上的,难道那些教众就打算把那壁画大大方方地放在那里,让人来看?"

裴明淮道:"决然不会。我猜他们一定是想在壁画完工之后,再加一道墙遮住,或者直接在外面修个佛龛之属,将这藏宝壁画给藏起来。但刺史突然到来,完全把他们的计划打乱了,那幅壁画也就留在了原处。好巧不巧,又因为一道雷电劈了半边,这可说是天意吧?可笑那刺史,忙了一场,徒劳无功,又因为这件事办得实在有些难看,被查办降罪,也算是自作自受了。"

吴震道:"你真相信壁画上的佛像眼会发光?"

裴明淮笑了起来,笑容中颇有嘲弄之意。"自然不信。那是冯老头干的好事,在原本已经残缺不全的壁画上再稍加改动,更难让人察觉藏宝图的底细。杜如禹当县令后,也着意宣扬,让百姓们绕道而行,远离宝藏所在之地,以免生出意外。按理说,每年赛灯会人皮灯笼总会失踪,他这个当县令的总该多派些人手去守着,可他一直含含糊糊地应付了事,还不就是不愿意让人深究此事?若是抓到了人,却跟当年那些万教教众一般坚不吐实,藏宝图自然凑不齐了,那才真是坏了他的好事!"

吴震道:"卷宗中有记载,曾有几个胆大的人进过升天坪,出来不久,都高热而死。黄泉渡的水十分混浊,也许便是因为当年有太多尸体腐烂,又有乌鸦啄食尸体,进去之人染了些病症,不足为奇。"

裴明淮笑道："如果你高热不退，会怎么办？"

吴震也笑道："若是高热不退，就一定会去找大夫。"

裴明淮点头道："不错，那名大夫想来就是方起均的父亲。我曾偷听过他们说话，方起均说，他方家愧对妙手回春之名，英扬又对此极之不屑，我当时疑惑不解，后来才想到方起均指的应该是他父亲造下的孽。"

吴震道："你是说，方起均之父把那些进去过的人都……"

"几张方子便能解决了。第一个人发疯溺水想是巧合，此后的，怕便不是了。'黄泉渡'那块碑，想来也是他们立的，就是为了吓人，不让人进去哪。"裴明淮笑道，"只是杜如禹与方起均在此地苦等多年仍然无果，知道英扬是吕光后人，也算宝藏之主，又武功甚高，是以也不敢拒绝他一同参详此事。细想一想，若不是九宫会横插一脚，今年胡大夫父子是一定会被英扬揪出来的。英扬以前何等豪爽，到了这里，也好像变了个人！"

吴震道："你跟他似乎确实交情不浅。"

裴明淮道："我也没到乱交朋友的地步。我只奇怪，锦心杀方起均和杜如禹还算有原因，杀英扬有什么意思？英扬可跟她没仇没怨的。难道就是为了灭口吗？"

吴震沉吟道："这锦心，究竟跟那万教有何关系？"

"她一来便知道血玉钥匙这关键之物，定然关系匪浅。"裴明淮道，"她不听上命，定要杀人报仇，这与冯老头干下的事，又有什么区别？虽然锦心未必是她真的面目，但她看来年纪甚轻，恐怕也是祖辈与此教派有关了。"

吴震道："锦心这女子，身上疑点甚多。"

裴明淮叹道："英扬临死之前，所说的话，也甚古怪……我总觉得，英扬不是那等见利忘义之辈，难道我真看错人了？"

吴震安慰道："照我看来，是英扬变了，不是你交错朋友了。"

裴明淮仍然摇头，喃喃道："我还有一件事想不通。若说英扬手里的血玉钥匙是假货，那么也该是把整个秘道全炸毁才是，为何只炸毁了洞口，炸死了英扬？……唉，英扬啊英扬，你到底还瞒着我什么？……"

吴震也不理会他自言自语说些什么，也不知从哪里拿出了那块金砖，竟然硬塞到了裴明淮手里，裴明淮吃惊道："你这是干什么？"

吴震道："九宫会弄走了东西是实，你若回去把这事老老实实回禀，我都不知道我要如何解释。不如……咱们就这样私了了。金砖给你，那颗明珠，我就要了，就当这次的彩头了。"

裴明淮瞪了他半晌，放声大笑道："原来你也学乖了。你当这块金砖便可收买我了？"又将金砖塞回到吴震手中，道，"这是赃物，我可不敢要，你还是拿回去吧。"

吴震目注他，道："你回去打算如何禀报？"

裴明淮道："实话实说。你放心，我只会说你破了人皮灯笼这一桩多年的悬案，定会大大地嘉奖你。九宫会劫了财物之事，绝不与你相干。本来嘛，便是我叫你来帮我忙的，与别的事都没干系。"

吴震道："此话当真？"

"当真。"裴明淮有些不耐，道，"我几时说过假话？你什么时候也变得这么婆婆妈妈了？"

吴震叹道："人在官场，无可奈何。别人不懂，明淮你难道还不懂？"

裴明淮笑声也止了，怔怔半晌，终只化得了一声叹息。

——《黄泉渡》 终

偷天劫

1

朱习走在邺都大牢的甬道里。甬道极窄，仅容两人并肩走过。甬道上的顶篷乃是精钢所制，厚逾尺许，连一个孔都没有。朱习平日经过甬道之时，偶尔一抬头，便觉得十分压抑。

但他知道，这是为了大牢的安全。这座大牢关的犯人，都是重案要犯，一年到头，劫狱的便没断过。江洋大盗，谋反逆臣，采花淫贼，要什么有什么。那些来劫狱之人，颇多强悍不畏死之辈，从天上到地下，招数层出不穷。

但自从廷尉评吴震上任，接手这座大牢之后，这些来劫狱的人便只有进，却无出了。吴震请了匠人高手，将大牢顶上全部加以精钢混以五金，纵是宝剑利刃，也无法刺穿厚厚的牢顶。

朱习一连走过了三进牢门，均有狱卒把守。每日的暗号必换，若是答不出，即使是他，也别想进去。

因为江湖上的奇人异事太多，易容成狱卒进来劫狱的不乏其人。只不过，就算侥幸进了大牢，也不过是进了一个更大更结实的铁笼子。尤其是最里面的死牢，进去的人大多是死囚，只有被公开处刑的时候才会被提出来，其余的犯人除了死在其中，别无离开的法子。大牢里自有烧埋之处，若是囚犯死在里面，有家人的便由家人领去，但大多数无人认领，烧了用骨灰罐一盛，大牢里自有一个房间，三面墙都是密密麻麻的格子木架，专用来搁这些骨灰罐。

大牢里光线虽不那么明亮，味道虽不那么好闻，但却算不上阴森。可这间专放骨灰罐的屋子，就是黑漆漆的，连朱习这样老资格的都是能不进则不进的。这大概是大牢里唯一不曾上锁的屋子——谁会干冒奇险到这里来偷死人骨灰的事？

朱习每次推门进去,都会有种阴风阵阵的感觉,忍不住要回过头去看上一眼后面有没有人。案上长年点着香烛,逢年过节,会烧点纸钱。每个骨灰罐上用黄纸贴着一个名字——大多数名字在生前都曾经名噪一时,死了却也只得一个黑色陶土烧成的骨灰罐。

大牢中人,多是死囚,注定了永不见天日。但说来奇怪,里面自杀的人几乎没有。蝼蚁尚且偷生,又何况是人?

粗如儿臂的铁栅隔成的囚室,地上铺着一些脏得变了色的稻草。每日狱卒会送饭进来,自然都是粗劣至极的食物。久不洗澡的酸腐味道,加上气流闭塞,混成了一股恶臭。朱习虽然已经在大牢里干了二十年,每天必须在里面巡视三次,也习惯了这股酸臭,但任何一个正常的人都不会喜欢这股味道的。

大牢里面总是一成不变的。一个个黑影藏在囚室的黑暗里,可以一连几个时辰,甚至一天都一动不动。日出日落,对于大牢里的死囚们是没有意义的。所谓死囚,就是必须在里面待到死为止。

朱习这天进来,是应吴震的吩咐去提一个犯人。吴震常常有这种心血来潮的时候,提犯人这种事又必须由朱习亲自经手,所以他不得不从被窝里爬了出来,去大牢里走一趟。

他突然觉得有些不对劲。他也说不出来是哪里不对劲,只是他对这大牢实在是太熟悉了,而且他一直是个警觉的人,对于周围细小的变化都能够察觉到。

朱习犹豫了一下,一手握住了腰刀,慢慢地朝里走去。

当吴震赶到之时,一向镇定如磐石的他,也惊得面上变色,半晌说不出话来。右首第三进牢房里的十名死囚,竟然全部消失了。他一再追问,所有的狱卒都众口一词,只说除了朱习进去提囚犯之外,再无人进大牢,自然更无人出来。

大牢是吴震亲自监督改建的,他对里面有无暗道自然是一清二楚。吴震敢提着自己的脑袋发誓,上有逾尺厚的精钢屋顶,墙壁地面都是用凿子都凿不开的石头,除了一条又直又窄的甬道(修成直线的原因是吴震认为如果有弯道的话可能会让劫狱之人有藏身之处)之外,再无别的通路。

吴震再一次反复查验，确认除了这条路，还是只有这条路可以进出。那么，那十名囚犯，是如何轻烟一般消失在大牢里的？

唯一的线索就是死去的朱习。他死在存放骨灰罐的屋子里，架子上的骨灰罐被翻得乱七八糟，甚至有些被砸碎了，灰白色的骨灰撒了一地。

朱习的咽喉上嵌着一枚蓝汪汪的细针，那是独行大盗柴大魁闻名江湖的独门暗器，靠机簧发射，霸道无比。

但吴震却知道，柴大魁早在朱习死之前，已在大牢中被处决了，还烧成了灰。

莺莺楼是郫城一家很有名的妓院，一向热闹得很。这种地方，最讨厌的客人便是官府的捕快了，一个穿公服的捕快坐在里面，那不是在赶客吗？

不过，这天莺莺楼却有人毕恭毕敬地来请吴震。吴震正烦得要死，一张脸板得紧紧的。"请我？请我做什么？老子现在没心情！"

来的人却是个花枝招展能说会道的半老徐娘。虽然浓妆艳抹，却仍掩饰不住脸色苍白，神情慌张。"吴爷，大人，您可一定要去。我们那儿，出，出事了……"

吴震道："出事？出什么事？难不成还死人了？上次莺莺楼来人说，丢了一个姑娘，这回难不成又丢了？"

那老鸨道："吴爷，这回可不是。是死人了！一个客人……死在房里了！"

吴震冷冷地道："那客人可是玩过头了，旧疾忽发而死？"这种事，也不是没见过。

老鸨忙道："不，不，吴爷，我们的头牌姑娘如嫣，也一起死了！"

吴震一皱眉。他原本以为是寻常的嫖客暴亡，这么一听，似乎还有隐情。"怎么死的？"

老鸨沉吟："奴家也算是见过些大场面，也不是没见过死人。那客人看起来很是精壮，不像是有旧疾之人。如嫣也是我一手养大，更不会有什么毛病……比起跑掉的那个玉燕，可要红得多了，这一死，可真是让我伤心……"

吴震不耐道："我是问你怎么死的，不是要听你讲你的红姑娘。"

老鸨忙赔笑道："是是是，爷说得是。"又放低了声音，道，"吴爷，春娘只是担心，若是死了客人这事传了出去……您也知道，前些日子，我就有个姑娘偷偷跟客人跑了，现在都还没找到。要是这例开了，我那莺莺楼还做生意吗？"

吴震冷笑道："这等生意，不做也罢。跑就跑了，你还缺姑娘吗？"

春娘果然是个见惯了大场面的，居然面不改色，依然笑得娇媚无比："吴爷，只求您进来查案的时候，莫要太过大张旗鼓……"

吴震哼了一声。他原不是个好说话之人，但此时他也不信杀人凶手还会留在莺莺楼等他去捉，于是他只带了两个手下，从后门去了莺莺楼。

一进那屋，吴震眼睛都瞪圆了，指着床上道："这便是你说的死人？"

房中陈设煞是香艳，珠帘绣被，帐子用金钩挂在两旁。床上睡有两人，一男一女。男子衣襟敞开，女子也是只着亵衣，满头乌发散乱。这在妓院里原本是极寻常的景象，但这一男一女面目都已不可见，脸上肌肉尽数腐蚀，还在冒着白烟。

春娘一见，便尖叫了一声，昏倒在地。吴震也不去管她，大踏步地走到床前。男的身旁放着一把金刀，吴震见那把金刀的柄上，刻着一个"威"字。

吴震沉吟良久，命手下将那春娘弄醒。春娘一醒，便忙道："吴爷，我临走之前，他们只是死在床上，面色紫黑，但脸还是好好的，绝不是……"

吴震打断她道："昨天晚上，你这里有没有什么特别的客人？或是生客？"他并不怀疑春娘说的话，若是看到死人的脸变成这样，她决不会还款款地跑来找自己。想必是春娘离开莺莺楼的时候，死者脸上的毒药尚未发生作用。还有一个可能，便是在春娘离开之后，有人进来毁损了死者的面目。

春娘惊魂未定，想了半响方道："昨天来的都是熟客，除了这个……这个……"她偷眼往床上瞟，却又不敢看。吴震道："这个人长得什么模样？"

春娘想了一想。"身材魁梧，声音粗哑，长得还算过得去。眼睛肿泡，一看便是沉迷酒色之徒。他出手也还阔气……"

吴震冷冷道："这般的酒色之徒，难道不是你们最好的主顾吗？"

春娘略有些尴尬之色，忙笑道："对了，吴爷，我想起来了。这人下巴上似乎有颗痣，痣挺大的，痣上还长着几根长长的黑毛。"

吴震一震，道："你没看错？"

春娘道："绝然无错。我曾与这位爷奉茶，看得十分清楚。"

吴震心里又是一沉。春娘突然道："对了，吴爷，除了这位大爷，昨天晚上还有一位爷，从未见过。"

吴震皱眉道："爷来爷去，究竟是怎样的人？"

春娘一下子笑了。"是个相貌很俊的年轻男子，出手又大方，我们这里的姑娘都指望他挑到自己呢。只不过，他似乎有什么急事，坐下来喝了两杯便走了，酒菜也没怎么动。他留下的钱，过夜都绰绰有余了。对了，他身上佩剑，而且那剑柄上镶金嵌玉，可华丽得很呢。"

吴震心中一动。"这人是何时离开的？"

春娘又想了一想。"他一走，我便上楼去给如嫣送些物事，这时便看到……"

吴震道："那便是说，你发现这二人已死之时，那个客人已离开了？"

春娘忙道："正是。"

吴震又道："这人可是姓裴？"

春娘睁大了眼睛。"正是，这位公子正是姓裴。"

吴震笑了一声，喃喃道："明淮啊明淮，最近我怎么到哪儿都得遇上你呢？你巡察之使也该差不多了，又来邺都做什么？"

漳河八月，游人如织。靠近江心汀洲的那一大片风景绝佳之处，却无一艘游船敢荡近。汀上有一小亭，摆了酒宴，坐了三五个人。这三五个人，却把这风光最美的地盘尽数霸住了。

裴明淮立在船头，遥望那江心亭。亭外莲叶亭亭，方才下过一阵小雨，此时莲叶碧绿如洗，迎风摇曳，如美人款舞。湖心亭中人却并不似风雅之辈，吆喝笑说之声，远远地竟随风传了过来。

裴明淮问船夫道："船家，为何不将船划到那江汀旁去？"

那船家头戴竹笠，身披蓑衣，正是漳河一带最寻常不过的船家装束。

"这位客人想来是初来邺都了,若是熟客,断断不会问这话。"

裴明淮笑道:"不然,邺都来来回回也十数遭了,但还是第一次遇上如此霸道的客人。"

船夫也笑:"若是客人知道了那亭中的人是何来头,恐怕就不会说他霸道了。"

裴明淮一扬眉道:"哦?那我倒想听听了。"

船夫笑道:"今日请客的,是邺都的第一大财主金百万。所谓财可通神,不要说一座江心亭,就算他把大半个邺都给买下来,也不为过。"

裴明淮看了船夫一眼。"金百万?难道就是那个金富贵?"

船夫道:"人如其名,正是那个金富贵。"

裴明淮定睛一望,道:"席上有宾主五人,想来他所请之人,也不是寻常之人。"他沉吟了片刻,道,"船夫,将船划到那附近。"

船夫答应了一声,却丝毫没有多问。片刻之间,船便行至江心,只见桥两边分别站了数个家丁模样的人,为首一人喝道:"何人闯来?"

裴明淮笑了笑,正想说话,只见江心亭上一人突地起身到了栏杆边,叫道:"裴兄,却是你大驾光临?"

裴明淮听那人声音熟悉,一眼看去,便不觉笑了起来。"原来是卢令兄。"

那卢令一袭杏黄衣衫,颇为潇洒。这时拿了手中折扇,朝裴明淮摇了摇道:"裴兄还不上来?"

裴明淮笑道:"那便叨扰了。"

他足尖在船舷上一点,轻飘飘地掠上了江心亭。船上那船夫扬声叫了起来:"客人,你不给钱便走了?"

裴明淮笑而不答。亭中席上坐着的一个锦衣胖子道:"金管家,去把那船家给打发了。"

侍立在一旁的一个中年男子,连忙答应。裴明淮却伸手阻止道:"不必,这位船家是不收这钱的。"

他声音甚大,船夫也听到了,哈哈一笑,将头上竹笠往后一推。这人却是个颇为精悍的高大男子,脸方鼻高。正凭栏而望的卢令不由得一呆,道:"吴震?你为何会到此来?"

吴震扔了船桨，笑道："我出现的地方，自然就是有大案子的地方。"

他一跃上了江心亭，把蓑衣也抛在了一边。卢令指了指他道："你……吴震，你是跟明淮一起来的？好啊，你们两个一唱一和，却是来耍我的？"

裴明淮道："自然不是，谁敢耍你来了？他装成船夫，我当然也就使唤吴大神捕一回了，何必说破？"

席上坐了个青年僧人，一身白衣，相貌俊雅至极，唇角微微含笑，整个人便似自带光华一般。此时起身，朝裴明淮一揖道："好久不见公子了。"

裴明淮见了他，怔了一怔，方回礼道："不想在此处见到昙秀大师。"

昙秀微笑道："这金施主非得要请我来此说法，只是来了之后，又只管喝酒，我还一句都不曾说。"

吴震注目那锦衣胖子，道："这位想必就是邺都首富金大爷了？"

金百万一笑，他虽胖，却胖得颇有气势，一双眼睛本应不小，却被满脸肥肉挤成了两颗豆子。"不敢不敢，吴尉评客气了。这位便是裴三公子？今日金某是好福气，请个客居然能巧遇公子。若不嫌弃的话，二位便坐下来喝一杯？如今漳河风景倒好，照大师说的，虽说莲花已经谢了，赏赏莲叶也是好的。"

一杯斟出，酒香四溢。裴明淮吸了一口气，道："好酒。"又瞟着卢令面前的一杯清水，道，"只有那不懂情趣之人，才会不喜喝酒。"

卢令冷冷道："那我弹琴之时，你便不要听的好。"

裴明淮顿时噤声。卢令不仅剑法一绝，琴技更是一绝。只是为人自恃清高，出生大族，正因为家里豪富，平生也最不喜铜臭，却为何跟这金百万在一处喝酒？只听昙秀笑道："我也是喝的清水，又不止卢施主一个人。"

裴明淮笑道："大师如白莲不染尘埃，自然不能跟我等俗人相比。"

昙秀微笑道："敝寺的白莲今年倒是比往年都开得好。"

裴明淮问道："大师向来不沾俗务，为何今日在此？"

昙秀叹了口气，道："都是这金施主，实在是金石可镂，非得要请我这一遭，我若来了，便替敝寺重塑金身。"

裴明淮忍不住大笑，道："果然财可通神！"

金百万跟着笑道:"两位来得正巧,金某女儿明日生辰,请了些朋友一聚。公子如不嫌弃,来喝杯酒如何?"

裴明淮笑道:"只怕我来不及准备金姑娘的寿礼。"

金百万却呵呵笑道:"我那女儿可比不得我这俗人,自小多少珠宝送到她面前,她连看也不看一眼。那丫头生平只好书画,万珍阁里一辈子鉴赏书画的老先生,也比不上她一双眼利。"

裴明淮失笑。书画珍品价值,又何尝在珠宝之下?目注卢令,卢令知他疑问,便道:"我表妹生日,我怎能不到?"

裴明淮微惊道:"这以前倒未曾听你提过。"

卢令哼了一声道:"我早告诉过你,我有个极爱书画的表妹,是你自己从不曾认真听我说话罢了。"

昙秀在旁道:"金姑娘的收藏,实在不俗。"

裴明淮道:"你见过?"

昙秀微笑道:"蒙金姑娘高看了。"

吴震听几人说得你来我往,两眼却一直盯着席上的另外二人。此时打岔道:"不知道金大爷这两位客人是……"

那两人都是白衣小冠,打扮潇洒,脸上却一道道刀疤,煞是吓人。自裴明淮和吴震上来之后,两人眼皮都不曾抬过一下,只管吃自己的菜、喝自己的酒。那席上陈列的,皆是各色下酒佳肴,这两人倒像是饿慌了似的,一只煨得稀烂的熊掌,三口两口便下了肚。

金百万笑道:"这两位便是成伯、成仁兄弟。"

裴明淮"啊"了一声,道:"久闻二位大名,如雷贯耳。"他心中甚是惊讶,成伯、成仁是棋中圣手,不喜见人,即使弈棋也是在暗室之中,故以很少有人见过他们的真面目。而且这二人有个规矩,若是输了,便在自己脸上划下一刀,以为勉励,虽说如今二人棋艺恐已无人能及,但以前的刀疤自然也是消不去的。且与他们下棋,必有重重彩金,那棋也不是白下的。前些时候,听说二人下输了一回,输得倾家荡产,成伯更气得呕血,重病不治。只是现在看那成伯,还活得好好的,能吃能喝,想来也只是传闻不实了。

裴明淮也喜弈棋，不免又多看了那成伯、成仁兄弟两眼，只是二人的脸实在吓人，也不愿再多看下去。卢令笑道："我表妹棋技甚精，连我也不是她的对手，故此邀这二位圣手前来，让表妹有机会讨教。"

吴震喃喃道："这倒是份有趣的礼物。"

裴明淮笑对金百万道："不仅有趣，且是雅极。"

金百万喝了半杯酒，却摇头叹气道："小女附庸风雅，却不知那些书画折下来总归是白花花的银子、黄澄澄的金子。若我只得金一两，她那张价值万金的名琴又从何而来？这二位棋中圣手我又如何能请来？"

裴明淮更是失笑，想不到这金百万倒如此有趣。"有这般附庸风雅的女儿，想来也是金大爷最得意的事。"

金百万抚掌道："不错，不错，说得正中我心意。来来，裴公子，我敬你一杯。"

裴明淮一笑举杯，一饮而尽。酒是好酒，沁人心脾。金百万又道："我都这般说了，两位若还要为我小女破费，便是误了我金某一番好意了。"

吴震道："只怕我们要送，金大小姐也未必看得上眼。"

卢令插言道："吴兄此言差矣。我那表妹，你若是把价值连城的珠宝首饰堆在她面前，她恐怕也只会皱眉。但清晨一朵鲜花，却会让她喜爱不已。"

金百万摇头叹气道："小女最爱莲花，只可惜纵使是我金百万，也无法在她生辰之时令这漳河满河莲花再开一回。"

卢令道："花期已过，只有莲叶，又何来莲花？"又问昙秀道，"大师，你寺庙中的白莲，好像每年都要凋谢得晚些。"

昙秀道："那白莲乃是异种，比寻常莲花要开得晚些，是以也凋谢得晚。"他话未落音，忽听一人高声道："要此时莲花盛开，又有何难？"

众人皆是一惊，抬头看去，只见又来了一船，船头立着一名道士，白须飘飘，头发却是乌黑，手持拂尘，颇有登仙之态。金百万挥了挥手，令已围上前的家丁退下，道："这位道长，有何见教？"

道士笑道："若是要看莲花开放，殊无难处。各位可愿一观？"

卢令忍不住问道："此时？"

道士道："此时。"

卢令又问："此处？"

道士拂尘画了一个圆圈。"但凭施主。"

席上众人面面相觑，卢令笑道："表妹不是前日还在说，府中莲花谢了，心中不快吗？姑父，就请这位道长明日到府上一试如何？"

金百万却脸有豫色，迟疑不答。那道士笑道："施主是不是给不起贫道的香资？"

这激将法一使，金百万当着这一席人，自然也不好再推辞了，大笑道："道长说几何，便是几何，金某决不相争。"

道士道："金珠一斛？"

金百万大约也料不到这道士口出大言，只得道："便依道长！"

道士又一扬拂尘，道："既然如此，明日清晨，各位便可一观。"

众人脸上都颇有疑虑之色，道士又道："若是不能，我倒输金施主一斛金珠，此间众位，可都做个见证。"

这道士说完此话，便挥挥手，令船夫把船摇走了。见他夸下如此海口，就连吴震都觉着有趣了。金百万转头对卢令道："这道士古里古怪的，真要他去？可别惹出些事来，扰了萱儿的生日。我看还是……"

卢令笑道："姑父多虑了，有我在，能生什么事？只要能博萱妹一笑，让这道士一试又有何妨？"说罢对裴明淮和吴震道，"两位可有兴一观？"

裴明淮心里确实好奇，便笑道："此等仙术，自然有兴。"

吴震却叹了口气。"我是来抓贼的，又不是来看变戏法的。"

金百万一惊道："原来吴大人是有事在身的？金某耽搁了阁下，真是过意不去。"

吴震摇了摇手，目注裴明淮道："我原本便是来找你的。"

裴明淮一愣道："找我？为什么？"

吴震嘿嘿冷笑，道："我们还是另寻个去处，慢慢说话的好。"

裴明淮笑道："你莫不是要带我去衙门问话？"

吴震道："虽不中，亦不远矣。"当下也不再客气，朝其余几人一拱手道，"在下有公务在身，先告辞了。"

昙秀却笑道："难得见面，我想找公子讨样物事。"

裴明淮道："大师言重了，不知在下能帮大师什么忙？"

昙秀道："我想要传经诵法，顺道探访几位同门，一路经行数州，还得向公子讨份文牒。"

裴明淮笑道："这可真是折杀我了，大师要文牒，找谁不行，谁还不得恭恭敬敬地给送上门？"

昙秀道："今日既然相见，也就不去找旁人了。"

裴明淮道："是了，晚间便着人送来。"

昙秀又笑道："前日得了几卷新译的经书，颇为神妙，诵之满室生香。公子可有兴致一观？"

裴明淮沉吟未答，卢令在旁边忍不住道："你还真是不识好歹，昙秀大师那真是请都请不来的。人家诚心邀你，你还推三阻四的。大师，我下次要看，你可别把我拒之门外。"

昙秀道："施主言重了。"

金百万道："大师明日可愿移步一叙？"

昙秀摇头道："此处清雅，那也罢了。贵府明日热闹，又不须我设坛讲经。"

卢令笑道："姑父，那等热闹得不堪，你就别为难昙秀大师了，他今日跟我们坐这一处，回去恐怕得沐浴焚香数日了。"

金百万笑道："不错，不错，是我多话了，大师勿怪。"

昙秀道："金施主哪里的话。"又望了一眼裴明淮，裴明淮一揖笑道："不敢当，既然大师如此说，晚间我必来。"

昙秀回礼，道："自当扫榻以待。"

几人都忙起身相送，裴明淮也只得苦着脸，重跳上了吴震那艘小船。卢令俯身在栏杆上，笑道："二位，莫忘了明日过府一观。"

2

裴明淮一进大牢，便觉得一股腐臭气味直钻鼻孔，不由得皱起了眉。带他进去的狱卒回过头，借着手里提灯的光亮打量了一下裴明淮的表情，笑道："裴公子，待惯了就好了。"

裴明淮苦笑，在这地方待惯？又走了一阵，那长长的甬道似乎还没走到头，裴明淮忍不住问道："小兄弟，吴大人究竟在哪里？"吴震带他到了大牢，便不知道溜到哪儿去了，只派了这个狱卒带他进去，若不是裴明淮与他相交甚久，真怀疑吴震是要把自己骗进去关起来的。

"吴大人正与齐老爷子说话，叫小的带你四处逛逛。"狱卒回答，"快了，就到了。"

裴明淮叹了口气，这地儿有什么好逛的？这时，前面猛地闪出了一线昏黄的光亮，一扇门开了，突然出现的是吴震那张板得死硬的脸。昏暗的灯光下，他的脸几乎是青的，青得也像是一具尸体了。裴明淮禁不住打了个寒噤，勉强笑道："怎么，我都来了，你还这副表情？我可是放着金百万上好的宴席不吃，跟着你来这鬼地方的啊。"

吴震冷笑一声。"你要不是姓裴，恐怕早被一条链子锁了带到衙门去了，你还有好菜吃、好酒喝？"

裴明淮一怔道："我怎么了？"

吴震把他一拖拖进了仵作房，顿时那股恶臭比先前浓了十倍有余。裴明淮赶忙闭住气，斜眼一看，长案上躺着好几具被剖开的尸体，还掌着几盏明晃晃的灯。裴明淮转过眼去不看，拣了张最远的凳子坐了下来。

吴震冷冷地道："怎么，难不成你还害怕？"

裴明淮道："害怕不至于，但也不想去看。"

吴震却把脸一沉，道："那不行，你必须看，还得仔仔细细地看。"

裴明淮叹气道："非看不可？"

吴震道："我没空跟你磨嘴皮子。"

裴明淮又叹了口气，慢吞吞地走了过去。案上并排放着三具尸体，裴明淮的视线立即被那两具脸部完全被腐蚀的尸体吸引住了，一男一女，身体完好，只是脸上全是大大小小的血洞。

裴明淮不由得道："什么毒药才会弄成这样？简直像是……蜂巢！"

吴震一直没好声气，这时居然表示同意。"不错，只是世上没有一种蜜蜂能够把人的脸蜇成这样。"

裴明淮道："若你是想来找我辨明这是何毒，那你可找错人了。"

吴震道："那也未必。"

裴明淮奇道："你究竟葫芦里面卖的什么药？"

吴震一哂。"你可知我是在何处发现这两人的尸体的？"

裴明淮道："何处？"

吴震道："莺莺楼。"

裴明淮沉默了片刻，道："既然你如此问我，自是知道我去过莺莺楼。不错，但这两人我既不认识，他们之死也与我无干。"

吴震笑道："面目全非，你敢断言你不认识？"

裴明淮一呆，道："断言不敢，但无论如何，我可不曾杀人。想来莺莺楼生意也不差，为何你偏生就注意我一人？"

吴震咄咄逼人："只有你那夜是生客。"

裴明淮失笑。"难道熟客就不能杀人？若我是凶手，以你对我的了解，我会这么蠢，让那里的人都认出我来？你这名捕，却为何脑子打结了？"

吴震却连眼皮都不抬一下。"不管怎样，一日不查出凶手，你也是嫌疑难逃。"

裴明淮苦笑："你我相交一场，我又怎会不帮？何苦来要挟与我……"

吴震道："我可不愿欠你的情。"

裴明淮这次连苦笑都苦笑不出来了。"是，是，是我承了你吴大人的情，否则便已进了大牢了。"他又问道，"你是怎生想到我的？莫不是带着我的画像去莺莺楼走了一遭？似乎又不太可能，若没点人证、物证，你怎会巴巴地想到我？"

吴震指了一指他身边的佩剑。"老鸨别的不看，只看客人身边钱物。你剑柄上的宝石，足以让她印象深刻了。何况你还英俊潇洒，听她说里面的姑娘们见你早早走了，失望得很呢。"

裴明淮苦笑道："吴大人，你这是在取笑我？"

吴震却突然正色道："我如今倒是真没取笑你的心情了。方才我让杜小光带着你把大牢从外到里地走了一遭，你感觉如何？"

裴明淮道："还能如何，走得我了无生趣。"

吴震道："你认为，若是你陷入牢里，你可有办法脱困？"

裴明淮看了他一眼，吴震显然是认真的。他也想了一想，方才郑重回答："就目前看到的情况，不能。"

吴震道："愿闻其详。"

裴明淮道："这大牢乃是四方形，只有一条主路，直进直出。左三进，右三进，每一进都有一道尺厚铁门。牢房每进并列，每排十间，共是六十间，可关押六十名囚犯。我们现在在的这间仵作房，在最里一进牢房的尽头。"

他眼望吴震，吴震点头道："不错，多是死囚，故一间房只关押一名囚犯。"

裴明淮道："头上钢板，地上和墙都是最坚硬的大块石块砌成，土行孙也进不来。相比而言，那牢房的铁栅倒不算什么，若真有神剑宝刀，再加上深厚内功，劈开也不是难事。"

吴震道："我后来检视，不管是铁栅，还是牢门上的锁，都毫无破损。"

裴明淮叹了口气道："就算我出来了，也冲不破那三道铁门。"他想了一想又道，"若有硝石之属，也许可以一试。"

吴震道："我在改建大牢的时候也试过，铁门厚达尺许，混以五金，就算是有葛氏的火器，也最多炸出些眼，要想炸出个容人进出的洞，决不可能。况且，炸门那么大的声响，当狱卒们都是聋子？"

裴明淮皱了皱眉，道："要不……买通狱卒试试？"

吴震道："更不可能。一个狱卒只负责一重门，铁门有三重，为防有人易容入内，每天暗号皆会更换。就算你出了最里一道门，也出不了第二道。何况，大牢三道门终日关闭，若要提出犯人，必得要我手令。"

裴明淮忽然哈哈大笑起来，笑了半响，指着吴震道："这么说来，唯一可能监守自盗的人，岂不就是吴大人你了？"

吴震脸露苦笑，道："正是。知道三道暗号的人，只有我。"

裴明淮道："你这么精明的人，怎会把这等重要的事，全揽在自己头上？若是出了事，都是你的罪过了。"

吴震脸上更苦，一副吃了黄连的样子，道："我又何尝不知？只是，我实在找不到全然可信之人，若是那人信不过，还不如我自己担了，多一个人知道，便多一分险。"

裴明淮摇头，道："吴震，这桩事你做得实在不妥。若是真出了大事，你是跳进黄河都洗不清了。"想了想又问道，"为何要把这大牢重修？"

吴震道："你不知道？"

裴明淮道："你知道我前段时间一直在外面，消息多少来得要迟点。"

吴震道："是裴尚书的意思。我前些时日就一直在忙这事，偏又被你叫出去了数日，替你料理黄钱县那事。你看，我就算是跳进黄河都洗不清了，也是因为你哥，你总不见得会袖手旁观吧？"

裴明淮道："要重修，总得有点原因吧？"

吴震叹了口气，道："还不是因为慕容将军的事。"

裴明淮顿时不语，吴震看了他一眼，道："慕容将军如今已押送进京，但关押在邺城的时候，可没太平过。邺城大牢虽不是天牢，关的囚犯常常比天牢还重要，还是整顿一下的好。"

裴明淮道："慕容白曜颇得众心，旧部又多，想要救他的人，定然不会少。"

"正是，把邺城大牢闹得不堪。"吴震叹道，"苏连亲自过来，押送他回京的，可想而知，皇上对他的事，何等重视。"

二人一阵沉默，过了好一阵，裴明淮才问道："大牢里究竟出了什么事？"

吴震道："凭空不见了十名死囚。"

裴明淮道："有人劫狱？"

吴震叹道："不但有人劫狱，还一次劫走了十名死囚。这十个人，有六个是刚被送进大牢的，还有四个原本就是里面的死囚，都在最里面一进，那晚就这么无端端地消失在里面了，我是一点线索也不曾找到。你现在知道我有多焦头烂额了吧？这颗脑袋，恐怕都要搬家了。"

裴明淮道："不会跟慕容将军有关吧？"

"不会。"吴震摇头道，"他已经不在这里了，人人都知道。"

裴明淮皱眉，问道："平日里这大牢是谁主事？"

吴震道："朱习。"

裴明淮道："这朱习你可问过？"

吴震道："他死了。那具容貌完好的尸身就是他。"

裴明淮一怔道："死了？那两具面目毁损的尸体又是什么人？"

吴震道："这两人死在莺莺楼里。男的身份不知，女的据那老鸨说，是莺莺楼的头牌红姑娘，如嫣。"

裴明淮再不愿意，也只得再过去细看。两具尸体均已除去衣衫，洗净了放在案上。男尸身材壮健，女尸丰盈莹润，两人面目像是先被大火烧过一般，又熔化成了一个个黑洞，可怖至极。

裴明淮道："容貌无法分辨，真是如嫣？"

吴震道："老鸨已然辨认过，确是无疑。她从小把如嫣养大，对她身上诸多特征一清二楚，而如嫣的那些姐妹也都认定是如嫣。至于那男子，至今还无人来认尸。"

裴明淮道："这男子就没留下什么东西吗？"

吴震取了一柄金刀递与他。"这刀想来便是他的。"

裴明淮横过金刀，看了片刻。"刀柄上刻有一个'威'字。"想了一想，忽道，"莫不是神威堡的冯威？这人便是使一把金刀，且性子荒淫好色，名声并不算好。"

吴震道："我已派人去向神威堡询问。"他叹了一口气道，"其实，这无头案比起死囚失踪，实在不算什么，但因为这两桩案子是同一日在邺都发生的，我有种感觉，这两者必然有些什么关联。"

裴明淮道："你也未免太武断了。"

吴震叹道:"我如今漫无头绪,但却隐隐觉得,必然会有别的事情发生。不管那十名死囚是如何失踪的,始作俑者必然是花了大力气,必然是另有所图。"

裴明淮道:"这十个死囚之间可有关联?"

吴震道:"绝无关联。"

裴明淮又去看朱习的尸体。他全身上下,别无伤口,只在咽喉处有一个小小黑点。

裴明淮道:"毒针?"

吴震道:"不错,毒性极烈,立时毙命。"

裴明淮道:"他是在何处遇害的?"

吴震转过身,道:"跟我来。"

就在仵作房的隔壁,有一间上了锁的房间。锁很新,裴明淮便问道:"以前这里好像是不上锁的?"

吴震道:"不错,以前从不上锁,因为这里是用不着上锁的。"

他开了锁。门一敞,裴明淮便闻到了一股香烛味。他微微一怔,定睛看去,这房间极大,三面墙都放着分格的木架,搁着一个个黑色的小坛子,每个坛子上都贴着一张写了字的黄纸条。房中有张木几,点了三炷香,插了一支白烛。他不由得苦笑道:"原来大牢里还有这等地方。难怪我站在门口之时,就觉阴风惨惨。"

吴震道:"所以狱卒们无事都决不会靠近这里。"

裴明淮道:"那朱习呢?"

吴震沉默。过了良久方道:"我也不知道他在提人的时候,特地跑到这里做什么。我真是想不明白……"

裴明淮道:"想来是发现了什么,否则不会在身有要事的时候绕道而行。"他的目光移到了地上,满地的骨灰罐子的碎片,还到处散落着灰白的粉。想着这些都是死人烧掉后的骨灰,而且不知道是多少个人的骨灰,裴明淮不觉有些不适的感觉,竟不愿下脚去踩。

吴震见了他神情动作,笑了笑道:"骨灰撒得到处都是,连这屋外面都是,你早就踩过啦。"

裴明淮无言，吴震又道："朱习一死，大牢里的人都怕了这里了，暗地里悄悄传说是这大牢里煞气太重……"

裴明淮失笑道："若这朱习是被鬼掐死的，我倒还能信三分。这明明是一个会武之人用毒针射入了他的咽喉，又怎能信鬼神之说？"他小心地走到了门口，见仵作房和这屋子的对面也是一间极大的屋子，虽然掩着门仍有股怪异的气味，便问："对面又是什么地方？"

吴震笑道："除了有家人愿意认领的囚犯尸体可以带走之外，大多数都是一烧了事。这间大屋便是专做此用途。要不要进去看看？"

裴明淮慌忙摇手。"不必不必。这倒真是方便，烧完了，直接便放到对面屋子了。"

吴震道："谁愿意捧着骨灰罐在牢里四处走？自然是越省事越好了。"

裴明淮忽道："那夜是谁在这第三进值夜的？难道都没有发现有甚疑处？"

吴震道："是个叫曹老五的狱卒，他最常在这里，因为他负责烧埋之事，凡要……呃，凡要烧人的时候，都是他值夜。还有个资历极老的仵作姓齐名林，那晚他们在一处喝了半夜酒，我都问过了，都说什么都不曾看到，只是见朱习进去提人，久久不出，才去察看的。"

裴明淮道："他们在哪里喝酒？"

吴震道："在仵作房。"

裴明淮笑道："好大的胆子。"

吴震道："仵作房也不是天天有尸首的。他们都承认那时已喝得有七分醉，压根儿没有留意朱习在做什么。"

裴明淮道："你能保证这些狱卒都没问题？"

吴震想了一想，道："以我对他们的了解，都没问题。不过，这连我都不敢保证。但关键在于，就算一两个人出问题也不可能让死囚脱逃，这点是确凿无疑的。若说是所有的人都出了问题……嘿！那我这吴大神捕也不必干下去了。"

裴明淮道："追查这些，自然是你在行。真不知道你非得拖我来做什么，我又没什么好点子给你！我要走了，你自己慢慢查吧。对了，明日你去金府吗？"

吴震道："你真相信有仙术能让莲花瞬间盛放？一斛金珠，嘿，那道士是变戏法吗？"

裴明淮道："不信，但见那道士言之凿凿，却也好奇。反正只是看看，也无妨。"

吴震道："你还不曾告诉我，你去莺莺楼究竟是为了什么。"

裴明淮道："这我可不能告诉你。"不等吴震回话，又道，"我向你保证，我去莺莺楼，与这两名死者都毫无干系。"

吴震笑道："去妓院，自然是找姑娘的，你为何又不在那儿过夜？莺莺楼难道还不入你的法眼？"

裴明淮道："我真不是去寻欢作乐的。若是，何必瞒你，大家都是熟人，不必见外。"

吴震上上下下地打量了他半晌，道："也罢，我先不问你了。但明淮，你现在还得陪我走一趟。你得帮我一个忙，而且是非帮不可。"

裴明淮苦笑道："我怎么觉得自己是踩进了一个大泥潭里面？"

出了大牢，吴震却又带他去了漳河，划了船自莲叶中缓缓穿过。

裴明淮忍不住道："你就这么喜欢替我当船夫？你若不请我喝酒，这船我可是不想坐的。"

吴震伸手一指，道："就算有人请你喝酒，也不是我。"

裴明淮见对面水阁上，一个白衣青年坐在那里，正在饮酒。他年纪跟裴明淮相仿，剑眉朗目，颇为潇洒。服饰华贵，冠上镶了一块白玉。

见裴明淮和吴震一起上来，那人一怔，道："明淮，你怎么来了？"

裴明淮这才明白吴震"非要自己帮忙"的用意，瞪了吴震一眼，对那白衣男子一拱手，笑道："尉小侯爷，你怎么大驾光临邺都了？"

那尉小侯爷看了一眼正在对他见礼的吴震，淡淡地道："出了大事，我能不来？这次失踪的十个囚犯之中，有一个跟些陈年旧事颇有干系，我正打算来问话，那人便失踪了。吴大人，这事你如何交代？"

裴明淮笑道："我替他担保，这事一定给你一个交代。"说罢又看了那尉小侯爷一眼，道，"你为了这事亲自跑一趟，不知那人跟哪一桩陈年旧事有关？"

尉小侯爷神情微微一变，道："你还记得昔日平原王之事吗？"

裴明淮沉默片刻，方道："那时候，我年纪实在不大，你要说记得，定然是不记得。只是前因后果，多少也听说过。皇上少年即位，平原王乃是摄政王，大权在握，却暗中偕同诸王谋逆。后来功败垂成，众王伏诛，平原王不得不杀他义弟、羽林中郎将凌羽以自保……"

他话还没说完，就听到尉端轻哼了一声，道："怎么了？我有什么说错了的，你不妨说出来啊。"

"平原王没杀他。"尉端道，"我爹他后来奉旨诛杀平原王府众人的时候，在他府上找到了凌羽，可不是个大活人！"

裴明淮道："那有何区别？反正也是一死。"

"不知道，我爹讳莫如深，想必是皇上亲审，怎么说都是平原王的义弟，又是平原王举荐的凌羽入宫。"尉端道，"凌羽当时是皇上亲封的羽林中郎将，统管羽林郎，若不是他随平原王谋逆，皇上又怎会遇险！"

裴明淮道："平原王势大根深，皇上就算明知道他有谋逆之心，也没法子，只得暂避其锋锐，反而重重嘉奖于他，还赐婚……"

说到此处，却不说下去了。尉端道："我自幼丧母，上谷公主抚养我长大，我跟她虽非亲生母子，却比亲生母子更亲。皇上赐婚她跟平原王，她难道能抗旨吗？好在几年以后，皇上终于诛杀平原王，她也算是脱离苦海了。"

裴明淮道："这些我都知道。诛杀平原王府里的人，这事是尉世伯亲手督办，清清楚楚，怎么又牵扯到今日了？"

尉小侯爷淡淡地道："明淮，在我面前，你也不必避讳。你难道不知道，平原王尸体面目全非，哪里认得出来是不是他？"

吴震在旁边听着，背上已全是冷汗，想退下去，又不能走。裴明淮冷冷地道："吴大人，这事情，你已经陷进去了，现在要走，也晚了。"说罢又问尉小侯爷道，"你要找的那人，究竟是谁？他难道知道些什么？"

尉小侯爷道："那人本来叫左肃，是平原王手下的大将。我原以为他与平原王一同死了，可前些时候，慕容白曜的事出来，我才知道那姓左的，居然一直未死，改名换姓跟着慕容将军……"

裴明淮一凛，道："什么？！"

尉小侯爷道："所以我急急赶来，想问个究竟，却没料到人刚送到牢里就失踪了！"

吴震连额头上都见汗了，裴明淮道："左肃也是有名有姓有品级的将军，他在慕容白曜那里藏了这么多年，居然无人发现？"

尉小侯爷叹了口气，道："你是没见到人，若是见了就明白了，他的脸被火烧过，声音也怪，只说是在战场上受的伤。慕容将军长年在外，姓左的也跟着，哪里会被发现了？这回慕容白曜谋反之事一发，牵连得多，姓左的是他的得力手下，自然也被抓了。慕容白曜身边有人供出这左肃的来历，我吃惊至极，赶紧赶了过来，却还是晚了一步，他已经从牢里失踪了。"

裴明淮笑了一声，道："当年倾国之力，居然没把他们一网打尽，倒也难得。行了，尉端，我知道了，这事情，我必定会出全力。"

"我也不必说限多少时日了，这事的轻重，你心中有数。邺都如今只让进，不让出，剩下的事，都是你的。"尉端转向吴震，一字字道，"八个字，活要见人，死要见尸！"

吴震答了一声，道："是。"

尉端又微微一笑，看了一眼裴明淮，道："我跟你也有些时日没见面了，什么时候有空，我们找个地方喝上两杯。"

裴明淮笑道："那也得等这件事料理完。我刚才去看过尸首，实在一点胃口都没有。"

他朝尉端拱了拱手，跟吴震一同走了。待得船一划远，裴明淮怒瞪了吴震一眼，道："吴大人，你真够朋友啊！你自己料理不了这事，便把我拖进来？你难道不知道，平原王那桩事，当年累了多少人，我根本不想去趟这趟浑水！"

吴震苦笑。"若不拉你下水，我必得人头落地！"

裴明淮听他如此说，倒不好再说什么，只叹了一声，道："当年平原王谋逆被杀，尉家出了大力，现在尉世伯是渔阳公，他儿子尉端也贵为侯爵，又尚皇上爱女景风公主，颇得皇上器重。吴震，你这真是叫我为难哪。"

吴震道："明淮，你心里有数，这事就算没有我，你也必须得查个水落石出。"

裴明淮沉默半晌，眼望远处，只见湖上莲叶碧绿，一叶叶小舟荡在其中，隐隐听到女子歌声传来。

"我倒宁可自己是江湖中人，真能快意恩仇。不必虑那许多……"

吴震苦笑一声，道："你说这话，实在是饱汉不知饿汉饥。你又知道有多少人，拼命往那官场去挤，争权夺利？"

裴明淮笑道："说的就是你吴大人吧？"

吴震也笑，道："尉小侯爷娶了公主，你怎么还不成婚？说起来你也老大不小了，穆氏那位庆云公主对你青眼有加啊。难不成你想娶个江湖女子？哦……莫不是已经有心上人了？"

裴明淮道："你消息还真是灵通！少管闲事，我看，你还是多顾着怎么保住你那颗头吧，否则恐怕你等不到吃我喜酒的那一天！"

吴震笑道："你这是咒我？"

裴明淮道："只是提醒你。不过吴震，我看你最近脾气是越来越坏了，是不是出了什么不顺心的事？若真要帮忙，只管说。"

吴震叹了一口气，道："明淮，说句实话，你是真够朋友，倒叫我如今有点不好意思了。"

裴明淮道："你终于知道不好意思了？我真是多谢你了！你倒说来听听，那些犯人押送过来后，可有何异处？"

吴震摇头道："并无异处。自那大牢重建之后，一批批地送过来，都是按律办事，也没出过什么乱子。你也自然知道，再有本事，一旦进了死牢，那也是，嘿嘿……哪怕你在外面是只猛虎，进来了也就是等死的病猫。"

裴明淮想到那牢里面的情状，不由得也觉得身上一冷。吴震苦笑道："这也是没法子的事，否则，闹将起来，如何收场？进来了，本就是等死罢了。那晚进来的囚犯有六个，其中一个便是这左肃——自然，那时我也不知道他曾经是平原王的手下，只当是慕容白曜的余党，也并无什么稀奇。一切都全无异样，也轮不到我亲自去管啊。"

裴明淮忽道:"为何要把那晚来的人,都安排到最里面一进?"

吴震道:"这又不是我管了!"顿了一顿,他也明白裴明淮的意思,道,"也罢,我去查上一查。"

裴明淮道:"若非是在最里面一进,恐怕还要麻烦许多。这虽是牢里最安全之处,却也是最能避人耳目之处。你该问上一问,谁安排的在这里面。"

吴震道:"照我看来,必是朱习自己。"

这一回,裴明淮实在是笑不出来了。难不成去问个死人?

他想了一想,又问:"朱习提的,是那晚来的犯人之一吗?"

吴震摇头道:"不是!那个犯人在那里久矣,因为案子还有些疑问,我想再审上一审。"

裴明淮道:"这人是犯了什么案?"

吴震道:"杀了仇人满门一十五口。"

裴明淮道:"这你还有疑问?"

吴震道:"只要稍有疑点,我便会再查一遍。总不能冤枉了好人吧?"

裴明淮笑道:"这话总算有点神捕样子了。照你看,你要提的这个人,与此案是否有关?"

吴震摇头道:"我看无关。我叫朱习提人,绝对只是巧合。我晚上翻阅卷宗,觉得有些疑问,又正好有空……"

裴明淮叹了口气,道:"这般说来,朱习之死,实在也是巧合了?"

翌日裴明淮到了金府,见是座颇大的庄园,占地约有数顷,早有小厮恭恭敬敬地请他进去,裴明淮一路上看去,除了花木繁多之外,也没见什么特别的。他早听说金百万奢侈之名,但这庄园似乎跟金百万的富贵名声并不相符。

他问那小厮道:"你家老爷是什么时候搬到这里的?"

小厮笑道:"我家老爷老早就有这座宅子,但一直没住过。年前我家姑娘非说这里清静,要来住,才整修了一番,住进来也只有个把月。"

卢令急急地迎了出来,一见裴明淮便笑道:"等你半天了,还怕你不来呢。"

裴明淮看卢令这日穿了一袭杏黄缎袍,头巾上一方金镶玉,比平日还要显得俊美潇洒。便笑道:"看你这精神的,不知道的还以为是你娶亲呢。不就做个生日嘛,怎么闹哄哄的?"

卢令道:"我那姑父把耍百戏各色各样的都给请了。现在这偌大一个庄园,实在热闹得不堪,我表妹大概不会高兴。"

他一副无可奈何的表情,裴明淮也忍不住莞尔。"不知那位金大小姐究竟是怎样的人,让你这般在意?"

卢令正色道:"这等轻薄之话,你可千万别在我表妹面前说。"

裴明淮笑道:"是不是要喝你的喜酒了?"

卢令却脸色一黯,低声道:"现在可未必了。"

裴明淮好奇心起,问道:"怎么了?"

卢令叹了口气,道:"你认识吕谯,是不是?"

这时候突然提到吕谯,倒让裴明淮吃了一惊。"不错。但他……"

卢令不待裴明淮说完,便道:"我姑父以前当过几年起部郎,跟吕谯也算相熟。他年初替表妹来改建这个庄园,见着表妹这等容貌人才,哼……"

裴明淮做梦也想不到卢令会说出这样的话来,忙道:"难不成他跟你表妹……"

卢令脸色十分难看,道:"他借着这事,常常与表妹在一处。表妹也待他极好,时常遣丹桂给他送些稀罕果点。我眼里看着,心里真是又气又恨。"

裴明淮缓缓道:"可是,吕谯已死。"

卢令点头道:"也罢,他既已不在人世,我也不必在背后说他什么。表妹品貌出众,男子迷恋也是常情。走吧!"

裴明淮道:"那道士可来了?"

卢令道:"来了,我出来迎你,也不知怎样了,我们一同过去看看。"

金家这园子极大,山石水池皆备,各色花木也是繁多。裴明淮心中暗自嘀咕,金百万这花园一塌糊涂,该转弯处不转弯,该有墙时却没墙,明明不能破穴之处却修了个莲花池,吕谯居然也不改改?园里此时搭了好几台戏，摆了酒席，喧哗热闹得不堪，不过都离莲池甚远，倒还清静。

莲池之中，一色的淡粉色莲花，花瓣细柔，竟还有晶莹水珠滚动！衬着碧绿莲叶，风致嫣然，荷香沁鼻，裴明淮一时真疑自己身入幻境。裴明淮昨日看漳河里的莲花，花期是已经过了，只余莲叶田田。难道这世上真有仙法，能打破时令之限？

3

裴明淮还在发怔，吴震便叫："明淮，还不过来？"

不仅卢令、金百万、成伯、成仁在，吴震居然也在。那道士拂尘微摇，白须飘飘，甚是得意。

裴明淮走过去横了一眼吴震，低声道："你居然有闲情来赏莲？"

吴震道："我有说过我不来吗？"

裴明淮无言，好像吴震也确没说过不来。金百万此刻已回过神来，忙上前对道士一揖道："道长仙法，神乎其神！敢问尊号？"

道士抚须微笑道："贫道清虚。蕞尔小技，何足道哉？"

卢令插言道："那道长精于何法？"

道士摆首笑道："辟谷长生，在贫道眼中，也非难事。"

金百万喜溢颜色，道："如道长不弃，且在舍下盘桓数日，可否？自当以万金酬谢道长。"

吴震却一直在盯着池中莲花细看，看了半晌，却道："容我下池一观。"

金百万大叫一声："吴大人……"吴震哪里理他，一跃入了莲池之中。他非惜花之人，这一下去，莲叶莲花都被他踏烂了一片。莲池甚深，吴震一下去便没了踪影，众人等了片刻，金百万一脸焦虑，忍不住道："这吴大人，可识水性？"

裴明淮笑道："只怕是水里的鱼儿也未必及得上他。"

金百万道："那便好。"一语未落，只听池中"泼剌"一声，吴震已自水中钻了出来。他虽满脸水珠，但面上古怪之色仍是一览无余。裴明淮对他知之甚深，知道吴震绝非大惊小怪之人，便问道："出什么事了？"

吴震脸上的古怪之色更浓，头往水中一扎又不见了影。过了片刻，一颗头露了出来。裴明淮正要说话，嘴却张在那里合不拢来。

自莲花莲叶间缓缓冒出的竟然是一个死人的头！这颗头显然已在水里泡了良久，早已肿胀腐烂，至少泡得比原来胀大了三分之一，双眼突出，鼓胀得像金鱼的水泡眼。

几人都呆在那里，看着那颗头渐渐浮出水面。那却不单单是一颗头，脖子和上半身也随之慢慢一点点地浮了出来。这尸体身子也早已泡烂发胀，依稀能看出原本必然是个强健的壮年男子。

金百万已吓得脸色煞白，左顾右盼，终于求救般地抓住裴明淮道："裴公子，这……这……诈尸了？"

裴明淮跺了跺脚，对着莲池里叫道："吴震！你究竟在搞什么鬼？"

"哗"的一声，水花四溅，吴震也露出了水面。原来是他一手托住那具尸体，将之托出水面的。

吴震脸色铁青，道："我方才低头观莲时，便觉得水里似有别的物事。下去一摸，竟然是具尸体。"

金百万咳了一声，干笑道："也不知这人是如何到这里的……"

吴震冷冷地打断了他的话头。"这人我认识。"

金百万问道："是谁？"

吴震道："这人便是前日从大牢里脱逃的大盗'水上飞'！"

此言一出，座上人除了成伯、成仁之外，齐齐变色，连那清虚道士也不例外。裴明淮睨了清虚一眼，心道你这道士也知道水上飞？

卢令失声道："他……他便是水上飞？听说那水上飞水性精绝，可在水底三日三夜……"

吴震冷笑道："三日三夜乃是传闻，但若是有人告诉你，水上飞失足落水溺死，你可会信？"

卢令沉默。裴明淮道："不管怎样，你先把这水上飞的尸体带上来再说。我知你水性极佳,但跟具尸体这般待在水中,你就不觉得难受?"

吴震哼了一声,身形一动,众人眼前一花,他已水淋淋地站在实地上。他手里扶着的那具尸体,这时细看,更是死状可怖,腥臭难当。卢令已经皱起了眉,正在大吃大喝的成伯、成仁两兄弟也搁下了筷子,金百万一张脸早成了青色。

吴震瞪了金百万一眼,道:"敢问阁下,可知为何这水上飞的尸体,会出现在你家的莲池里面?"

金百万连连摇头,道:"吴大人,这我真是一点不知哪。一点不知,一点不知!"

吴震又盯了他片刻,方道:"几位先离了此处吧,这莲池发现了水上飞的尸体,我自然得好好检视一番。"

金百万忙道:"自然,自然。只是……只是今日小女生辰,还有客人,这……这……这……"

吴震面无表情地道:"你宴请客人只管请去,离这莲池远些便是,我自会派人守着。这具尸体,我也会令人带走。"

裴明淮道:"我跟你一起去。"

吴震道:"不必。"将裴明淮拖至一边,低声道,"水上飞尸首在这里发现,实在怪异。你就在这里待着,最好是留宿金家,盯着他们。"

裴明淮道:"也好。"又问道,"那具面目毁损的男尸可真是冯威?"

吴震道:"应该无疑,冯威的随从前来认过尸了,说冯威自前夜出去,便未回来。莺莺楼那春娘说见着被害的男子下巴上有颗大黑痣,我问过冯威的随从,都说他也有同样的一颗痣。"

裴明淮道:"既然认得出,还将他面目毁掉,这是为何?"

吴震也答不出,带了那具尸体便走了。金百万待他走了,方吁了一口气,脸上颇有轻松之态。裴明淮看他表情却觉奇怪,难道吴震在此会令这金百万觉得紧张不安?

金百万此刻又堆上了笑,对裴明淮道:"裴公子,来都来了,还是赏个脸吧?"

卢令笑道:"姑父,他不会走的。他这人,最好的便是热闹。如今府里出了这等怪事，你赶他他也未必肯走了。"

裴明淮一笑，算是应承，心里却暗想，这金百万倒也真沉得住气，家里莲花池死了人，他也难脱干系，居然不动声色。

金百万朝清虚笑道："道长，请！"

裴明淮心里一动。那清虚道人自看到水上飞的尸体之后，一直站在原处，似乎颇为震惊的样子。听到金百万的话，清虚方如梦初醒一般，拂尘一挥，随着金百万而去。

卢令对裴明淮道："吴震可真不会享受。明明有美酒佳肴，他却要回衙门去。"

裴明淮叹了一口气。"吴震那份劲头，我也是怕他的。你道他急着回去作甚？"

卢令道："作甚？"

裴明淮道："验尸！"

卢令打了个寒噤，只叹道："我表妹知道死了人，恐怕也不会来赏莲了。"

裴明淮皱眉道："水上飞死在这里，实在是奇事一桩。"

卢令摇头不语，半晌道："昙秀大师邀你，你昨晚已去了吧？若是无事，今日就留宿金家吧，我们下两局棋。"

裴明淮淡淡一笑，道："有成伯、成仁在此，我们岂不是班门弄斧？"

二人边说边走，远远落在了后面。转过了月洞门，丹桂香气扑鼻，裴明淮顿觉得心中一畅。此处仅设了一席，四角各有一座雕梁画栋的小楼，每一楼上都有人在说演，裴明淮一瞟之下，居然连皮影戏、傀儡戏都一应俱全，看来金百万是真铁了心要搞出个"百戏"来。只是这戏多了，人都不知道该看哪一出了，反而眼花。

那金百万居首席，一个少女坐在他右侧，那少女一袭鹅黄绢衣，肤若凝脂，唇若涂朱，相貌极美。裴明淮眼前不由得一亮，心中暗道这少女跟卢令倒真是一对，人品如此出众，也难怪卢令对她如此在意。

成伯、成仁两兄弟已经入座，清虚也坐了下来。还有一个女子，一身素白衣衫，论美貌年轻不如那少女，但论妩媚风情却胜了不知多少。

金百万见了裴明淮，忙道："裴公子，这边请，就等你了。"

裴明淮见酒菜已上，众人却未动筷，着实过意不去，连忙致歉。那个素衣女子笑道："裴公子若再是不来，我可忍不住要先喝上一杯了。"

金百万笑道："这位是毕夫人，万珍阁的主人。裴公子当然不会对万珍阁陌生吧？"

裴明淮脸上微露了诧异之色。万珍阁他自然知晓，是邺都最出名的一家卖字画古董的老店。据说万珍阁主人收藏的名人字画，不逊皇宫。便笑道："在下早有拜访之意，只怕夫人谢客，不敢叨扰。今日得见，实乃在下之幸。"

毕夫人微笑道："若是裴公子来叨扰，妾身自是欢喜得很。有懂行的人来看，那实是一大乐事。"

金百万又笑道："我身边的，自然是我的小女金萱了。"

裴明淮暗赞一声好名字，金字为俗字，萱字却能化俗为雅。金萱朝他一笑，当真是娇丽如花。只听她柔声道："裴公子大名，早已得闻，一直要表哥代为引见，我这表哥却总是推托……"

卢令脸一红，打断了她道："萱妹，不是我推托，是明淮他老是东跑西晃，一出去便不见人影，我到哪儿去找他？"

裴明淮也笑道："卢兄说的是实，我这人心性是定不下来的，太贪玩了些。"

那毕夫人端了酒杯，笑道："各位还要客气到什么时候？我可是要先喝了。"

金百万大笑道："这是我自家酒窖里的酒，夫人看来是想念了？"

毕夫了轻轻啜了一口，似在细品，半晌方道："这酒果然是越放越好。"

裴明淮看了看自己面前的酒杯，酒杯已满，香气特异。他喝了一口，余香满口，不由得赞道："果然好酒。"

除了卢令杯中是清水，那道士清虚面前也只得一杯白水。金百万道："道长，这可简慢了。我们喝美酒，你却喝清水。哈哈，哈哈！"

清虚摇头道："贫道修炼，当然不能沾荤腥了。"

毕夫人瞟着清虚，娇笑道："今日金大小姐芳辰，道长何不露上一手仙术，让我等开开眼界？"

清虚淡淡道："这位女施主将我当成跑江湖卖艺的了？"不待众人回应，便又一笑，道，"也罢，既然是金大小姐的芳辰，祝寿也是应当的。不如让贫道命人到天上蟠桃园中，盗得一枚仙桃献寿，如何？"

裴明淮心中一动。他久闻江湖中素有异术，能攀绳上天盗蟠桃，但也只是传闻，从未见过。他并不相信这清虚道人真有什么仙术，但既然能令莲花异时开放，懂些幻术也未可知。卢令却道："这不是跑江湖卖艺的把戏又是什么？我也曾听说过，让一小童沿绳上天，落下来时便是四肢散落，还带了一枚大桃……"

他话未落音，金萱便低呼一声以袖掩口，道："表哥，这等残忍之事，可别再说下去了。"

卢令笑道："萱妹何必紧张？这戏法最有趣之处便是——将这些散落的四肢连同头颅放到一口箱子中，再行打开时，那盗桃小童便会活生生地出现了。"

金萱摇头道："即便如此，四肢从天上掉下，那是何等可怖的景象？"

裴明淮是客，见金萱善良心软，不便插口，但心里却甚是好奇。金百万显然也是好奇至极，便道："萱儿，你若怕看，你便到别处走走，待会儿回来，自有寿桃给你，如何？"

金萱犹豫片刻，道："就依爹的。"她站起了身，似乎在想到何处去，毕夫人笑道，"这几座小楼里都在唱戏，萱儿何不去听听戏？"

金萱笑道："多谢夫人提醒。"她想了想，道，"我便去看皮影好了，我最爱看这个。"

她朝众人福了一福，袅袅婷婷地走开了。金百万吁了一口气，道："我这宝贝女儿什么都好，就是胆子太小了。"

裴明淮笑道："金姑娘不是胆小，是心善，这比什么都好。"

金百万不觉颔首，裴明淮这话说得他是心花怒放。成伯、成仁仍与昨日一般，大吃大喝未曾停过，这时成仁却开口说了一句话："老道，你要耍戏法就耍，还磨蹭什么？"

卢令忍不住笑道："二位除了吃，总算说了句话。"

成仁一瞪眼，道："好奇之心，人皆有之。金百万花了大价钱请我们跟他宝贝女儿下棋，现在左右无事，我们不吃能干什么？"

金百万笑道："二位只管吃，再怎么吃，也吃不垮我金百万的。"

成仁点了点头，道："哼，哼，有钱能使鬼推磨，我们也免不了俗！"

金百万脾气极好，对成伯的挖苦也毫不在意，只笑眯眯地对清虚道："道长，你请。"

清虚已唤来了一个小道童，那孩子十来岁年纪，生得十分清秀。道童手里捧了一口紫檀木的箱子，从里面取出了一捆绳子。清虚笑了一笑，道："众位，我这童儿，便要上天盗蟠桃了。"

毕夫人喝了口酒，悠悠地道："这般乖巧可爱的一个孩子，倒让我也像那金大小姐一般，不忍心了。"

清虚微微一笑，袍袖一拂，那卷绳子便"飒"的一声散开飞起，直往天上飞去，竟还带起了一股白烟。众人一起抬头，这时正当午时，阳光极是刺目，加上四周白烟，那绳子竟似真入了云一般。小道童已把箱子负在身上，手足并用，极敏捷地爬了上去。

只见那道童爬得极快，越爬越高，身形也越来越小。绳子边上似乎也有云雾笼罩，裴明淮用力眨了眨眼，果然是有一团白烟裹在绳子周围，连着小道童的人影也越来越模糊了。裴明淮极力想往上看个究竟，但正午阳光实在刺目，往上看便是一团白光刺眼，看不清楚。

除了清虚脸露微笑、志得意满之外，席上众人都看得怔住，就连成仁、成伯也停了吃喝，目瞪口呆。裴明淮虽听过这幻术，但亲眼见却是第一次，忍不住伸手想把那绳子当场给拽下来，看看究竟有何玄机。

卢令站在他身旁，见他伸手，忙一拦道："你这是做什么？不是好好看戏法吗？"

清虚道："这位施主，你这般做，可是会让我那小童身首异处，不得复原啊。"

裴明淮虽然半信半疑，但自也不愿拿那孩子的性命开玩笑，也只得收回了手。毕夫人却靠在金百万身边，娇声道："真会落下碎掉的四肢？"

金百万还未答话，便见一物自绳顶落下，"啪"的一声坠在地上所铺的锦缎上。卢令失声叫道:"仙桃!"

那果然是一个硕大无比的桃子,色泽鲜红,遍生绒毛,还带着两片绿油油的桃叶,新鲜得如同刚采下的一般。众人还在怔呆之余,只听到"啪"的一声,一截人手便落了下来。毕夫人惊叫一声,一头钻进了金百万怀中。

接连又是啪啪啪数声,掉下了一只手,两条腿,裴明淮突然叫道:"不对!"

他话未落音,又落下了一样东西。这次可比前几次沉重多了,是人的上半身的躯体。那半截身子肌肤白嫩,胸脯丰满隆起,正是一女子的身体,哪里是十来岁的小道童?

裴明淮震惊之余,正想质问清虚,只听"砰"的一声,一颗人头也坠了下来,卢令一眼看到那张脸,狂叫了一声:"萱妹!"

裴明淮也变了脸色,伸手一捞,便已将那颗人头捧至手中。人头虽然脸色青灰,嘴唇无色,触手冰冷,但看容貌,却不是金萱是谁?

卢令又狂叫了一声,去他手中抓那颗头颅。金百万的肥胖身体也站立不稳,摇摇晃晃地冲了过来。

裴明淮便也由得卢令将金萱的头抢了过去,他右手变掌为抓,去扣那清虚道人的手腕大穴。但那清虚却似早有防备,一闪便闪开了三尺。裴明淮微微一惊,他这一抓清虚竟然能若无其事地闪开,这份功夫实在不浅。他正想再欺身上前,只见清虚一抖衣袖,"砰"地炸出了一蓬白烟,顿时方圆数丈之内都笼罩在这团白烟里,一时间什么都看不清了。

裴明淮担心烟中有毒,也只得先闭目闭气,一掠掠出了五丈开外,脱出了那白烟笼罩之处。待得他立在一块山石上再睁眼时,白烟已散了大半,却哪里还有清虚的踪影?只见毕夫人花容失色地倚在榻上,成伯、成仁也酒杯、筷子齐落地。卢令正抱着金萱的头放声大哭,金百万则像个疯子一样,拼命地把金萱散落一地的手脚拾起来。

裴明淮愣在那里,一时思绪纷乱,理不出个头绪来。他目光触到花园四周的四座小楼时,身形一动,便窜进了方才金萱进去的北楼。北楼共有七层,每层都有一班子人在唱戏,裴明淮从一楼直到六楼,都丝毫未见到特异之处。上到七楼,却见小楼窗上的竹帘尽数放下,颇为阴暗,屏风后一出皮影正唱得热闹，对着窗的紫檀椅上却只余一袭鹅黄绢衣。绢衣柔软，摊在椅上，裴明淮慢慢走近，伸手拿了起来，衣上尚余幽香。

他从窗户向下望去，只见金百万仍抱着一堆残碎的尸体，茫然不知所措。卢令一向极重仪容，此时搂着金萱的头狂哭不已，状极凄惨。裴明淮骤然心里升起一股怒气，冲过去一脚将那扇屏风给踢翻了。

屏风后坐着一男一女，都已上了年龄。两人手里仍抓着控制皮影的线，愕然地看着裴明淮。一旁弹筝和琵琶的两个人，仍然没停，裴明淮大喝了一声："别弹了！"

琴声戛然而止。那老人弓着腰站起身，战战兢兢地道："这位……这位公子，这是……怎么了？小的可是做错了些什么？"

裴明淮怒喝道："刚才在这里看皮影戏的姑娘呢？"

"姑娘？"那婆子颤声道，"我们没看到……今日上上下下人极多，我们只管按点好的戏演，并不曾留意……我跟我老伴，演了一辈子的皮影，这眼睛早不中用了……又隔着一层屏风，我们实在是不曾留意到什么姑娘……"

裴明淮定睛一看，这老两口均是眼睛混浊，当下按下一口气，又对着那两个弹筝和琵琶的人喝道："你们呢？你们难道没看到？！"

弹筝的是个男子，弹琵琶的是个女子，年纪都甚轻。青年男子淡淡道："你难道看不到我们两人都是瞎子？"

裴明淮倒吸了一口冷气，这对青年男女果然都是瞳孔无光。若是在平时，他自然不会忽略，但这一刻他却被方才亲眼所见的情景弄得有些失措了。当下便道："对不住，是我失礼了。"

那青年男子淡淡一笑，又低了头去弹筝。女子也重去调那琵琶的弦，两个老人也把屏风扶了起来，似乎还想继续演他们的皮影戏。

裴明淮朝紫檀椅上那袭鹅黄衣衫注视了片刻，眉头微蹙，似在思索着什么。他忽然挥了挥手，道："不必弹了，也不必演了，我有事问你们。"

老者便放下了手中的皮影，弯腰赔笑道："公子何事？"

裴明淮道："你们一直在这里？什么时候来的？"

老者道："一早就到金府了，有人带我们到了这里，叫我们只管演便是，赏钱不会少的。"

裴明淮道："你就真一点也未曾留意到有谁进来？"

老者突地笑了一下。"公子，今日金大爷是安了心要做个百戏，热闹到底，您看这里那么多各式各样的戏班子，各唱各的，要多乱有多乱。金大爷给了重赏，不管怎样，我们也会卖力地演。我跟我老婆子是眼睛真不好了，实在没留意到有没有谁进来。皮影戏本来就是要在暗处演，所以竹帘都放下了，还隔了屏风。"他指了一指耳朵，"老了，耳朵也不中用了。"

裴明淮的目光又落到那对青年男女身上。"他们是你的什么人？"

老者叹道："都是孤儿，因为从小眼瞎被丢弃，我便收留了他们。他们长大之后也无处可去，好歹我这手艺也算一绝，还能混口饭吃……"

裴明淮沉声道："你们四人暂且留在这里，不等吩咐，不得离开。"

他转身下楼，这次却是慢慢走下去。那些戏班子的人都已觉出情形不对，个个探头往园中看去，见裴明淮从上面下来，都赶忙缩了回来。裴明淮正要从六楼下去，却又停住，眼光一扫，挑出一个班主模样的人，问道："你们可有看见金姑娘上楼？"

那班主忙弓腰道："有，有。金姑娘还跟我们说了两句话呢。"

裴明淮问："什么话？"

班主道："金姑娘说，我们演得着实不错。我便斗胆请她一观，她笑说楼上的皮影戏正是她喜欢那一出，待会儿再下来看我们的。"

裴明淮皱眉，半晌道："你见过金姑娘？"

班主道："曾进来为她演过几出，金姑娘为人极好，给的赏钱也极是丰厚。"

裴明淮道："你见她之时，她如何穿着？"

班主道："鹅黄绢衣。我见过她几次，都是着这等颜色质地的衣衫。"

裴明淮问道："那你有没有看到她下来？"

班主摇头道："没有，我们都在演，又全都是背对着楼梯，正对着窗户的，否则外面的人怎么看呢？若不是金姑娘跟我们说话，我都不会留意到她上来了。"

裴明淮眉头深锁，慢吞吞地走了下去，回到了园子里。他拍了拍卢令肩头，道："卢兄，此事怪异，我知你心里难受，但我们若再迟疑，那害死金姑娘之人便更会逍遥了。"

卢令一震，他本来泪流满面，此刻却骤然止泪了。"你说什么？"

裴明淮目注金百万。"金老爷，我想此事必有蹊跷，一切都须着落在那清虚道人身上。"

金百万神情恍惚，只紧抱着金萱的碎尸不愿松手。听了这话，才算是清醒了些。"公子……你的意思是……"

裴明淮皱眉道："我在想，这事从头到尾，应该都是一个圈套。我们在江心亭上见到清虚道人，他便是主动过来的。"

卢令叫道："可他跟萱妹素不相识，为何要设这么大一个圈套来害她？"

金百万颤声道："萱儿是个女儿家，心地善良，绝不会有仇家。怎可能有人想要她的命？"

裴明淮道："这定然有些我们如今尚不知晓的缘故。而今，我们要解决的问题恐还不止这一桩。"他眼望头顶，此时阳光更是耀眼，他望了片刻便不得不闭了眼。"金姑娘明明方才是上了北楼，我已问过那楼里的人。可是，一转眼，她的……尸身却散落在我们面前……"

他又看了一眼金百万，道："金爷，莫怪我多事，还是先将令爱放下来为是。"

卢令脱了外衣，铺在地上。金百万小心地将女儿已成了碎块的尸身放在那袭杏黄锦衣上，两条齐肩斩下的手臂，两条齐腰断下的腿，以及上半身的躯干。虽然色呈青灰，但断掉的手脚仍是修长匀称，隆起的胸部似乎还富有弹性。金百万也解了锦衣，把金萱的尸身遮上了。

忽然听到一声女人"嘤咛"之声，却是那倚在榻上的毕夫人悠悠醒转。毕夫人一眼见到卢令手中还抱着金萱的人头，尖叫一声，竟然又晕了过去。

成仁一直面无表情，这时也露出了惋惜之态，道："金百万，出了这种事，我兄弟也不好意思赖在这里，告辞了。"

金百万还有些未曾回过魂来的模样，卢令却一声大叫："不可！"

成伯皱眉道："为何不可？礼金我们一分不少退还便是。"

裴明淮接口道："卢令兄的意思不是礼金。金姑娘遇害，我们在场的人都逃不了嫌疑，两位也还是留下的好。"

成伯道："金姑娘遇害，难道不是那老道施出的幻术所致？"

裴明淮道："那清虚道士自然脱不了干系。至于是不是幻术……在下还得打个问号。"他打了个哈哈，"在下从不信鬼神之说，何况是个来历不明的游方道士？"

卢令道："那依你如何？"

裴明淮道："还能如何？自然是报官了。吴震如今应该还在衙门，立即派人去找他来。府里一应人等，一概不许出入。"

吴震不出半个时辰便赶了来。这时金百万已回了房间休息，看样子实在是支撑不住了。毕夫人被人送回了房，成伯、成仁二人也自去歇息。只有卢令还呆呆地抱着金萱的头颅坐在一旁，阳光直射，裴明淮已觉汗如雨下，他却似毫无感觉。

吴震一眼看到金萱的头，便倒吸了口凉气，将裴明淮拉到一旁，问："这究竟是怎么了？"

裴明淮将方才之事大约地讲述了一遍，吴震边听边啧啧称奇，道："你说那种上天盗桃的幻术，我也只有耳闻，未曾亲见。难道天下真有这等奇术？"

裴明淮苦笑道："我虽然嘴里说不信，但心里却有些信了。方才等你之时，我又来来回回地在这园子里走了好几遭，真真是一点线索也不曾发现。你素有神捕之称，就只能等你来大展神威了。"

吴震叹道："我若真有那般神，就不会泥菩萨过江——自身难保，找你来帮忙了。"他又沉吟道，"你说那道士逃走之时，施放了一蓬白烟？"

裴明淮点头。"幸好无毒。"

吴震道："可有什么气味？"

裴明淮道："我一见他扬袖便闭了气，然后便直接上了北楼，还真未曾闻到什么气味。等我下来之时，白烟早已散尽了。"

卢令忽然道："有一股香味。"

吴震忙问道："什么香味？"

卢令道:"这我却说不出了。我表妹对各种香极精,若她还在……"说着强忍了眼泪,道,"不过,她房中有四处搜罗来的各种香,若是我再闻到,必定能辨出来。"

裴明淮叹道:"卢兄,我劝你先将金姑娘的头颅放下,你一直抱着,成什么话?吴大人也要验尸的。你不如回金姑娘房里,找出那种香,也许还能有些线索。"他知道卢令对金萱之情非同一般,要劝他休息静养什么的都是多余,还不如找点事给他,也比在这里抱着头颅吓人的好。

卢令略思索了一下,便轻轻将金萱的头搁在铺在地上的锦衣上。"裴兄,吴大人,还请善待表妹的尸首。"

一面说,他一面便走开了,步子尚有些踉跄。吴震叹道:"这杀人之人,未免过于残忍,当着父亲、表哥之面,竟将一花信女子肢解抛下……"

他掀开锦衣,见到那堆残碎尸体,一怔道:"没有血?"

裴明淮道:"这也是我觉着奇怪之处。我事后仔细回想,从金萱离席上北楼,到我们看见肢体落下,那能有多久?就算有人将金萱乱刀分尸,血也不会凝结。而她的断肢之上,竟连一丝血渍也无,这就令人好生想不通了。"

吴震在一条断腿上伸手轻按,道:"非但如此,你看她皮肤坚实,颜色青灰,试想刚死之人,怎会是如此?必定是皮肤柔软,色泽如生,而这尸体……"他摇了摇头,"即便是死了一日之人,也不会僵硬到这般程度。这不像是死后的僵硬,倒像是……"

裴明淮接道:"倒像是中了什么毒。"

吴震忽道:"你看她的脸!"

裴明淮低头一看,那颗放在一边的头颅,脸上竟然起了奇异的变化。仿佛是热油将她的脸烧蚀了一般,只见一张脸咕嘟咕嘟地冒起了血泡,竟像是一锅被煮开了的血肉,散发出一股焦臭之味!

吴震失声道:"不好!"一掠上前,脱了外衣便想上去抢那头颅。裴明淮忙去拦他,吴震一怔之下也知道厉害,只得长叹一声。

过得片刻,金萱的脸已是全然销蚀,本来一张如花似玉的面孔,此时像是被烈火熔浆烧灼过的一般,人不像人,鬼不像鬼,恐怖至极。

吴震与裴明淮都怔怔而看，吴震又叹了一声，道："莺莺楼中那一男一女的脸，便是这样子的。"

裴明淮道："现在我们可算亲眼见到了，想必是种极霸道的毒物。"

他回头去看散落的断手断脚，道："看来，凶手只对毁坏她的脸感兴趣，就像莺莺楼里的尸首一般。"

吴震道："你认为这跟莺莺楼的案子是同一人所为？"

裴明淮道："至少是有关系的，用的是一样的毒药。"

吴震仰头看那座北楼，道："你能确定金萱只离开了半炷香时间？"

裴明淮道："千真万确，席上之人都能做证。"

吴震道："我不是怀疑你说的话，我只是十分奇怪。按你的讲述，这件事根本不可能发生。"

裴明淮忽然一笑，笑得甚是古怪。"确实不可能，但实实在在便发生了。再不便是那清虚道士真有仙法，将上天的小道童变成了金萱？"

他突然一怔道："对了，那个桃子呢？"

吴震指着地上一堆早被踏烂的红色东西，道："你可是说那个？"

裴明淮一看，顿足道："是谁给踩成这样了？"

吴震道："发现了金萱碎尸，这里的人难道还能注意脚下的东西？你一脚，我一脚，那鲜桃经得住这样一阵踩？不踩成烂泥倒是奇了。"

裴明淮道："那桃子从空中落下之时，我也瞟了一眼，个头极大。鲜桃极易烂掉，我想那桃子必定是从附近摘来，还指望着能找到什么线索。"

吴震又指示几名捕快，将金萱碎尸收拾起来，送回衙门。裴明淮叹道："可惜了这位金姑娘，飞来横祸！"

吴震道："我会令人将这庄园好好搜查一番，晚上再去查验金萱的尸身。你如果不怕，最好也来。"

裴明淮苦笑道："她活着的时候是个美貌心善的姑娘，死了也可怕不到哪里去。"

吴震指了指北楼道："金萱便是上的这座楼？"

裴明淮道："正是。她说要去看皮影。"

吴震道："你们都是看着她进去的？那可有看到她上楼？"

裴明淮皱了皱眉，竭力回忆。"当时我一直在看那清虚道人，只是眼角余光扫到她进了北楼。至于后来……"

吴震怂恿道："你是习武之人，自然眼力好。那北楼上都是雕花窗，大都开着，若她上楼，你有可能注意得到。"

裴明淮想了半晌，唯有苦笑。"窗户虽对着外面，但楼梯在外面是全然看不到的。七楼因为是皮影戏，光线必定阴暗，竹帘是放下了的。何况，若有人在你面前玩那天上盗桃的把戏，估计你也不会留意别的。你不如去问问里面那些戏子，也许还能有些收获。"

吴震道："那我们这就去。"

4

两人从一楼问到六楼，好在这些戏子里没有几个瞎子，众口一词地说见到金萱上楼。他们见了金大小姐，自然也弹唱得更是卖力，金萱向他们微笑搭话，还脱了手上一只镯子赏人。

吴震道："也就是说，金萱并不着急，是慢吞吞地上了楼。"

裴明淮笑道："就算她喜欢的那出皮影戏唱完了，她自然也可再叫演上一次，她又何必着急？金萱是个大家闺秀，这等女子，从来都是斯斯文文，不慌不忙的。"

吴震对那个手里握着一只金镯的小孩道："那金姑娘是怎样对你说的？"

那小孩画了个大花脸，哪里还看得出本来面目，虽然年小，但也扮得像模像样，一双眼睛灵动至极。"金姑娘说我演得好，我说下次再来演给她看。她却笑笑说，像我这么聪明的孩子可惜了，给了我这个镯子，让我去读书。"

那方才与裴明淮说过话的班主叹道："小夏确实机灵，教他学点什么，一学便透。只是我们这行，混口饭吃还可，送他去读书……唉！"

那小夏却道："金姑娘说，有了这个镯子，我就能不演戏了。"

班主点了点头，道："金姑娘实是好心之人。"

裴明淮见那金镯以金丝绞缠成衔珠凤凰之形，凤眼碧绿，一看便是十分珍贵之物，当下笑道："这镯子，足以让你们一个班子的人衣食无忧了，只是不要忘了让这孩子读书。"

班主道："小夏本来便是我孙子。"

裴明淮笑道："那是我多虑了。"他见到班主脸上现出一种奇怪的表情，便道，"这位老先生，有话但说无妨。"

班主似有些欲言又止的样子，裴明淮正想再问，吴震已往七楼走去，一面回头叫他。他便对班主点了点头，随着跟上。

班主眉头深锁，似乎有什么不可解的事情。见那小夏还拿着金镯把玩，班主便道："小夏，既然是金姑娘送你的，你便收起来吧。"

小夏点头，极珍视地把那金镯收进了怀里。一个比小夏大不了几岁的少年笑道："爷爷，这镯子真能让我们一辈子不愁吃喝？"

班主却似未听到他说话，少年又问了一遍，班主才反应过来。他闷声道："别问那么多，都不准胡乱说话，听见了吗？"又喃喃道，"也不知那金管家在哪里？我倒是有些话想对他说……"

这头裴明淮跟着吴震上了楼顶，那扇屏风已然收拢，两老两少都坐在椅上。碗中茶早冷，四人却都没喝一口。

吴震的眼光自四人身上缓缓掠过，他的眼神锋锐如刀，那青年男女均是瞎眼之人也罢了，老夫妻二人却都同时打了个寒战。见吴震身上穿着官服，老人忙一弯腰，道："大人……"

吴震挥挥手，示意他不必多礼。"你们是哪里人士？"

老人道："老朽江明，就是邺都人。早年也曾有不少徒弟，如今，那些徒弟都学到了手艺，自立门户去了……"长长一叹，道，"只落得个糊口罢了。"

吴震道："是金百万请你们来的？"

江明道："正是。我四人在街上卖艺，后来有位爷来说，请我们今日进府来演，还给了定钱。"

吴震道："那人是谁？"

江明想了想道："是位穿黄衫的公子，似乎姓……"

江妻插口道："姓卢。"

江明忙道："不错，不错，便是卢公子。他手里还抱了一张琴。"

吴震又问："你们是几时来的？"

江明道："今日一大早便来了。有位管家将我们安置在这里，告诉我们只管演便是。"

吴震转顾裴明淮道："我知道这些你都问过，但我还是得再问上一遍，这是规矩。"

裴明淮笑道："你只管问。"他便踱到那紫檀椅前，将鹅黄绢衣轻轻搭在椅背上，自己坐下。这个位置背着阳光，正对着屏风，却是看皮影的最好地方。

吴震又问了那江明几句，眼看也问不出什么来了，便对裴明淮道："我们下去吧。"

江明在他们身后道："两位大爷，我们什么时候才能走呢？"

吴震冷冷道："到我说能的时候。"

下了北楼，那叫金贤的管家见了二人忙迎了上去，赔笑道："老爷让我来侍候两位，有什么事只管与我说。"

吴震道："这园子有多少房舍？"

他这一问却问得金贤有些不知所措，道："百十间总有吧？"

吴震道："好，你就将今日来的所有人都安置住下，每日三餐不可怠慢，再给些钱以免他们着急。金百万家财万贯，不会吝啬这些吧？"

金贤忙道："不会，自然不会。吴爷说怎的，便是怎的。"

吴震满意地一点头，道："让你们的家丁四处多看看，我也会调些捕快过来。没我点头，不能让一个人离开，明白了吗？"

金贤慌忙道："明白，明白。吴爷您尽管放心。老爷已吩咐下来，一切两位做主，只管吩咐我便是。"

裴明淮在旁笑道："何必留这么多人，你真是不想便宜金百万哪。照我说，留北楼的人就可以了，别的人且让他们走，只要不离这邺城便是。在这里的人多了，反倒是人多眼杂，夜长梦多。"

吴震皱了皱眉，道："你的话也有理。"对金贤道，"金管家，便按他的话吧。"

金贤答应着，裴明淮问道："金老爷怎样了？"

金贤叹道："我家老爷最疼姑娘，此时旧疾发作，正请大夫呢。"

吴震道："旧疾？什么旧疾？"

金贤苦笑道："老爷身体发福，多走动几步都吃力，更不要说突然见到这般情景了。"

裴明淮道："原来是胖出来的毛病。"

金贤又道："表少爷说，如果二位有空，请到姑娘房中去一趟。"

吴震道："莫非是他有什么发现了？"

金贤道："二位去了便知。"

走了片刻，吴震也忍不住道："虽然我只懂点皮毛，但也看得出这园子修得实在是糟。金百万是邺都首富，找个有本事的人来修建难道不成？偏要搞得这不伦不类的。园子四角四座楼，自家的花园有这般修法的吗？"

金贤赔笑道："吴爷有所不知，这园子还是请极有名的吕先生改建的呢。"

吴震道："吕先生？吕谯？"

金贤道："正是。"

吴震看了看裴明淮，裴明淮只点了点头。

即便不理会吕谯暴死的事，也说不通。金百万一看便是无半根雅骨之人，做出烹琴煮鹤这事并不奇怪。但吕谯绝非徒有虚名之辈，人所共知，这样的花园出自他手，真真是自毁名声了。

金贤停了脚步，指着前面不远处一座小院，道："那便是姑娘的住处了。"

这所院落也不见得如何出奇，一溜石子铺的小径，旁边栽了不少奇花异草。金贤道："小人还得去安置那些戏班子，二位自己进去可好？表少爷在里面。"

吴震点头，金贤便退开了。裴明淮忽然又叫住了他，道："现今这园子里有多少人知道你家姑娘已死？"因他们那一席与其余宴客之处并不相邻，所以园中别的戏照演，酒宴照摆，众人也并不知道金萱被杀一事。裴明淮当时一回过神，便立即吩咐了金贤尽量不要让旁人知晓。

金贤道："按裴公子的吩咐，恐怕还无人知道。"

裴明淮道："暂时保密。尤其是你家姑娘的死状，便不要与人多说。"

金贤答应着离开，两人进了小院，院中有数间精舍，卢令正站在窗边，呆呆地向外张望。见两人过来，才"啊"了一声："你们来了。"

"卢兄，有何发现？"裴明淮问。他已注意到卢令手中拿了一个锦盒，而靠窗的案上，也堆了数十个锦盒。

卢令道："进来再说。"

两人一入房内，顿觉香气扑鼻。四面墙上都挂着画，有山水，有人物，有鱼鸟。

裴明淮不由得走到壁前细看，道："这便是金姑娘的收藏了？果然厉害。"

卢令惨然一笑，道："我表妹生平最好书画，只要有她看上的，不惜重金也会收罗回来。她这些年来收藏的，极为可观。"

裴明淮道："不知那位金夫人……"

卢令道："我姑母在表妹五岁那年，便病故了。"

裴明淮不再追问，指了一幅字道："这是王右军的手笔，实在珍贵哪。一直说失传了，想不到竟然在金姑娘手中。"

卢令叹道："我表妹从不公开她的收藏，收罗之时又极是隐秘，都通过中人转手，谁会知道在她手中？我姑父毫无雅骨，这你们定然是早已看出来了，寻常人也不会与他兜售字画。"

吴震道："那他想必是喜欢珠宝了？"

卢令道："正是，我姑父爱珠宝如命，此间有一密室收藏了他诸多宝贝。只是我表妹视金银珠宝如粪土，根本不屑去看上一眼。"

吴震笑道："你进过你姑父的密室吗？"

卢令摇了摇头。"除了表妹，姑父从不让人进去。"

他忽然哦了一声，道："光说这些，我还忘记了叫你们来的原因了。"他把手里的锦盒递了过来，"我已检视过我表妹的收藏，果然有一味香与白烟的香味颇为相似。"

吴震打开闻了闻，果然异香扑鼻。"这是什么香？"

卢令道："这味香产自西域，被称为'天罗'。"

裴明淮奇道："天罗？明明是香，为何取了个绸缎绢纱的名字？"

卢令道："我曾听我表妹提及，言道此香绵绵密密，如同罗网，纠缠不清，故名'天罗'。"

吴震又深吸了几口，道："你能确定就是这香？"

卢令道："应该是，我弹琴之时必得焚香，多少也懂些。"

吴震问道："你可知附近哪里有卖这天罗的？"

卢令想了一想。"这是西域异香，价格极贵，不是普通人能用得起的。城东有家老店'飘香斋'，广罗天下名香奇香，你们不妨到那里一试。"

吴震点头，又道："我们进金萱卧房看看。"他这话却是冲着裴明淮说的。

卢令道："两位自便。"他已回过了头，裴明淮看上去，只怕再多说一句卢令又会流泪了，忙跟着吴震进了里屋。

吴震压低了声音道："他对这表妹，倒似是情真意切。"

裴明淮也放低了声音："你莫不是连他也怀疑？"

吴震道："现在谁都脱不了嫌疑。"

裴明淮摇头低声道："若他真心喜欢他表妹，更没有理由害她。何况，当时我们几个人都在席上，金萱却独自去了北楼，我实在是想不出来席上的人有什么办法可以杀得了金萱还将她碎尸？"

吴震古怪地笑了笑。"我也想不通，难不成真是那老道的妖术？"

两人同时沉默下来。裴明淮也觉得寒意森森，便抬头环视金萱的这间卧房。房中陈设极是雅致，浑无女子脂粉气息，连纱帐都是素色。吴震走到床前，看了看那素帐，笑道："这位金姑娘真不愧是金百万的女儿，可奢侈得紧。"

裴明淮道:"此话何解?"

吴震笑道:"连你都不认得了?也难怪,总归是女儿家喜爱的物事,你不知道也难怪。这纱帐看似毫不起眼,只是一幅素净帐子,但我以前护送贡品进京时曾见过同样的一幅。那可是传说中的东海鲛绡,轻薄柔软无比,在夜间能够泛出银光,极其珍贵。"他又指了指案上一盏碧绿莹黄的琉璃灯,"这也是贡品,在夏日能够驱走蚊虫,若是洒些带香的花瓣在上面,香气可远远发散。上达天听的贡品竟能在金家大小姐的卧房看到,果然是财可通神。"

裴明淮叹道:"纵是有财,也救不了她的性命。"

吴震也叹了口气。裴明淮摇头道:"不管凶手是谁,为何要害死金萱?偷天盗桃,碎尸毁面,手段真是残忍至极!"

吴震道:"看那毁掉金萱面目的毒药,与莺莺楼那一男一女实在像得很哪。"

裴明淮皱眉道:"可那个红牌如嫣,还有那神威堡的冯威,跟金大小姐也不该有什么关系吧?"

吴震笑道:"这可得去问问金百万了,看他知不知道些什么。不管怎么说,老子总不会害女儿吧?"

金百万躺在床上,像一座山塌了下来似的。他面带病容,本来油光水亮的脸一下子似乎都缩水了。一个丫鬟在旁边侍候,这丫鬟也有二十多岁了,生得甚美,穿戴也颇华丽,见吴震和裴明淮进来,急忙相迎,端了茶来。

听吴震说了来意,金百万摇头道:"萱儿一向是个极乖巧的孩子,喜好便是字画、下棋。她出门也是坐车,极少抛头露面。我实在是想不出……会有什么人想害她?至于莺莺楼……这种地方,萱儿恐怕连听都不曾听说过!"

吴震问道:"金姑娘跟卢令……"

金百万一愣,答道:"他们二人是表兄妹,感情甚好。"

裴明淮笑道:"我看他们不仅仅像表兄妹。"

金百万这时方领悟了他的意思。"哦……若是这般,我也乐见其成。

卢令是我亲戚，他为人我也很清楚。萱儿跟他，不会吃亏，亲上加亲嘛！"

裴明淮问道："卢令的姑母，就是尊夫人？"

金百万脸色更是灰白，道："我夫人她早早过世，扔下萱儿和我，就走了……唉！"

裴明淮心道，这金百万拥金百万，这么多年却未曾续弦，倒也奇怪。又记挂着吕谯的事，问道："听说是吕谯重修的这园子？"

金百万一怔道："裴公子认识？"

裴明淮点头道："好友。"

金百万苦笑道："这园子，多年之前便已不住人了。我夫人便是在这里过世了，真是伤心之地哪！萱儿非得要住回来，我找了无数理由，也拦不住她，只得由她去了。她找了吕先生，把园子又重新整理了一番。"

吴震皱眉道："整修庄园，需要请吕谯吗？"

金百万望了二人一眼，道："两位有所不知。我有不少值钱的物事，须得要个妥当之处收藏。"

吴震和裴明淮这才明白，请吕谯来究竟为了什么。金百万又道："吕先生是鲁班再世，只有请他，我才放心。"

裴明淮道："只修了密室，庄园没改？"

金百万想了片刻，摇头道："我只管了密室的事，别的，我可不记得了，都是金管家去办的。"

裴明淮不由得苦笑，吴震又问："最近令爱可有什么异于寻常的举动？"

金百万叹道："我毕竟是爹，女孩子的事我也管不了那么多。你们不如去是问问她的贴身丫鬟丹桂，她们两个最好，丹桂定然比我知道得多。红菱，丹桂在哪里？"

那唤作红菱的丫鬟道："老爷，丹桂在姑娘房里哭呢。"

金百万又叹了一声，他说话有气无力，说几句便咳两声，倒像是随时都要断气似的。吴震便道："也罢，我们就先去问问丹桂。"

那红菱打起帘子，送二人出去，金百万忽又将他们二人叫住，迟迟疑疑地道："我还有一件事，觉着有些奇怪。"

吴震道："但说无妨。"

金百万皱眉道："今日见吴大人把那水上飞的尸体从水里拖出来，我便觉得这人恍惚见过。"

吴震一震。"你见过？在何处？"

金百万道："我家的家丁众多，我觉着水上飞似乎就是其中一个。"

吴震道："你家的家丁，你自己都不认识？"

金百万苦笑道："家丁人数众多，来来去去，我又怎能认全？"

吴震皱眉道："你是何时见过他？"

金百万想了一想道："也就前几日吧？之前从未见过此人。"

吴震又问道："他可有何特异之处？"

金百万摇头道："便是一个普通家丁模样，我也不曾特别注意。"

吴震道："你此前为何不说？"

金百万吞吞吐吐地道："我本来只觉眼熟，后来想了一想，觉着应该是他，于是才告诉你两位……"

吴震道："平日里是谁管教这些家丁的？"

金百万道："原本是金贤，不过他最近忙于小女的生日，就交与了金四。"

裴明淮笑道："那我们就找上那金四问上一问。"

金百万道："我昨儿差金四去办事，恐怕还没回来，两位晚些再找他问话吧。"

两人回了金萱院中，就看见一个少女坐在走廊上垂泪。那少女见他们出来便站了起来。吴震问道："你是丹桂？"

丹桂颔首，低声问道："我家姑娘……我家姑娘……听金管家说……"

吴震道："你家姑娘被人害死，若你想为她找出凶手的话，就跟我到衙门一趟。"

丹桂睁大了眼睛。"到衙门？做什么？"

吴震道："认你家姑娘的尸体！"

丹桂的脸顿时发白，裴明淮柔声安慰道："听说你跟你家姑娘情同姊妹，若你想让她在九泉下瞑目，怎可不帮我们？"

丹桂听了这番话,点了点头。"好,我跟你们去。"她迟疑了一下,又道,"可是……姑娘……明明在那里,为什么还要我去认……"

吴震淡淡地道:"我只是想确认,她究竟是不是金萱。"

5

这是裴明淮第二次入仵作房。其他的尸体都已暂时收殓,长案也已擦抹干净。一盏油灯,闪着幽幽的黄光。案上摊着卢令那袭杏黄锦衣,金萱的碎尸,整整齐齐地放在衣上,一颗头颅也端端正正地放在一旁,只是面貌已全不可见了。

丹桂早已连站都站不住,裴明淮只得在一旁扶着她,轻声道:"丹桂,不必害怕,既是你家姑娘,就算她死了,也不会害你的。你且走近看看,那是不是你家姑娘?"

丹桂鼓起勇气,走近了两步,"啊"的一声便掩住了双目。"裴公子,脸,姑娘的脸变成了那样……我,我认不出来!"

裴明淮安慰道:"别怕,有我在。睁开眼,再看看。"

丹桂好不容易才把双手从眼上拿了起来,又看了一眼。"看起来是我家姑娘没错……啊,一支凤钗,是我给姑娘插上的。"

吴震把那支还稳稳插在发间的凤钗取了下来,递给丹桂。"你再细看看。"

丹桂:"我绝不会看错。金钗是吕公子做的,本是一对,还有一支给了吕公子的妹子。姑娘特别喜欢这凤钗……"一言未尽,又哽咽得说不出话来。

那是一支极精巧的金凤,通体以细如发丝的金丝镂成,如意云纹之上盘踞凤凰,凤口上衔了三串珠串,每颗珠子都是一般大小,光洁晶莹,发出淡淡光芒。

吴震把凤钗放到了一旁,道:"丹桂,接下来你得帮我们做件为难之事。"

丹桂颤声道:"什么事?"

裴明淮道:"你平时可曾侍候你家姑娘洗澡更衣?"

丹桂道:"自然。"

裴明淮道:"那你可知你家姑娘身上有什么胎记之类的?"

丹桂想了想,道:"姑娘右肩后有一块胎记。哦,对了,姑娘幼年曾摔伤过脚,她的左膝处有一小块伤疤。"

吴震大喜,道:"那你且去察看一下,这尸体上……"

裴明淮瞪了他一眼,示意他不可心急。吴震恶形恶状惯了,但这次的情形太过诡秘,若要他逼迫丹桂这样一个小姑娘,倒也于心不忍。倒是丹桂一挺胸,大声道:"我去看,姑娘一向对我好,为了姑娘,我什么都不怕。"

吴震把女尸的上半截身子翻了过来,肩后确有一块胎记。丹桂看了一眼便不忍再看,道:"正是这块胎记。吴大人,求求您,别再让我看了。这确实是姑娘……"

裴明淮去察看那女尸的膝盖,也有一块时间甚久的伤疤。吴震叹了一口气,找了一块白布,把碎尸给遮住了,又问丹桂道:"你家姑娘最近可有什么异样之事?"

丹桂叹了一口气,眼泪已涌出。她抬起衣袖抹了抹泪,道:"最近半年,姑娘出门的时间较之以往多了不知多少。而且,她不要我跟着,总是单独一个人去。我便觉得奇怪,追问车夫,车夫说姑娘总是到城东一家叫飘香斋的老店……一进去便是几个时辰,也不让他们进去。"

裴明淮一怔道:"你是说飘香斋?你家姑娘一直都去飘香斋?"

丹桂道:"不错。她数日前还去了一趟,当真是风雨无阻。有一日天气极差,雷鸣电闪,她却还是一样要金管家备车。姑娘素来恤下,但那日她只说多给些赏钱,却还是执意要去。我一直便怀疑……"

裴明淮道:"你怀疑你家姑娘是出去跟别人相会?既然有此怀疑,你为何不告诉你家老爷?"

丹桂道:"我家老爷对姑娘爱如珍宝,我只是个丫头,这样的话,如何出口？更何况，我家姑娘对我这么好，我是不会说的。"

吴震又盘问了她一阵，从她口里实在是问不出什么来了，便吩咐杜小光送她出去，自己在椅子里仰躺了下去。裴明淮见他神色极是疲惫，便笑道："怎么，你也熬不住了？"

吴震长叹一声。"眼看着那些失踪的死囚一点线索也无，又怪案连发，你叫我如何不揪心？"

裴明淮道："仵作如何说？"

吴震走到门口唤了一声，不出片刻，一个仵作便走了进来。吴震道："这位便是我们这里资历最老的齐老爷子。"

齐林是个面色苍黄的老人，一头白发，也许是长期与尸体打交道，他好像也带着点死气，连说话都死气沉沉的。"吴大人可是要我再将结果说上一遍？"

吴震点头，齐林便慢吞吞地道："这个女子是死后被快刀分尸的，这一点两位相信都能一眼看出来。分尸之人手法极为熟练，定然是个练家子。而且，这女子服下了一种药物，使得肌肉皮肤僵硬，血液凝固，如此一来，即便是刚死便被分尸，也不会溅出血来。"

裴明淮目注齐林道："齐老爷子经验如此丰富，可知是什么药物吗？"

齐林一声干笑。"这个实在未曾见过，不过天下之大，什么没有？对了，吴大人，水上飞我也看过了，他中的是寻常的砒霜。倒是那死在莺莺楼的一男一女，中的是水上飞的独门毒药。"

吴震道："什么？"

齐林道："没错，就是他的独门毒药，我以前见过被那毒药毒死的人，绝不会错。分量若轻，便是面色紫黑，七窍流血而死。分量加重，就不止是七窍流血了，会把脸甚至身子都蚀掉。只不过，听说这药极难配制，要的几味药实在难找，郭飞也早就没这毒药了。他在牢里待了十多年了，你叫他如何天涯海角地去找那几味药来配制？他那日刚被转到这牢里来，地儿都还没待热呢！"

裴明淮呆住，他总觉得这件事，似乎有哪里不对，但仔细想起来，又说不出来哪里不对了。

吴震发狠道:"早知道就不把这些人移到这牢里来了,我就知道这事不好办,果然出了岔子!"

裴明淮笑道:"那不是为了检验你吴大人督建的死牢吗?"

吴震狠狠地道:"那还不是你哥下的令?这不狠狠坑了我一把!少废话,你帮我去飘香斋跑一趟,问问那'天罗'的事!"

裴明淮道:"我欠了你吗?是你欠了我一个大大人情才对吧?"

吴震斜了他一眼,道:"要是你想看我人头不保,你就别去!尉小侯爷那边,如今还虎视眈眈地盯着我呢!"

裴明淮叹道:"他是在悠悠闲闲地喝酒游河,我呢?被你当手下一样支使来支使去的!"

吴震却也跟着叹了口气,道:"我倒也奇怪了,你成天正事不做,在江湖上到处跑,我到哪儿都能见着你,你说,我不支使你,支使谁去?你要拿出东道大使的做派来,我自然该怎么样就怎么样。"

裴明淮道:"胡说什么!我刚去行宫见了我姑姑,回来路过邺都就打算待几日,又怎么叫正事不做了!"

吴震笑道:"你这叫顺路吗?"说罢便对齐林道,"那天晚上,你老跟曹老五在一起喝酒?"

"是啊。"齐林又干笑了一下,"他不知哪儿弄了点好酒来,连我这老头子都喝多了。大人放心,有事的时候,我绝对是滴酒不沾的。"

吴震问道:"那夜你可有发现什么异常之事?"

齐林想了半晌,摇头道:"没有。曹老五喝得歪歪倒倒的,说是要去烧人,就走了。我就自己睡了。睡醒了都闻到那边烧火的味道,我看他也是喝多了,烧那么久,真真是浪费柴炭啊……"

吴震也跟着摇头,又问:"把水上飞那批最后进来的安置在里面一进,是谁的主意?"

齐林奇道:"自然是朱习的主意,这一向都是他管。"

吴震叹了口气,对裴明淮道:"果然如此。"

裴明淮也只有苦笑的份儿。

裴明淮赶到城东那家飘香斋时，已近黄昏。那飘香斋与普通老店无异，店面上只有一个瘦瘦的伙计，正准备关门。裴明淮也不多说，直接放了些钱在伙计面前，伙计立时堆上了笑，也不急着收拾了。

"公子，你想买点什么？"

裴明淮道："我不买香，我只是想向你打听一点事。"

伙计笑道："公子尽管问。"

裴明淮把从金萱房中的那盒"天罗"放在他面前。"这可是从你们店里卖出的？"

伙计点头道："正是，盒子可是我们飘香斋独有的。"

裴明淮道："那你可还记得，这段时日有哪些人来买过它？"

伙计笑了笑道："这种香是西域于阗来的，有公子手中这种用来点的香，也有香丸卖。味道奇特，香得有些古怪，不是人人都爱的。加上价钱又贵，买的人极少。不过，一个月之前，倒真有个人特地来买这天罗。因为要它的人实在是少，所以我也记得格外清楚。"

裴明淮心中一跳，道："是个什么样的人？"

伙计嘿嘿笑道："是个女的。她虽然遮着脸，但仍然看得出是个美人，说话声音又娇又腻。她把我们店里的存货都买光了，现在新货都还没送到呢。"

裴明淮道："她指名要'天罗'？"

伙计道："不错。"

裴明淮道："若是你再遇见她，能不能认出她来？"

伙计皱了皱眉，道："恐怕不能。如果她说话，我也许还能听出来。她的声音，不是一般的好听，让人骨头都快酥了。"

裴明淮心中又是一动。"她穿的是什么颜色的衣服？"

伙计道："白衣。"

裴明淮嗯了一声。素衣，美貌，声音娇腻，听这伙计的描述，极似那毕夫人。

那伙计忽道："我当时多嘴，问了一句，说买这么多，怕是放久了不好。这女子笑说，是送人的，当然是越多越好了，送出去了，哪里管那么多呢？"

裴明淮出了飘香斋，左边是去衙门的路，右边是去金府的路，他犹豫了片刻，便向右侧走去。

过不了多时，他已坐在金家了。红菱扶着金百万走了出来，金百万一见他便急急地问："裴公子，可是小女的事有头绪了？"

裴明淮坦然道："有些头绪，正要向金爷讨教。"他单刀直入，"那位毕夫人，究竟跟金爷是什么关系？"

金百万一愣。"这跟小女的事有关吗？"

裴明淮道："有，有极重要的关系。在下并不是好打听旁人私事之人，只是这事，确实要紧。"

金百万叹了口气，道："毕夫人年纪轻轻便守寡，我也丧妻数年，唉，两个都是孤单之人哪。"

裴明淮听到此话，并不意外。他在席上见到毕夫人受惊之后便靠在金百万身上，金百万也极自然地搂住她时，便这般想了。

金百万又叹气道："昔日萱儿之母在时，我从未纳过妾，她过世时我也伤心不已。"见裴明淮脸有惊异之色，苦笑道，"我看来似乎不像如此长情之人？"

裴明淮无可回避，只得笑道："确然不像。"

金百万摇头，眼中满是悲伤。"我对我夫人，是真……我好不容易娶到她，她却撒手先我而去……"

裴明淮打断他道："金姑娘可知道你跟毕夫人的事？"

金百万点头道："萱儿从不干涉我的事。毕夫人跟她本乃知交，毕夫人擅书，萱儿善画……她们俩一向很好。"

裴明淮问道："不知金爷可有续弦之意？"

金百万笑了一笑，道："不瞒裴公子，我并无此意。"

裴明淮皱起了眉头，似在思索什么。金百万问道："究竟这事，与萱儿何干？"

裴明淮道："恕我再问句不敬的话。"

金百万道："公子但问无妨。"

·177·

裴明淮道："金老爷百年之后，你的万贯家财，如何处置？"

金百万道："我族中人丁稀少，除了我女儿，也没别的什么人了。我如今也懒了，生意大都是萱儿在打理。更不要说那些我多年搜罗的珠宝了，都是萱儿的。卢令是我姻亲，若他跟萱儿成婚，倒也是好的。"

裴明淮道："但现在金姑娘她……"

金百万黯然道："我从未料到会有这日，并未有过别的打算。"说罢又叹气道，"我给萱儿还准备了几幅字画做礼物，没想到她……"

裴明淮道："那支凤钗也是你给金姑娘的？"

金百万道："是请吕先生制的，吕先生倒是不曾推辞。一对凤钗，一对镯子，正好配成一套。"

裴明淮道："有何特异之处？"

金百万笑了一笑，道："凤凰的眼睛是西域的一种奇石，白日碧绿，夜间却是血红，珍贵便珍贵在此处了。凤凰口中衔的珠串看起来平平无奇，其实是夜明珠，光泽极亮，若在夜里，是着实好看的。萱儿送了一支凤钗给吕先生的妹子作谢礼，倒是大方得紧！"

裴明淮一时倒寻不出话来问了，金百万却开口道："你是在怀疑卢令和毕夫人？其实，我的家产多一点少一点，实在是没有什么分别。毕夫人万珍阁也绝非徒有虚名，当然，我也觉着不能亏待了她，正打算搜罗些珍品讨她欢喜。至于卢令，他若真有难处，要多少我也自不会吝啬。卢家也是大族，他又跟萱儿自小青梅竹马……"

裴明淮点了点头。金百万能成邺都首富，看来确实有其原因。这人虽然肥胖无比，但头脑其实十分敏锐，什么事想瞒过他并不容易。

金百万道："公子的房间已经收拾好，若不嫌弃，今日便住舍下吧？"

裴明淮并未推辞，他本来也想在金家待一晚。他回到房中，丹桂来侍候他，也被他叫去休息。没想到，过不了多时，吴震却像个鬼影似的来了，而且显然是翻墙而入的。

裴明淮替他倒了碗茶，笑道："有路不走，却要翻墙。"

吴震苦笑道："累得连话都不想说了。"

裴明淮道："那你来找我，也不说话？"

吴震道："我那些手下已经查过了今日来的客人，都离金萱出事的地方甚远，没什么特别值得注意的。现在嘛，我就是来听你说的。"

裴明淮便把在飘香斋打听到的跟方才金百万的对话说了一遍。吴震听得很是用心，最后道："问了半天，还是不知道，金百万会如何处置他的百万家产。"

裴明淮笑道："你觉得金百万会老实回答我？恐怕他也没真正想过吧？"

吴震道："照我看来，他得赶紧再娶几房妻妾，否则他这百万家产，就无人继承了。金百万看来也并没有让卢令或者毕夫人得他家产的意思，我看，这二人，也没什么由头要杀金萱。金百万无意再娶，看来，血亲还是血亲，只有女儿最亲啊！别的人，他一个都不信！"

裴明淮想了一想，吴震这话，居然还颇有道理。"不过，毕夫人买了天罗是实，不如我去跟这毕夫人聊上一聊，探探她的口风。"

吴震朝窗外望了一望。"夜深人静，正是喝酒谈心的好时候。只是小心，莫要被她发觉些什么，打草惊蛇便糟了。"

裴明淮道："打草惊蛇又何妨？蛇惊起来，我们才能捉到。蛇在草里，我们如何能够发现？"

吴震笑笑，又道："金百万那藏宝密室，我倒也很想见识见识。"

裴明淮道："只可惜你不是金萱，金百万定然不会带你去见识。你怎么突然想到这个了？"

吴震道："我进来找你的时候，看到金百万朝西面那座楼走了去。"

裴明淮道："一个人？"

吴震道："一个人。服侍他的那个红菱丫头也不在。"

裴明淮沉吟道："我第一次来此，便觉得那四座楼修得极是奇怪，难道金百万的藏宝之处，便在那西楼之中？"

吴震道："才死了女儿，还有心情去看他的宝贝？"

裴明淮笑道："恐怕在他心中，也只有这些宝贝才能与他女儿比上一比了。"

吴震又道："我遣人去找那金四问话，却一直找不到他，说他不曾回来。"

裴明淮心里陡然升起了一丝不祥之感,道:"会不会出事了?"

吴震道:"极有可能,天一亮我便派人寻找。你要去找那毕夫人便去,我借你这地方睡上几个时辰,两天未曾合眼了。"

裴明淮笑道:"可别睡得太沉,说不定凶手会来给你一刀呢。"

毕夫人住的是一处水榭,极尽清幽。裴明淮走到水榭之外,远远便见到她倚在栏杆上,痴痴地望着脚下的流水。一旁石桌上,有一壶酒,两个酒杯,还有几色小菜。她一袭素衣,黑发随意地在头上挽了个髻,有几缕散了下来,风情不可方物。一双绣鞋,竟被她蹬掉随意落在一旁,从裙底露出了雪白的脚尖。

她微一转头,见裴明淮正站在不远处,便一笑道:"裴公子,请过来。"

裴明淮依言走近,毕夫人笑道:"公子请坐。"

裴明淮的目光落在那两个酒杯上。"夫人可是在等人?如此的话,在下便不打扰了。"

毕夫人道:"妾身谁也没等,只是习惯放上两个酒杯罢了。公子不必客气,妾身也想找个人聊聊。"她叹了一口气,幽幽道,"任谁见了白日里那一幕惨象,恐怕夜里都是睡不着的。"

她望向裴明淮:"公子可是金老爷那里过来的?他……如今怎样?"话语神情间,她的关切之情便流露了出来。

裴明淮道:"金爷看来无恙,只是精神欠佳。"

毕夫人又幽幽一叹,道:"那是自然,他最疼女儿,怎料到会出这等事?那般美丽聪慧的一个女孩子……"

裴明淮乘势问道:"夫人跟金姑娘极好?"

毕夫人淡淡一笑,道:"萱儿实是个难得的好姑娘,容貌出众也罢了,还待人温和,心地善良。我以前便跟明珠是好姊妹,只可惜明珠没福,死得早……"

裴明淮道:"明珠?"

毕夫人道:"卢明珠,便是卢令的姑母。我夫家与卢家,也是世交。

公子定然知道，那一年崔家出事，牵连卢氏、柳氏、郭氏……能逃的自然都逃了。明珠也流落江湖，不知哪儿去学了些武功，好好一个姑娘跟些浑人厮混……唉！直到嫁了人才消停。还好，萱儿一点都不像她的性子，沉静温柔，金老爷倒是把女儿教得好！"

说到此处，她留意到裴明淮手里用红纸包着的东西，道："你带的是什么？可是送给我的？"

裴明淮笑道："正是送给夫人的。"他将包在上面的红纸一层层打开，露出里面的锦盒，正是卢令从金萱房中拿出的那一盒"天罗"。

毕夫人怔了一怔，脸色微微有些变化。她的表情自然也逃不过裴明淮的眼睛，裴明淮笑道："在下路过一家叫作'飘香斋'的老店，偶然见到这种西域香料，觉着跟夫人很是相配，便买了一盒，斗胆来送给夫人，还望夫人笑纳。"

一面说，一面便把锦盒揭开，一股奇香便透了出来。毕夫人此时面色也早已复原，将锦盒轻轻接了过来，笑道："裴公子怎知我最喜此香？这可真是奇了。"

裴明淮道："是吗？在下也只是胡乱猜测罢了。"

毕夫人笑道："那家飘香斋中香不下百种，公子居然能挑到我最喜的一种香，这实在是太过巧合了。"

裴明淮也笑。"那也许是因为在下跟夫人颇有缘分？"

毕夫人瞅了他一眼，眼波流动，媚态横生，裴明淮的心也"怦"地猛跳了一下。她并不年轻了，应该也有三十余岁，但风情犹胜少女。"今夜我一人在此饮酒，你却在此时闯来……若说没缘分，倒是假了。"她一面说，一面整个人就往裴明淮那边靠了过去，裴明淮只觉一股幽香入鼻，忙把毕夫人轻轻往外一推，笑道："在下倒有几句话想请教夫人。"

毕夫人微一撇嘴，坐直了道："什么话？"

裴明淮道："这金百万，究竟是个怎样的人？"

毕夫人一愣道："此话何意？"

裴明淮道："就是请教夫人，以你的了解，金百万是何样人？"

毕夫人以袖掩口，咯咯娇笑道："这还用问？自然是贪财无比了，夜里无事常常去守着他那些宝贝，一看就是一夜。"

裴明淮道："夫人也去看过？"

毕夫人叹了口气，道："这人可小气得很，除了萱儿，他谁也不让进。他也曾对我说过，我要他的什么都成，但那些珠宝不行。我有时候甚至疑惑，他说是留给萱儿，其实心里是清楚萱儿不好珠宝，根本不会拿走。这样的话，等于那些东西便还是他自己的。"

裴明淮失笑道："这也未免太过造作了。"

毕夫人道："可他就是这样的人。"

裴明淮道："不过，他对夫人你并不吝啬。"

毕夫人道："我亡夫纵然不如金家豪富，但也是名门望族。"又幽幽一叹，道，"只不过，女子都是喜欢珠宝首饰的。若是把一箱箱的金子放在我面前，我都不会多看一眼。亡夫乃世家大族，妾身的眼界也未必那么浅；只是，如果给我看些极品的珠宝，我大概也会眼睛都花了。"她眼里骤然放射出异彩，"萱儿的那对镯子和凤钗，我都羡慕得紧。"

裴明淮笑道："那只镯子似乎被金姑娘送给了一个来唱戏的孩子，叫他卖掉去念书。"

毕夫人听了却似乎毫不惊奇，淡淡道："她也未免太过糟蹋了。早知如此，不如给我，我拿钱给那孩子念书又有何难？"

裴明淮心里突然动了一动。据金百万所言，金萱应该有一对凤钗和两只金镯。在金萱碎尸之处，吴震手下的捕快细细搜索过，并没有见到镯子。而在金萱断掉的双腕上，也并没有金镯的踪影。一只金镯送了小夏，这是裴明淮亲眼所见，那另一只金镯难道就这样凭空消失了？

"裴公子？"

毕夫人娇腻的声音又响了起来，裴明淮如梦初醒，便笑了笑道："那孩子如今还留在府中，夫人若要去换，也有的是机会。"

毕夫人居然还一本正经地点了点头："说得是，多谢公子提醒。"

她替裴明淮斟了一杯酒，娇笑道："今夜月色甚好，若不多饮几杯，岂不是辜负了这月色？"

酒香醉人，裴明淮还真是想"多饮几杯"，只是他对这毕夫人，实在是心里有几分戒意。便笑道："夫人美意，本不该辞。只是在下还约了人，只得先告退了。改日再请夫人小酌，可否？"

毕夫人一脸失望之色，道："不知是怎样的美人，才能令裴公子连陪妾身喝两杯都不愿意？"

裴明淮笑道："夫人也知道，今日不是时候。"

毕夫人道："那倒也是，公子请自便。"

裴明淮离开之时，回了一次头。毕夫人一双绣鞋随意地扔在一边，借着月光，裴明淮依稀看到她的鞋底上粘有一些颜色红艳的黏腻之物。

难道那颗"蟠桃"是被这毕夫人给踩碎的吗？是无意，抑或有意？

裴明淮本打算回自己住的院子，但花园里小道众多，一时竟有些分不清方向。他见着有处偏厅门敞着，想来是白日间待了客，未曾关上，便信步走了去。厅角放着一个金沙漏，沙子滑下的声音听起来有些古怪，裴明淮抓了一把一看，却是金沙。

裴明淮把窗户推开，借着月光看那四座小楼。楼顶镶着琉璃瓦，光芒闪烁，极之美丽。裴明淮注视了片刻，心里暗道：难不成在这四座楼下，真是金百万的藏宝之地？金百万半夜里一个人去，难不成真想夜里守着他这些宝贝？

忽然，偏厅外有脚步声响起。声音重浊，显然不是练过武的人，更不会是吴震。脚步声越来越近，只见金贤摇摇晃晃地走了进来。他一见裴明淮站在窗前，吓了一大跳，期期艾艾地道："裴……裴公子，你怎么会在这里？"

裴明淮见他脸上惊恐，失笑道："你这是怎么了？我只不过是睡不着觉，四处走走而已。"

金贤脸上的惧色仍然未退，伸手向窗户指了一指道："裴公子，你又不点灯，这月光照在你的脸上……活像……活像……"

裴明淮笑道："活像什么？难道像个鬼？"

金贤脸色变得更难看，忙摇手道："裴公子，您可别说这话。这话，可真不是乱说的……"

裴明淮眉头一皱，这金贤本是个精明利索的管家，这时候怎么变得如此胆小如鼠了？"金管家，你这是怎么了？出什么事了？"

金贤的脸色，白里带青，青中发灰。裴明淮笑道："你说我活像个鬼，我倒觉得你活像个鬼呢。"

金贤发出了一声惊叫，猛然地后退了几步，双手在自己的脸上乱摸。"我？我怎么了？我怎么了？难道我也……"

裴明淮本来是说笑，金贤这模样倒叫他起了疑心。"金管家，你究竟怎么了？"见金贤脸色灰白地左顾右盼，似乎想找面铜镜照照自己的脸，便道，"你放心，你除了脸色难看点之外，什么事也没有。告诉我，发生什么了？"

金贤舔了一下嘴唇，又左右看了一下，似乎害怕有人藏在暗处偷听似的。他朝裴明淮走近了一步，低声道："裴公子，我正想派人去找那位吴大人。"

裴明淮一惊。半夜里找吴震，那必定是发生大事了。他忙追问："你家老爷怎么了？"

金贤摇摇头。"不是老爷。老爷他还在他的密室里，那密室谁都进不去，老爷没事。"

裴明淮有点不耐地道："那是谁出事了？"

金贤又鬼鬼祟祟地朝四周瞅了几眼，更小声地说："是那些留在府里的戏子出事了。"

裴明淮呆了一呆。吴震盼咐金贤把那个戏班子的人都留下来，金贤自然照办。这又能出什么事？

金贤却去抓几上的茶壶，里面的茶早已凉透了，他也不在意，嘴对着茶壶一口气灌了半壶，也不抹嘴，便说："裴公子，我今日听了您跟吴大人的话，便把那些戏班子的人都安置在了西偏院。然后都给了些银钱，又派了些婢仆安顿他们。我一直在服侍老爷，直到入夜，才回自己房里休息。"

裴明淮点了点头。金贤又道："我回了房，才发现我的丫鬟小凤没有回来。小凤一向聪明能干，我下午便让她去负责照管那些人的食宿。但再怎么样，这个时辰也该回来了吧？我觉得奇怪，便去西偏院，想去看看怎么回事。"

金贤的瞳孔一下子收缩了,嘴唇也开始颤抖。"西偏院门口没人守着。我以为是那些人贪睡,自己跑去睡了。我想着一会儿定要好好责骂一番,这什么时候,还敢去睡……小凤一向谨慎,等于是我的帮手,她怎么也不约束约束……"

裴明淮听他说话散漫,浑无了之前的精明干练,但想到他大受惊吓,也不催促。金贤又深吸了一口气,继续说道:"我进了院子,更觉生气。不但一个人也未曾看到,院子里连一盏灯都没点,倒是里面的那些屋子,都点着灯。我心里又觉得奇怪,为何里面的人都还没睡?……"

裴明淮听到这里,实在是不耐了,便问道:"究竟里面的人怎么了?"

金贤这次的回答,却来得非常简洁。"死了。"

裴明淮几乎不相信自己的耳朵。"里面有二十多个人。"

金贤回答得更直接。"都死了。"

6

裴明淮不再问他,身形一动,便掠了出去。这偏厅离西偏院本来不远,他几个起落,便落到了西偏院墙上。院里正如金贤所言,点点灯光未灭。这个院落的窗户上都糊着碧纱,碧色幽幽,笼着昏黄灯火,竟如鬼火一般。西偏院本来便是庄园里最偏僻冷清的一处,房舍不下数十间,却都一副年久失修的模样,跟其余的院落大是不同。每间屋子里都是碧火燃烧,裴明淮一时之间,竟然恍觉自己身处荒坟之中,猛地打了一个冷战。

他也顾不得那么多,足尖一点,从墙头上直掠到了最近的一间屋子门口,一伸手推开了门,另一手又搭在了剑柄之上。

门一开,裴明淮便立时怔住。这房中,早已无一个活人!

几具尸首,有的趴在几上,有的倒在地上,有的躺在榻上。死状甚是安详，身上既无伤痕，也看不出中毒的痕迹。裴明淮心中一紧，他还真见过这般死法的人。

旁边一屋，却是在里面下了闩。裴明淮一掌拍碎了门，进去一看，这间屋里却都是些十余岁的小孩。这群小孩挤在一张长榻上，手边放了些吃食玩物，却一个个的早已死去，也跟旁边屋舍里那些死者一般，全然看不出中毒的痕迹。

他怔怔地在那里站了半响，忽觉身后有动静，一转头，见到门口直直地站着一个人，他虽是胆大之人，却也硬生生地打了个激灵。

那人却是吴震。

裴明淮吁了一口长气，苦笑地说："你悄没声息地跑到我后面，险些没把我吓死。"

吴震面无表情地扫视着屋内。"这是怎么回事？"

裴明淮道："我也是刚刚才来。你是怎么找到这里的？"

吴震走进了屋内，裴明淮这时也不得不佩服吴震"见多识广"，面对屋里的死尸，居然面不改色。"我一觉醒来，你还未回，我便四处去寻你，却看到那个金贤像是傻了一样在那里喃喃自语。我问他你在哪里，他说你在西偏院，我便直接过来找你了。"

裴明淮问："他没有告诉你这边发生了什么事？"

吴震道："他半响说不清楚，我便自己来看了。这些屋舍，你已经都看过了？"

裴明淮道："下手的人，不管是为了什么，未免太狠毒！"

吴震把一个趴在几上的男子的脸扳起来看了看，摇了摇头，道："你让我查吕谯死因，我查来查去却查不出来，愧对神捕之名。后来有人提醒，昔年江湖上有个西域女子姚碧，人称桃花姬，最擅用毒。她有一味奇毒，无色无味，全然无迹可寻，要用来暗中害人真是再合适不过了……我本疑吕谯死在此毒之下，现在竟又出现了？"

裴明淮沉默半响，道："不知这毒是下在何处？有些人围在这里吃饭，这没错，但也有一些并没吃东西。"

吴震道："就算没吃，他们也可能喝了茶，或者吃了些果子点心之类的。"他顿了一顿道，"我见到每间屋子里都有几盘这样的东西。"

裴明淮找到了那个叫小夏的少年，白日里见他的时候，还抹着个花脸，这时候戏妆已卸，是个白白净净的孩子，就像是睡着了一样。

吴震看着裴明淮在那小夏的尸身上翻捡，然后又逐一到其余几具尸体上寻找，忍不住问道，"你在找什么？"

裴明淮脸色凝重，答道："金镯。金萱送给小夏的那只金镯。"他一无所获，站起身问，"你的手下真不曾在园子里见过另一只金镯吗？"

吴震道："我相信我的手下都不敢昧下那镯子。他们都是跟我已久的人，我信得过。何况，死人的东西，是不能要的，本来是干我们这一行的忌讳。"他脸色发青，道，"是谁如此心狠手辣，把这么多人都一起给杀了？若是让我抓到，必然碎尸万段！"

裴明淮没答，他只觉心里千头万绪，模模糊糊的有些说不出的感觉，却始终落不到实处。吴震见他脸色古怪，便问："你怎么了？难道见到这么多死人不舒服？"

裴明淮苦笑道："哪有你吴大神捕见多识广，处变不惊？"又问道，"你准备如何处置？"

吴震道："自然是先处理尸体。"

裴明淮道："那我是帮不上忙了。"

吴震道："我的手下自会来帮忙，我也不要你在这里碍我的事！"

裴明淮无语，只得道："好，好，那我就回去睡觉了，你吴大人就慢慢在这里忙活吧。"

裴明淮这一觉醒来，却是红日当头了。这两天天气都极好，阳光灿烂得刺眼。他一面揉眼，一面迷迷糊糊地坐起来，突然脑子里晃过昨天夜里的景象，猛地就从床上跳了起来。他本来便是和衣而睡的，鞋都没脱，当即大步走了出去。

一出门，他就迎面撞上了金贤。金贤在大白天里，看起来也活像一个鬼，走起路来都轻飘飘的。一见裴明淮，金贤便像见到救星一样，迎了上来。

"裴公子，我家老爷一直在密室里没有出来。"

金贤声音嘶哑，额上冒汗。裴明淮呆了一呆，道："你家老爷？"他昨天这一觉实在是睡得很不安稳，现在都有点昏昏的。他又问："吴大人哪儿去了？"

金贤道："吴大人昨夜将西偏院那些……尸首带走之后，就再没回来。"

裴明淮心想，把那些尸首运走，也足够吴震忙的了。便道："你家老爷在什么地方？"

金贤道："地室。"

裴明淮站在原处思索了片刻，道："好，你带我去。"

金贤在前面领路，把裴明淮带到了昨日那摆酒宴的园子里。裴明淮仰头看了一眼，日正当空，白光刺目，他身上也已微微地有了汗意。再低头一看，自己的影子已经缩到了脚边，正是午时。

金贤见他站住，有些不解。"裴公子？"

裴明淮摇了摇头，道："没事。往哪边走？"

金贤道："请裴公子跟我来。"

他走到了西楼之前。东南西北四楼，外面皆无二致，金贤走到楼前，把一个金沙漏的枢纽一拧，金沙哗啦啦地倾泻而下。当沙漏里的金沙全部漏下之后，只听咔嚓几响，地板上裂开了一个大洞，里面有数级石阶。

楼里有机关，不出裴明淮意料之外。他瞟了一眼金贤，道："看来金管家很得你家老爷信任啊。"

金贤如何听不出他的弦外之音，苦笑道："裴公子，密室虽只有老爷有锁匙，但平日里老爷若是要在里面待久一点，便会要我送些酒食进去，所以我才会知道地方。"

两人沿着石阶走下，墙上嵌着几颗夜明珠，珠光柔和，将青石板砌成的地道照得透亮。地道的走向非常分明，一直往下，想来密室便是建于西楼正下方。裴明淮问道："除了这里，还有别的入口吗？"

金贤道："只有这里。"

走了数十步，便被一堵极结实的青石墙给堵住了去路。青石墙上开了一扇铁门，铁门上还有一个圆形铁盘，看样子应该是个小窗。锁有两把，一大一小，却都是嵌在铁门铁窗之上的。裴明淮目注金贤，金贤苦笑道：

"锁匙小人是真没有啊。"

裴明淮右掌推出，运力一掌击在铁门上，铁门竟然纹丝不动。他一皱眉，剑已拔出，一道寒光让金贤打了个哆嗦。裴明淮那柄剑乃神兵利器，向来是削铁如泥，但他运劲一剑下去，竟然只刺了半尺许就无法再刺。裴明淮珍爱兵器，怕剑折断，也不敢继续运力，只得拔了剑出来，问金贤："这门是什么东西做的？"

金贤想了想，道："这座密室是修上面那四座楼的时候一起建的，前前后后修了数月。这道门，别的我不知道，但其中混有乌金。因乌金稀有，这门用得又极多，是我亲自去采办的，故此记得。"

裴明淮苦笑道："既然如此，就算你把我叫来，我也一样是无能为力呀。"

金贤道："小人是真的想不出法子了。吕先生手下的锁，公子难道不知道厉害？"

裴明淮长叹一声，喃喃道："吕谯吕谯，你这一死不打紧，留下多少的疑团。"黯然片刻，道，"你派人去请吴震，说是我的话，让他即刻过来。再去我房中，将我的行囊取来。"

金贤忙应了一声，急急走了，不时便带着裴明淮的行囊过来了。吴震居然也随着他一道来了，裴明淮道："你怎的来得这般快？"

吴震道："我刚过金家来，还好，这里与衙门隔得不远，省了我许多力气。"

裴明淮只得苦笑，道："你不如就把衙门设在这里更好。"

吴震转头问金贤道："平日里你家老爷会在这里面待多久？"

金贤道："最多也不过一夜，第二日必会出来。"

裴明淮道："我看是出事了，还是想法子进去看看吧。"

吴震思忖片刻，道："明淮，你那里还有多少颗？"

裴明淮一呆道："十颗。怎么，你想炸开这铁门？"

吴震不答反笑。"看来你面子还真大，居然身边都还有十颗。你跑不掉了，拿一半来。"

裴明淮道："你知不知道我要讨这些东西得是多大的人情？"

吴震道:"你面子大,再去讨十颗也不是难事。"

裴明淮无言以对,便从行囊里取出了一个黑色的铁盒。吴震笑道:"你本来就准备用了,又何必我开口?"

铁盒一打开,便闻到一股硫黄味。只见在厚厚的丝绸上,整整齐齐地放着十颗黑色的铁丸。裴明淮取了五颗,又将盒子盖好放了回去。"这案子破了,你欠我的人情,可就大了去了。"

吴震道:"我宁可欠你这个人情。"

裴明淮拖了他后退,一直退到了石阶尽处。他手一翻,五颗铁弹飞出,啪啪啪地击在铁门里的小窗之上。只听数声巨响,铁屑四溅,过了半晌方才烟雾散尽,地室里弥漫着一股刺鼻的味道。再一看那铁窗,竟然只是被炸出了一些大大小小的洞。

吴震却不惊奇,道:"看样子跟大牢里的铁门一般,即使炸也炸不开。不过既然有了些洞,再把洞口掀大也是容易的了。"

他说着便把脸凑过去看,把从洞里透出来的光完全给遮住了,裴明淮见他久久不动,忍不住催他道:"看到什么了?"

吴震还是不说话,良久才回过头来,慢吞吞地让开了。裴明淮急忙凑上去,一看之下也不由得目瞪口呆。

那洞虽窄,却也能把密室里面的景象看得一清二楚。虽说只是地下密室,但却布置得极精致,有榻有几,几上还有美酒佳肴。一口水晶缸中,盛着绿莹莹的葡萄,另一只玛瑙杯里,有半杯胭脂一样的酒液。每面墙上都有一盏灯,里面却未曾点火,各镶了一颗夜明珠,光芒柔和,照得整间屋子如同白昼。靠墙堆着一溜檀木箱子,大半关着,有一两口是打开的,里面却是空无一物。

金百万端坐在正中的紫檀椅上。他两眼圆睁,眼里充满了惊异、恐惧、愤怒。他的咽喉被人割开了,此时血已流尽干涸,只在脖子上留下一圈鲜红的血印。若非他是靠在椅背上,他的头恐怕早已滚落了下来。他身上依然穿着裴明淮白日里所见的那件金绣锦袍,前襟上沾满了鲜血,两手垂在一旁,五指紧握。

吴震的声音从他背后响了起来。"他死了。"

裴明淮慢慢地点了点头。"不仅死了，还死了好一段时间了。他的血已经流尽了，血也完全干透了……"

吴震道："待仵作验尸后，我们就可大约知道他是什么时候死的。"他瞪着那壁青石，道，"看来，还得找人把这青石墙给凿开，我们才能继续。"

金贤一直在听他们说话，这时面色苍白地道："两位，我家老爷他……"

裴明淮叹了口气，指了指墙上的那个洞。"你自己去看吧。"

金贤凑过去一看，便发出一声惊恐至极的大叫，连退了数步，直到退到石阶处，一下便跌倒了。

"老爷！老爷他……"

裴明淮道："你家老爷想来昨晚便已被害了。"

金贤大叫道："是谁？是谁害死我家老爷的？害死了姑娘还不算，还要害老爷？"

裴明淮苦笑道："你这个问题，也是我们想问的。"

金贤张着嘴，说不出话来。裴明淮又道："方才看那些檀木箱子，都是空的。"

吴震冷冷地道："难道原本是满的？"

裴明淮道："这里本是金百万收藏宝物之处。难道他就放些空箱子在里面？"

吴震道："也许是金百万运出去了。"

裴明淮转头问金贤道："你家老爷这两日可有运东西出去？"

金贤此时浑身仍在发抖，半响方颤声道："我从不知晓。"

裴明淮见金贤这副模样，便挥了挥手道："金管家，你先下去休息吧。"

待金贤出去后，裴明淮道："依你看，这金贤与金百万之死可有关系？"

吴震道："难说。别看他样子难过，心底怎么想的，我们又怎么知道？"

裴明淮道："那你认为他说的话，是否可信？"

吴震道："你指他刚才回答你的话？说他家老爷并没有运过东西出去？应该可信，这么大批珠宝，要送出去不会一个人都没注意到，说这种谎很容易被揭穿。"

裴明淮道："那这些珠宝是如何失踪的？"

吴震注视着他。"你究竟想说什么？"

裴明淮淡淡地道："我看到的，你自然也已经看到了。"

吴震当然明白他的意思。方才他早已注意到，金百万椅旁的小几上，在水晶盆和玛瑙杯旁边，有两把串在一起的锁匙，一大一小，式样都十分古怪，跟寻常锁匙大不相同。

"你是想说，铁门铁窗都锁了起来，金百万却死在了密室里。锁匙也在他自己手边。"

裴明淮道："而且，至少现在，我还没有找到凶器的影子。不过，也许在那些箱子里也说不定。"

吴震冷笑。"金百万是被人割断喉咙毙命的。他难道还能站起来把凶器扔到箱子里，再把箱盖合拢？是他的鬼魂干的吗？"

裴明淮无言。吴震说的，他自然也早已看出来，只是觉得太过匪夷所思，不愿承认罢了。

吴震又道："依你所见，凶器是什么？"

裴明淮道："匕首。短剑。"

吴震点头道："不错。"一顿道，"你在这里守着，我去找人来把这道铁门弄开。"

裴明淮道："不知道你那大牢之中的铁门，是不是也用同样的法子给弄开的？"

吴震冷冷地道："那除非大牢里的狱卒全都死绝了。"

裴明淮苦笑，还想说点什么，吴震早已从地道里走了出去。裴明淮再次把眼睛凑到了洞前，那金百万肥壮的身躯一座山似的端坐在紫檀椅上，他的脸正对着裴明淮。裴明淮看着金百万脸上的表情，眼里也露出了困惑的神色。

金百万的脸上，除了无比的惊异、恐惧之外，似乎还有一种难以言喻的悲哀。

裴明淮又把眼光移到了金百万紧握的左手上。他的手里，似乎紧抓着什么东西，闪着一点金光。

吴震回来的时候，带回了一壶酒和两个酒杯。几个身强力壮的捕快在那里设法凿墙，吴震却和裴明淮坐在石阶上，好整以暇地喝酒。

裴明淮笑道："你倒悠闲。"

吴震一口饮干一杯，冷笑道："悠闲？尉小侯爷还等着我找回那个失踪的左肃哪！我这颗脑袋，还不知道保不保得住呢。你别笑，我这回就指望你了。"

裴明淮笑了一笑，道："他娶了景风，那可是皇上爱女，我可没他好福气。"

吴震哼了一声，道："论威望，谁比得上你母亲清都长公主？昔年皇上年轻，平原王莫璚谋逆，又有他义弟凌羽相助，险些害死皇上。公主暗中联络旧部，调兵遣将，才没让平原王得逞。皇上要不爱重这位姊姊，那才是奇了。"

裴明淮叹了口气，不欲再说此事，只道："照我看，你那大牢中重犯失踪，跟这金百万之死，还真有点相通之处。你还是好好地查查你手下的那些人吧，既然大牢是真的牢不可破，那么问题就一定出在里面的人身上。"

吴震叹了口气，道："这你就不知道了。我接管这大牢也没多久，对里面那些人的根根底底，实在并不那么清楚，但我立了一套规矩，多少还是有用的。毕竟，那里面大都是死囚。脱逃一个，所有人都脱不了干系，我相信他们也都明白这一点。"

裴明淮道："你既然如此说，心里就必然是已经有所怀疑了，不是吗？"

吴震从怀里摸了个册子出来，道："我已经把那几天大牢里发生的事情，无论大小都给记下来了。八月二十三，三名犯人收监，一名死囚处决；八月二十四，一名犯人收监；八月二十五，五名死囚处决，火化；八月二十六，三名犯人处决，火化，还有六名犯人收监，其中便有那水上飞……"他把册子啪的一声合上了，"然后，就发生了劫狱的事。如你所言，如果大牢确实没问题，那么就肯定是牢里的人有问题。"

裴明淮听着他在那里报流水账，心里却没来由地动了一下，似乎想到了什么，却又抓不住。只听吴震又笑着道："说不定是那个清虚干的，也许他还真能把那些囚犯给变走。我这个神捕，这次算是输得一塌糊涂。"

裴明淮打断他道:"这个册子能给我看看吗?"

吴震道:"自然。"

裴明淮接了过来,正想翻开,那边凿墙的捕快这时已经扒开了一个大约半人高的大洞,吴震便道:"你收着吧,看完了再还我。先进去看看金百万的尸体。"

裴明淮把册子收进了怀里,跟吴震两人一前一后,半弓着腰进了密室。

金百万的尸首依然端坐在紫檀椅上,吴震见裴明淮想去动他的尸体,忙叫道:"别动,你一动,他的头就会掉下来。还是等仵作来了,让他去看吧。"

裴明淮道:"还是你精细。"他细看了看金百万脖子上那道伤口,咋舌道,"凶手真是狠哪,差点把金百万头都给割下来了,想来用的定是极锋利的匕首。"

吴震没有答言,只是拿起了留在几上的那两把锁匙。他走到铁门处,分别用大小两把锁匙去试,虽然锁匙能够插入锁孔,但不管他怎么拧动都打不开锁。他抬头道:"吕谯的锁,怎么开?"

裴明淮道:"这我怎么知道?他每一把锁,开法都不一样。你还记得黄钱县那件事吗?以九宫会之能,竟也拿吕谯的锁无能为力,非得大费周章不可。"

吴震道:"也许这房里有秘道。"他扬起声音,喝命捕快,"把这其余的三面墙也凿开,找找有没有别的暗道!"

捕快们应声而动,那里面的墙却是以青石块砌成,凿起来也并不轻松。裴明淮摇头道:"这法子也未免太过粗鲁了。"

吴震板着脸道:"却是最简单的法子。"

裴明淮听着四壁凿墙之声,只能苦笑。"我也只能期望真有秘道了,否则,我还真不知道这凶手是从哪里逃走的。"他弯下腰,伸手用力去扳金百万的左手。金百万的双手骨节粗大,握得极紧,裴明淮一扳之下居然未曾扳开。

"吴震,我恐怕得扳断他的手指了。"

吴震道:"我也看见他手里有东西了,你就扳开吧。只是小心些莫摇动他，我可不想他的头掉下来。"

裴明淮指上运力，只听"咯咯咯"几声脆响，知道金百万的手指已然被自己扳断。五根手指尽数扳断之时，一样东西便自金百万手中落了下来，还未落地，裴明淮一抄便抄在了手中。

他摊开了手掌，吴震也看了过来。

那是一只金镯，以金丝镶镂成金凤。裴明淮立即认出，那便是他在小夏手里所看到的那只金镯。

吴震见他脸色有异，道："这难道便是你要找的东西？"

裴明淮缓缓点头。"不错。昨夜在西偏院里，小夏的身上，我并没有找到金萱送他的那只金镯，寻遍了也没见到。"

吴震道："金百万既把这金镯紧握手中，一定是想告诉我们些什么。"

裴明淮将金镯托在手中，凤凰的眼睛仿佛是活的一般，碧光闪耀。"我昨晚跟那毕夫人喝过几杯酒。她曾说，这镯子她十分喜爱，就算是拼了命也想弄到。"

吴震道："你不会真认为是她干的吧？"

裴明淮道："毕竟天罗是她买的。"

吴震不再说话，去把那些合上的檀木箱子，挨个打开。箱子都是空的，除了隐隐散发出的檀木味外，一无所有。吴震呆呆地注视半天，喃喃地道："这些东西，凶手究竟是怎么搬出去的？……"

裴明淮苦笑道："倒像是那一回的事了。"

吴震道："黄泉渡吗？还真是。难不成又是九宫会？"

裴明淮道："九宫会又怎会跟金百万扯上关系？金百万虽当过几年官，如今也只是个富商，他们还不至于如此巧取强夺。"

吴震摇头不语。裴明淮听着敲墙的声音响个不断，甚是烦闷，便走到外面想透口气，却见到吴震手下一个得力的捕快叫范祥的，正拿着一卷册子跟金贤在说着什么，便走了过去。金贤一见他，便道："裴公子，吴大人让我帮这位范爷去核查西偏院里的尸体，西偏院里共住了二十四人，我已逐一核点过。但是……"

范祥接了下去："我还在院中发现了丫鬟小凤的尸体。按理说，二十四人加一人,应该是二十五人。"

裴明淮道:"不错。"

范祥却道:"我们反复地点过数次,却怎么数都只有二十四具尸体。"

裴明淮一怔,道:"有谁不见了?"

金贤把手里那卷名册展开,指着一个名字道:"江平。"

裴明淮愕然,道:"谁?"

金贤道:"有些戏班子不是我找的,是卢公子找的。不过这人我也认识,是个年轻男子,一双眼睛是瞎的。他们来了四个人,两个老人,两个年轻的。这四人里的其余三人都找到了,只这个叫江平的不见了。"

裴明淮失声道:"就是唱皮影戏的那几个?"

金贤忙道:"正是,就是那人。"

裴明淮没有说话。毕竟,金萱最后出现的地方,是在北楼顶楼。最后见到她的,也是这四个人。那江平神情淡漠,十分镇定,不像是个跑江湖卖艺之人。

范祥打断了他的思绪。"裴公子,你可是想到了什么?"

裴明淮啊了一声,道:"你们可都把金府搜遍了?"

范祥道:"自然,一个角落都不曾放过。昨夜我们都是把守在四处的,如果有人离开……我们又怎会不发现?"

裴明淮笑了笑道:"我并不怀疑各位的本事,但试想想,那凶手能在我们眼皮子底下害死这么多人,他很可能是个高手。"

他的言下之意很是明白,如果江平真是凶手,做完案后越墙而出,你们捕快也未必能发现。范祥也算是有自知之明,苦笑一声作罢。

裴明淮道:"既然如此,这江平定然得好好追查一番。"

范祥道:"我这就去。烦劳裴公子告诉吴大人一声,我就不去打扰他了。"

裴明淮看着范祥走远,忽然叫住了他。"范捕头,多加小心。"

范祥颇有些不解地看了看他,拱手道:"多谢公子提醒。"

裴明淮站在那里不动,直到金贤叫他才回过神来,道:"金管家何事?"

金贤面色惨淡,道:"我家老爷一死,姑娘也死了,现在如何是好?

方才我去告诉表少爷，说老爷死了，他只是呆了一会儿，又坐回去了，我再叫他也不应声了。"

裴明淮叹道："卢令兄与金姑娘是表兄妹，他心中自然也不好过。"

金贤道："裴公子说得是。"

裴明淮道："我有个问题想请教金管家。"

金贤忙道："不敢当，裴公子尽管讲。"

裴明淮道："难道金氏族里，没有别的男丁吗？"

金贤叹道："金家人丁本不旺，老爷一直无子，但因极爱夫人，也不肯纳妾。老爷的夫人，原是卢家人，算来，也实无比表少爷更近的亲戚了。"

裴明淮道："也因此，你家老爷赞成他们成婚，毕竟是亲上加亲。"

金贤道："正是如此。"他说这话的时候，却似乎口不对心，脸上流露出一种相当古怪的表情，裴明淮不由得多看了他两眼。

金贤留意到裴明淮的目光，苦笑道："裴公子为何如此看我？"

裴明淮道："我刚才说得有什么不对吗？"

金贤摇头道："姑娘怎么想，我们又怎会知道？照我看，姑娘对那吕先生，便是十分爱重呢。"

裴明淮苦笑，又是吕谯！便问道："你家姑娘请吕谯来修这园子，一应诸事，想必都是金姑娘在费心了？"

金贤笑道："裴公子，我家姑娘精于算数，长年来老爷的账都是姑娘在管。姑娘可是跟老爷一样能干。只不过她温和善良，对人大方，不如老爷那般……那般……"

裴明淮道："想来金姑娘必然跟其母极其相似。"以金百万的尊容，年轻时想也好看不到哪儿去，金萱自是长得像母亲了。

金贤道："正是，姑娘长得跟夫人很像。夫人也跟姑娘一样，待我们下人极好，她病故之时，老爷伤心得不得了。"

就在这时候，东院那边响起了铮铮琴声，却如同行云流水一般。金贤道："是表少爷。"

裴明淮与卢令相识已久，又如何辨不出卢令那张琴。只淡淡道："奏琴以泄胸中郁积之气，也是常理。"

金贤垂头，道："公子说得是。"

7

金贤慢慢走开，裴明淮见着一群捕快在西楼里进进出出，吴震又在下面监工，自己也插不了手，便信步走到了东楼。东南西北四楼修建得一式一样，若不分辨方位，实难看出区别。这四座楼均修建未久，彩漆辉煌，看来亦是常常修葺，连块漆都未见得掉。裴明淮进了东楼，便看见也摆放着一座金沙漏。裴明淮闲着无事，便把沙漏里的金沙全部倒下，但东楼的地板上却一点动静都没有，看来这里的沙漏只是个摆设而非机关了。以沙漏计时是富人家喜用的，只是金百万财大气粗，沙子都是金沙罢了。

"你在干什么？"

裴明淮一抬头，吴震正大步过来。见裴明淮手里抱着个金沙漏，吴震道："你莫不是想要偷东西吧？"

裴明淮道："我像这种人吗？"

吴震不得不承认的确不像。"那你这是在做什么？"

裴明淮道："西楼进入地下密室的机关，便是金沙漏。我想看看别的几座楼有没有相同的机关。"

吴震道："没有？"

裴明淮道："没有。"

吴震道："你刚才跟金贤在说些什么？"

裴明淮道："照我看，金萱常常出去与人相会，恐怕是在外面另外有情郎。"

吴震道："当真？我看你那朋友卢令，对金萱十分钟情，难不成是他因妒成恨，设计杀了金萱……"

裴明淮苦笑。"你未免想得太多了。"

吴震道："毕竟他一直在金府，熟悉情况。外人恐怕干不了这事吧？"

裴明淮有些疑虑地道："不会吧？……"

吴震冷冷地道："表面道貌岸然实则心如蛇蝎之人我见多了，什么人没有？不过，我们现在这猜测，实在是没什么根据。"

裴明淮道："你也知道无凭无据！你查得如何了？"

吴震道："我在门后发现了几点血迹，想来，金百万一进门，那人便自门后转了出来，对他下了手。那个凶手恐怕一直就藏身在密室里面，等着他来呢。"

裴明淮道："他怎么进去的？若金百万进去的时候，门是开着的，我看他必定会叫人。金百万这个人，可不是蠢人，若是密室有异，他不会贸然进去。"

吴震皱眉道："但那血迹，明明是在密室之内，金百万那时候，一定是正在朝那椅子走去。"

裴明淮不语。吴震道："照我看，你去会一会那成伯、成仁，若他们并无嫌疑，想离开金家倒也无妨，只是暂时不要离开邺都。"

裴明淮笑了笑，道："我倒是想再去一趟飘香斋，想办法探知金萱究竟到那里是在会见何人。"

吴震摇头道："不劳烦你大驾了，我自己去查。"

裴明淮道："也罢，那我便去找成伯、成仁下棋。"

他再次来到飘香斋，已是入夜时分。不知何时开始下起了小雨，还微微地起了雾，这飘香斋又在一条小巷的最深处，一眼望去，只觉烟雨凄迷。飘香斋那宅子本来古旧，又已关门闭户，静寂无声。几株芭蕉从矮墙上露出，摇摇曳曳。

吴震虽说他自己去查，但裴明淮看他忙得发慌，自己又闲得无聊，飘香斋本来不远，去一趟也无妨。

白日里他去寻成伯、成仁下棋，那两人也是闲得发慌，又见裴明淮棋艺甚精，居然还下得其乐融融。成仁跟裴明淮下了三局，裴明淮局局皆输，不过输给成仁，也是输得心服口服。成伯大约是看不上裴明淮的棋技，远远坐在一旁，只管喝酒。

成仁一面弈棋，一面抱怨："我兄弟俩在这里待了这么些日子，又不能走，又没事可做，真是无聊透了。"

裴明淮笑道："这也是无奈之举，吴大人说了，再过几日，二位爱去哪儿便去哪儿。金府招待两位，却也未曾失了礼数。"

成仁道："请我来跟金大小姐下棋，现在也没得下了。"

裴明淮道："难道你不曾与金姑娘弈过棋？"

成仁道："除了她生日那天，我们还未见过她呢。"又叹了口气，道，"如花似玉的一个姑娘，真是可惜了。"

裴明淮也不禁暗笑，这兄弟俩原来也不是不通人情。再想想金萱惨死，这一笑却也笑不出来了。

成仁又道："虽未跟金大小姐下过棋，我跟那卢令老兄，却下得多了去了，几乎日日夜夜都下。"

裴明淮笑道："卢令是有名的才子，文武双全，以琴艺最闻名，但棋艺也极精湛。有了这个机会，当然会向两位圣手好好讨教，又怎会错过？"

他这席话说得成伯、成仁笑开了花，一再叫他再留下来下两盘，喝上两杯。裴明淮一看天色已不早，辞了出来，那两兄弟一片怅怅之色。

那雨下得裴明淮心中烦躁，暗道早知就不出来淋雨了，跟成伯、成仁兄弟下下棋，岂不更好？只是那时候他也不想去找吴震，吴震手下那些人已经把几面墙都敲过了，墙壁已被凿得破破烂烂，不要说暗道了，连个小洞都没发现。吴震脸色已经难看至极，裴明淮哪里还愿意去招惹他？

裴明淮叹了口气，走上石阶，用力叩了几下门环。等了片刻，里面毫无动静，裴明淮左右看看无人，便一跃上了墙头。

飘香斋外面是一处临街的门面，后面连着一个小院。院里多种芭蕉，雨中听来淅淅沥沥，芭蕉叶被打得东倒西歪。院中草木众多，却打理得颇为整齐。屋舍内并无灯光，看来其中无人。

裴明淮从墙头上落下，朝院子那一头走了过去。门是虚掩的，里面也毫无声息。裴明淮伸手，轻轻推开了门，只听吱呀连连，在一片寂静里十分刺耳。

房中陈设简单洁净，并无特异之处，也似有人常常打扫，并无积灰。裴明淮把一排三间屋子都看过了，看不出丝毫特异之处，心里微觉失望。那些香料货物看来均是存放在临街的店面之内，这后面几间屋舍应是主人自居之所。

裴明淮忽然听到外面似有响动，立即一掠出了门，伏在了屋顶。只见有人手提一盏灯笼，正缓缓地自门里进来。灯笼的光一映上他的脸，裴明淮便惊得险些失声呼出。

那人竟是在一阵白烟里失踪的清虚道士！

雨下得越发大了，裴明淮额上已全是雨珠。他眨了一下眼，定睛再看，确凿无疑，正是清虚。那清虚穿一件极寻常的青布道袍，没拿那不离身的拂尘，却带了一个重重的蓝布包袱。他满脸是笑，笑得极是开心，极是喜悦，而且不断地笑，似乎有什么极大的喜事一般。他嘴一咧开，便见着一口白牙，在灯笼光下森森发光，裴明淮看着觉得有些发寒，只奇怪之前为何不曾注意到清虚有这般一口狼一样的白牙，哪里像个道士？

清虚提着灯笼，慢慢地穿过院子，走进了屋子。裴明淮知道清虚武功甚高，怕他发现，只得极小心地从屋檐探头下来，朝屋里窥视。

只见那盏灯笼摆在案上，清虚在当中的榻上坐了下来，顺手把那个蓝布包袱放在了一旁。然后他便在那里一直咧嘴而笑，笑得裴明淮不说是心惊胆战，也颇有些不寒而栗。裴明淮又多看了两眼那个包袱，包袱已经被雨淋湿了，鼓鼓囊囊的。裴明淮不期然地起了一个念头：这蓝布包袱里面，不会是一颗人头吧？

他再看清虚，那清虚竟然盘膝坐在榻上，闭目养起神来。裴明淮一时委决不下，是下去把这清虚擒回吴震那里，还是静观其变？吴震早已吩咐手下全城搜捕清虚，又因为大牢失踪死囚的事，现在邺都可谓是风声鹤唳，清虚却大摇大摆地来到这里，本身就已极不合情理。难道清虚这两日一直躲在飘香斋不成？这里难道便是清虚的老巢？神秘的飘香斋老板就是清虚？……

忽然吹过了一阵风，门扇被吹得左右乱晃，那盏灯笼也被吹熄了，"噗"的一声落在了地上。清虚睁开了眼，见灯笼熄灭，便从榻上站了起来。裴明淮见他左找右找，也没找到一盏烛台。

清虚找了一阵，似觉厌烦，也不再寻找，又重新坐下。这时墙外有更夫走过，听那更夫敲锣报时，已是亥时。清虚也侧耳倾听，接着便站了起来，负手在房里转来转去，脸上似有焦虑之色。裴明淮听他喃喃自语道："怎么还不来？……"

裴明淮原本已有些不耐，想跳下去将清虚抓住送去衙门，但一听此言，顿时改了主意。他一直觉得清虚从最初出现在金百万宴客的江心亭上时，便是有所图谋。只是清虚想必只是个帮凶，幕后还有主谋。金萱之死如云山雾罩，决不是一人之力便能完成。

除非这个清虚真会仙法，能将一个小道童变成金萱。

想到此处，裴明淮心里突然一跳，他发现自己忘了一件极要紧的事。那个久闻其名的上天盗桃的把戏，最重要的一个人并非地上耍戏法的那个人，而是上天的那个人。初见清虚的时候，可并未见到那小道童。按理说，这个戏法应该是道童上天，四肢散碎落地，但实际上却只有金萱的碎尸，绝无那攀绳上天的小道童肢体的任何一部分。也就是说，那小道童一上了天，便消失无踪。从那时候开始，就再也没有人见到过他。

活人是不会凭空消失的。裴明淮寻思着，可是，那小道童确确实实就在众目睽睽下，消失得无影无踪。

正在他寻思的当儿，清虚也显得越来越焦躁不安了。他把那蓝布包袱拿起又放下，放下又拿起，一连数次。最后一次，他似乎想伸手去把蓝布包袱上的结解开，却又缩了回来。

雨水不断滴进脖子里，裴明淮也难受得紧，但却一动也不敢动，心里只盼着清虚要等的人快些来，或者至少把那蓝布包袱打开，看看里面究竟有些什么。

好在清虚在犹豫片刻之后，总算再次伸出了手，去解包袱的结。裴明淮睁大了眼睛，一眨不眨地盯着他的手。

蓝布包袱一打开，屋子里顿时一亮。原来那包袱里，满满装的都是珠宝，难怪如此沉重。裴明淮看到有一尊玉佛，碧绿温润，高约半尺，定是无价之宝。还有一只通体鲜红透明的大扳指，扳指里的天然红线丝丝如血。

一把白玉梳子，雕了无数极精细的花鸟，恐怕只要是女子都会爱不释手。此外珍珠宝石无数，一摊在案上，只觉宝光耀眼。清虚眼里也射出了极贪婪的光芒，在这些珠宝上贪馋地抚摸着，抓起这样看看，又拿起那样看看，那副模样再不似个出家人了。

清虚忽然发出了"咦"的一声，似是呼痛，把自己的手举在眼前细看。从裴明淮这边，可以清楚地看到他的手上并无异样。清虚对着手看了半响，又疑惑地放了下来。

他又抓起一把明珠，让明珠从手里滑落到榻上，只听得叮叮当当清脆声响不绝，悦耳至极。裴明淮见那把明珠颗颗浑圆，在黑暗里发出微光，实是稀世珍品，心里便想：难道这些就是从金百万密室里失踪的那批珍宝吗？这些莫非就是真凶给清虚的酬金？财帛动人心，这些珠宝，不管是不是出家人，都难有不心动的。

清虚一直都在笑，这时候已是忍不住笑出了声。他手里托着一颗硕大的夜明珠，柔和的光芒把他的脸完全照亮了。

裴明淮猛地打了一个寒战。在夜明珠的照耀下，清虚的脸，不知何时已经变成了一种紫黑的颜色，但他自己却像毫无察觉似的，只笑得越来越大声，越来越得意。正在这时，一缕黑血从他的眼角流了下来，清虚似乎觉得奇怪，伸手一抹，发出了一声惊惧至极的呼叫。

裴明淮看着他的耳朵、鼻子、嘴里都流出了黑血，也顾不得那么多，从屋顶上一跃而下，冲进了屋子。清虚见他冲进来，叫了一声："是你！"

裴明淮喝道："不要说话！"出手如风，连点了他数处大穴。他已看出清虚是中了剧毒，只能立即封住他的穴道，阻止他毒气攻心。但就这片刻时分，清虚面色紫黑更甚，哇地吐了一口黑血出来，同时眼角、鼻中、耳里黑血不止，那景象看着着实骇人。清虚手一抖，那颗夜明珠直坠在了地上，他却一反手想去抓裴明淮的手腕。裴明淮还记得方才清虚对着手掌瞪看的情形，哪敢让他抓到，立即退后了三尺。只听清虚断断续续地惨叫道：

"毒……毒……"

裴明淮注视着他，清虚的一双眼睛又是绝望又是急切，想说什么，喉咙间咯咯作响，却一个字也说不出来了。裴明淮知道这毒性厉害，清虚命在顷刻，心里也焦急不已，便大声道："快说，是谁害你的？是谁买通你去施展那手绝技的？是谁？你说，我一定揪出那人来替你报仇，我说话算话！"

清虚眼里的焦急绝望之色更浓，死死地盯着裴明淮，喉咙里发出荷荷之声，却再吐不出一个字。他忽然眼光一闪，拼尽全力，一手抓向了榻上摊着的那堆珠宝。他的手指已经僵硬，指节弯曲，好不容易抓到一件物事，便一头往下栽去。

裴明淮大惊，过去看时，清虚已然气绝。几缕黑血仍缓缓地自他七窍里流出，双目大睁，诡异至极。裴明淮不由得叹了口气，喃喃道："你当这个帮凶，早该想到有此结局的。"

他再去看清虚临死前极力要抓住的那样东西，却是一朵虎魄雕成的珠花。这朵珠花做五瓣梅花之形，油黄温润，雕得极精极细。

裴明淮望着那朵珠花，一时间茫然无绪。清虚显然是极力想在临死前告诉他凶手是谁，这朵珠花便是他给出的线索。他究竟想说什么？

吴震赶到的时候，只见裴明淮正如老僧入定般盘膝坐在榻上。一具尸体伏在不远处，裴明淮身边却堆满了珠宝，不由得也吃了一惊。

裴明淮听到脚步声，睁开了眼睛。"你来了，来得好快。"

吴震道："我本来就要来的，不是叫你别来吗？这里出了什么事？"

他走到榻沿，想伸手去取那些珠宝，裴明淮却高声道："不要动！"

吴震立时缩手。"有毒？！"

裴明淮道："那人便是中毒死的。毒性极烈，只需碰触到便会渗入肌肤，立即发作，并不须服下。"

吴震去察看那具尸身，一惊道："清虚？！"

裴明淮道："正是他。"他把方才之事详详细细地与吴震讲了一遍，吴震听了便道："必定是那幕后真凶要将清虚杀了灭口，便将答应给他的珠宝上涂了剧毒。清虚这等人自会喜不自胜地检视珠宝，必然中毒身亡。只不过，那真凶却未曾料到你会在这时前来。若非你在这里，凶手便可轻轻松松地处理掉清虚的尸体，然后把珠宝带走。"

裴明淮道："我来只是巧合，不过也实在是来得凑巧。"他用一方撕下来的衣襟包着那朵珠花，递到了吴震面前。"这便是他临死时竭力想要给我留下的线索。"

吴震瞪着那珠花，道："这是什么？"

裴明淮道："我已经想了很久了，在等你来的这段时间一直在想，想得头都大了，却还是想不出个结论来。"

吴震道："也许那人的名字里，有个梅字？"

裴明淮狐疑地道："跟金家有关的人，有名字里带梅字的吗？"

吴震道："虎魄……难不成谁的名字跟虎有关？"

裴明淮道："有吗？"

吴震想了半天。"好像没有。"他见裴明淮皱起了眉，默然不语，便问："你想到了什么？"

裴明淮道："我在想西偏院里少掉的那个人。"

吴震略一沉吟，道："那个叫江平的？"

裴明淮道："不错。我在小楼上见到他的时候，便有点说不清的感觉，好像以前见过。但我仔细打量他，却可以确定我以前从未见过他。"

吴震道："江湖上擅长易容术的人很多。"

裴明淮道："不错，出神入化的我也见过，确实是神乎其技。"

吴震一凛道："对了，眼睛。无论易容术有多厉害，眼睛也是变不了的。"

裴明淮微喟一声，道："那江平是个瞎子，两眼无光，你叫我如何分辨？"

吴震道："你认为他是谁？"

裴明淮道："就算他是我想的那个人，我也不认为他跟这件事有什么关系。"他叹了口气，道，"你忘了上次在黄钱县发生的事了？"

吴震脸色一变。"你说那个江平可能会是他？"

裴明淮扬眉。"你好像很紧张？"

吴震正色道："九宫会势力之大，江湖上再无帮派能及，朝廷自然也重视得很。——当然，这九宫会中人也算是知情识趣，轻易也不会来惹官府。但越不来，就越有深忧，也不知他们在打什么主意。"

裴明淮似笑非笑地道："你不是说不会去招惹九宫会的人吗？"

吴震冷哼一声，道："如果是他们撞上门来，又是另外一回事了。"

裴明淮笑了笑，突然想起吴震本来说要去找卢令，便问："你跟卢令谈了些什么？可有收获？"

吴震哦了一声，道："我把他抓起来了。"

裴明淮险些跳了起来。"什么？你把卢令抓起来了？这是为什么？你真以为是他杀了金百万？"

吴震冷冰冰地道："至少在如今，他的嫌疑最大。金家父女被害，唯一能得到好处的人便是卢令。我不怀疑他，怀疑谁？"

裴明淮气极而笑。"神捕就是这样无凭无据地抓人吗？"

吴震道："谁说我没有凭据？你在这里忙，我可也没闲着。"

裴明淮呆住。"凭据？什么凭据？"

吴震道："我问他，昨天夜里丑时，他在哪里。他说他与成伯、成仁二人在弈棋，我便去找成伯、成仁求证。"

裴明淮奇道："他此时还有心情下棋？……"

吴震道："你也有这样的疑问，更不要说我了。他确是跟成仁在下棋，输了数子，成伯在旁观战。但中途他曾出去过一次，大约有半炷香的时间。"

裴明淮皱眉道："他有没有说为什么要出去？"

吴震冷冷地道："据卢令说，他下棋下得脑中发昏，才想出去吹吹风，清醒一下。"

裴明淮讷讷道："这也是常情。"

吴震道："我只是觉得他在那时候出去有些可疑，并没认定他是凶手。你若想替他脱罪，最好也加把力。"

裴明淮苦笑道："我在这屋顶上淋了半日雨，难道还不够卖力？"

吴震道："是，裴三公子，辛苦你了，我可没请你来！徒劳无功，这清虚死了，留具尸体有什么用？我也不能从死人嘴里问话啊。"

裴明淮叹道："我是想看看清虚约的是什么人。一时好奇，却断送了清虚的性命。现在线索又几乎全断了……"

吴震反倒安慰他道："清虚不是给我们留下了线索吗？"

裴明淮苦笑道："那朵珠花？无字天书也不为过吧。"

吴震却道："那总是一条重要的线索，我相信，清虚在临死前定然是极其清醒的，他也不会打个很难的哑谜让你猜。这个谜底一定十分简单，只不过我们还没有想到而已。"

裴明淮对他的这种说法却很是赞同。"对，我也认为一定特别简单，但是因为太简单了我们反而想不出来。"

他又叹了口气，道："你说你把卢令抓了起来，关在哪里了？"

吴震道："我只是让他留在自己房间里，派了两个人看守，不得随意外出罢了。"

裴明淮松了口气，笑道："你果真不是不知轻重之人。"

这时，吴震手下一名捕快来报道："吴大人，我们找到飘香斋的伙计了。"他还想说下去，吴震见他脸色不太好看，便道："那伙计人呢？没带来？"

那捕快苦笑道："带来是带来了，却是横着抬进来的。"

裴明淮一惊道："他死了？"继而又叹道，"我早该想到的。连清虚都逃不过毒手，又何况是区区一个小伙计？我上次来时，便觉着那伙计神情不正，果然……"

吴震却在一旁，绕着那清虚的尸身走来走去。"这清虚面色紫黑，七窍流血，跟之前那水上飞的尸体无甚两样。他们中的应该是同一种毒药。"

裴明淮道："就是齐林说的，水上飞的独门毒药？"

吴震沉吟半晌，方道："这事情，也着实怪异。郭飞——哦，便是水上飞的真名——落网多年，他自己是绝不会再有这毒药的。当年他跟一个女子一起，很作了些案子，专跟官府过不去。后来他被抓了，这女子却侥幸逃脱，从此再未现身。此毒配制繁复，别人又哪里去找，难不成是那个女子？可是，对那个女盗，我是一点也不知道了，她从来都是蒙面作案，只知她一手缺了一根手指，郭飞对此也是守口如瓶。还有一件事，更是古怪。朱习被杀，是因为中了柴大魁的暗器……"

裴明淮道："柴大魁？说是他那暗器以机簧发射，上面喂有剧毒，十分霸道。"

吴震道："你对江湖上的事，倒也知道得多。不错，那柴大魁是在我手里落网的。"

裴明淮道："原来是你？柴大魁突然销声匿迹，江湖上诸多猜测，原来却是你干的？"

吴震面无表情地道："你当我那大牢关的就全是些鸡鸣偷盗之徒了？"

裴明淮笑道："不敢不敢，只是对你吴大神捕的敬仰又多了几分。你怎么抓了这么多大盗？水上飞，柴大魁，还有什么采花贼的。"

吴震斜睨了他一眼。"这都不懂？这些都是独行盗，凭仗的只是武功胆量，又没什么后台背景，抓起来得心应手啊，也不必担心抓了又有人来疏通打点，白忙一场。哦，还能算是功劳，我这神捕，总得干点事，是不？我总不能事事都找你帮忙，是不？总不能回回都把你师父抬出来，是不？"

他一连三个"是不"，裴明淮是真的无话可回了。

8

吴震又道："我们少在这里说闲话，我告诉你，柴大魁落网之日，我便将他关入大牢，他吐出了他多年的赃物，也把他的独门暗器交了出来，以求活命。"

裴明淮道："他是怎么也活不了命的了。"

吴震毫无笑意地笑了笑道："你是懂行的。像他这种人，杀人如麻，手上沾血颇多，进了那道门，便是走过了奈何桥，回不了阳间的了。"

裴明淮道："柴大魁如今还在大牢里？"

吴震摇头道："已被处决。"

裴明淮沉吟道："那么他的暗器现在何处？"

吴震叹道："失窃了。"

裴明淮怔住。"失窃了？在哪里失窃了？"

吴震道："在我手中失窃了。"

裴明淮不由得笑道："在你手中失窃？你不是在开玩笑吗？"

吴震道："我也希望是开玩笑，但却不是。"他又道，"所以我一见到朱习的死法，心里就打了个突，那分明就是……"

裴明淮道："你将它放在何处？你家中？"

吴震眼中又露出了那种古怪的神色。"我不使暗器，怎会带至家中？那公盐也成了私盐了。"

裴明淮道："那你究竟放在何处？"

吴震眼中的古怪之色更浓。"其实你早已进去过了。"

裴明淮一怔，随即省悟，失声叫道："难道便是朱习被杀的那间屋子？"

吴震道："不错。那屋子除了放骨灰罐，也会放些在牢中死去的犯人的遗物。"

裴明淮想了想，那满墙的木格子上，除了黑色的骨灰罐，确有一些盒子、瓶子之类的物事。"那也就是说，不管是谁，进去随便拿也不会有人知道。门本来也不曾上过锁。"

吴震道："正是。"

裴明淮道："如此说来，盗走此物之人，必定是能够随意进出大牢之人了。你们中间必有内贼！"

吴震叹道："那里面的东西，随意扔在那里，都是年久积灰的，不曾记录，也没人会去查上一查。"

裴明淮埋怨道："你当日若跟我说，我们可少走很多弯路！我一直想不通那大牢里的人为何会进入放置骨灰的房间，又把骨灰罐乱丢乱扔，一地都是。现在看来，他必是极慌张地在寻找什么东西。"

吴震道："木架上东西放得极是混乱，想找个什么还真不容易。"

裴明淮又想了片刻，仍然摇头道："不通，还是不通。"

吴震道："哪里不通？"

裴明淮道："我们方才说，只有能自由进出大牢中的人，才能盗取，是不是？"

吴震道："不错。"

裴明淮道："如果换了我，我必然会悄悄进去寻到，然后带走，据你说那屋子也不上锁，要想取走必定能神不知鬼不觉。最好的做法当然是趁人不注意的时候偷偷找到，可你看看，结果闹成什么样了？"

吴震道："你的问题也是我的问题，百思而不得其解。我也想过，也许是朱习正好撞见了，那凶手才不得已杀人灭口？"

裴明淮道："那凶手为什么要把里面的骨灰罐砸碎那么多，这不是摆明了要让人注意到的吗？"

吴震道："也许朱习跟他打斗过，撞翻了……"他说到此处，也说不下去了。很明显朱习是被一针毙命的，连腰刀都没有拔出来，又哪里有打斗的可能？他只得苦笑道："所以说，我怎么都想不通了。"

裴明淮道："所以我想凶手一定是有意把骨灰罐砸碎的。原因我如今还想不出来，但他一定有不得不那么做的理由。"他沉吟了半晌，道，"吴震，我们再去一次大牢。我决不相信，那么多个大活人就那样凭空消失了？决不可能。以前我认为那些囚犯失踪跟金百万父女的事是两回事，现在连清虚也死在那种毒药之下，所以我想两件事一定是有关联的，只是其中的关系我们现在还想不到而已。"

吴震道："也好，现在就去吧。这里交给我手下就行了。"

这时候，两个捕快抬着一具尸体进来了。吴震把盖在尸体身上的白布掀开，问道："明淮，这人可是你那日来询问时遇见的伙计？"

裴明淮一看，那人三十余岁年纪，鼠眼猴腮，正是那天他来时遇到的人。"不错，就是他。"

吴震指了指那伙计的颈间。"一针毙命，跟朱习一样。"

裴明淮沉吟道："想想有些奇怪，若是清虚一时三刻之间不急着检视那些珠宝，或是我在他中毒之前便将他给擒下了，那会如何？"

吴震道："凶手并未料到你会在此时到飘香斋来，你来只是偶然罢了。"

裴明淮眉头仍然未展，只道："也许吧。"

他走到了门口，深深吸了两口气。雨已停，屋檐上的水滴还在往下滴。裴明淮望着一院被雨水洗过的芭蕉，道："飘香斋的主人，想必是个很讲究的人。"

吴震道："你认为清虚不是飘香斋的主人？"

裴明淮道："不是。他只是被人约到此处而已。他有锁匙，也只因是别人给他的。"

吴震道："还有别的佐证吗？"

裴明淮道："他方才在房中找烛台，找了半晌也不曾找到。看他动作，对房中陈设极不熟悉，若他是房主人，又怎会如此？"

吴震又走到了清虚面前。清虚刚死不久，他也不敢轻易去碰清虚的尸身。但他却蹲下了身，仔细察看，一张脸几乎都快跟清虚紫黑色的脸碰到一处了。裴明淮忍不住提醒道："小心毒。"

吴震道："明淮，你过来看。"

裴明淮走了过去，吴震指着清虚的脸，道："他的脸上易过容。"

裴明淮一惊，取过了火折子细看。吴震所言不虚，因为光线极暗，清虚的死状又极可怖，裴明淮并未对他的脸多加察看。这时清虚唇上的白须已然有一半脱落，白眉也有些掉了下来，显然是粘上去的。

吴震取了几块布片包手，将清虚的白眉白须撕了下来。虽然面呈紫黑，但这时便可看出清虚绝不是个老人，而是个顶多四十岁出头的男子。裴明淮怔了半晌，问吴震道："你可认识？"

吴震道："不认识。"

突然，从门口传来了一声惊呼，两人一抬头，却是守在门边的一名捕快。那捕快满脸惊讶不信之色，讷讷道："大人，他……这人我认识。"

吴震精神一振，大踏步地便走到那捕快面前，道："是谁？"

捕快道："这人便是乔青松，抓他的时候，我也在场。"

吴震脸色陡变，裴明淮问："乔青松是谁？"

吴震道："你难道就没看我给你的那份大牢里失踪囚犯的名录吗？乔青松就是那失踪的十名囚犯中的一个！"

裴明淮只觉尴尬，他还压根儿没看过那份名录。"那你呢？你居然连自己管的犯人都认不出来！"

吴震道："这人是刚送过来的，我还没见过。他不是我抓的。"

裴明淮道："总见过画像吧？"

吴震道："那画像跟这人差得不是一丁点，人又死了，脸扭曲变形，恐怕他老婆都认不出来！"

裴明淮无言，只听吴震又道："如此说来，我已经找到两个失踪的犯人了。也罢，尸体也可以交差。抬回去！"

这已是裴明淮数日之内三进大牢了。牢中那股潮湿阴冷的霉味让他觉得极不舒服，但再不舒服也是自己要求进来的。他已经认定，这座大牢里，必定会有重大的线索。而那间放置骨灰罐的屋子，便是重中之重。

吴震一到了大牢便命齐林来验尸，裴明淮道："我想去那间屋子里看看。"

吴震道："也罢。"他顺口便叫，"范……"突然一怔，道，"范祥跑到哪里去了？好几时没看见了。"

裴明淮这才记起那范祥是出去追查江平的来历了，忙道："他是去办事了，叫我告诉你一声，我却忘了。"

吴震也不着意，另找了个狱卒陪裴明淮过去。还好心地交代了一声："不要乱走，省得迷路。"

领路的狱卒便是上次那叫杜小光的，脸圆圆的小胖子，满脸是笑。裴明淮笑道："看你这模样，在这地方当牢子不合适，倒是去当当跑堂的不错。"

杜小光赔笑道："裴公子，当跑堂的多辛苦，我们这里，虽然晦气点，油水可不少。"

裴明淮道："这里也有油水？"

杜小光笑道："裴公子，我们这里进来的，都是快死的人。谁不怕死呀？他们就宁可把所有的东西都交出来，只求免死。虽然大头是要充公的，可我们好歹能够揩到些油水。您别说，如果遇上个江洋大盗什么的，我们那一年都不愁了。"

裴明淮笑道："比如那个柴大魁？或是那个水上飞？"

杜小光道："柴大魁还是很有点油水的，而且怕死。水上飞那家伙，根本就是个铁公鸡，什么都敲不出来。现在还莫名其妙地失踪了，我们这上上下下的都急得不得了！"他这话一说完，又赶忙道，"我这可是说错了，他先是失踪了，然后死了，现在尸首又抬回来了。这死人，跑出去也是个死鬼！"

一面说，两个人一面便到了那间放骨灰罐的屋子。这屋子在大牢的最里面，就是长长的一间屋，除了木架子和一张供着香的长案，别的什么都没有。那日里地上落的一地骨灰已经打扫干净，朱习的尸体也早已抬走，看起来就像是什么都没发生过似的。

杜小光躲在他身后往里看，小声地说："裴公子，您干吗非要来这儿？我们都是能不来就不来的，这地儿阴气重啊。"

裴明淮道："阴气重？"

杜小光道："您老想想，这儿一年得死多少人啊！大多都是在牢里处决的，连烧都是在牢里烧的。一年少说也得几十个，那怨气可重的啊……"

裴明淮道："怎么个处决法？"

杜小光缩了一缩，朝四周偷偷看了几眼，似乎是害怕有什么藏在旁边一样。"寻常的呢，就是在对面烧埋场给砍了，跟外面砍头一样。如果碰上那种比较棘手的，就索性在牢房里面就……"

裴明淮点点头。有些囚犯离了牢房难免生事，反正都是要死，不如省点力气。杜小光又朝房中指了一指道："烧了，就用个骨灰罐装上，放到这里来。有些什么物事留下，也一起搁到这儿。"

裴明淮嗯了一声，便走了进去。见杜小光还在门口探头探脑，却不敢进来，一笑道："你去吧，我一个人在这里就可以了。"

杜小光吓了一跳，脸都白了。"裴公子，您真不怕啊？"

裴明淮笑道："我又没得罪这里面的人，有什么可怕的？他们难道还要来找我不成？要找，也得找吴震吧。"

他这话一出口，杜小光脸更白了。"您可别说，裴公子，他们恐怕就是要来找吴大人的。里面的好多人，都是吴大人抓回来的。而且吴大人他从来不信这一套，我们要在这里上炷香，都会挨他骂。"

裴明淮一看，果然旁边还有一把没有拆开的香，便取了三支，笑道："那我也先给这里的人上炷香，他们大概不会来找我这个外人出气了。"

那香一点上，裴明淮便愣了一愣。香味清醇，决不是平日里常见的冥香。他把撕开的那张红纸展开一看，立时怔住。

红纸上有"飘香斋"三个篆字，与他曾见过的"天罗"一模一样。

他朝杜小光招了招手，杜小光只得小心地挪了进来。裴明淮把那张红纸递给了他，道："你知道这里的香，都是谁带来的吗？"

杜小光道："自然知道。这里的香都是曹老五买回来的。他呀，怕这些怕得不得了，烧的香比我们谁都多。"

裴明淮皱了皱眉。"那个曹老五在这里吗？"

杜小光道："在呢，今天正好是他当班，就在对面。"

裴明淮道："对面不是火化之处吗？"

杜小光笑道："这事就是归他管的。"

裴明淮沉吟了片刻，道："那你把他叫来，我有些话想问他。"

杜小光点头哈腰地跑开了去，裴明淮找了张束腰凳想坐下来，一看也是灰尘满布。他仰起头往上看，一排排的骨灰罐也实在是没有什么好看的。那四壁的木架子已是到了顶，裴明淮心念一动，便站上了凳子，想看一看最上面的那层架子。人之常情，如果是有想要隐瞒的东西，一定会尽量放到不容易被人发现的地方。

最高一层，也放着长长一排骨灰罐，放得乱糟糟的，有几个罐子还倒了。但有好几个骨灰罐，上面却并没有像别的那样贴着纸条，写着名字。可以看出，这房间里所有的骨灰罐上写的字都是同一个人的笔迹。

裴明淮把那一排没有贴纸条的骨灰罐拿了下来，一个个揭开看，但里面也只有骨灰。裴明淮把这几个骨灰罐一整列地排在案上，再看了一看自己的手，并没有多少灰尘。看样子，这些骨灰罐放在架子上的时间并不长。

裴明淮拂了拂凳子上的灰尘，坐了下来。他注视着木架上的骨灰罐，一脸若有所思的表情。

只听到外面有踢踢嗒嗒的脚步声，杜小光领着一个一脸晦气的男人走了过来。那男人长得也不算难看，只是大约在这大牢里待久了，脸色发暗。

裴明淮笑道："你便是曹老五了？"

他见这曹老五只抬头看了他一眼，便立即低下了头去，目光闪烁不定。

裴明淮是何等阅历，一看便知这人心中有鬼。当下便取了那把香道："这香可是你买来的？"

曹老五道："正是。"

裴明淮道："你是在哪家店买的？"

曹老五略微犹疑了一下，道："这我也记不清楚了，我就是在集市上随便买的。"

裴明淮扬起了手里那张红纸。"这上面写的字，你可认得？"

曹老五道："小人只粗浅识得几个字，这上面的篆字，如何识得？"

裴明淮微微一笑，道："你不认得，我却认得。我念给你听，这纸上的三个篆字乃是：飘香斋。"

此话一出口，曹老五顿时变色。裴明淮笑了一声，悠悠地道："我不会刑讯逼供，但吴震可是个中好手。你们都是他的属下，对这一点应该比我更清楚吧？杜小光——"

他拉长声音唤杜小光，杜小光本在一旁听得目瞪口呆，这时也回过了神，上前道："裴公子，有什么吩咐？"

裴明淮道："去将你们吴大人请到这里来，就说我这里发现了个可疑的人，要劳他来审上一审。"

杜小光偷眼看了看裴明淮，又看了看曹老五，正要出去，只听吴震的声音响了起来。

"什么事要让我来审一审？"

裴明淮看了一眼曹老五，曹老五一听到吴震的声音，就像是老鼠见了猫，吓得脸色发白。

裴明淮便把原委向吴震说了一遍，吴震听得脸色越来越沉，曹老五已是连站都站不住了，腿肚子都在打战。

吴震听完了，冷笑一声说："曹老五，你是要我动刑呢，还是你老实交代？"

裴明淮忍不住笑道："这话可是听得太多了，都听腻了。"

吴震又冷笑了一声，道："听别人说他自然不怕，从我口中说出来的，自然又不同。"

他话还没落音，曹老五腿一软，已然跪倒在地。吴震脸色一沉，喝道："说，究竟是谁买通你的？若是说了，看在你这些年还算老实的分儿上，我大概还能留你一条狗命！"

曹老五颤声道："我说，我说……求大人开恩……"

吴震喝道："究竟是谁买通你的？"

曹老五道："是……其实我也不认识那个人……他……"

吴震在凳子坐了下来，道："从头说起！若有一字虚言，你自己知道后果！"

曹老五连声音都在发抖，说道："我……我喜欢赌，大人您知道。有一天晚上，我回家的时候……有个人拦住了我……他说，说，只要我替他办一件事，就给我十……十……十饼金！"

吴震哼了一声，道："十饼金，你不心动才奇怪了！这人长什么样？"

"小人确实未曾见过他相貌。"曹老五颤声道，"他见我时，都戴了竹笠，声音也刻意掩饰过。我只知是个身材颇高的男子，实在不知相貌如何啊！"

吴震道："说下去。"

曹老五低下头，半晌方道："这人要我……要我帮忙……帮忙……"

吴震冷笑道："要你帮忙把死囚给救出去？"

曹老五慌忙道："不，不，不是。我有天大的胆子，也不敢干这等事啊！"

裴明淮与吴震相对愕然，吴震道："什么？不是叫你救人，那是干什么？"

曹老五哭丧着脸，道："是叫我烧人！叫我把那天进来的六名犯人，还有同在一进的另外四个，都暗暗地烧了！"

裴明淮一怔之下，道："什么？"

吴震也愣在那里，就在此时，只听外面一个声音，冷笑道："好啊，真是绝了，竟能想出这等主意？"

说话之人，竟是尉端。裴明淮见尉端面色不善，两眼直盯着吴震，心知不妙，忙迎上前道："你怎么到这地方来了？"

尉端冷笑，手里一柄折扇指着吴震道："监守自盗，这事你也敢干！"

吴震面色发青，道："侯爷，此话从何说起？"

尉端嘿嘿冷笑，道："你以为偷天换日，便能瞒得过人去？明淮，你还没明白吗？失踪的十个死囚只是幌子。有数名囚犯根本就不曾走出大牢，便在牢中被烧掉了！"

裴明淮道："这般做，有何用意？"

"有何用意？当日送到，只粗粗察看，还未细加审问，只要相貌相似，便可蒙混过关。当夜便全烧掉，只剩骨灰，又有谁会知道，送来的死囚，早在路上便被劫走了？"

尉端还未说完，裴明淮便回头问吴震道："是谁一路上押送的？"

吴震道："都是安排的妥当之人……"

裴明淮摇了摇手，示意他不必说下去。"尉端，兹事体大，你也不能冤枉吴震。他又不是亲自押送的，就算有人在路上换了囚犯，也未必是吴震的首尾。你断定是他所为，未免太武断了吧？"

尉端冷冷道："我这般说，自然是有原因的。你可知道，这些时日，时常去飘香斋的人，是谁？"

话都说到这份儿上，裴明淮惊道："难道是吴震？"

吴震听到此处，面色更是难看。尉端一拍案，案角都被他拍掉了，木屑连着灰尘一起乱飞。"吴震，究竟是谁买通你的？"

裴明淮望着吴震，只听吴震缓缓道："侯爷，我是去过飘香斋，但与这件事，一点也不相关。我吴震决不是那等见利忘义之辈，这种事，我死也做不出来。侯爷若宽限我数日，我必当查清真相。"

尉端一笑，道："你以为我不查清楚，会来兴师问罪？我问你，令堂如今身体可否康健？"

他此话一出口，吴震是真的变了色。裴明淮知道吴震父亲早不在人世，只有一个寡母，情知尉端此言必有缘故，顿足道："我早就说过，若你有难处，不妨对我说，能帮的一定会帮。你……"

吴震瞪了他一眼，道："你以为什么？没错，侯爷，我母亲身患恶疾，最近更是病势加重，所需的那些珍稀药材，令我十分忧心。但我也是托了江湖朋友去设法，决不曾去干那些不齿之事。对，飘香斋我去过数次，实对你说了吧，明淮，飘香斋是金萱的！"

裴明淮"啊"了一声，道："什么？"

吴震道："飘香斋早在年余之前，便被金萱买了下来。这事十分秘密，我也是好不容易才查出来。"

裴明淮道："你查这个做什么？"

"飘香斋看起来是家只卖香的老店，实则什么贵重物事都有，我心里奇怪。"吴震道，"珠宝古董字画，什么都收，而且价格出得比当铺高。自然，也卖，我便是托他们替我留心我要的药材。若不信，飘香斋想必还有账册。"

裴明淮见吴震说得有理有据，眼望尉端。尉端面色略显尴尬，却坦然道："若真如你所言，那是我错怪你了。但即便你说的是实，你也难逃失职之罪！"

裴明淮埋怨道："这等事，为何不要我帮忙？"

"要你帮忙的事已经够多了，这又不是什么大事，我好歹也混了这么些年，有些朋友肯帮忙，只是费些力气，还不至于弄不到。"吴震叹道，"何况，生死有命，我母亲缠绵病榻多年，我也只能尽人事罢了。"

他又望向尉端，道："还请侯爷指点，是如何查到路上有人将那些囚犯掉了包的？"

尉端哼了一声，道："我叫人去传当日那几个押送左肃的人想要问话，却有一个不见了。再一问，那人便是押送那日之后突然失踪的，谁也不知到了何处。我再一想，这人又不是在大牢里听命的，按理说，人送到了，便与他不相关了，居然会失踪，不跟这事相关倒怪了！"

裴明淮笑了一笑：道："你好生敏捷，我们都不曾想到，你却另辟蹊径地查到了。"

"我本来也只想查问一下，并不曾想到那么多。"尉端眉宇间，颇有忧虑之色，"这个设计之人，心机真是极深。"

吴震道："我们以为人是在牢里面失踪的，结果却是在外面就被换了！这人居然反其道而行之，把我们的视线都引到大牢之中，当真了得。哼，被换进来冒名顶替的囚犯，居然到死都一言不发，这怕不是被买通的，是被买了命吧！背后谋划那人，绝非常人！"

裴明淮看向面无人色的曹老五，道："此计实在颇妙。只可惜，却坏在了你手里。"

曹老五"咕咚"一声，栽倒在地，昏了过去。

几人去了那烧埋之处，一间屋子空空荡荡，墙边还散着些柴炭。因为烧死人的时候烟雾呛人，于是修建了一个不小的烟道。周围住的百姓只要一见到大牢那根烟道里有浓烟冒出，便知道又有犯人被处决了。

杜小光一直跟在后面，这时候喃喃道："难怪这里的柴炭都用光了，前几日明明还堆得满满的。"

裴明淮道："那是因为那天夜里烧的人实在太多！"

吴震沉吟地道："八月二十七那日早晨，我巡视过一次。直至那时，我还见着从烟道里冒出来的浓烟，还有点诧异怎么烧了一夜还没烧完。"

裴明淮道："你没有追问？"

吴震道："若这事我都要追问，我恐怕连睡觉的时间都没了。火候不够，柴炭不好，花的时间就长，你真是外行！"

他瞪着面前的十个骨灰罐。"乔青松，郭飞的尸体已然找到，左肃还下落不明。其余七个……都烧成灰了。"

裴明淮道："正是。"

吴震道："若换作是我，我肯定把那些骨灰随便一扔便了事了，还如此费力地用一个个骨灰罐分别装好，岂不是留下证据来让我们发现？"

裴明淮道："我第一次进那间放置骨灰的屋子，便看到点着香烛。"

吴震道："这些狱卒们哪，都信鬼神之说，给死者烧点纸钱，烧点香烛，在牢里是极常见的事。"

裴明淮道："这就是了。曹老五也是个对此深信不疑之人，知道自己做这事亏心，生怕有鬼来找他，于是不敢将那些骨灰随意处置，好好地收殓了起来。他将骨灰罐放到高处，本来这里骨灰罐就有数百之多，他并不担心会有人去刻意找寻。他虽识字，却不会写字，而且即使他会写，也决不敢给骨灰罐上贴上人名。他还买了一把香，特意来烧。"

吴震道："香倒未必是特意买的，应该是顺手拿的。他不识篆字，人也缺些心眼，连写着飘香斋店名的红纸都没有扔掉。所以，那飘香斋必定是曹老五常去的地方。曹老五决不是什么主谋，但他平日里定然在飘香斋内听从指示。"

裴明淮道："曹老五做这监守自盗之事，目的只有一个，便是贪财。于他而言，烧几具尸首，实是小事一桩。若要他干别的，恐怕他也没有胆量。但若是被旁人当场撞见了呢？恐怕也只有杀人灭口了。"

吴震点头道："那主谋之人却未曾想到这曹老五是个胆小迷信的主儿，又是把骨灰收起来，又是贪小便宜拿了飘香斋的香来烧，这就让我们很容易找出了真相。"

裴明淮道："这主谋本来便不该找曹老五！"

吴震却道："除了曹老五，他能找谁？烧埋之事就只有曹老五一人做，再无别人可选。更何况，事后要杀曹老五灭口，岂非易如反掌？只不过，若杀曹老五，反倒有点刻意了，反正曹老五也不认得主谋之人。"

裴明淮想想也是，吴震又道，"那暗器，想必也是曹老五见柴大魁已死，偷偷藏起来，以备不时之需，倒是派了用场。"

裴明淮道："你还记得我说过，那一地砸碎的骨灰罐十分古怪吗？"

吴震道："记得。按理说，偷了东西，便应悄悄将东西找到偷走。就算被朱习当场发现，一针毙命，也决不会弄得遍地都是。"

裴明淮道："所以我后来就想，那些骨灰应该是凶手为了掩饰什么而有意弄得遍地都是的。"

吴震盯着他看了片刻，道："我明白了，你的意思是指，朱习根本不是在那里遇害的，而是在我们现在站的这个地方被杀的！"

裴明淮道："正是如此。朱习当晚进来提人，实属偶然，你也是当夜突然下令的！"

9

吴震叹道:"朱习武功不弱,若非有柴大魁的暗器,曹老五又怎能取了他性命?"

裴明淮道:"曹老五杀那些死囚,肯定是下毒。死了之后,再把人拖去烧掉。朱习进来,大约正好看到曹老五拖着人过去,那拖的人又并不是该死之人,所以过去查看,曹老五只得杀人灭口!烧了那么多具尸体,地上一定不会少了骨灰,朱习的鞋底上,衣服上,都沾上了骨灰,一时无法清理干净,曹老五决定把朱习的尸体搬进存放骨灰的房间,然后砸碎一堆骨灰罐,这样的话,即使朱习身上有再多的骨灰,也决不会引起人注意了。如若不然,你在检视他尸体后,第一便会想到骨灰来自何处,也立刻能够怀疑到曹老五!"

吴震哼了一声,还没说话,裴明淮又道:"不过,水上飞被害,这一点我实是想不通。清虚被杀,意料中事,他的用处已经没有了。但水上飞逃出来很快就被杀了,费尽力气把他救了出去,却又马上杀死他,这究竟是为了什么?"

吴震道:"若金百万之言可信的话,那么水上飞必是在金府被杀,然后沉入莲池之中。"

裴明淮道:"只可惜那金四不见了,让我们无从查起。"

吴震道:"救清虚和救水上飞,定然是跟金家父女之死有关。要做这么一件事,实在不易。"

裴明淮道:"金百万乃邺城首富,为了那么大笔钱财,换谁也舍得赌一赌。就算是为了金百万密室里失窃的珠宝,也该是够了吧?"

吴震叹道:"至今我们仍无法窥破那笔珠宝是如何从密室里被运走的。"

裴明淮道:"大牢的死囚凭空消失这个谜,如今已不是秘密。我相信,珠宝更不会凭空消失,它现在一定还在某处。"

吴震却道:"说到这个,我让金贤去查金家的账,却发现账面上的银钱有九成都在数日之前被支走了,却不知支向何处。"

裴明淮道:"有这等事?"

尉端一直在听他们说话,这时见他们扯远了,便冷冷地道:"这个清虚和水上飞,与左肃似乎从无来往。那两个人的尸体如今是找回来了,左肃呢?"

其实何必他说,裴明淮又何尝不知事情严重。吴震也找不出话来,尉端一拂袖,道:"还是那句话,活要见人,死要见尸。再找不出来,瞒不下去,我们谁都不好交代!"

尉端说罢便走,吴震送了出去,回来道:"我也真是疏忽了,早知道就自己去押送了。那幕后之人,也真是想得妙,竟想出这么一招来。"

裴明淮缓缓摇头,道:"照我看来,这件事,就算你跟着,也一样难以避免。"

这时,又有一个狱卒奔过来道:"大人,范头儿回来了。"

吴震道:"回来便回来,还要我去给他接风吗?"

那狱卒道:"范头儿他受伤了,左肩被人伤了。"

吴震脸色一变,道:"带我去看看。"

那范祥左肩的伤口已包扎过,但流血甚多,脸色苍白。但他倒是个硬气的汉子,连哼都未曾哼一声,见吴震过来,还想起身见礼。

吴震道:"你且坐下,是谁伤你的?"

范祥望了一眼裴明淮,道:"我昨日出去,想查出那江平的来历。我问了不少人,都说不知。那时天已渐晚,我正走到莺莺楼后……"

吴震道:"莺莺楼?你说莺莺楼?"

范祥低声道:"正是。"

吴震道:"你说下去。"

范祥道:"忽然,有人在背后叫我,我一回头,便见着一个书生打扮的青衣男子站在不远处。我便问他是何人?那人道:你不正是在找我吗?"

裴明淮道："他可是瞎子？"

范祥道："决然不是,他两眼黑白分明,十分灵动,样貌倒是平常得很。"

裴明淮道："他便伤了你？他用的什么兵器？"

范祥脸色更白，道："是一管箫，箫上有利刃伸出。我拔剑想抵挡，但……"他垂下头，道，"我根本看不清他出手，只觉左肩一痛，肩头已被刺穿。"

裴明淮问道："他与你说了什么？可有要你转告我的话？"

范祥脸现惊奇之色，道："有。"

裴明淮道："你说。"

范祥想了想，缓缓道："他说，若非看你的面子，今日至少也要卸下我一条胳膊。他让我回来告诉你，你没认错人。"

裴明淮嘿了一声道："他还说了什么？"

"他说……他说叫你别多管闲事，小心惹火上身。"范祥低声说道。

裴明淮转向吴震道："当日黄钱县，你是见过他的。看来，这事真是与九宫会有关。"他朝范祥拱了拱手，道，"范捕头，这次实是对不住了。"

范祥苦笑一声，道："一点小伤，有什么碍事的？裴公子言重了。"

吴震道："你先下去歇息，别的事不必操心。"

几名狱卒送了范祥下去，吴震道："我二人居然都未曾认出他来？"

裴明淮道："他是易过容的，我只觉眼熟，却未认出来。"

吴震哼了一声，道："你现在总能告诉我，你为何出现在莺莺楼了吧？"

裴明淮苦笑道："实不相瞒，我从上次与九宫会交手之后，就一直在追查他们。我不久前得到线索，说曾见九宫会中人在莺莺楼出现，我便去查探，只是无巧不巧，那日莺莺楼又死了两个人。"

他说到此处，怔了一怔，喃喃道："无巧不巧？……"

吴震突似想起什么，从怀里取了一个绢包，摊开在面前。"这是清虚临死前抓住的那朵珠花，我叫人用古玉所浸的冰泉水细细擦过，现在已无毒了。你且收着，我看了半晌，也不曾看出什么名堂。"

裴明淮盯了那珠花笑道："不就一朵黄色的梅花，却弄得我们两人都……"说到此处，裴明淮手里的茶杯，一下子落在了地上，摔得粉碎。

他半张着嘴,眼睛直瞪瞪地望着前面,像是突然之间想到了极其恐惧、极其不可思议的事一般。

吴震奇怪地盯着他看,道:"你怎么了?可是想到了什么?"

裴明淮摇了摇头。"没……没什么。"他怔怔地凝视着眼前的珠花,脸色变幻不定,终于发出了一声长长叹息。

次日正午,金贤按裴明淮的吩咐,在那莲池旁边摆了酒菜。卢令脸色憔悴,仿佛是一夜未睡的样子。毕夫人也姗姗而来,脸色仍甚苍白,倒更显得楚楚动人了。这一日,就连成伯、成仁似乎都没有动一下筷子的心情。

六人各自坐下,金贤垂手侍立在一旁。卢令淡淡地说:"明淮,你有什么要说的?"

裴明淮道:"金姑娘死的那天,我们便是坐在这里,看那清虚表演戏法的。"

卢令顿时变色。"你还要旧事重提?"

裴明淮道:"不能不提。"

毕夫人道:"若非那个妖道作法,萱儿又怎会出事?"

裴明淮笑了一笑,道:"他既非妖道,也不会作法。"

成伯忍不住道:"那究竟是怎么回事?"

裴明淮道:"那便得从头说起了。"他便将大牢之事约略讲述了一遍,只略过了左肃一人。又道,"不管隐藏在曹老五身后之人是谁,他的目的便是要把乔青松——也就是清虚救出来。"

吴震道:"救出乔青松,化身清虚,便能施展那传说中的缘绳上天的戏法,由此谋害金萱。"

裴明淮道:"正是如此。"

成伯问道:"那乔青松难道真是个变戏法的?"

吴震道:"乔青松早年是个跑江湖卖艺的,武功也不错,后来有一次与人发生冲突,杀了对方好几个人,才被关入死牢。"

成伯道:"也就是说,会有人知道乔青松有这本事毫不为奇。"

裴明淮道:"正是。所以那日,清虚在我们面前变了一出极绝妙的戏法。"

成伯道："那戏法我早已听说，但却始终想不透其中关键所在。"

裴明淮笑道："其实那个戏法虽然自古皆有，但也需天时地利。若没了四面高楼，或是时辰不在正午，戏法都施展不了。上不了天，更盗不了蟠桃！"

众人都瞪着他看，裴明淮又道："有一夜我经过此处，见到楼顶镶的大片大片的琉璃瓦闪闪发光。当日我未曾注意，后来我才记起当日清虚提出演这个戏法的时候，正当午时，且红日当空。"

成伯道："那便是说，当日变戏法之时，四座高楼互相反光极是强烈。"

裴明淮道："现在也是午时，大家抬头一看便知。"

吴震一抬头，只觉得白光耀眼，片刻间双目便无法忍受，只得重又低下了头。只听裴明淮继续道："当日那小道童抛了一根长索，然后缘绳上天。他向上爬得极快，且一面向上爬，一面不断地有白烟裹住他的身形，加之四周高楼反光不断，我根本无法长时间向上看，是以究竟上面发生了什么，我们在下面的人是看不清楚。哪怕是旁边几座楼上有人偶然望出去，也看不清楚，因为白烟是越来越浓的。"

毕夫人道："公子说得有理。"

裴明淮望了望金贤道："金管家，你以为呢？"

金贤点头道："裴公子此言在理。我当日也极为好奇，想一睹为快，但头顶光芒强烈耀眼，全然无法长久注视。"

吴震道："那白烟想必也是清虚或是那道童所放？嗯，白烟既是不断上升的，应该是道童所为。"

卢令道："那道童攀绳而上又如何？我表妹人在北楼……"

裴明淮道："你还忘了一件事。"

卢令一愣道："什么事？"

裴明淮道："那绳子是如何上天的？"

众人皆一愣，吴震忽然拍掌大笑道："我明白了，我明白了。一切奥妙都在四周那四座楼上。"

裴明淮笑道："不愧是吴大神捕，当日虽不曾到场，却已然想到。"

吴震见众人皆目注于他,便笑道:"说来不值一哂,我猜那绳子定然混以百炼钢,坚韧无比。且那绳子上有一搭钩,一扔上去便可以钩住天上的钢索。"他又解释道,"当日定然每座楼顶都拉了一条极细极韧的钢索,会聚至四楼中心互相钩紧。"

卢令道:"那道童便是沿着那钢索爬至北楼,杀了表妹,再……"他说到此处便已说不下去,道童身形小巧,想来又会轻功,爬这钢索尚可,但若是要去杀了金萱将她分尸,再爬回来把碎尸扔下,也未免太过匪夷所思了。何况那道童"上天"不过片刻,若是他在众人头顶上爬来爬去,就算日光强烈,白烟弥漫,也不可能全然看不到。

裴明淮笑道:"我们且不说金萱。上天盗桃这戏法,如今已可解了。只需那小孩爬上,扔下一颗大桃即可。"

卢令厉声道:"我表妹之事,怎可不说?"

裴明淮道:"卢兄你且莫急,听我慢慢道来。"

卢令冷笑道:"你当我这时还有心听你慢慢道来?"

裴明淮也不着恼,只道:"金萱之死,我既然想不通,便先搁下。我又再想金百万之死,众位都知吕谯之能,但我们发现金百万尸体的时候,门窗都从外面锁上了。"

他叹了口气,道:"我那日曾站在密室的铁门之前,我在想,若我是那个凶手,有可能将金百万骗至窗前,一刀割断他的咽喉。可是就算如此,我该怎么才能把那些珠宝取出来呢?总不成金百万自己把珠宝递给我吧?而且就算他肯,那么多箱,从那个小窗里一把把塞出来,得花多长时间?"

吴震摇头道:"这是不可能的。"

裴明淮叹道:"正是如此。我怎么都想不通,还是只能不想了。"

卢令怒道:"你这也想不通,那也想不通,那今天把我们聚到这里来干什么?"

裴明淮笑道:"把所有想不通的放在一起,也许就能想通了。"他又道,"我又去想那水上飞。清虚——乔青松是这套戏法里必不可少之人,但水上飞有何用处呢?又为什么被沉尸莲池呢?他又为何以金家家丁的身份出现呢?"

他眼望金贤，道："以前金家的家丁，可都归你管？"

金贤道："正是，可最近归了金四管。"

裴明淮道："是谁的意思？"

金贤迟疑了一下，道："应该是老爷的意思。"

裴明淮点了点头，道："可是金四那时候失踪了，所以我也没办法再去问他了。我再想清虚之死，很明显，他的死是杀人灭口。凶手给了他抹了剧毒的珠宝作为酬劳，令他在飘香斋等候。凶手算得很准，清虚这种人，不会不去检视珠宝，于是清虚也被害了。"

他沉默了片刻，道："在这案子里，很明显，清虚，水上飞，他们是被灭口的。金百万和金萱的死才是重头戏，再加上珠宝失踪，凶手的目的定然是谋财。可是，好处是谁得了呢？金家偌大的财产，该归谁？"

吴震摇头道："金家虽然人丁稀少，但族里总是有人的。那些人，照我看，没一个能办下这等事。"

裴明淮叹道："金萱死了，毕夫人和卢令，也落了空。卢令想娶金萱人所共知，金百万本来也乐见其成，如今是镜花水月了。夫人你嘛……虽说金百万从无续弦之念，但也在搜罗珍宝给你，他死了，你还是没好处。"

毕夫人笑道："正是如此，公子也不必怀疑我了。"

裴明淮道："无论如何，'天罗'是你买的，在飘香斋买的。丹桂告诉了我一件事，那便是金萱这半年以来，常常去那飘香斋，风雨无阻。吴震又说一年前金萱暗自买了飘香斋，我想，金萱也许是在外面有了情郎，飘香斋便是相会之地。"

毕夫人轻轻一笑，媚态毕现。"去那里买香，难道也不行？"

裴明淮笑道："不是不行，只是让整件事显得更加扑朔迷离。卢令说，白烟里有'天罗'的香味。我此后在弈棋之时也问过了成氏兄弟，他们虽不知是何种香，却也说在清虚施放白烟的时候，闻到了一种香气。但从道童攀绳上天之时，白烟便已不断了，那时我却未曾闻到任何香气。"

他目注毕夫人道："所以定是夫人你捏碎了天罗的香丸，还踩碎了地上的桃子，让我们无处可追查。"

毕夫人的眼睛睁得更大。"我为何要这么做？"

裴明淮笑道:"自然是让我们怀疑你。飘香斋的伙计特意说出你去买天罗,也是你有意所为。"

毕夫人惊讶道:"妾身会做这等傻事,把嫌疑都揽到自己身上?"

裴明淮道:"我们怀疑归怀疑,可当时都坐在一起,再疑你也无济于事。你这般做,更是把线索搅得乱七八糟,让我们昏头转向。"

毕夫人轻叹一声,道:"公子所说的,都是猜测罢了。"

裴明淮笑了笑,道:"并非猜测,我知道幕后真凶是谁。"他摸出了那朵珠花,托在掌心,"清虚临死之前,我问他凶手是谁,他拼尽全力抓住了这朵珠花。我原本一直不得要领,但吴震昨夜把这珠花拿出来的一瞬间,我突然一片清明。"

毕夫人道:"这是朵虎魄制的珠花,雕工精细,但也没有什么出奇之处。"

裴明淮道:"我原来想了许多许多,但后来一想,吴震是对的,清虚临死之时,怎么可能想到特别复杂的谜题?所以,一定是最最直接的暗示。"

毕夫人道:"雕作梅花之形,也许,凶手名字里有个梅字,或者是跟梅花有关?"

裴明淮笑了笑道:"虎魄是黄色的。"

毕夫人和卢令齐齐变色。吴震也站了起来,只有成伯、成仁你看我,我看你,不知所以然。

裴明淮淡淡地道:"清虚临死之前,看到面前的珠宝里有一朵黄色的珠花,便抓住了。他想告诉我们的,便是黄色的花——黄花。"

卢令双手发颤,叫道:"不……不,你胡说!"

裴明淮抬起眼睛,注视着他。"你已经想到了,卢令。萱草还有一个俗名,便是黄花。在这件事里面,确实有一个人的名字与此相关,她就是——金百万的女儿,金萱。"

只听"砰砰"几声,卢令的手已抖得不听使唤,将面前碗筷酒杯都掀在了地上。裴明淮只作未见,道:"我再想之前想不通的那些事情,便很容易想得通了。是谁在变戏法之前,借故走开,上了北楼?是金萱自己。飘香斋根本就是一个碰头的地方,谁这半年最常去飘香斋?金萱。谁能得到最大的好处？仍然是金萱。听金管家说，金家能支的钱已经有大半被支空了，不是她干的，又是谁？"

他望了望卢令，道："卢兄，我曾听那玩皮影戏的江明说过，他们是你请来的。你是否能告诉我，为什么你会想着去请他们？"

卢令道："我……我不记得了。"

吴震笑道："你不是不记得，你是不想说吧？是不是金萱对你说，在城里的什么地方，有几个玩皮影的人，她曾见过，很是喜欢，叫你替她请回来。于是你便去了，也见到了，给了钱请回来了——可是如此？"

卢令脸色发白，道："就算如此，那又怎样？"

裴明淮又道："当日清虚言道可让莲花盛开，你便说你表妹不乐府中莲花凋谢，叫那清虚入府。金萱当然知道你对她的一切言语都是记在心上的，定然会出此言，清虚便可顺利进府了。再说，清虚为何正好那时到了金百万喝酒之处？当然还是金萱设计好的。"

卢令大叫："不，决不会！"

裴明淮淡淡道："我仔细想来，很多事都只有金萱能办到。要回这庄园住，修这四座小楼和密室，根本便是金萱自己的主意。她至少在大半年前，便已处心积虑地在谋划了。那金四也定是听了金萱之言，让水上飞进来做'家丁'。——除了金百万，金四只会听金大小姐的。"

成伯疑虑地道："那金萱不是已死了吗？你们不是看到了她的碎尸吗？"

裴明淮叹了口气，道："那并不是金萱。记得我们看到她的头颅之时，她的脸便像是罩上了一层蜡壳，十分生硬怪异。没过片刻，她的脸又被蚀掉，这更让我们无法追查。碎尸早已准备好，背在道童身上那个箱子里。那道童沿绳而上后，只需把碎尸取出抛下，再沿着钢索爬到北楼上即可。我们那时看到第一块碎尸时便心神大乱，在下面很是忙乱了一阵，那道童早可以神不知鬼不觉地遁走了。"

毕夫人道："可是那日四座楼都在唱戏，不管哪一层都是有人的。"

裴明淮微微一笑，道："若要最省力的法子，你以为会爬到几楼？"

毕夫人道："当然是顶楼。"

裴明淮道:"对了,正是金萱当日去的那一楼,七楼。看皮影戏的那一层。"

卢令叫道:"可是那道童呢?"

裴明淮笑道:"你可记得那个小夏,画了个花脸,穿着戏服,哪里认得出本来面目?那小道童跟金萱一样,换了衣服,抹了戏妆,悄然离去。东西南北四楼众人进进出出,热闹不堪,我们又怎会注意到?"

吴震道:"顶楼上的那几个玩皮影戏的,都是帮凶。"

裴明淮道:"那是无疑的。凶手极之谨慎,把所有的戏子都给杀了。因为这些人难保一抬头看到了些什么,泄露秘密。那个玩傀儡戏的老班主,当时对我欲言又止,说不定他就看到了眼生的金萱或者小道童。只是小夏收了金萱的镯子,他不想多事罢了。"

吴震恨声道:"若是我们不把他们留下来……"

裴明淮截道:"就算我们不留他们下来,他们也未必能活。我怀疑,金萱与别人有什么交易,并非她一个人能做得了主的。"

吴震叫道:"九宫会?!"

卢令听他此言,脸色一变,毕夫人也变了面色。

吴震冷笑道:"金百万可是做正当生意的,还当过官,可比不得那些江湖舐血的人,跟九宫会有何干系?金百万如此疼爱她,她却暗害自己父亲,这与禽兽何异?"

裴明淮道:"好了,如今我们就去找金萱,听她自己怎么说吧。"他望了一眼毕夫人,又看了一眼金贤,"你们两位,必都知晓她藏身之处吧?还是要吴大人把这金家翻个底朝天?"

吴震哼了一声,道:"带我们去。"又对成伯、成仁道,"二位与此事无关,便不必去了。"

成伯、成仁却似也无多少好奇心,并不坚持,道:"我们可以走了?"

吴震道:"二位请便。"

10

金萱的卧室之下，果然有个密室。裴明淮只叹那机关消息精巧至极，心知也是吕谯的手笔。见金贤在那里抖着手开门，忍不住问道："吕谯是什么时候来金家修这个密室的？"

金贤想了一想，道："今年年初。"

裴明淮一直对吕谯之死存有疑问，这时心里泛起一个极可怕的念头——难道竟是金萱毒死他的？但即便吴震眼光无误，毒药是那桃花姬姚碧的，可姚碧销声匿迹多年，又哪里寻去？她的毒药，又如何会落在金萱手中？

他的问题，看来金萱是没法子回答了。

这密室的华丽程度，不亚于金萱的闺房。妆台上放了不少胭脂水粉，一顶绣满牡丹的帐子，精致无比。

金萱就死在榻上，嘴角流出黑血，看来是中毒而死。

她仍穿着一袭鹅黄绢衣，面孔白如蜡纸，纤细的手指已然僵硬，紧紧地抓着床单，一双美丽的眼睛里满是惊疑恐惧之色。

吴震上前看了半晌，回头瞪着金贤与毕夫人道："你们两个人，都脱不了干系！"

金贤本来就面色死灰，簌簌发抖，这时候"砰"的一声，跪下了。"吴大人！真的不是我！我怎会杀姑娘？我最后一次给她送饭的时候，她还活得好好的！"

吴震怒视他："你最后一次送饭是什么时候？"

金贤想也不想，道："前日午夜！我怕人发现，等夜深人静的时候，才送了饭来。"

几上确实有四菜一汤，几碟精致点心。菜都动过，筷子搁在边上。裴明淮道："看起来，不应该是金贤。金贤怕人看见，送了饭必定会马上离开，金萱这么斯文的姑娘，把饭菜吃了这么多，也得好一阵。"

毕夫人已哭得梨花带雨，完全视吴震一脸的怀疑于无物。"萱儿！萱儿！怎么会这样？这……怎么会这样？……"

吴震又是恼怒，又是不耐烦，一声大喝，道："你们再不把事情和盘托出，一个都跑不掉！"

金贤跪在地上，哭着道："吴大人，我是真不知道姑娘想干什么。她要那位吕先生替她建造密室，我按她说的，瞒着别人，但……但我真不知道她想干什么！我家姑娘对我有救命之恩，我曾经误杀过人，若非姑娘周全，早就死了！如此大恩大德，她要我干什么，我决不能说个不字！"

吴震冷笑道："只怕是金萱给你许了偌大的好处吧？金百万想必吝啬得很，金萱却随随便便就把金镯子赏人，你恐怕宁可这位姑娘当家做主吧？"

金贤低头不语，吴震左右一望，狐疑道："修这密室，能瞒人？"

"能，能。"金贤忙道，"本来那时候这庄园就没人住，请的工匠也都是外地的，最后都遣散了，除了吕先生，没人知道！"

裴明淮不自觉地一阵发寒，追问道："吕谯是什么时候走的？"

吴震瞪了他一眼，说："吕谯的事，容后再问！你放心，我不会忘的！"说罢又瞪着金贤，道，"继续说！"

金贤几乎要哭出来了，颤声道："我真的不知道呀，吴大人……姑娘要我做什么，我便做什么。她的心思，我是一点都摸不透啊……"

裴明淮问道："金管家，那班主，是不是对你说过什么话，你又告诉了金萱？"

金贤一愣，道："裴公子，你怎么知道？那班主对我说，他虽然年纪大了，眼睛却并不花。姑娘听说吴大人把戏班子留在府中，就问我那些人有没有说什么，我，我就把班主的话告诉她了……"

裴明淮跺足道："你真是糊涂，你知不知道，就是你把他们害死的？"

金贤怔住，吴震道："你是说，是金萱毒死那些人的？可是，金萱也死了！"

裴明淮道:"为什么金萱不可能是凶手?就因为她死了吗?"

吴震浓眉一掀,走到金萱身边,朝她又看了看。"照我看来,金萱跟金百万死的时间相差不久……"

裴明淮打断了他,说:"你别忘了,金萱是中毒而死。"

吴震微一转念,已然明白,当即转头问金贤道:"你好好想一想,你替你家姑娘送食盒过来的时候,有没有遇上什么人?"

金贤知道事关重大,见人人都盯在他脸上,虽吓得面青唇白,也只得凝神去想。"我……我是让红菱把食盒送到我房间的,只说是我要吃夜宵。我把姑娘不爱吃的全拣了出来,只拣她爱吃的送了过去。路上……路上……我真是一个人都不曾见到啊!原本我便是趁夜深人静时去的,又怎会遇上人?"

吴震追问道:"你把她爱吃的给她送去了,那不爱吃的呢?"

金贤苦笑道:"我回去觉得饿,就全吃了。"

吴震上上下下地打量着他:"你感觉如何?"

金贤摊开手,道:"我这不好好的?"

裴明淮在旁边道:"若金贤在路上一个人都不曾遇到,那就是红菱那丫头把食盒从厨房送到金贤那里的时候,或者甚至是就在厨房里面,就出了问题。金贤,你赶紧把红菱唤来,问上一问!"

红菱是金府里面有头有脸的大丫头,裴明淮和吴震都见她一直侍候金百万,打扮也比别的丫头华丽许多,一双凤眼煞是精明。听了吴震的问话,红菱只怔怔地道:"因为姑娘生日,东西都准备得多,剩的也多,都分给下人吃了,也没见着谁不对啊?若说是我送过去的时候……倒真是遇上了一个人……"

听她这么一说,众人都紧张起来,眼睛都死死地盯住红菱不放。吴震一叠连声地问:"谁?是谁?你说啊!"

红菱偷眼朝毕夫人望了一眼,低声道:"我遇上了毕夫人。"

毕夫人眼泪顿时止住了,她本来就肤色极白,这时更白得吓人了。"什么?你这丫头,胡说些什么?我夜里一直在自己屋中,哪里也不曾去!"

"就是因为夫人不让我说,我……我才一直不敢说。"红菱低声道,

"她叫我不要对人说,她出来过……"

毕夫人一张俏脸,涨得通红,倒平添了几分冶艳。"这死丫头,实在是一派胡言!吴大人,你可不要信这丫头的胡话啊!"

吴震极之怀疑地盯着她,道:"难不成红菱是编的?"

毕夫人急得珠泪盈盈,睫毛微微颤动,那模样实在是楚楚动人至极。只可惜吴震此刻一心都在命案上,哪里有丝毫的怜香惜玉之心,只虎着脸,冷冷地道:"毕夫人,我劝你最好实话实说,否则进了大牢,老鼠会咬你脚指头的。"

虽是在这种情形之下,裴明淮也忍不住想笑。吴震又冷冷地瞪了他一眼,道:"明淮,要不,你把大牢里面的情形,好好说给这位夫人听?"

裴明淮叹了口气,道:"夫人,照如今看来,你毒杀金萱的嫌疑,确实是最重的,这牢狱之灾难免哪。"

毕夫人跺脚道:"哪里是我!你们这些人,真是一个个蠢笨至极!我……我……我……"她一连说了三个我字,却接不下去了。裴明淮接道:"夫人,你倒是说说,你那天晚上,到底去哪里了?"

毕夫人长长地叹了一口气,道:"事已至此,实对你们说吧,我是去了西院!"

一听她如此说,吴震和裴明淮对视一眼,都有些紧张。吴震问道:"你去西院做什么?"

"唉,还是裴公子提醒了我。我想拿钱换小夏那个金镯,萱儿舍得,我可不舍得。"毕夫人说道,"只是怕人说我贪,我便趁夜里去,想找着那个班主,换了便是。没想到……没想到……"

她面色又变得苍白,颤声道:"我却只见着一院子的死人!那个班子的人……都死了!我再蠢,也知道是为什么。他们便是萱儿白日间上楼见着她的那些人。想必是……他们看到了什么,都被……被杀人灭口了!"

说到最后,她的声音又尖又细,颤抖得都快听不明白了。毕夫人定了定神,又道,"我站在那里,一动也不敢动,生怕那杀人凶手发现我……但是等了半晌,也没见动静,我想那人……一定是走了……"

吴震冷笑道:"夫人,你胆子可真是大,还敢进去找金镯?"

毕夫人垂下了眼睑，幽幽地道："不瞒吴大人说，妾身这辈子，不好金银，就爱珠宝，那些珠宝，就像能勾了我的魂似的！"

吴震被她噎得说不出话来，裴明淮道："那金镯如今在夫人手里？"

毕夫人叹了口气，摸出了一只金镯，可不是金萱那只？吴震接了过来，道："这镯子，我得拿走。"

裴明淮见毕夫人一脸不舍，淡淡一笑，道："这对金镯，照我看来，是不祥之物，夫人不要也罢。"

毕夫人却道："稀世珍宝，从来便是不祥之物。又有谁怕了？"

裴明淮一怔，这话却无从驳起。吴震仍盯着她，道："毕夫人，你在西院，是不是还看到了什么？"

毕夫人垂下了眉头，不开口了。吴震见她眼光略瞟了一瞟，却是在看卢令。卢令自来了这密室后，没说过一个字，只是一直望着金萱的尸体，跟泥塑木雕似的。吴震嘿嘿一笑，大步走到卢令面前，喝道："你那晚去西院做什么？"

卢令仍旧一言不发，吴震也不耐烦了，冷笑道："好，你不说？那我们就到衙门去说！"

裴明淮伸手一拦，道："你别逼他了。"

吴震怒道："他不肯开口，你要我怎么办？"

裴明淮道："你又不是猜不到，卢令不说，肯定是为了金萱。卢令，你是不是已经知道是金萱杀了西院的人？你去了西院，毕夫人看到了你，但她既不愿承认自己晚上去过那里，所以自然也不会说出你去过？"

此言一出，卢令顿时面如死灰。裴明淮也不等他答话，接着道："你见到西院里众人惨死，你是知道吕谯死的情状的，你看得出他们死在何种毒药之下。"

卢令连退几步，撞到了墙上，退无可退。

吴震冷笑道："你怀疑你表妹未死，也怀疑是她杀了西院里面的人，但你却不肯说，不敢说。现在，她人已经死了，你还不说？"

裴明淮劝道："你表妹已死，你还有什么可隐瞒的？是她杀了金百万，对吗？"

"我不……我不知道……"卢令颤声道,"但是,她……她有钥匙……吕谯给她另外留了一套,还在密室下面另修了机关,可以开启通道……你们凿墙毫无用处,那机关是在密室的下面,十分巧妙……我心中疑惑,终于找到了一个当日的工匠,多少知道了些……为了不让吕谯泄露这件事,她……她……她……"

他一咬牙,又道:"她在吕谯临走之时,送他一包亲手调配的补药,叮嘱他天天服用。现在想来,毒药就掺在其中一枚药丸里面。吕谯得她如此关心,自是开心,又怎会不服用?没过多久就毒发身亡,世上便再无人得知,萱妹手里也有一套钥匙!"

裴明淮听他如此说,只觉得从头一直冷到了脚底,道:"可是……吕谯中的毒,金萱怎么可能有?桃花姬姚碧的独门毒药,已经随着她隐退江湖而失传啊!"

卢令茫然摇头,道:"我不知道,我从不知道萱妹跟那什么桃花姬姚碧有什么关系,我听都没听过这名字。"

吴震奇道:"那你怎么知道药的事?"

"我,我看到的……萱妹……她前些时候,总是跟吕谯在一起,我亲眼见着,她给吕谯亲手配药,当时我还十分不快……没想到,没想到那是催命的毒药啊!"卢令声音颤抖得更厉害,"我曾经偷听到她跟吕谯说话,说密室机关什么的,我只当他们在商量如何改建罢了,并未十分在意。直到那时候……我……我才明白……萱妹她处心积虑……"

裴明淮本来觉着金萱文雅知礼,对她颇有好感,这时候只觉得自己是瞎了眼,恨恨地往墙上砸了一拳,道:"吕谯死得可真是不明不白,居然断送在这个金萱手里!"

吴震拍了拍裴明淮的肩头,道:"如今元凶已死,也算是天网恢恢。这金萱机关算尽,没料到,却还是被人杀了。"说着瞟了一眼卢令,道,"究竟金萱为何要杀她爹?金百万对她这般疼爱……"

卢令面上神情苦涩至极,缓缓道:"你们可知,二十多年前,江湖上有个女盗,本来姓卢的?"

吴震一怔,道:"难不成那卢明珠便是……"

"她是我姑妈。"卢令苦笑,"她在外面惹了不少乱子,有一回出了事,丢了一根手指。"

吴震失声道:"我知道那个女盗,只有九根手指,原来是你家的人?"说罢上上下下地盯着卢令看,道,"卢氏大族,居然出了这么个女儿?"

卢令摇头苦笑,道:"那几年……还有什么大族不大族的!"

吴震听了这话居然也接不下去,半晌,问道:"金萱必定长得像她母亲吧?"

卢令点头道:"与我姑妈像极了。"

吴震又道:"那怎会嫁给金百万?卢家是大族,可看不上钱!"

卢令叹息一声,道:"谁知道?我姑父从她十多岁时便恋慕她,她却从来不当回事。她突然回来,答应跟我姑父成婚,我姑父简直是乐得要发疯了。可是,萱妹才几岁,她就抛下姑父走了。听说,是跟她以前江湖上的情郎一同跑了。姑父气得大病一场,后来就告诉萱妹她娘病故了。我们卢家自知是丑事,自然更不会对萱妹提。"

吴震皱眉道:"这个卢明珠,做事可真不怎么地道。"

裴明淮忽道:"你知不知道她那个情人叫什么名字?"

卢令眼神呆滞,想了半晌方道:"叫什么……飞……姓什么?哦对,那个人也是个大盗,名字叫郭飞!"

吴震冷冷地道:"你可知道这郭飞外号叫什么?他外号便是'水上飞'!"

卢令浑身剧震,说不出话来。

红菱更是脸色古怪,裴明淮瞅了她一眼,笑道:"金家父女已死,红菱,你若是有什么话没说,不如说了吧?"

红菱朝众人看了一眼,低声道:"夫人……就是卢明珠……并没有跟那个什么飞的走。她……"她又咬了一下下唇,才道:"她死了!是老爷杀的!"

这两句话可谓是石破天惊,震得众人都呆若木鸡。吴震一拍案,大声道:"我明白了!这就是原因,金萱杀父的原因!她不是金百万的女儿,是水上飞的女儿!当年卢明珠与水上飞本来是一对恋人,不知道为何分开,卢明珠又有了身孕,无奈之下,嫁给了金百万,金家本来跟卢家相熟,金百万对她是向来钟情。但后来水上飞又来找她,她想跟旧情人走,金百万杀了她,对不对?"

裴明淮接道:"金萱自从得知此事后,便开始设计杀金百万,还费了偌大力气救自己亲爹出天牢。可那水上飞,一出来便中毒身亡了……"他想了一想,道,"金百万必定对水上飞印象极深,发现他竟然藏在自己府中当家丁,还能怎么做?自然是派金四借送饭之机下了砒霜,但水上飞多年用毒,比一般人要能扛些,强撑了一口气要逃,却还是没逃出金府,跌进了莲池里!只是金百万开始并不知道水上飞死在莲池之中,但他已然下定决心,金萱既然知道她亲生父亲的事,那么这个女儿,也留不得了……若是留下她,自己杀卢明珠的事情,总有一日会被人发现……"

吴震皱眉道:"那清虚呢?"

裴明淮迟疑道:"想必水上飞在狱中跟他相熟,知道他这偷天神技,金萱想要利用?巧就巧在,这三个要劫的人正好是同一批押送到你这大牢里面来。被买通的恐怕不止曹老五一人,否则又怎会把这些人都安置在同一进?"

吴震一顿足道:"想必被买通的,便是朱习自己!他却不知道,会送了自己的命!"

"若真是朱习,他大概也觉得些许小事,并无大碍。"裴明淮道,"金萱心狠手辣,从没打算过让清虚活下来。在许给清虚的珠宝上下毒,是个好法子。若非我正好赶到,清虚哪还来得及对我指出凶手,当真是天衣无缝。只可惜,天网恢恢,金萱自己也被人毒杀了。"

金贤惊道:"真的是……真的是老爷杀了姑娘?"

裴明淮朝红菱一指,道:"你看,她都吓成什么样了?能把毒下到金萱爱吃的点心里面,自然是十分明白金萱喜好的人。"

红菱跪了下来,哭道:"老爷告诉我,见着金管家,若是他的食盒里面有菱角糕这个点心,就放进去。我哪知道是对姑娘下毒,我以为姑娘死了……我以为老爷是要杀金管家啊!"

吴震恍然道:"若非如此,你又怎会半夜在外面走?"

金贤大叫道:"红菱,你居然害我?"

"我以为,老爷是因为你偷偷支钱,所以……"红菱哭道,"哪里知道,老爷是想害姑娘……我……"

裴明淮注视着她,道:"红菱,你大概还不知道,你运气有多好。若非金百万死在金萱手里,你现在大概也是个死人了。你知道卢明珠的死因,又亲手给金萱下了毒,下一个死的人不是你,还会是谁?你以为,金四现在还活着吗?"

红菱煞白着脸,喃喃道:"金四?"

裴明淮转头,问金贤道:"这庄园改建,是金四监工的,对不对?"

金贤点头道:"正是。"

裴明淮道:"那就是了。那莲花池,我一眼看到就觉得十分别扭,哪里有在那里开穴的!为了不使莲池显得过于突兀,才把整个花园都修得不伦不类。若我猜想无错……"

吴震道:"你怀疑,卢明珠的尸身便在莲花池下?难怪,我们来赏莲的时候,金百万就显得极不情愿了,虽说恐怕要挖遍莲池才能发现,但他总归是怕的!"

裴明淮点头,道:"不错。金百万想必已察觉到,这件事恐怕是掩不住了。那日他说派金四出门办事,金四却一去不返,恐怕金四已被他下了毒,不知死在何处了。他也不打算放过金萱,这两父女,虽无血脉关系,但所作所为,真真是像极了。不愧是金百万一手教出来的女儿,锱铢必较的生意人。一旦对自己有了威胁,必得除之后快,哪有什么情义可言……金百万表面上一团和气,金萱温雅知礼,骨子里却都是狠毒如豺狼。不知金百万最后被藏在密室里的金萱一刀断喉,从她手上抓下那只金镯时,心里是如何想的?也不知道金萱最后,是不是想明白了谁毒死她的……"

他的声音越来越低,众人听着他的话,眼里看着这间精雅至极的女子闺房,鼻端闻着清雅檀香,金萱的尸体尚在一边,个个都觉得冷澈透骨。

三日后,裴明淮与卢令到了金府,吴震正等着他们。这时莲池已被掘得乱七八糟,莲叶也都枯败不堪了。

裴明淮摇头叹息，道："吴震，你还真是一点都不风雅。"

吴震冷冷地道："赏白骨之上的莲花就是风雅了？"

卢令失声道："下面真是……"

吴震道："莲花池下面，确实埋着一具女子白骨，一手缺了一指。"

卢令颓然点头："想来便是我姑妈。"

吴震道："那白骨已经十几年了，骨殖紫黑，应该是被毒杀的。你既是她侄子，便自去替她收殓了吧。"

卢令一揖自去，这几日间，这风流才子已然憔悴得不成样子。裴明淮不禁有些黯然，望了他离去，回头对吴震道："你不再怀疑他了？你查到金萱在飘香斋所见的是谁了吗？"

"若是他，根本不必要跑那么远。"吴震嘿嘿一笑，道，"金萱是有个情郎，但既不是吕谯，也不是卢令。这个人，必定神通广大，否则不能知道天牢的情况，又买通曹老五和朱习。"

说罢这番话，吴震摇了摇头，道："金百万的家产已去十之八九，看来金百万暴怒杀女，也是为了这个原因。"

裴明淮道："你是说金萱把金家的家产都给了她情郎？什么人胃口这么大？"

吴震摇头道："全无线索。"

裴明淮道："左肃一直下落不明？"

吴震脸色郁郁，道："若真是九宫会设计救他，哪里还能找到人呢？到了这份儿上，尉小侯爷哪怕摘了我的脑袋，也无甚用处了。明淮，你怎么想？"

裴明淮沉吟道："他这两日不曾找你？"

吴震摇头，道："不曾，我也正提心吊胆呢。"

裴明淮道："他恐怕是另外有了线索，你也不必管了，我自会去找他。不过，话说回来，你这次确是失职了。"

吴震苦笑道："不错，我实在难辞其咎，有什么罪名，也该认的。"

裴明淮笑道："这是后话，只要尉端不揪住你不放，一切都好说。但吴大人，这等事，可不能再有了。"

他话已说到这份儿上，吴震又哪里有不明白的，笑道："我欠你的人情，可真是越来越多了。"

"你倒是无甚大碍，我跟尉端，都一样的烦恼。"裴明淮叹道，"逃出三人，死的两人都无大碍，唯一麻烦的人，却无踪无影。"

吴震答得干脆。"我宁可担着失职的罪，也不想在这浑水里面继续趟。失职是小，卷进这事，恐怕祸从天降。"

裴明淮淡淡一笑，道："没想到你吴大人，也忒胆小了。"

吴震道："我自然不怕，可我也有家人。难不成我母亲一把年纪，还得被我牵连？你又不一样了。"

裴明淮仍在笑，却笑得甚是苦涩。"你说差了，吴震。若我裴家有何闪失，那恐怕也是诛连之罪，比你更惨烈上百倍。"

吴震打了个寒噤，哪里还能继续说下去。他目光掠过满池莲花，道："我一直想不明白，当日那清虚是如何令那满池莲花盛放的？"

裴明淮微笑道："花本来是开了又谢，谢了又开，知不知道又何妨？"

吴震摇头道："我却偏是爱追根究底之人。你师从道家，据说天师颇善法术，这也是仙法吗？"

裴明淮道："我师父去变这莲花？天师之名，也未免太不值钱了吧？"他望着那些残败莲叶，叹了口气道，"只是一池幻梦空花，只是江湖戏法罢了。看的人眼花目盲，若这法子是金萱想出来的，我倒也佩服。"

吴震道："我告辞了，有空来找我喝酒？我请客。"

裴明淮笑道："到大牢？那便免了。"

吴震道："莺莺楼倒也不错。我后来记起，莺莺楼前些时候便有个妓女失踪，我怀疑金萱的'碎尸'，便是她的尸身。"

裴明淮点头道："有理，寻常女子又怎会让人看到肩头胎记？想来如嫣那二人的尸身面部被蚀，一来是试毒药，二来我们若再看到金萱之面，也会认为是相似的事，不会想到是金萱自己一手策划。"

吴震点头道："正是此理。只是有一件事，我却想不明白。若那碎尸是从莺莺楼的女子身上得来，金萱又怎能知道那女子与自己相似？这件事，只有常去妓院的男子才能知道。"

裴明淮沉吟道："九宫会既然肯帮金萱，连上天的道童都能寻来，这等小事，自然不在话下吧？"

吴震缓缓地道："有理。"又问道，"你这就回京吗？"

裴明淮道："我受人相邀，要去一趟益州。"

吴震奇道："益州？谁约你去？"

裴明淮道："薛无忧。"

吴震一愣，正要再问，裴明淮却道："你让吕玲珑把吕谯的尸身给带走了？"

"我也就能查到那样了，她是吕谯的妹子，说要带哥哥回去好好安葬，我也没什么好说的。"吴震道，"怎么？"

裴明淮缓缓地摇头，道："可是，我让阿苏去吕家找了，她并没有回京。要按脚程，她早该到了啊。"

吴震道："吕谯其实本不姓吕，吕玲珑说的原籍，难不成是……"

"你也不必管这事了，待我寻到玲珑再说。"裴明淮道，"你既有事就去吧，我也该走了。"

吴震点了点头，目光却落到了莲池之上。"水上飞中了金百万下的毒，死在这莲池之中。……卢明珠也埋在这下面，冥冥之中，这等巧合，也实在……想那卢明珠，年纪轻轻就枉死，一具白骨在这花下埋了若干年！"

裴明淮淡淡地道："花会开，花也会谢。明明谢了的花，非得要它再开，终究无益。又有什么不可解的？"

吴震摇了摇头，道："你们这些讲禅论道的话，我可是不懂啦。先走一步了！"

裴明淮目送吴震身影自月洞门后隐去，忽听脚步声响，再一抬头，却见着尉端隔了莲池，站在对面。尉端缓缓道："明淮，这一回，我们都走眼了。左肃就从我们眼皮子底下溜了去。"

裴明淮道："什么？"

尉端道："你可知道成伯、成仁跟人下棋输了的事？"

裴明淮道："听说过，还传说成伯气得吐血而亡。不过，也只是传闻罢了。"

尉端大声道："成伯真死了！我也是今日正好遇到那个替他诊治过的大夫才知晓！他说数月以前，成伯已经死了！"

裴明淮怔了怔，道："那我们见着的成伯……"跟他下棋的，确是只有成仁一人。尉端打断他道："这两兄弟素来不爱见人，见过他们真面目的甚少，况且他们脸上道道伤痕，谁又会盯着他们细看？那成伯，便是左肃冒充的！好大胆的计策，真真是偷天换日，左肃一逃脱便立即藏身金府，以免被官兵在邺都找到。有成仁相助，可谓天衣无缝！"

裴明淮道："成仁为何要相助？"

"要么成仁也是那九宫会中人，要么就是九宫会想办法买通了他。金萱请他二人，本也是计谋中的一部分！"尉端冷冷道，"你等都只当他二人乃是配角陪衬，没料到，他们才是正主儿！"

裴明淮道："他二人已去，如今立即……"

尉端截道："以九宫会之能，必定早已部署好接应他们，现在哪怕是派兵去追，也已迟了。"

裴明淮又怎会不明此节，只得叹息一声。尉端厉声道："此事决不能就此了结，照我看来，后患无穷，你我得再好好商议。当年能走得一个左肃，安知还有没有走掉旁人？平原王的事，可从没真正了结过！"

裴明淮道："说得是。"

尉端见他神色恍惚，道："你怎么了？"

裴明淮笑道："我只是在想，与金萱在飘香斋相会的男子，究竟是谁？"

尉端道："那你认为是谁？吴震的解释虽合情合理，我却多少有些疑虑。他要做个假账，也容易得很。曹老五说那人身形颇高，吴震不就是吗？"

裴明淮微微摇头，道："这便只有地下的金萱才知道了。"

他望着面前的那些莲叶，笑了一笑。

花开花谢，缘起缘灭，又怎生由得人？

各人有各人的缘，各人有各人的孽，谁又顾得了谁？

——《偷天劫》 终

血昙花

1

凤仪山。

裴明淮站在山脚下,朝山上望去。这山连绵不绝,林木葱茏,笼罩着一层淡淡雾气,这种雾气是山林间所独有的。山上安静得吓人,除了偶尔的几声鸟叫,就只有穿林而过的风声。

在他面前,有一个浅浅的水潭。水色极清,碧如绿玉。水底下有五色沙石,但却连一条鱼也未曾看到。裴明淮弯下腰,掬起了一捧水,本想放到嘴边,皱了皱眉,五指一松,水又洒回了潭中。

这潭水虽然是从山上泻下来的活水,却出奇的静,静得连鱼虾也无一只。那水也极冷,此时天气尚暖,水却冰凉沁骨,让裴明淮生生地打了一个冷战。

不过片刻,天便黑了下来。方才天边还有艳丽如锦的晚霞,如彩缎般层层铺开,这时却猛地坠入了黑暗里。暮色苍茫,如同把一滴墨汁倒入了一盆清水里,墨汁迅速地弥漫在水里,很快把整盆水都染黑了。

也就在这短短片刻,山上的雾气迅速地蔓延开来。乳白色的雾气,重浊地压了过来,仿佛一匹巨大的乳白色的薄纱,以惊人的速度把整座山给裹了起来。裴明淮不由自主地低头看了一眼,那雾气竟然延伸到了他的脚下。翡翠色的水潭仿佛冒着白色的烟雾,而他自己的半个身子,也被笼进了雾里。

裴明淮心里骤然升起了一股寒意。雾太浓,太重,以至于咫尺间都看不分明。正犹豫着是否要把火折子拿出来,他听到从远处传来了一阵若隐若现的唢呐声。

裴明淮几乎以为自己是出现了幻觉。那唢呐声,在风声里时有时无,过了片刻,才渐渐清晰起来。唢呐声、锣鼓声,奏的是一支十分喜气的曲子，竟似一支送嫁的队伍。

突然，在一片浓雾里，出现了点点黄光。这些灯光向上移动，忽明忽暗。裴明淮一怔之下便已明白，那定然是行在山间之人手中所提的灯笼，被山风吹得明暗不定。那一行灯光飘飘忽忽，爬上了半山腰。这时雾气已散了些，裴明淮凝神远眺，依稀能够看到模糊的人影，大约有十来个人。中间还有一乘轿舆，荡荡悠悠。裴明淮的诧异更浓了几分，这夜里送嫁，翻山越岭，是哪门子的规矩？

还没等想个明白，他又是一惊。只见在山腰处的白雾里，骤然地升起了一股血红色的雾气。那红雾看起来极重浊，极黏稠，蔓延极快，不出一盏茶的光景，裴明淮便闻到一股血腥之气，令人欲呕。他皱起眉头，闭住了呼吸，再抬头一看，半座山都被掩在了血红浓雾里，如同浸在浓血之中，无比诡异。

除了红雾里不断颤动的点点灯光之外，这山上再无别的光亮了。天已黑尽，如同打翻了一整砚台的墨汁一般的黑，晦暗无边。

正在此时，山间传出了一阵琴声。裴明淮曾在琴上下过苦功，只听那琴声清细如丝，似断若绝，却绵绵密密地从山林里不绝地传出。这曲子便是送亲之人所奏之乐，大俗喜乐以琴奏出，却自有种清冷之意。琴音极玲珑剔透，裴明淮生平见过不少名琴，心里倒生出了好奇，这荒山野岭之中，竟有此等高人，能弹出如斯琴音？

只见从血红浓雾里，陡然地升起了点点鲜红，先暗后明。裴明淮定睛去看，那点点鲜红竟似突地飞升而起，挂在山坳之间。想来应是色作鲜红的灯笼，本属常见之物，但在血雾弥漫中骤然出现，令人不由得心生畏惧之感。裴明淮定了定神，数了数那些尚在摇晃的大红灯笼，共有七七四十九盏之多。

就在他凝神数灯笼的当儿，琴声虽一直犹如游丝，却始终未曾断过。猛然，从山间爆发出了一声恐怖至极的惨叫声，琴声也随之而断。裴明淮大吃一惊，再定睛看时，七七四十九盏大红灯笼骤然变得更亮，红如滴血，妖异无比。那些黄皮灯笼，却在一瞬间全部灭了。

"救命……救命啊！救命……"一个因恐惧而嘶哑变调的声音响了起

来，裴明淮一凛，握在剑柄上的手更紧了几分。他晃亮了火折子，朝声音来源的方向寻了过去。

一个人跌跌撞撞地自山上奔了下来，最后竟然从泥泞的小路上一路滚了下来。裴明淮叫了一声："当心！"抢到那人面前，想伸手把他拉起来。

那人跌进了一处泥潭，这一抬头，只见他脸上满是污泥血污，一双眼睛竟也被活生生地挖了出来。他张着只剩下两个黑窟窿的眼睛，嘴里发出一声又一声的惨叫——那已经不像是人的声音了。

"鬼王！鬼王！鬼王！……"他反复地喊叫着这两个字，声音又是凄厉又是恐惧。

一阵冷风吹来，裴明淮激灵灵地打了个寒战。

那个男子头一偏，昏迷了过去。他的双手握得紧紧的，这一昏过去，手也一松，一颗血淋淋的眼珠从他右手手心里骨碌碌地滚落了出来，一直落到水潭里，发出了轻微的"扑通"一声。

裴明淮也不想再去看他另一只手里握的是什么了。他把那男子拖到了一旁躺平，就往山路上走去，决心上山一探究竟。

"你想上山？"

一个声音，阴恻恻地在他身后不远处响了起来。裴明淮一震，他自幼习武，对自己的武功自然是有信心的，这人竟然能在他不知不觉之间接近到他丈许之处，这足以令他意外了。裴明淮迟疑片刻，方缓缓地回过了头。

一株老树下，站着一个老妇人。那老妇人老得出奇，一张脸如同风干了的橘子，一双眼睛都被挤在了皱纹里。头发却是黑的，极黑，黑如二八少女的头发，油光发亮，鬓边插着一朵大红的芙蓉。她的衣衫也是鲜红的，鲜红如血。裙底露出一双尖尖的鲜红的绣鞋。

老妇人右手里拿着一块鲜红的绢帕，五指摆出了个极妩媚的兰花指，那手倒是甚美，与她的脸大不相称。

裴明淮问道："是您在叫我？"

老妇人咧开嘴笑了。她的一口牙，倒是雪白整齐。"是啊，是我在叫你。敢在夜里上凤仪山？年轻人，你好大的胆子。"

她的声音又是阴森又是嘶哑，极是难听，仿佛在用力刮着人的耳膜。

裴明淮却依然恭敬地说:"请老人家赐教。在下是第一次到凤仪山来,诸事不知。"

老妇人又笑了。她一边笑,一边用那块红绢帕掩着嘴,还翘着指尖。这番动作若是出现在一个少女身上,倒还合适,一个老得像片鱼干的女人却笑得如此花枝乱颤,这景象就十分诡异了。

"天下名山大川有的是,为何不去,偏生要到这恶鬼丛生的凤仪山?年轻人,看在你这般有礼的份儿上,老身奉劝你一句,从何处来,便回何处去。似你这般年轻英俊的男子,把命送在鬼王手里,又何苦来呢?"

裴明淮瞟了一眼尚在昏迷中的男子。"请教老人家,究竟鬼王为何物?"

老妇人又发出一阵咯咯的笑声。"鬼王不是东西。鬼王,当然就是众鬼之王了。凤仪山方圆百里,乃阴阳交汇之地,怨魂厉鬼无数,都统属鬼王管辖。"

裴明淮道:"山上那七七四十九盏大红灯笼,难道便是鬼灯?"

老妇人笑道:"是喜灯。恭贺鬼王娶新妻的喜灯!旁人看了,便也知今夜是鬼王的大喜之日,若敢来打扰,便是自寻死路!"

裴明淮道:"既然如此,村民定知厉害,为何还要夜里上凤仪山?"

老妇人道:"自然是送鬼嫁娘上山。"

裴明淮重复道:"鬼嫁娘?"

老妇人嘿嘿一笑,声音更是阴森:"鬼嫁娘,便是附近村民送与鬼王的新娘。一年一次,鬼王笑纳后,便诸事安好;若是不送,嘿嘿……"

裴明淮道:"这个人是谁?为何被挖了眼?"

老妇人侧过头,瞟了一眼地上的男子。"鬼王向来赏罚分明,不会轻易取人性命。这轿夫想来是有所冒犯,罪有应得。"她又朝另一侧偏过头去,似是听到什么声响,身形一动,顷刻间便隐进了还未散尽的血红雾气之中。裴明淮脚下一动,想追,却又顿住了。这老妇的身法,如鬼如魅,追也未必追得上。

从另一边的树林里,传来了嘈杂的人声,和兵器撞击之声。

不出片刻,一众人自树林里奔了出来,看到裴明淮都吃了一惊。为首一人约有三十七八岁年纪,蓝衫微须,相貌轩昂,手里提了一柄长剑。他见裴明淮相貌气质不俗，又腰上佩剑，殊非常人，便拱手道："敢问这位公子，可曾见到有人到过此处？"

裴明淮不答，只指了一指地上那昏迷男子，道："各位可识得这名男子？"

蓝衫男子低头一看，大惊道："邓豪？！只有……"说了半句，他却突然住口，目注裴明淮，意甚疑惑。裴明淮便道："在下偶然路经此地，见这人自半山里狂奔而下，口里一直叫喊'鬼王'二字……"

他话未落音，便见到面前一干人等都脸上变色。蓝衫男子道："除此之外，阁下还见到了什么？"

裴明淮道："雾！先是白雾，后是红雾，且雾里带有极浓的血腥气息。先听得见鼓乐之声，待到琴声响起时，鼓乐之声便不可闻了。还有便是七七四十九盏大红灯笼突然飞出，煞是可怖……"

他见众人脸色越加难看，便住了口。蓝衫男子顿足道："这鬼王好生厉害！我们原就不放心邓兄他们，准备再上凤仪山，结果还是晚了一步！"

众人都是神色惨然，一个长须老者翻开地上男子的双眼看了看，喟然长叹，凑到蓝衫男子耳边低声说了两句。蓝衫男子惊道："什么？他的眼睛……"

裴明淮道："这位兄台的眼珠被挖，还握在他自己的手中。在下察看之时，一颗眼珠滚进了这水潭之中……不过，他的另一只手里面，也许还有另一只眼珠……"

说到此处，他也说不下去了，就算眼珠还握在手里，又有何用？

那长须老者摇头长叹，道："便是华佗再世，也没法救得了他的眼睛了。"

蓝衫男子长叹一声，道："我们实在不该让玲珑上凤仪山的。"

裴明淮道："玲珑？"

蓝衫男子道："公子可听说过，有位著名的巧手匠人，堪比公输般，连皇家浮图都是他督建的？"

裴明淮一怔道："你是说吕谯？你说的玲珑，就是吕谯的妹子，吕玲珑？"

他眼望那蓝衫男子，在这群人中，蓝衫男子便是首脑人物。蓝衫男子听裴明淮如此说，也是一怔，忙道："正是，就是那位吕玲珑吕姑娘。"

裴明淮道："我跟吕谯是朋友，自然也认识玲珑。她怎会到此处来？"

蓝衫男子苦笑道："吕姑娘是我二嫂的远亲。在下姜亮……"

裴明淮道："什么？吕谯兄妹是令嫂的亲眷？"

那长须老者插言道："我们还是先回姜家庄，再行商议。老邓的伤，我得赶紧回去替他治。"

裴明淮道："那吕玲珑吕姑娘，就不管了？"

姜亮听裴明淮语调中，已颇有不满之意，忙道："这位公子有所不知，若是半夜上凤仪山，必会迷失方向。我们本来跟着喜轿上了山，却很快迷失了方向。这山上……"他的眼中也露出惊惧之色，"真如'鬼打墙'一般，任我们怎么走，也找不到上山的路。最后，最后我们居然走回来了……一试再试，直到遇上公子你……"

长须老者道："这位公子，不如随我们到姜家庄暂住一晚，明日一同上山察看，如何？"

裴明淮沉默片刻，摇头道："众位先回，我与这吕姑娘相熟，断不能放她一人在山上。"

他话未落音，人已往山上掠去，姜亮等人，只听得他声音随风声远远传来。

"等我下山，再来姜府叨扰。"

众人面面相觑，一时竟不知如何是好。

裴明淮循着那四十九盏大红灯笼而行，正全神戒备，忽然听见一缕箫音，恍如仙乐，吹的竟是一曲《凤求凰》。裴明淮心中更异，只是天色漆黑，他虽目力甚佳，但也无法远望，只得循声而去。

一直到了山间一处平地上面，此时浓云已散，月华甚明，只见大树参天，枯藤垂挂，崖壁上怪石狰狞。一乘轿舆孤零零地留在平地之上，散了一地黄灯笼，却连一个轿夫也不曾见。

不远处一株老树之下，却站了一人。那古树枝叶极密，亭亭如盖，恐怕也有数百年之寿了，连那人的身影，也被遮了少许。

裴明淮方才听到的《凤求凰》，便是自他那边传出的。

"你是何人？"裴明淮喝道。这人来得委实怪异，不由得他不疑惑。

箫音陡止，那吹箫的人回过了头，倒令得裴明淮愣在了当场。那人年纪甚轻，不过二十岁光景，一身竹青衣衫，身材修长，一道伤疤自左脸划过，直到嘴角，叫人看了一眼便不愿再看。但这人一双眼睛乌黑晶莹，顾盼间光彩照人，令人浑忘了他容貌丑陋。裴明淮方才见他背影，宽袍大袖，态拟仙人，此刻见了真容，略觉失望，但对方一双眼睛注视自己的时候，裴明淮却又心里一跳，只觉这人脸上的疤也顺眼了许多。

"你又是何人？"

裴明淮不提防他倒来反问自己，不由得失笑道："是我先问你，也该你先答吧？这乃是凤仪山禁地，阁下不会跟鬼王有关吧？"

那人横了他一眼，道："我看你倒是呢。"声音清越，如金玉交击。

裴明淮向他手上瞟了一眼，这人手持一支竹箫，方才的箫声确是他吹出来的。便道："在下裴明淮，是上来找人的。兄台可见着这喜轿中的女子？"

那人摇头道："鬼王新妻，又岂是我等能见的？"

裴明淮问道："兄台如何称呼？"

"祝筠。"对方答得爽快，连自己身份都一并道了出来。"在下是个琴师，无甚长处，只是于琴箫管弦都算得上精通。"

裴明淮道："祝兄夜半孤身一人上凤仪山？"

那人淡淡一笑，脸上的伤痕也纠在了一起，好在他的脸此刻隐于树影之下，裴明淮也看不真切。"鬼王娶亲，岂可无乐？"

裴明淮登时记起，先前在凤仪山下所听到的随风而来的器乐之声，以及一缕若有若无的琴音。"刚才那琴，也是阁下所奏？"

祝筠叹了口气，道："我等草民，又怎敢违逆鬼王？说来奇怪，这鬼王极好音律，自从我来了此地，他也不止唤我一回了。"他忽然一笑，嘴角的伤疤也随之扭曲起来，煞是可怖，"只不过，这也是我初次见识他娶新妻的架势。"

裴明淮忙问道："你见过鬼王？"

祝筠摇头道："只闻其声，未见其人。就算他要听琴，也是隐在帘子之后，我只隐隐见到他的人影。"

裴明淮好奇心大盛，忙道："可是身高九尺，青面獠牙或是头上生角？"

祝筠啼笑皆非，道："我都说了，隔了重重帘子，我怎能看清他的面貌？"顿了顿又道，"这鬼王都是端坐于榻上，也看不出高矮。"

裴明淮不语，过了片刻，方道："你……说他是'人'影？"

祝筠笑道："我有说过吗？说惯了罢了。难道要我说他是个鬼影？"他眼珠一转，道，"反正，我也没接近他三尺之内，我也不知他是不是体无热气，状如鬼魅，裴兄就请别再为难在下了。我若有此心，恐早被他杀了呢。"

裴明淮摇摇头，思忖片刻，道："你还是先走吧，我要去找人。"

祝筠却现出迟疑之色，道："我怎么走？我来过几次，为鬼王献乐，都是他令手下鬼使接来的。此处天险，又有一道十数丈的沟壑，我又不是猴子，哪能飞越？"

裴明淮笑道："我也不是鬼，我也是人，我不也来了？"

祝筠的目光在他腰间佩剑上略略一停，又收了回来。"敢情阁下是位高手了？哼哼，功夫再高，怕也未必斗得过鬼王。"

裴明淮道："你是偏向鬼王得紧。"又看了他一眼，只见祝筠的脸隐在树影之下，似明似暗，只一双眼睛漆黑生光。便道："刚才这里究竟出了什么事？"

祝筠摇头道："我也不知。听得血雾之中有兵刃之声，待得雾散之时，连轿夫也一个不见了。"

裴明淮注视他，道："你就不曾过去看吗？"

祝筠笑道："鬼使说，若我胆敢偷看，性命不保。我只管弹我的琴、吹我的箫，可不敢多看了一眼。"

裴明淮情知他这话未必是真，但祝筠既然不肯多说，再问也是无用。当下伸手去携祝筠手腕，祝筠一怔道："做什么？"

"还能做什么？自然是带我去鬼王住的地方。"裴明淮笑道，"你说他在帘后听琴，总不会是在这露天的山头吧？"

祝筠伸手一指，道："就在这山崖之下，有个岩洞，便是鬼王所居之处。"

裴明淮眼睛一亮，道："你果然知道，那带我去如何？"

祝筠哼了一声，道："不去！那般危险之处，我若是带你去，那岂不是把自己陷于绝境？"

裴明淮道："那我就扔你在这里喂狼！"

祝筠怒道："你！！……"他话还未说完，便被裴明淮拉住手臂，顿时如腾云驾雾般飞起，只觉耳边风声呼呼，过得片刻，待得双脚落到实处，大怒道："你这个小人！"

"鬼王的住处，是不是就是这里？"裴明淮只笑嘻嘻地说，一手还扶着祝筠，道，"小心小心，你别吓晕了，这里可没药治的呢。"

他一面说，一面抬头四顾。自古树旁的断崖跃下，便是一处平台，宽约丈许。只是白雾弥漫，从下往上看，全然看不到罢了。崖壁上有一个天然山洞，山洞四周爬满奇草异藤，异香扑鼻，另是一方境界。碧绿藤蔓之中，结满鲜红晶莹的果子，清冷苍翠，娇红欲滴。洞内却是一片黑暗，望之深不可测。

祝筠冷冷地道："便是此处，你敢进去？"

"有何不敢？"裴明淮仍紧紧地扣住他手腕，道，"只是我却不放心你一人留在此地，你还是随我进去吧。"

祝筠无奈，被他生拉硬拽地拖了进去。裴明淮踏进洞中，便是微微一惊，脚下十分柔软，哪里像是山石？再行得几步，却见壁上镶着偌大的夜明珠，却是不愁无光了。

这哪里是个山洞，陈设之华丽精雅，极富极贵人家也难得如此。洞壁上垂着翠色帷幔，绣满玉色花朵，脚下踩的是碧色毡毯。洞中垂着层层竹帘，便如碧雾笼罩一般，清冷苍翠至极。空气里还浮着一丝极淡的幽香，倒似是上好的檀香。

裴明淮见到如此景象，也呆了一呆。过了片刻，方道："真是神仙住的地方，这鬼王还真是会享福啊。"转头望了一眼祝筠，笑道，"你倒是一点也不吃惊。"

"我都来好几次了，能有什么好吃惊的？"祝筠一甩衣袖道，"放手，我自己会走。"

裴明淮只得放了手，祝筠打起帘子，头也不回地往里便走。走到一间雅室之中，陈设却仅一几而已，几前有个蒲团。几上置一具琴，色如新栗，断纹如虬。

裴明淮左右一顾，道："怎么只有你坐的地方，不见鬼王坐处？"

祝筠道："有机关，他来的时候，自会打开。"说着指了一指，道，"这洞可深得很，里面大有洞天。"

"怎么一个人也没有？不是说鬼王要迎亲吗？"裴明淮又道。祝筠也不回头，道："这里是听琴的地方，又不是他娶亲的地方！"

裴明淮忙道："鬼王还有别的洞府吗？"

祝筠大声道："不知道！"

裴明淮忽然弯腰，自几下拾起了一支凤钗。那凤钗打造得十分精巧，凤眼如血，凤嘴里衔了几串珍珠，颗颗圆润晶莹，只是却有一小串珍珠断掉，不知落在何处了。裴明淮对那凤钗看了片刻，失声道："这是吕玲珑的！"

祝筠伸手从他手里把凤钗拿了过来，看了两眼，笑道："你怎会识得？这金钗很是贵重啊，难不成是你送给那位吕玲珑姑娘的？"

裴明淮脸色凝重，缓缓道："不是。但我与吕姑娘的哥哥吕谯交情颇深，这钗子是吕谯所制，我正好见过。"

祝筠道："吕谯？"两眼盯着裴明淮，裴明淮却不接他话头，只道："不知玲珑身在何处？你刚才可曾见到她？"

祝筠摇头道："不曾。不过，想来方才我听到的兵刃之声，就是这吕姑娘出剑所发的了？"

裴明淮瞅了他一眼，道："你都不曾看到，却知道她用的是剑？"

祝筠似也觉得失言，一笑道："难道你不觉得奇怪，你上来之后，莫说鬼王，连一个小鬼也没遇见？"

裴明淮盯住他，道："你知道原因？"

祝筠摇头道："我正是觉得怪异，才问你的。以前来的时候，洞中都有鬼使服侍在侧的。"

裴明淮道："那些鬼使，是何相貌？"

祝筠道："打扮便如古画中人一般，看形貌，都是少年。脸上皆戴面具，我从未见过他们容貌，也没听他们说过话。"

裴明淮若有所思地点了点头，道："既然没人，我们便在此处等等吧，鬼王既然娶亲，总会现身吧？"

祝筠怔住，道："等？在这里等？你发疯了吧？"

"你便陪我一起等吧。"裴明淮笑道，"一个人太过无聊，两个人还能有些话可聊。"

祝筠无言。

2

洞中尽铺绿色地毡，裴明淮触手便知，此乃波斯进贡之物，十分珍贵。他随手拿起琴案上的一只玻璃杯，那杯子色呈微蓝，夜明珠光晕笼罩下，晶光漾动不停。

"这荒山野地，居然有这样的东西。"裴明淮道，拿着那杯子翻来覆去地看，目光中颇有疑惑之意。祝筠也凝视了那玻璃杯子半晌，低声道："说得是，这鬼王倒也讲究得紧。"

裴明淮心中一动，端着那只杯子，目光却落在祝筠面上不动。祝筠微微低头，从裴明淮的方向倒也看不见他脸上那道骇人的长长伤疤。祝筠也察觉到裴明淮在看他，当即扬起了头，似笑非笑地道："怎么，有什么好看的？我就说你这人奇怪，人家都怕看我的脸，你倒是喜欢看得紧？"

裴明淮笑道："我见着你，却倒想起了一个人。"

祝筠扬眉道："哦？"

"我不曾见过他的真正容貌，但他跟你，无论身形言语，都差相仿佛。"裴明淮微笑道，"第一眼见到你的时候，我倒是莫名地想起他来了。"

祝筠淡淡地道："天下相似之人，那可多了去了。"

裴明淮道："在下有一事不明。鬼王是如何知道祝兄擅音律，来请祝兄的？"

祝筠道："裴兄可知道姜家庄？"

裴明淮点头道："知道。姜家便是这一地的宗主，一直拒绝朝廷加封。好在他们也不生事，又地处偏僻，这等情形也多了去了，朝廷也顾不过来。"

"姜家那三兄弟有个小妹子，闺名一个'优'字。这姜姑娘请我到她家中，教过她几日。这姜优……学起琴来，真是……"祝筠忽又一笑道，"我教也教得辛苦，她学也学得辛酸，到最后也未见其成，只两手上添了不少琴弦划的伤痕。"

裴明淮忍俊不禁。"这位姜姑娘是请对人了，在下也对琴箫略通一二，祝兄所奏实乃仙乐。"

祝筠似想笑，又强忍住。"阁下夸人，倒是妙得紧。"

裴明淮问道："不知祝兄原本是在何处教琴？"

"我不是教琴的，姜优以重金相酬，加上姜家在此处的势力，我不应不行。"祝筠瞟了他一眼，悠悠道，"我本是在嫣红阁抚琴的。"

裴明淮眼中现出异色，祝筠自然看在眼里，冷笑道："怎么，裴公子这是对我看不上眼了吧？是了，想来那嫣红阁是什么地方？"

"阁下误会了。"裴明淮笑道，"就是在下自己，也常去买醉，我若看不上你，那岂不是连我自己都看不上了？"

他又望了祝筠一眼，祝筠忍不住道："旁人见我，都不愿再多看我一眼。你却看了又看，敢情是喜欢丑陋之人的面貌？"

裴明淮暗道此人一张嘴好生刁钻，只得笑了笑，道："我就是愿意看，得罪祝兄了。"

祝筠一哂，正要开口说话，裴明淮忽见洞外红影一闪，虽只一瞥，但夜色凄迷之中，那抹红影凄艳如一片血雾。裴明淮一跃而起，冲了出去。

洞外有一株老树，生于崖壁之间，甚是繁茂。重重树影里，一抹血红影子，飘飘浮浮。裴明淮定睛一看，却是他在凤仪山下所见的那个红衣老妇！

她仍是一头黑发梳得溜光油亮，鬓发一丝不乱，仍然插着那朵娇艳欲滴的红花。

裴明淮震动之下，喝道："吕玲珑呢？她在何处？"

那老妇咯咯咯地一阵笑，声如鸦叫，引得裴明淮一阵寒战。忽地，他听到祝筠的声音，在他身后低低地道："她……她手里好像抓着什么东西呢。"

裴明淮心里一动，回头望了祝筠一眼。"好眼力。"

"我自幼便能黑暗里视物。"祝筠低声道，又说道，"裴兄，我看……不太妙哩。你要找的吕玲珑……"

哪里还用得着他说？裴明淮也早看到，那老妇手里拎着一物。红衣老妇嘿嘿一笑，扬起手来，道："想看？那就让你们看个清楚吧！"

祝筠"啊"了一声，那红衣老妇手里拎着的，竟然是一具女人的尸首！那女子身形甚是娇小，浑身鲜血淋漓，一头乌黑的长发散乱在背后，脸色惨白，显然已死。

"吕玲珑！！"裴明淮叫了起来。他的脸色，也比吕玲珑好不到哪里去，一双眼睛，几欲要喷出火来，怒喝道："是你杀了她？"

"这小姑娘不知好歹，竟敢对鬼王出手，真是不知天高地厚。"那红衣老妇嘿嘿而笑，"老婆子只得把她杀了，小姑娘生得这般秀气，倒真是可惜了。"

裴明淮怒道："你又是谁？难不成你是那鬼王的元配，所以才看不惯鬼王娶亲？"

红衣老妇怔了一怔，继而又阴恻恻地笑了起来，声音尖细刺耳。"好小子，你胆子还真不小！"

"铮"的一声，裴明淮已拔剑出鞘。那剑身真如一泓秋水，冷如霜雪。剑柄上彩玉明珠宝光流动，竟似夺了天上月华。不仅祝筠看得两眼一转都不转，就连那红衣老妇，也目不转睛地注视着裴明淮手中长剑，颇有惊叹之意。

"好剑，好剑……传说高祖以赤霄于大泽斩白蛇，一世伟业从此发端……"老妇喃喃道。"今日竟叫我见得此剑……"

裴明淮冷笑道："难道妖魔鬼怪也识得名剑？这柄赤霄，可是专用来斩妖的，今日我便叫你好好见识一番！"

他话音未落，人已飞起，出剑快如闪电，剑尖已堪堪递到那老妇面前。老妇大惊，连忙躲闪，但裴明淮这一剑却是虚招，明着是取她面门，实则却是斩她右臂。裴明淮之一剑，是势在必得，她若不弃掉手里抓着的吕玲珑，半条手臂势必会被赤霄剑一剑斩落。

裴明淮本以为这一剑必定得手，但他一剑斩下，却发觉剑底柔软，空空如也，毫无着力之处。"哧"的一声，他长剑已斩掉老妇衣袖，吕玲珑的尸身随之向下落去。

"缩骨之术？"裴明淮吃惊之下，脱口而出。老妇嘿嘿冷笑，红衣飘动，黑暗里如一片血雾，鬼魅般自树影中向下坠去，顷刻间便不见了踪影。裴明淮喝了一声："哪里逃？"一提气便飘身过去，一脚点在一根树枝之上，却已迟了一步，吕玲珑的尸身已坠入密林之中，裴明淮这一着也是行险，这山崖乃是绝壁，所幸之处是崖壁上生了不少老树，裴明淮尚有落脚之处。但他一路落下，也惊得冷汗冒出，哪里还顾得上那红衣老妇的下落，只求能落到实地为妙。只听见祝筠的声音，远远地自头顶上飘下来，似乎还带着笑意。

"裴兄，你可真是不想活了？明知道是绝壁，你还要跳！"

裴明淮正提着一口气，不敢答话，只气得一口血险些喷了出来。

过得片刻，箫音又再度传来，似断欲绝。吹的仍是一曲《凤求凰》，只是吹得千回百转，宛如断肠，与方才的缠绵宛转大不相同。裴明淮下坠之际，百忙之中仍抬头一望，山上竟又亮起了大红灯笼，鬼气森然。

他双脚总算落到实地，心还未落到实处，猛然间听到数声琴音，铮铮而响。响了数声，琴音骤断，山上七七四十九盏大红灯笼，尽数灭了。裴明淮陡然眼前一片黑暗，怔在当地，一时间竟茫然无措。

"公子！"

裴明淮听得有人唤他，一回头，奔过来的却是姜亮。姜亮手里拿着火折子，满面惶急，叫道，"我们久等你不得，真是跟热锅上的蚂蚁一样……"

借着火光，他看到裴明淮脸上的表情，一愣，道："怎么……"

裴明淮黯然道:"吕姑娘死了。"

姜亮跌足道:"我早就劝玲珑不要上山,她年轻胆大,怎么劝都不听!如今,我怎的向我嫂子交代?"

裴明淮把方才情形说了一遍,却略过了祝筠在场一节。听他提到那红衣老妇,姜亮面色大变,叫道:"公子,你这遇上的,可是鬼媒婆啊!"

裴明淮道:"鬼媒婆?替鬼王说媒的?"他心里只觉得可笑至极,但见面前人人神情凝重,也不好多言。

长须老者正色道:"这位公子,鬼媒婆常常会找人传话。替她传话之人,都会在七七四十九天内暴死!"

裴明淮笑道:"哦?还有这等事?不知是何种死法?"

长须老者沉声道:"七孔流血,且流的都是黑血!老夫于医道一行,尚有薄名,对天下毒药也知之甚详,却看不出他们中的是何种毒药!若不是血呈黑色,我连这些人是怎么死的都看不出来!"

裴明淮这才有点信了,试探着又问:"那……此次向姜兄家中传话之人……"

姜亮垂头,半晌方苦笑道:"收喜帖的,是我大哥。他……他已经……"

裴明淮笑道:"在下也见了那鬼媒婆,也会性命不保了?"

见裴明淮这么说,长须老者不由得多看了他几眼,道:"还不知如何称呼公子?"

裴明淮道:"在下裴明淮。"

老者道:"老朽秦苦。"

裴明淮吃惊道:"莫不是那位号称医中圣手的秦苦?"

秦苦听他这么说,甚是得意,捻须道:"裴公子过誉了。"

裴明淮道:"却不知道秦老伯隐居在这里。"

秦苦笑道:"我老家本就在这里。江湖上漂泊多年,得了些薄名,老来也得落叶归根不是?"

裴明淮淡淡一笑,道:"自然是。"

他对这秦苦素有耳闻,医术高明是实,但为人贪财,极好享乐也是实。江湖传闻,这秦苦是一手救人,一手抓钱,若是医资不够,他是决不肯救治的，这等人，叫裴明淮也难有好感。只是秦苦居然隐居在这偏僻之地，倒也奇怪。

姜亮道："这边走。"

众人的马都拴在林外，上马走了不多时，远远地便见着了一座极大的庄园。姜亮挥马鞭遥指道："那里便是我姜家庄。"语调之中，颇有自得之意。

裴明淮远远望去，见庄园极大，灯火通明，信口道："府上真是人丁兴旺。这么晚还亮着灯，难道有什么喜事不成？"

这一句话出口，他便知道说错了。姜亮脸色一变再变，半晌叹了一口气道："裴公子不曾说错，我姜家确实有喜事。只不过，是桩没人愿意的喜事。哈！哈！而这喜事，如今却成了玲珑的丧事……"

秦苦叹道："裴公子有所不知，这凤仪山一带，素有习俗，每年定要选一女子，送入山中与鬼王为妻。周围各村庄每年轮流献女，若是不献……"

裴明淮道："若是不献，却当如何？"

秦苦道："这些年来，只有白水村拒不献女子为鬼嫁娘。不到三日，村里所有人皆七孔流血而死，就连牲畜都无一幸免。邻村有人想替白水村民收尸，一进村便不见回来，不出数月，那白水村就成了野狗的天下。"

裴明淮道："如此说来，这一年喜帖是送到了姜兄家里？姜家乃此地宗主，这种事已发生多年，怎的也不管管？"

他这话已经说得甚重了，姜亮脸现惭色，道："公子有所不知，鬼王之说，已在凤仪山流传多年，我姜家也无力与鬼神相抗啊！"

裴明淮道："我从不信什么鬼神之说，若是有人借鬼王兴风作浪，也未可知。"一顿又道，"即便如此，玲珑又怎会独自上山？"

姜亮惨笑道："我兄弟三人，只有一个妹妹，自小宠爱无比，怎舍得将她送与鬼王？本拟将妹子偷偷送走，正好玲珑前来探望二嫂，她素来胆大，从不信鬼神之说，坚称定然是有人借鬼王之名强索美女，要代舍妹上山，将此事弄个水落石出。"

裴明淮道："这等危险之事，你们应该阻拦她才是！"

姜亮叹道："如何不劝？裴公子既然认识玲珑，自然该知道她的性子。

我等苦劝无果，只得暗中尾随，却没想到……"

这时已行至姜家庄前，大门修得极是堂皇，有一道高达数丈的牌坊，牌坊前有两只石狮。裴明淮着意地看了两眼，微微蹙了蹙眉。他的表情没有逃过秦苦的眼睛，秦苦一笑，上前拍了拍裴明淮的肩头。他倒是相当平易近人，很快就把对裴明淮的称呼从"裴公子"改成了"裴老弟"了。

"裴老弟，看来你也是行家。"

裴明淮笑道："行家不敢当，只是略微知道两分。这姜家庄院，可不是随随便便能够进出的。"他又瞟了一眼那两只石狮，道，"在下有些疑惑，不知道当问不当问。"

姜亮道："裴公子有话尽管说。"

裴明淮指了指那对石狮："寻常的庄院门口，都是石狮椒图之属，姜兄家中却不是石狮，而是一对狴犴。这狴犴相貌似虎，颇有威慑之力，常常放在牢狱之前坐镇。在下识浅，还从未见过把这狴犴放在家宅的。"

姜亮勉强一笑，道："裴公子说得不错。我姜家庄乃是祖宅，这对狴犴已有百年之久，究竟为何我也不知。不过，我二哥精通五行之术，裴公子如有兴致，可跟我二哥谈谈。"

裴明淮点头，随着姜亮走进了门廊。姜家庄园里的屋子都是一串串的，屋顶只有黑白两色，看上去像是无数棋子布在棋盘之上。房屋本身都是用灰色砖块砌成，极平整洁净，一丝多余的装饰也无。裴明淮微笑道："若是自高山上俯视姜兄家的庄园，想必是一盘棋局了？"

姜亮还未说话，一个粗豪的男子声音便接了过来："不仅是棋局，还是解不开的珍珑。"

裴明淮一看，这男子身材粗壮，脸色黑中带红，打扮得便跟猎户无异。姜亮便笑道："容我来介绍——二哥，这是我新结识的朋友，裴明淮裴公子。这位是我二哥，姜明。"

裴明淮拱手为礼，姜明盯着他，脸上颇有惊异之色，道："看裴公子这等形容打扮，又怎会来到凤仪山这等荒野之地？"

裴明淮道："只是路过罢了。"

姜明哦哦两声，也未再问，一让道："众位，请先进来，酒菜俱已备好。"他虽相貌打扮都与当地村人无异，但说话仍颇为文雅。姜明又朝众人身后一望，诧异道，"玲珑呢？"

秦苦正看着两个家丁将那姓邓的汉子自马上抬下来。姜亮苦笑道："二哥，我们走了半日，仍旧上不了山，后来撞上了重伤逃出来的邓豪。天色漆黑，情形诡秘，我们也不敢再妄动，只等明晨……"

他话还未说完，姜明便双眼圆睁，吼叫了起来："什么？你就把玲珑给扔在山上，自个儿回来了？"

姜亮一张脸顿时涨得通红，就连秦苦的一张老脸也过不去。裴明淮在一旁道："姜兄，在下已经上过凤仪山了。吕姑娘她……已经被害了。我见着她的尸身，被鬼媒婆拎在手里。"

姜明一听，连着退了好几步，两眼圆睁，竟说不出话来。

姜亮低声道："二哥，你还是去告诉二嫂吧。"

姜明点了点头，转身便走。姜亮回头对裴明淮强笑道："裴公子，这边请。"

一间宽敞堂屋里，已备好了酒菜。裴明淮游目四顾，这姜家屋舍建得朴素至极，灰色外砖上毫无花纹镂雕，屋中陈设大都是竹编，十分精致。

姜亮已给自己倒了一杯酒，一口饮干，道："裴公子不必客气，随意用些吧。"

秦苦道："我去看看老邓的伤，你们先用着。"

他匆匆离开了堂屋，一个手持红色灯笼的少年正在门口候着。见他出来，立即转身引路。裴明淮从方才进庄看到开门的家丁之时，便已心中生疑，此时终是忍不住问了出来："敢问姜兄，这庄中的仆佣，可否有不少皆是……"

姜亮笑了一笑，道："不错不错，裴公子好眼力。我姜家的下人，有一半都是瞎子！"

他说得清楚明白，裴明淮却平白地觉得有些发冷。姜亮又道："裴公子有所不知，不知何故，我姜家族人有不少生来便是瞎子，却也无法，只得一样地在庄上养大，"

裴明淮恍然道："原来如此。"他目力极好，方才已借着火把与灯笼的光亮看清了那些盲眼家丁的眼睛。寻常因病盲眼之人或是双目混浊，或是眼白多于眼黑，但这些盲眼人一双眼睛却是只有眼白，却无瞳仁，加上个个脸色青白，在火把摇晃下看起来着实骇人。

只听姜亮又道："裴公子，我已吩咐人收拾散霰阁给裴兄暂住，居室简陋，还请公子不要介意。"他犹豫片刻，又道，"还有一事，望公子谨记。夜间切莫离开散霰阁，庄中道路有异，若是胡乱行走，恐有杀身之祸。就连我庄上人，也有严令，夜里是不能随意在庄中走动的。"

裴明淮笑道："入乡随俗，自当遵命。"

吃完那顿实在没什么滋味的饭，裴明淮跟在那灰衣小童身后去那散霰阁。走了片刻，便见到几间连在一起的灰色房舍，有一个小小院落。院落里种了些花，但裴明淮也认不出此属何种花卉。他一路上跟小童搭讪，但小童却丝毫没有反应，令裴明淮不由得怀疑，这小童除了眼瞎之外，难道还是又聋又哑？

这几间房舍都是白色屋顶。屋中陈设与堂屋相似，一应器物皆是竹编，几上插了一瓶鲜花。旁边放了几部佛经，裴明淮随手翻了一翻，却是《悲华经》的几卷。再看那瓶中所插的花，极是奇特。花形如钟，色呈乳白，花茎如丝，在黑暗中看来，只见点点莹白生光。

裴明淮心中一动，似有所感。他一抬头，只见院中不知何时站了一个白衣女郎。那女郎容颜清丽绝伦，肤色如玉，一双眸子晶莹漆黑，唇角微含笑意，手里拈着一枝白色花朵。

见裴明淮注视她，白衣女郎微一欠身，道："打扰裴公子了。"

裴明淮忙回礼道："姑娘便是姜姑娘了？"

女郎轻声道："姜优。"她略顿了片刻，又道，"公子若有什么吩咐，只管对门口的碧玉说便是。他虽眼盲，但极伶俐。"

裴明淮一怔，道："可是方才，我跟他说话，他却像是没听到一样。我还以为……"

姜优面上一缕浅浅笑意，一闪即逝。"裴公子可是以为碧玉是聋哑之人？公子错了，碧玉自然能听见公子说话，只是若不得主人之命，他绝不会与客人搭话的。"

见几上那打开的《悲华经》，姜优微笑道："裴公子也爱这个？"

"是姑娘这经书太贵重，忍不住翻了翻。"裴明淮道，"昙无谶所译手抄的《悲华经》，我本以为世间就那么一部，没料到姑娘这里竟然有？"

姜优淡淡一笑，道："姜优师辈与这位昙无谶大师，有些交情。"

裴明淮道："那姑娘的意思是，姑娘的师辈是凉国中人？昙无谶素与大凉皇族相交，天下皆知。"

"姜优师承，师门严命不能告知于人，还望裴公子见谅。"姜优微笑道。见她如此说，裴明淮自然也不好再问，只得道："这是正理。"

姜优的目光在几上的花上停了停，微笑道："公子似乎对这花颇感兴趣？"

裴明淮道："在下虽不懂花，也勉强算个爱花之人。这花我倒是闻所未闻，敢问姑娘，此花何名？"

姜优一笑，她耳边垂着的流苏也摇摇晃晃，发出丁零声响。"人身难得，如优昙花。"

裴明淮一震，道："这难道便是佛经中所说三千年一开的优昙钵罗？不知……花在何处？"

姜优扬起睫毛，瞅了他一眼。她两弯新月般的眉轻轻蹙起，煞是动人。只见她微微一扬头，道："裴公子，便在院中啊。"

裴明淮一怔，抬头看去，院中有一株生得极茂盛的树，上面结满硕大的果子，殊无特异之处。但既然姜优如此说了，他凝神看去，果然在枝叶之间，隐隐有雪白的颜色点点闪耀。

裴明淮沉吟半响，问道："不知姜姑娘此花从何得来？据说昔年大凉国主尚佛法，千里迢迢自天竺移来，但大凉灭国后便再不得见。"

姜优微微点头，道："公子说得不错，此花确是自凉国移来。只是长了多年，开花的时候却屈指可数。也不知是不是巧合，这回开花，我姜家也有祸事临头……我大哥前月无端暴死，也不知接下来会有什么事发生？"

裴明淮问道："姜姑娘的大哥，是怎么死的？"

姜优低头，她的白玉耳坠也随着轻轻摇摆。"优昙钵罗开花之日，我们虽觉稀奇却并不以为意，还在院里摆了酒席，一同赏花。只我三嫂说了一句：凡优昙钵罗开放，必有极恶之事发生。我们却都未曾在意……"

裴明淮问："你三嫂何以如此说？"

姜优道："我三嫂素来信佛，精研佛理，这优昙钵罗本为佛家之花，她也许比我们知道得更多些。但我们也未曾在意她的话，三哥还喝她不要扫大家的兴……然而，就在当晚，我大哥突然暴毙，非常蹊跷。"

裴明淮道："这又从何说起？"

他这时才发现两人已站在门口说了半响的话，忙一侧身，让姜优进来，两人对面坐了。姜优唤了碧玉，倒了茶来。

"……我也不知道从何说起。"姜优垂眉抿唇，良久方开了口，"那夜，所有人都喝得有了几分醉意，酒席一散便各自睡去了。我三哥三嫂虽在同一院落，却是分房而居。"说到此处，她脸上微微一红，又道，"我那晚也喝了两杯，回到房里，想那优昙仙花开得颇为怪异，又想着三嫂的话，却是无法入睡。我知道我三哥醉酒之后便会大声说胡话，我三嫂却最厌酒气，必然会到书斋里去抄经。于是，我便起身去寻我三嫂，想再问她些话……"

她的眉尖蹙得更紧，满脸疑惑之色，"我到了三嫂的书斋，见亮着灯，便走了进去，案上还摊着抄了半页的经，墨汁未干。但三嫂却不在房中……我又去了三哥的房间，听到我三哥正在说醉话，也没看到三嫂。我回到院子里，突然发现院子一角里似乎蹲着一个人。那人穿着件月白衫子，正是我三嫂。我看到她……她正在把优昙钵罗的花，一把把地从树上扯下来，然后甩到一边……我立刻过去阻止她……"

姜优说到此处，眼里的疑虑也更浓了："三嫂忽然抬起头来了，直瞪着我。她的脸特别白，白得像是她手里的优昙钵罗的颜色。她的眼睛翻白，看起来呆滞得就像个傻子似的。她……她仿佛完全不认得我似的，对着我张开嘴笑了一下，还对着我把舌头给吐了出来！我这回是真吃了一惊，难道她中邪了不成？我伸手抓住她手腕，这时候，我就听到大哥的院子那边发出了一声惨叫。"

她抬起了头，眼睛盯着裴明淮。"我赶到那里的时候，二哥已经到了。我二哥平时一个那么天不怕地不怕的人，那时候居然也一句话也说不出来，就呆呆地站在门口。"

裴明淮忍不住问："究竟发生了什么？"

姜优低叹一声，幽幽地说："我大哥死了。他七孔流血，舌头吐出，被吊在房梁上。一只手里捏着一朵优昙钵罗，另一只手里，握着一封红色的喜帖。"

裴明淮一怔道："喜帖？"

姜优的脸色，甚是古怪。"就是鬼王想娶我过门的喜帖。"

提及此，裴明淮立时想起吕玲珑，心中甚是难过，不发一言。姜优心思甚是灵动，见了裴明淮神情，立时道："裴公子，可是怪我让吕姑娘替我上山？此事姜家难辞其咎，姜优实在惭愧。"

她都这般说了，裴明淮也无话可说。只得道："姜姑娘，你是认为，鬼王与你大哥之死有关？听你说来，他是上吊自杀啊。"

姜优道："我二哥是听到大哥一声惊呼，方才赶去的。可是房中却并无外人，只有我大哥被白绫吊在房梁之上……"

裴明淮沉吟良久，道："我能否看一看令兄的遗体？"

姜优骤然变色，猛地站了起来。裴明淮一直与她言谈融洽，未料到她会有这等反应，一时愕然不知所措。姜优勉强一笑，道："家兄遗体已经……下葬。裴公子，恕我失陪了。"

她也不待裴明淮答话，便急急离去。裴明淮看着她纤细袅娜的背影消失在夜幕里，把目光转向了院子里树上丝丝的白色花朵。

优昙钵罗。

世间果有此花？

3

那夜，裴明淮一直辗转难眠。这姜家庄四周荒无人烟，唯见一座偌大庄园坐落于林间，到处都点着大红灯笼，衬着那黑白两色棋盘似的屋顶，诡异难言。裴明淮和衣上榻之时不由得想，若是明晨鸡啼之时发现自己是睡在乱坟堆里，也不足为奇。

他翻了个身，又闭目良久，却还是无法入睡，索性坐了起来，推开窗向外眺望。触目所见，皆是灯笼，被夜风吹得明暗不定。整座庄园十分宁静，连一声狗叫也无。庄园尽头有个水池，上面还有间水阁，远远望着也是水波闪烁。

裴明淮突然坐直了。他总算想起来了，这便是他一直觉得不太对劲的原因之一。按理说，这种山间庄园，哪怕是一家农户，也会养上两条狗。而这姜家，从他进来开始，便从未听到过半声狗叫，是太过安静了些。

裴明淮微微觉得有些寒意，仰头注视着庄园正中那座塔，塔高七层，层层都缀着铃铛，但不管夜风怎么吹，却没有一个铃铛会响。塔的东南西北四面，都悬有一个八卦。

八卦乃镇邪之物，一座塔得用四个八卦来镇，塔中必是厉鬼妖邪之属。塔下东西南北四面，各挂着一对灯笼，却非红色，而是黄色，上面大书一字："姜"。那黄色暗淡晦涩，裴明淮注目良久，竟有一种不祥之感，便转过了头。

正在他转头的一瞬间，只听一声女子的惨叫，从水阁的方向传了过来。裴明淮大吃一惊，也顾不得"不得随意行走"的警告了，一掠便掠出了散霰阁。

那名被姜优叫作"碧玉"的小童一听到声响，马上回过了头来。他虽然目盲，但耳力极是灵敏。裴明淮忙道："水阁！带我去水阁！"

碧玉便提了灯笼，走在前面。裴明淮一面走，一面催促："快！快！"

散霞阁看似离水阁不远，但一路上花木怪石甚多，左转右绕，直走了一盏茶时分，才走近了水阁。裴明淮忽见有个人影一晃，却是秦苦，正从八卦塔偷偷摸摸地走出来，不由得心生疑惑。他自己隐在花木之后，秦苦倒是不曾看见他。

到了水阁，姜亮、姜优均已赶来，秦苦也只晚了片刻。

那水阁通体以竹搭成，极尽清幽。透过窗户可见到满屋皆是经书，中间香炉焚了一炷檀香。

姜优见到裴明淮，叫了一声："裴公子。"她望着水阁，却再说不出一个字来。

裴明淮不再耽搁，纵身进了水阁。他顿时怔住，水阁之中到处是血，经卷也被扔得遍地都是。

水阁正中，有两个浑身赤裸的人，正紧紧交缠在一起，却都没了呼吸。

尤其可怖的是，两人的面目身体，鲜血淋漓，皮肉已被撕扯得稀烂。裴明淮细看之下，倒吸了一口凉气。那种伤口，他曾在一个死去的猎户身上见到，那猎户是在进山打猎之时被一只饿虎袭击而死的。饿虎的爪子在他身上、脸上，弄出来的伤口就是如此。

两人的面目已然毁损，看不分明，身上又无丝毫衣饰。裴明淮问道："这二人是……"

姜亮一直呆呆地站在那里，直到此刻，方才说了一句："那是我妻子。"

裴明淮一怔，接下来想再问的话，却也问不出口。无论如何，姜亮之妻赤身裸体与另一个男人死在一起，是极不光彩之事。姜优已走至姜亮身旁，轻轻扶住了他。她一双乌黑晶莹的眼睛里，倒并不见恐惧之意，尽是疑惑。

"裴公子，另一个人，是我二哥。虽说面目损毁，但……但是他无疑。"

秦苦捋了捋白须，道："姑娘，你扶老三回房，这里交给我便是。"

姜优低声道："烦劳了。"

她扶着姜亮，带了碧玉，急急而去。秦苦斜眼看了一眼裴明淮，道："裴公子，你可要一同进去？"

裴明淮道："秦老伯是怕我见了血会昏倒吗？"

秦苦干笑一声，道："自然不是，自然不是。"

裴明淮侧目看这秦苦，心里不胜诧异。即或是姜亮见其妻身亡，心神大乱，似也不该留一个外姓之人在此收拾残局吧？但此时不仅姜亮、姜优已去，就连小童也一个不剩，这水阁附近只剩下了他与秦苦二人。水映残月，映得水阁也是一片波光流动，只是隐隐浮动血腥之气，令人欲呕。

水阁有一小小竹桥，与岸上相连。竹桥极窄，仅容一人走过。裴明淮一走上去，竹桥便吱嘎作响。裴明淮抬头一看，在水阁的月洞门前，挂着一副偈子。

一切有为法，如梦幻泡影

如露亦如电，应作如是观

裴明淮念了一遍，回头对秦苦道，"听姜姑娘说，姜家三夫人素来潜心向佛，想来这水阁便是她常来之处了？"

秦苦点头道："裴公子所言无差，这静心斋，本便是三夫人素日抄经之处。"

"抄经？"裴明淮一愣，道，"这便是她的书斋？她与姜明死在她书斋里面？"

此言一出，夜里的风顿时也似更凉了几分。裴明淮再看那月洞门上垂着的竹帘，竹帘上绘了一朵极大的花，花呈白色，垂缕丝丝，俨然便是优昙钵罗。裴明淮心中又是一动，伸手掀开竹帘，回头道："秦老伯，请。"

秦苦忙摇手道："不必，不必，裴老弟先请了。"

裴明淮也不再推让，毕竟要去的是个死了人的地方，可不是要去水阁饮酒赏月。一进水阁，映入眼帘的仍是那两具手脚紧紧交缠，搂抱一起的男女裸尸。裴明淮眼光在水阁里扫过一圈，轻轻地"噫"了一声。

秦苦道："裴老弟在奇怪什么？"

"我在奇怪……这水阁里似乎少了一样东西。"裴明淮道。

秦苦道："何物？"

裴明淮道："难道这二人是赤身裸体来到这水阁的吗？"

秦苦一怔，再看水阁之中，四壁只有竹架，堆得满满的皆是经书。除了一鼎香炉，哪里有一片衣服碎片？当下迟疑道："那……据裴老弟看呢？"

裴明淮道："这我也不知道。难不成是凶手杀了他们之后，将他们的衣物给尽数带走了？"

秦苦摇头，惨然道："三夫人……唉，她咽喉上的那道抓痕，把她的喉管都给切断了，头都快掉了。老二腹上一道伤，更是……肚破肠流……"

裴明淮似不着意地看了秦苦一眼，道："夜深了，秦老伯还穿得这般齐整，来得这般快。"

秦苦干笑一声，道："老夫本来就还不曾睡。我听到了三夫人的惨叫声，若非听到了这声音，我也决不会深夜来此。"

裴明淮道："秦老伯可是去那八卦塔了？"

秦苦骤然变色，正捻着白须的一只手也顿在了空中。他两眼直瞪瞪地盯着裴明淮，看了半晌，方哈哈一笑，继续捻着胡须道："裴老弟，我姓秦的虽说跟姜家乃是世交，交情深厚，在姜府里就跟自己家一般，可这姜府，也有老头子不能去的地方哪。你说的那八卦塔，乃是姜家祠堂，祖宗牌位都尽在其中。外姓人岂可擅入别人家的祠堂？再说……如今塔内还停放着姜家人的尸首，我们更是不可擅入哪……你一定是看错了……"

裴明淮一皱眉，道："姜家人的尸首？谁？"

秦苦似觉失言，打了个哈哈，道："是姜家老大，还未下葬。"

裴明淮眉头一掀，道："姜家大爷遇害已经不是一天两天的事，竟然还未下葬？这都多久了？"

"家家都有自家的规矩。"秦苦摇手道，"裴老弟是以常理来论之，但这常理却不能套用在姜家身上。"

裴明淮又一扬眉，道："看来，这姜家是特异独行的了？"

秦苦思忖再三，似有难言之隐，只捻着胡须不语。过了半晌，方笑道："裴老弟，你是明理之人，既然这是姜家家事，又何必苦苦追问？"

裴明淮笑道："我倒不是想要苦苦追问人家的私事。只是秦老伯说这姜家的祠堂设在塔中，倒是引起我的好奇心了。"

秦苦上上下下地打量裴明淮半晌，方道："裴老弟，你的好奇心真是极重。老夫且告诉你，就连官府，也不愿开罪姜家，你一个年轻人，又能如何？"言下之意，便是：你何苦管这闲事？你也没这本事。

裴明淮脸色微微一沉，道："官府？这里由什么官来管？"

秦苦道："县里有位洪捕头……"

裴明淮道："好，既然秦老伯也知道此事该官府来管，也罢，明日我们就等官府来吧。"说罢此言，裴明淮便转身出了水阁。这秦苦言语间虽客气，但处处带着软钉子，裴明淮还拿不准他跟这姜家的关系，是以也不愿跟他撕破脸。

一出水阁，裴明淮便是一怔。只见姜优一袭白衣，发丝飘飘，正俏生生地站在外面。月色如水，映了水波，幽幽地浮在她脸上。她手里拈了一枝花，白色垂缕，丝丝如银，正是那优昙钵罗。

裴明淮叫了一声："姜姑娘！……"

姜优轻轻道："裴公子，夜深了，回房歇息吧。"她手里提了一盏灯笼，色呈鲜红，上面写了一个黄色的"姜"字。

裴明淮一时不知说什么好，灯笼暗淡，月光飘忽，姜优的脸也明暗不定，看不清她的神情。姜优微微一侧身，道："裴公子请。"

裴明淮只得跟在她身后，他对这姜优印象甚佳，她方才丧兄，这时要问什么还真是不好出口。姜优一直把他送到了散霞阁，方抬起头，轻声道："裴公子，时辰已不早了，你快歇息吧。有什么话，明日再说。"

裴明淮此时方看清她的神情，姜优脸色极是苍白，脸上泪痕未干，但却十分镇静。见裴明淮凝视她，姜优凄然一笑，道："裴公子，我先告辞了。"

她提了灯笼，缓缓行了几步，忽然又回头道："裴公子，请你切莫在夜里离开散霞阁。姜优不会害你。"

裴明淮一怔，还未搭言，姜优一缕白影，便已消失在墙角，竟似一股轻风一般。裴明淮早看出姜家那两兄弟都是好手，但姜优却是一派娇娇弱弱的模样，便似风都能吹折了一样。此时方能确定，这姜优的轻功高到出奇，只是她敛气屏神，全然看不出端倪罢了。

裴明淮转身进了院子，反手轻轻掩了门。不知为何，他却是不疑姜优那句话：决然不会害你。

那夜姜府并不平静。裴明淮只听见姜府上下，走动不断，窗外也是灯火闪动，直闹至天色发白。裴明淮被扰了大半夜，直到此刻，方才合了眼，蒙眬睡去。还未曾睡足，便听见有人敲院门了。

裴明淮起身去开门，站在门口的，正是碧玉。此时天色已明，看得清那碧玉的一双眼睛，只有眼白，竟无瞳仁，日光直射之下，看着直是诡异无比。裴明淮向来胆大，也不愿对着细看。

碧玉做了个吃饭的手势，又朝西边指了指。裴明淮道："可是要我随你去吃早饭？"

碧玉连忙点头，裴明淮笑了笑说："好，你带路吧。"

姜府甚大，但屋舍都是一色灰石砌成，屋顶也是极单调的黑白两色，碧玉领着裴明淮在府里绕来绕去，裴明淮仍跟昨晚一般辨不清路，也更确定这姜府是以五行八卦之法建成的，处处皆有玄机，也难怪姜优会一再叮嘱自己夜里不要随意走动了。以奇门之术所建成的庄园，必定是陷阱重重，一不小心便会有杀身之祸。

碧玉已停在昨夜那间堂屋之前，做着手势请裴明淮进去。裴明淮一踏进去，便见着姜优站在窗前，也不知在眺望什么，只见她背影窈窕，极是单薄，引人生怜。裴明淮咳了一声，姜优一惊，转过了头来。她显然是一夜未眠，眼圈微青，脸上脂粉不施，发丝略乱，双颊却颇带晕红之色，娇艳得甚至有些娇慵之色。

姜优强笑道："裴公子，你来了。你也知道昨夜之事……招待不周，还望公子见谅。"

裴明淮望着她，半晌方道："你替我准备吃的，却忘了自己也该吃一点吧？"

姜优涩然一笑，道："裴公子倒是提醒我了。"

裴明淮微笑道："姜姑娘，不管怎么说，饭还是要吃的。你做主人的不坐下，我又怎好意思先动筷子？"

姜优道："裴公子说的是。"

早点十分丰盛，有风鸡、腊肉、熏鱼等，稀粥也是上好的粳米粥。裴明淮夹了一片熏鱼放进口里，还未曾咀嚼，便"啊"了一声。

姜优端了一碗粥，半晌也没喝上一口。见裴明淮的表情，忙道："裴公子，这菜可有不妥？我马上叫人去换。"

裴明淮急忙摇手道："姜姑娘误会了。这菜并无不妥，十分可口。我只是一直在想，从我来到贵府，便一直闻到一种很是熟悉的味道，却始终想不起来。我方才才想起，那乃是乡村里熏制腊肉的味道……"

他陡然地住了口。姜优原本笑意盈盈，顿时笑容尽失。她容颜极美，肤色亦如白玉一般，望之令人心悦，此刻一张脸却呈现出青白之色，如同罩了一层蜡制的面具。裴明淮眼见她形容骤变，也离座起身，却不知是自己方才哪句话说错了？

片刻之后，姜优才掩饰般地一笑，道："裴公子所言极是。姜家上下俱喜吃熏腊之物，故此一年四季厨房里都会安排。"

裴明淮重又坐下，拿起了筷子。"那我还真得要尝尝了。"

姜优道："裴公子慢用，姜优先告退了。"

裴明淮目送姜优掩门而出，夹起了一片腊肉，对着光看了片刻。这腊肉色作金黄，肥厚油亮，香气喷鼻，若说跟普通腊肉有异之处，那便是更叫人垂涎欲滴几分罢了。但裴明淮虽腹中饥饿，却犹豫着不肯将这片腊肉送入口中。

他又看了看那碗粳米粥，把腊肉放回了盘中，舀了一勺粥正要喝，忽然听到一个声音冷笑道："可别以为粥是素食就能随便吃了，说不定里面更有些你想不到的东西呢。"

裴明淮一转头，只见一个十八九岁的少年站在不远处。此时暑意还未散尽，他却穿着一件极华贵的貂皮长袄，手里还捧着一个精致的手炉。这少年原本生得十分清秀，只是极苍白，又极瘦削，仿佛一阵风都要刮走似的，一看便是久病缠身之人。

那少年见裴明淮脸上微有惊愕之色，便笑道："我姓卓，草名子玉。阁下便是裴公子了？果然是不同一般哪，竟敢闯那凤仪山！"

裴明淮微微一哂，道："过奖。"

卓子玉笑道："阁下过谦了。"又道，"我那姊姊晚来突然暴毙，扔下我这做弟弟的，在这里不知如何是好。"

裴明淮有些吃惊，道："难道昨夜过世的三夫人乃是阁下的姊姊？"

卓子玉叹道:"如假包换。我姊姊闺名子青,长我十余岁。"

亲姊姊暴死,弟弟却殊无悲伤之意。裴明淮心中所想脸上并未流露出来,卓子玉却抢先道:"阁下心中定然在想,我姊姊死了,我却毫不难过,必是天性凉薄之辈,可是?"

裴明淮淡淡道:"亲人过世,伤悲乃是人之常情。"

卓子玉又深深一叹,道:"若说伤悲,恐怕我死了,我姊姊也未必流一滴泪。她长年吃斋念佛,却连七情六欲也少了。我那姊夫,也受不了她一些人气也无,常常留宿嫣红阁。"

裴明淮一怔,忍不住问:"既然如此,昨夜……"

卓子玉冷笑一声。"阁下见多识广,难道真的相信我姊姊跟姜明有奸情吗?我姊姊对男女之事极其凉淡,连她丈夫都忍不住要出去眠花宿柳,又怎会跟自己的二伯有染?况我姊姊是真心虔佛之人,即使她与奸夫相会,也决不会在堆满佛经的榻上。"

裴明淮细细咀嚼卓子玉的话,甚觉有理。便道:"那依阁下看来,此事难道真是鬼王所为?"

卓子玉再次冷笑,唇角的讥嘲意味更浓。"鬼王倒是不假,我随姊姊在此居住数年,鬼王恶事看得不少。不过,依我之见,我姊姊之死,必然是有人假鬼王之名所为。"

裴明淮道:"谁?"

卓子玉冷冷一笑,却不回答,自顾自地坐下吃自己的早饭。裴明淮略觉尴尬,也不便再问。再想喝自己面前的粥,却有些不敢下箸了。过了半晌,忍不住问道:"卓兄,令姊必是被人所害,你可有头绪?"

卓子玉的反应,却甚是古怪。他伸手指了一指自己的鼻子,道:"若说是最可能的凶手,那一定是我了。"

裴明淮一怔道:"阁下何出此言?"

卓子玉衣袖一扬,他的右手之上多了一个银白色的似金非金、似铜非铜的物事,看上去就似一只虎爪一般。裴明淮虽常在江湖上走动,也极少见这类兵器。这卓子玉看似重病不愈之人,竟也会武?当下道:"卓兄的意思……是令姊并非被老虎所伤,而是……"

卓子玉端详着自己手上的虎爪，道："我自见了姊姊尸体，又惊又怒，立即回房去看，自然，它还好好地待在原处。说来也是，若是姜家的人干的，谁又不知道我的兵器放在何处呢？用完了，洗净了，放回原处，神不知，鬼不觉！"

裴明淮皱眉道："卓兄，这虎爪真能弄出跟令姊尸体上相同的伤口？"

卓子玉道："如假包换！"

裴明淮道："那卓兄怀疑谁？"

这问题大概问得太直截了当，卓子玉嘿嘿一笑，并不回答，却朝门外看了一眼，道："我先告辞了。"

卓子玉快步而去，裴明淮回头一望，却见姜优坐在亭中，另一个三十余岁的素装女子站在她身侧。那女子容貌甚美，鼻高肤白，一见便知有西域血统。

见到裴明淮，姜优站起了身，微笑道："裴公子，这位是我二嫂。"

她身边那女子向裴明淮欠身为礼，裴明淮见了她，心知这便是自己想找的人了，心里甚喜，一礼道："姜夫人。"

姜优道："裴公子既然认得玲珑，不知是否知道，玲珑有个远亲，姓姚名碧？"见裴明淮并无惊异之意，笑道，"看来公子是知道吕家兄妹的来历的。"

姚碧淡淡一笑，道："妾身已然隐退多年，江湖中事，早就一概不问了。此次玲珑为了吕谯的死因，前来寻我……"

裴明淮又是一惊，忙道："吕谯的死因？"

"正是。"姚碧道，"玲珑对吕谯的死颇有疑虑，她知道我最擅用毒，是以将吕谯的尸身运了来，要我看一看，他是否中毒而死！"

裴明淮问道："那，吕谯的尸身……如今在姜府上？这路远日久的……"

姚碧笑了一笑，道："吕谯有件宝贝，是颗珠子。裴公子也该知道，有种珠子，可保尸身不腐。"

裴明淮急问道："那么，夫人可有看出什么异状？"

姚碧皱了皱眉。姜优在一旁道："这位吕公子，恐怕真的是被毒杀的。只不过，用的那毒……"

姚碧脸色有些怪异，缓缓地道："他中的正是我的独门毒药。"

裴明淮至此终于证实了吴震的推测是实，一时思绪纷呈，两眼盯住姚碧不放。姚碧道："我绝无可能害死吕谯。那毒也并没什么了不起的，只是极难察觉，再高明的仵作，若非知晓此毒，绝难想到。我的毒药向来不送人，想来想去，给过的人，其实就只有一个。"

裴明淮问："谁？"

姚碧道："吕谯！"

裴明淮又怔住，半晌方道："吕谯从不用毒，怎会……"

姚碧摇头道："我虽隐退，但跟吕谯多少还有点来往，玲珑却不甚熟。我记得，是吕谯问我，可有无形难查的毒药，我便给了他，当时还笑说了一句，问他是不是要去害人。"

裴明淮讷讷道："可是，中毒身死的人，是吕谯自己……"

姚碧道："吕谯不是会下毒害人的那种人，公子自然深知，否则我也不会给他。兴许这毒药在吕谯手中又为他人所得呢？我叫玲珑好好想想，是否别人也有拿到那毒药的机会。"

裴明淮不觉点头，姚碧又道："这玲珑啊，年轻气盛，非得要代我家姑娘上山，劝也劝不住……"

姜优垂首不语，一副盈盈欲泣的样子。裴明淮也不知该如何搭话，按理说，姚碧丈夫暴死，她却一字不提，只说吕谯死因，让裴明淮心里疑虑，却又是人家家事，不好多问。心里暗想，难道真是吕谯得了此毒，又转送了金萱，最终是把自己也给害死了？

4

这时有人从天而降，一个长了一脸刺猬一样络腮胡子的黑红脸大个子，一身公门打扮，身后还跟着几个捕快，神气十足地走了过来。

那络腮胡子一见姜优眼中含泪，便直跳到了裴明淮面前，大喝一声："你是何人？胆敢调戏姜姑娘，我这就抓你到官府去！"

姜优忙道："洪大哥，这位是裴公子，可不是什么歹人，你误会啦。"

那洪捕头瞪着一双圆眼，将裴明淮上上下下看了半响，一脸狐疑。

姜优好不容易才忍住笑，对那洪捕头道："这位是我们姜家的客人，您老就别在这里大呼小叫了。"说着眼圈又是一红，低声道，"洪大哥是为了我家的……事而来的吧？你请自便吧，我唤明珠带你进去。"一面说，一面便回过身，径自往门内而去。

洪捕头"啊"了一声，连忙道："是是是，我自便，我自便。"他一对姜优说话，便极是客气，满脸讨好，裴明淮在旁边看着着实好笑。姚碧却似对这洪捕头甚是厌恶，一拂衣袖，随着姜优走开了。

洪捕头好容易转过头来，正打算跟姚碧招呼，她便拂袖而去。洪捕头一脸尴尬的神气，裴明淮想起他方才亦步亦趋地跟在姜优身后，心中好笑，居然忍不住笑出了声。洪捕头斜着眼睛看了他两眼，道："你究竟是谁啊，姜姑娘对你这般客气？"

裴明淮听他口气里不乏酸意，忍笑道："洪捕头，这一带地方上的事，可都是由你管束？"

洪捕头一挺胸，一对铜铃样的眼瞪得更大更圆，声若洪钟地道："正是！"

裴明淮笑道："那有位吴震吴大人，你可知道？"

洪捕头一惊，肃容道："吴大神捕，怎会不知道？"

裴明淮笑道："认得便好办了，这吴震是我至交好友，想必能跟他是好友的人，断不会是歹人吧？"

洪捕头又是一惊，满面狐疑地打量裴明淮，道："吴大人名震天下，你……你总不会是借着他的名头来骗人的吧？"

裴明淮一笑，把他拉至一旁，又从怀中摸出一物。洪捕头这一惊，比前面那两惊加起来还不止，忙双手毕恭毕敬地将那物还给裴明淮，脸上表情也大大变样，那极粗壮的腰都快折了下来，声音也放得更"温柔"了些，道："在下……在下洪响，不知是您……裴公子大驾光临，我这小小捕头……

有失远迎……"

他一看便是个粗人，口里说这些话，极是好笑，裴明淮忙摆手道："好了好了，我如今是这姜家邀来的朋友，你务必不要多说坏事，可明白了？"见洪捕头还一脸不解之色，便道，"对这姜家之人，我十分好奇，也想一察究竟。"

洪响忙道："是是是，有裴……裴公子相助，案情定会立即水落石出。"

这恭维话也说得太不着调，裴明淮禁不住一笑，道："你连事都不清楚，又怎会知道我能查个明白？"

洪响却叹了口气，这粗壮黑脸的大汉此时眼中，全是怨恨之意。"哎，只要是跟鬼王沾上关系的人，都不得善终！"

裴明淮一皱眉，道："人人都说鬼王鬼王，这鬼王究竟是何许人物？"

洪响听他如此说，眼里竟然也露出了极畏惧的神色。"裴公子……这话您可别乱说。鬼王自然不是人了，他是鬼中之王啊！凤仪山这方圆百里，全都受他辖制哪！"

裴明淮道："我初来乍到，只听众人说这鬼王鬼王，却尽说得含糊不清。洪捕头，你且对我细细说来，可好？"

洪响眼中畏惧之色更浓，将裴明淮拉到了院墙之下背静之处，压低声音，道："裴公子，这鬼王管辖凤仪山方圆百里，几乎每月都会开一次鬼宴，宴请的都是周围山上的那些妖鬼。所以我们晚上都是决不敢上山的，只要一看到七七四十九盏红灯笼点起，我们便知道鬼宴铺开了，都是早早熄了灯睡觉。我是个大老粗，沾着床就睡，可每逢鬼王开宴之日，我都是睡不着的，因为凤仪山上总是会有酒香飘来……"他咂了咂嘴，"那酒可真是好酒，我这辈子也就在姜家老三娶亲的时候喝过一次……那酒香得，我恨不得跳酒坛里了……"

裴明淮若有所思地道："这么说来，不管是妖是鬼，也都要喝酒的了。而且，他们对酒似乎还很挑剔，喝的都是陈年佳酿？"

洪响拍手道："不但有酒菜香气，还有弹琴唱歌的声音，不知道的话，真以为山上有人在大摆宴席呢！"

裴明淮道："难道就没有人到这弹唱之声传出的地方看上一眼？就算

夜里不敢上，白日里总敢去吧？就算开鬼宴不敢去，别的时候总敢去吧？"

洪响鸡啄米一般地点头，急急道："裴公子，您说对了。不要说别人，我的胆子也不算小，我就上去看过！"说着甚是不好意思地一笑，摸着后脑勺儿道，"怎么着我也算是这里的捕头，这一方的平安都归我管哩……我也是跟您一般的想法，就算鬼王，也只是夜里出没吧，况且平日也不是不能上凤仪山……"

裴明淮打断他道："那你上去看到什么了？"

洪响睁大了眼睛，直愣愣地盯着裴明淮，讷讷地说："什么都没有。就是山，山上除了树就是草，什么都没有。传出乐声和酒菜香的那一带，原本是山腰上的一块平地，另一面就是绝壁了。我到处搜寻，想找到一点蛛丝马迹，却什么都找不到……"

裴明淮听着，忽地觉着洪响话里有话，道："蛛丝马迹？若真是鬼王设宴，天一亮便烟消云散，你等又打算去找什么蛛丝马迹？听你这般说……"

洪响两眼仍盯在裴明淮脸上，但眼神却十分迷茫空洞，似乎有极不解的事闷在心头一般。"裴公子果然聪明得紧……我就跟您老说实话了，白水村的阿蓉是我的远房表妹，她……她真的死得好惨哪……我若是个会法术的道士倒好了，也许还能去杀了那鬼王替阿蓉报仇……"

裴明淮奇道："白水村？阿蓉就是那个被鬼王下帖子强娶，村里人不愿意，以致全村惨死的姑娘？"

洪响点头，道："正是。"他声音极是苦涩，这粗豪汉子眼里竟也有了点点泪光，"我跟阿蓉自小就相识，我们都是白水村的人。那一年，我有公事外出，这一趟走得可久，足足走了大半年。那一趟很捞了些油水，我心里十分喜欢，想着这趟回来，总能娶回阿蓉了……没想到，我回来的时候……阿蓉已经被鬼王给抢走了……"

裴明淮眉头一掀，道："洪捕头，你说阿蓉最后还是被鬼王给抢走了？你是如何知道的？我听说，白水村中不但村民，连鸡犬都不留，就连附近想来替他们收尸的村民进来，也一般的暴毙而亡……"

洪响低头，声音已然哽咽。"那时候，我也不在这里。众人都说，看到一乘轿舆被抬上了山，还听到女子的惨呼之声……"

裴明淮问道："那阿蓉最后下落如何？"

洪响本来就已双目发红，此时竟放声哭了起来。"数日之后，我在凤仪山下发现了阿蓉。她浑身赤裸地浸在水潭里，满身是伤，面目全非，连舌头都被割掉了！我的阿蓉……我们从小一起长大，对她是再熟悉不过，就连我都认不出是她了……只是她左腕上戴着一只银镯，那银镯我自然是认得的，是我送她的，她一直戴在手上……"

裴明淮皱眉道："难道这鬼王娶亲，向来都是把娶来的新娘弃尸在凤仪山下？"

洪响一面哭，一面大摇其头道："不，只有阿蓉是找到了尸首的。别的鬼嫁娘被喜轿抬上山后，便从此不知所终……附近的百姓都悄悄议论说，一定是白水村的人不愿将阿蓉献出，鬼王大怒之下，不但把白水村的老老少少全都杀死，就连抢去的阿蓉都不能幸免，把她弃尸山下，就是为了警告我们，以后再不可对他有任何违拗之举……"

裴明淮道："从那时起，再没人敢不献新娘给鬼王？"

洪响哭得一把鼻涕一把泪，还未曾回话，只听姜优的声音，在不远处幽幽响起。"裴公子所言无差，自阿蓉之后，新娘一年一送，再无人有丝毫违拗。谁又愿意家破人亡？……直到这鬼王的帖子，到了我姜家……"裴明淮回头望她，只见姜优唇角微翘，泛起了一丝极淡的笑意，笑容中却颇有凄惨之态，"我大哥、二哥已然丧命，想来数日之后，陈尸凤仪山的便是我吧？"

洪响哭声顿收，大叫道："姜姑娘，我决不会让这等事发生的！"他说这话时脸涨得通红，两眼圆睁，连拳头也握紧了。

姜优柔声道："洪大哥，多谢你这份心意了。唉……阿蓉服侍我那么些年，我原想着可送她出嫁，替她多置办些嫁妆，没想到……"说到此处，她眼眶一红，强笑道，"唉，洪大哥，你可是来办差的，怎么自己倒先哭起来了呢？我家里……如今……"

洪响此刻方记起自己还是个"捕头"，忙一整面容，道："姜姑娘，是我不好，我这就去。"

姜优点头道："还有一件事，秦伯父方才来告诉我，昨晚上山的那些轿夫乐师，都已经回来了。"

裴明淮讶然道："回来了？"

洪响忙道："裴公子有所不知，凡是送鬼嫁娘上山的轿夫，第二日清晨都会被送下山的，还能享用一顿美酒佳肴，不会有事。"他顿了一顿，"除了……昨晚那个姓邓的。"

裴明淮奇道："为何偏生他的眼睛……"

姜优叹了一口气，幽幽地道："只因为他原本并不是轿夫，而是玲珑的帮手，扮成轿夫上去的。"

她沉默了片刻，方道："二位还是随我来吧。"

姜优白衣飘飘，一路领着二人走至了水阁之前。裴明淮游目四顾，夜间的大红灯笼如今也已一个不见，阳光之下，那黑白两色的灰色屋舍看起来也远不似夜里诡异了。裴明淮回头朝那八卦塔瞅了一眼，八卦塔东南西北四面皆有一个八卦图，映着日光闪闪发亮，似是精铁打造而成。

姜优已上了竹桥，竹桥原本人一走上去就会"吱嘎"之声不断，她踩上去却是无声无息，仿佛她真的就是片落叶。她一手掀起竹帘，回头道："二位请进。"

她容颜本是极美，此时一缕柔发被风拂在耳侧，眼波盈盈，皓腕胜雪，那风姿莫说洪响，就连裴明淮也看得呆了一呆。

待得二人进了水阁，姜优方放下竹帘，轻声道："这里还跟昨夜一模一样，除了秦伯父和裴公子，再无人来过。"

裴明淮的目光再次落在那两具血肉模糊的尸身之上。那两具尸身交缠得极紧，他略迟疑了一下，一手扣住上面那具女尸的手肘，向外一拉。他这一拉，已运上了内力，任那尸身抱得如何紧也是拉开了，但一瞥之下，裴明淮只觉着尴尬，一犹豫间，又把那具女尸推了回去。

洪响站得稍远，见裴明淮这动作，十分不解，已嚷了起来："裴公子，你这是在做什么？"一面说，一面便伸出大手去把那具女尸拉了下来。裴明淮望了一眼姜优，只得尴尬苦笑，却也不好阻拦。

姜优"啊"了一声，急忙转头，伸袖掩住了脸。洪响也是一脸狼狈，期期艾艾地道:"对不住,姜姑娘,我……我这不是存心的……我……"

姜优依然以袖掩面,低声道:"洪大哥,裴公子,这里就劳烦你们了。姜优……姜优先告退了。"

说到最后几个字时,姜优人已出了水阁,身法快极,犹如一缕轻烟。裴明淮对着她离去的方向看了半晌,转头对洪响道:"洪捕头,你也知姜姑娘会武?她这身轻功,是跟谁学来的?"

洪响一呆,道:"姜家除了老大,个个都会武,这我自然知道。我这几下子,跟姜姑娘比画可差得远。可是,您若问我她是跟谁学的,这我可真不知道了。"

裴明淮沉吟道:"姜姑娘的轻功身法跟她兄长全然不同,难道是在外学艺的?"

洪响忙摇头道:"不不不,姜姑娘从未出过远门,我们这地儿就这么大,有什么事大家都知道,她是大门不出二门不迈的。我也很少见到她,她一直身体不好,以前都不见人的,这两年好些了,我才常常见到她。以前,我都不知道姜家还有这么个妹子。"

裴明淮微微摇头,他不欲此刻继续追问此事,弯下腰将那具女尸搬开,与男尸并排置于榻上。方才姜优急急掩面而去,便是看到了这两具尸身的情状——这一男一女不仅手足紧紧交缠,就连私处也是紧紧贴合在一处的,经洪响那冒冒失失的一拉,方才分开。洪响十分狼狈地道:"裴公子,你说,姜姑娘是不是生气了……"

裴明淮一哂道:"她女儿家害羞是正理,怎会生气?要知她兄嫂是如何丧命的,我们自然只有检视尸首,这也是无可奈何之事,姜姑娘是明理之人,又怎会不知?"他注视那两具尸身,二人身上全无伤痕,只是头脸全被毁损,脸上颈间皮肉翻卷,鲜血虽早已凝固,但望之仍是惊心不已。那男尸身材极是结实健壮,皮色黑红,手掌十分粗糙,指间老茧重着老茧,裴明淮翻开男尸的掌心看了半晌,皱眉不语。

洪响却在检视那女尸,摇头道:"嘿,姜姑娘怕羞跑走了,这可叫我怎么认尸?姜家二老爷我看是确凿无疑了,他是个不拘小节之人,天热了会跳进河里洗澡的,我便可认出他是姜二爷。可是……这姜家三夫人……"

他叹了一口气，道，"裴公子，您可别说，我自小生在这一方，跟姜家人常常打交道，连姜姑娘都从不拿我当外人，可这姜家三夫人……"他掰着手指头数了数，道，"我见她的次数，不会超过三次。"

裴明淮扬眉道："哦？这姜三夫人，深居简出到这地步？"

"姜三夫人是个虔心向佛的人。"洪响道，"我只在一次姜家祭祖之时，远远地看到过她一眼。还有一次，便是姜大爷出事的时候，她也在场。另外一次……"说到此处，洪响脸上忽地现出了疑虑之色，道，"还有一次，连我也不能肯定我看到的是不是她。"

裴明淮顿时生了好奇之心，道："说来听听。"

"那也是大半年前的事了。"洪响道，他两道黑云一样的粗眉纠结在一起，显然这事已然困扰了他多时，不得其解，"我有一次在县城里巡视的时候，走到了嫣红阁里。我们……呵呵，裴公子，您别见怪，像嫣红阁这种地方，我们平日里替他们帮衬着，他们每月也会交点银钱给我们兄弟分分……"

裴明淮微笑道："我有什么好见怪的？你且说说，你在嫣红阁里见到了什么？"

"那夜我本来也闲，就想着不如在嫣红阁过夜好了，反正也不用花钱。"洪响干笑道，"老鸨我是熟得很的，我跟她招呼了，雁玉就过来招呼我。我搂着雁玉上了二楼，正要进屋，忽然我看见隔壁屋子有个女子进去，又赶紧把门关上了。原本妓院里女人多，我压根儿也不会多留意，只是她见着我的时候大大地吃了一惊，就好像是见到鬼似的，我才盯住了她。我一看到她的脸，连酒都吓醒了，那不是姜家三夫人又是谁？"

裴明淮打断他道："你没认错？"

洪响摇头道："公子，你是没见过那位三夫人，真真是绝色佳人，见过一回就不会忘的。可是……可是姜三夫人又怎会到嫣红阁去？她打扮得又跟在姜家时，全然不同了……"

裴明淮道："什么打扮？"

洪响道："就跟嫣红阁里的妓女无异，穿得花红柳绿的。我见到三夫人的时候，她除了头上一支玉钗之外，一点饰物也未戴，可这晚……她却戴了满头的钗环，摇摇晃晃地响。我那时以为自己是喝醉了酒，看花了眼，于是我又揉了揉眼睛再看，她却不见了。"

裴明淮道："你就没去看看？"

洪响苦笑道："我当时虽然喝多了酒，可脑子还是清醒的。若不是她，那也罢了，若真是她，我又该如何？我还真不知道，只得一再对自己说，我必定是看错了。"

裴明淮沉吟了半响，道："依你这般说，这位姜三夫人，貌似清心寡欲，却出现在烟花之所。这么说来……"他忽然一笑，那笑容却甚是暧昧，"原本我听了三夫人的兄弟和姜姑娘的话，已认定这二人陈尸于此定是个陷阱，故布疑阵引我们入套的。如今听了洪捕头的话，我却另有些想法了……"

洪响瞪眼道："什么？"

裴明淮笑道："也许我们看到的，便是原本所发生的了。"

洪响继续瞪视裴明淮，看了半晌，又将眼光移至竹榻上的两具尸身之上。"裴公子，你的意思是……"

裴明淮道："若这三夫人真如你所言，是个表里不一之人，她跟二伯通奸也不是不可能之事。我原来压根儿不信这二人是真做出了什么好事，一是因为姜优和卓子玉的话——他们都说这三夫人卓子青是个极冰冷淡漠之人；二是因为这二人之死很显然是要我们看着的，是要众人都看在眼里，怎么看都像是一个设好的局。可是，听你这么一说，若卓子青和姜明真有什么苟且之事，有人深深怀恨在心，将他二人杀死……"

洪响两手乱摆，大声道："裴公子，依你这等说，那可能杀死他二人的只有一个人，他便是……"说到此处却猛地顿住了，裴明淮笑道："洪大哥哪里鲁钝了？不错，我跟你想到的一般，若卓子青真与姜明有染，那会恨之入骨的人只有一个，便是卓子青之夫、姜明的三弟姜亮。听姜优说，卓子青对姜亮十分冷淡，二人长期分房而居，姜亮若是知道妻子与其兄有奸情，焉得不怒发冲冠？嘿嘿，若是能对此无动于衷，那他也不是男人了。"

洪响脸色沉重，半响方道："我去安排仵作验尸。看样子……我得去问问姜三爷，昨天晚上在做些什么了。"

裴明淮微笑道："杀人的缘由嘛，姜亮是有了。不过，洪大哥莫忘了，还有一个人也可能杀人。"

洪响惊道:"谁?"

裴明淮道:"我说'人',恐怕不尽不实。我指的便是——鬼王。鬼王下帖强娶姜优,姜家不肯,因此姜家之人一个个暴死,若说是鬼王所为,岂不也说得过去?"

洪响张大了嘴,愣愣地看着裴明淮,道:"裴公子,你究竟是信还是不信?你究竟以为是人干的,还是鬼王干的?"

"这话倒问得我不知如何答了。"裴明淮笑道,"若洪大哥不见怪,你去向姜亮问话之时,我也想听听,如何?"

裴明淮虽说得客气,但洪响自然是不敢也不会拒绝的。路上裴明淮又问道:"卓子青可会武?"

洪响想也不想,道:"会,她姊弟二人都会,还很不错。姜家老三教的。姜家的武功,路数很怪。我没当捕头之前,在江湖上也跑过好些年,虽说武功不怎么样,眼光还是不太差的,姜家的武功家数,从未见过。"

裴明淮问道:"我看那卓子玉,似乎有病在身?"

洪响叹了一口气,道:"他是先天不足,也不知道请了多少大夫。姜三爷可没吝啬过,什么珍稀药材都肯买,人参长年当饭吃。大夫都说活不到成年,现在,你看,他还活着,可不是姜三爷的功劳?学些功夫,也能强身健体嘛!他因为病,力气也小,用的那种奇形兵器,也是姜三爷替他打造的,我还真没见过那么古怪的兵刃!"

裴明淮若有所思地道:"这么说来,姜亮对他这个妻子,十分宠爱了?"

洪响点头道:"百依百顺,对小舅子自然也是爱屋及乌!"说罢一皱浓眉,道,"如今,他夫人跟他二哥那般死在一处……他……"

那姜亮一个人坐于屋内,裴明淮还在门外,已闻到酒气冲天了。他扫了一眼这间屋舍,与堂屋一般,案几器皿都是竹器,十分精致,只是几个酒坛扔得东倒西歪,大大坏了原本的那份清雅韵致。

姜亮两眼通红,手里还抓着一个酒坛。见二人进来,姜亮仍是不理,灌了几大口酒,突然大笑道:"老洪,你找到杀我兄长和妻子的人没有?看你那一脸垂头丧气的表情,什么都没发现是不?哈哈哈……"

四周一片寂静，只听到他的笑声，嘶哑凄惨，比哭声更难听了数分。洪响和裴明淮都一时噤声，过了好一阵，裴明淮才道："姜兄，听你所言，你好像知道些什么？不妨说来听听，或者能帮助洪捕头找出凶手呢？"

　　姜亮瞪着裴明淮看了半晌，忽然一抖衣袖，只见一张大红的喜帖从他袖内落了下来。姜亮发疯似的狂笑道："哈哈哈……凶手？凶手就是他，就是他，你们居然还不知道？哈哈哈……"

　　洪响已抢上一步，将那大红喜帖捡在了手里。那喜帖极是考究，红缎面子，金线刺凤，洪响一拿到手，在他旁边的裴明淮便觉着浓香袭人。喜帖上的字，一个个也是以金线绣成，手工十分精致。洪响念道："本王听闻姜家小女名优者，姿容秀美，温良贤淑，本王欲聘其为妻，择日迎其归山。"

　　他还未念完，已怒得脸色通红，不逊醉了酒的姜亮。裴明淮伸手将那喜帖拿了过来，那喜帖已被揉得皱巴巴的，溅了不少油渍酒渍，显然已被揣了多时，不知有几许人翻来覆去地传看过了。裴明淮冷笑道："这鬼王好大的口气，胃口也大得吓人，居然把主意打到了姜姑娘的头上。"说着望定姜亮道，"姜兄，难道你真认为尊夫人与令兄身死之故，是因为你们不肯将姜姑娘送与鬼王成亲？"

　　他话未说完，姜亮又狂笑了起来，"啪"的一声将一个空酒坛猛地掼在了地上，摔了个粉碎。"别跟我提那个贱人！"说着伸足在地上乱踩，直把酒坛碎片更踩成了碎渣。裴明淮观其面容，只见姜亮神情十分狰狞，满眼都是怨恨之意。他原本只穿了一双底子甚薄的便鞋，踩得片刻，鞋底已被酒坛碎片划破，脚底鲜血迸流，他却似毫无感觉一般。

　　洪响大叫一声道："三爷，你的脚！"他刚踏上一步，却见姜亮面色狰狞，不由得滞了一滞。姜亮一面乱踩，一面狂笑道："是了，是了，我一向对你又敬又爱，你却是这般回报于我！这便是我姜家的报应了？我们都是瞎了眼了，糊涂了！哈哈哈……我这双眼睛还要来做什么？姜明，姜亮，哈哈，我们偏生是又聋又瞎的！哈哈哈哈……"

　　"三哥！"只听得一声惊呼，姜优不知何时已飘身而入。裴明淮只觉眼前一花，姜优人已立在姜亮身前，她衣袖一拂，那些酒坛碎片竟然粉碎，再不能伤人。裴明淮心里一震，姜优这一拂便如流云一般，毫不着力，极是随意，但劲力如绵，莫说是些瓷片，就算是块石头也必会碎为齑粉。裴明淮见过的女子高手不少，但大半是以轻功暗器闻名，就算是前些日子遇到的九宫会辛仪也不例外。女子内力深厚的极少，就算有也必是上了年岁，可这姜优不过二十岁左右，她这一拂已到了收发随心的地步，这不得不令裴明淮刮目相看。

姜优转头道："洪大哥，来帮帮我。"洪响连忙上前，帮她将姜亮扶上了榻。姜亮酒意发作，人已瘫了下来，只仰在榻上大口喘气，直叫道："酒，给我酒……"

姜优叹了口气，柔声道："三哥，你先躺躺，我叫明珠替你把伤口包扎一下。"说着回首强笑道，"裴公子，洪大哥，劳驾你们把明珠叫进来。"

那明珠也是个盲眼小童，跟碧玉年纪相仿，长得也算清秀，只是一双眼睛十分骇人，虽在白日里看仍觉得令人心惊。洪响倒似见惯不惊了，对明珠说了两句，明珠便急急奔了进去。

洪响一见明珠走开，便凑近裴明淮，压低声音道："裴公子，听姜三爷口气，着实可疑啊！"

5

裴明淮也早在思忖姜亮的话，姜亮对卓子青似乎是恨之切齿，又口口声声说自己"眼瞎糊涂"，这么说，姜明与卓子青有奸情，恐怕是实。这姜亮醉酒之后，口不择言，且又极是冲动，若说他因此愤而杀妻杀兄，似也不无可能。当下道："若是这姜亮昨夜只独自一人，那便十分可疑。还有谁会比姜家人更熟悉姜家？"

洪响拍手道："裴公子，你说的是。我跟姜家可说是极熟了，也是常常来此，我进出仍是要人带路的，从不敢自己乱走。要说是外面来的人把姜家人杀了，我还真是不信，压根儿就没那么想过！"说着又摇头道，"但我跟姜家几兄弟都熟得很，若说他们手足相残，我倒也不怎么信。"

裴明淮回思自己与姜明、姜亮见面的情状，他跟二人接触甚少，只是寥寥数面而已。姜明粗豪爽快，姜亮却甚谨慎精细。当下问道："我跟姜家的老大不曾谋面，不知他是个何等样人？……"

洪响脸上忽然现出了恐惧之色，对着裴明淮凝望了半晌，方道："裴公子，姜大爷已经身故了。"他见裴明淮脸上殊无惊讶之色，奇道，"裴公子已经知道了？您……您的消息可真灵通。"

裴明淮道："是姜姑娘告诉我的。他又是什么样的人？"

洪响略一迟疑，道："姜峰年过四十，素来不喜说话，天天抱着书看。我跟他，也没什么聊得来的。哦，他精通医理，跟秦苦最谈得来。"

裴明淮道："他没娶妻？"

洪响道："妻子早丧，好像是病故的。"

裴明淮道："洪大哥，姜峰身死之时，也是你来查验尸体的？"

"是我。"洪响苦笑道，"我说过了，这方圆百里，管这些杀人越货的事的就是我。哦，裴公子，我可不是在你面前吹嘘——这也实在没啥好吹嘘的。也有一阵子了，我反正是一点线索也找不到，一筹莫展。唉，说他平白无故地上吊自尽，谁也是不信的！何况……何况……"

裴明淮道："何况什么？"

洪响看了他一眼，这一眼却是说不尽的怪异。"裴公子，他死的时候悬在房梁之上，摇摇晃晃。可是，可是，他脚下，却没有凳子之类的物事！"

裴明淮脸色也随之一变，继而又笑道："或者是这姜峰轻功不弱，跃上一手搭住房梁，将白绫打结，再将头穿过？"

"裴公子，姜峰是一点武功都不会的，姜家就他不好武。"洪响道，"他只喜读书写字，都说什么书生连缚鸡之力都没有，姜峰就是那种人！他能跃上房梁？不可能！"

裴明淮道："若是有人将他吊至房梁呢？一个好手，定能办到。"

洪响又瞅了他一眼。"裴公子，这又回到我们刚才说的那话上了。姜家庄不是人人都可进来的。"

裴明淮皱眉，他心知洪响所说不假。这么说，杀姜家人的，就只能是他们姜家人自己了？他正要说话，忽听到姜优的声音响起，清脆明亮。"洪大哥，我也有很多疑团，一直不解。我姜家此次起祸，乃是由姜优而起，自当由我一人承担，累及家人，姜优心中不安至极。"

洪响叫了一声："姜姑娘……"却又说不下去了。

姜优手中握了一枝那优昙钵罗，花丝垂缕。她神情十分宁静，一双漆黑如星的眸子凝视着手里那花，幽幽道："鬼王要找的是我，只要我去了，姜家便安宁了，这一方也可保太平。"

洪响急得满脸通红，一纵身便上前，扯住姜优衣袖，叫道："姜姑娘，这可万万不能！你去了……你去了，可就再也回不来了！更何况，你们姜家已经违逆了鬼王，就算你去，恐怕也……你忘了阿蓉了？还有，还有，这次替你上去的那位吕姑娘，也遭了不测啊！"

裴明淮也道："姜姑娘，你留在此处，我等自当全力保护，必不让鬼王有机可乘。"

姜优轻轻一笑，朝洪响和裴明淮施了一礼。"多谢二位。但一切由我而起，才会造成如今这等局面……"

裴明淮凝视她道："姜姑娘，你真想以身涉险？我们都不知道那鬼王究竟是人是鬼，若是鬼，我们自然无法对付他，若是人，也必是个极其厉害之人……"

姜优又是一笑。"裴公子，你也是行家，你自然早看出我会武了。裴公子长年江湖行走，所见高手甚多，不知觉得姜优这身功夫如何？"

裴明淮听她语气里颇多自恃之意，脸上微带倨傲之色，真如云中冷月，其艳逼人。姜优说话一向温柔，这般语调他还是初次自姜优口里听到。但他扪心自问，姜优自傲也是完全有理由的。想了一想，方道："在下也算见过些高手，若论起来，还真未见过比姜姑娘更强的。"这话确不是虚语，轻功也罢了，但姜优那一拂里的内力，裴明淮还真没见过比她更强的。就算姜优娘胎里就开始练武，也不过二十余年。

姜优笑道："裴公子既然也如此想，那就不必替姜优担心了。"

裴明淮道："姜姑娘，此事须当斟酌。你武功虽高，但此次可是投到人家的老巢里。凤仪山一带本是这鬼王的巢穴，必定是机关重重，你孤身一个女子前去，未免太冒险了，是断断不能的。"

洪响听姜优说要孤身前往，早就急得跺脚冒汗，此时更是一叠连声地道："对对对！裴公子说得大大有理，姜姑娘，你可别乱来啊！你再出了事，我……我怎么交代啊！"

姜优眉梢轻扬，道："洪大哥，你这话说得！你要向谁交代啊？"

洪响黑红脸膛更红了，回不出话来。姜优却微微仰头，二人随她目光望去，只见姜优眼神微带空茫，遥遥地望着那苍翠连绵的凤仪山，秀发在风中飘拂，风姿如仙。她眼神中，倒似有什么解不开的疑虑似的。

裴明淮忍不住问道："姜姑娘，若你有何难解之事，不如说出来，大家一起商议？"

姜优回头，微微一笑，笑容却极是茫然。"世间之事，便如棋局一般，实在难解。解不开……也就罢了。"

她手指张开，轻轻一拂，手中那枝优昙钵罗，白色花朵纷纷坠地，只余了光秃秃的枝干。

裴明淮见她露了这一手内力，神定气闲，花瓣如利刃削落，花枝却无丝毫损伤，更是暗暗喝彩。

姜优已转过身去，缓缓道："秦世伯在等二位。"

秦苦一人坐于堂屋之中，手里端着一碗茶，茶却已经冷透了。他灰白的眉毛皱作一团，仿佛心里有解不开的结似的。明珠一把他们领进去，便垂手站在一侧，倒似个泥塑木雕一般。

洪响一进门，便道："秦大夫，那些轿夫都平安回来了？"

"自然。都酒足饭饱，还得了赏钱。"秦苦把茶碗放下，脸现苦笑。"只有老邓出了事，别人都无恙。唉……早知道，就不该让老邓扮轿夫上去了，累得他损了一双眼睛……"

裴明淮问道："这位邓兄究竟是……？"

"是吕家的仆人，玲珑唤他邓叔叔，这次陪着她一同送她兄长棺木来的。"秦苦笑得更苦，"那鬼王真是神目如电啊，一认便认出来了，那老邓不是轿夫。"

他又叹了一口气,道:"昨夜姜家出事,老二惨死,老三如今醉得不省人事,姜家无人主持。姜姑娘又一心想上山……现在老夫也实不知该如何是好了。"

裴明淮想了一想,道:"吕谯家里是有个姓邓的仆人。你可问了他当时的情形?"

"邓豪已醒。"秦苦道,"你二位可要自己去问?"

这正中裴明淮下怀。他二人随着秦苦到了厢房之中,果然见着那自凤仪山上仓皇逃下之人,躺在榻上,眼上蒙着白布。裴明淮走近了两步,低声道:"邓大哥,我姓裴,是吕谯的朋友。不知你可还记得我?"

邓豪一惊,道:"你是裴三公子?"

裴明淮点头道:"正是。邓大哥,吕姑娘对吕谯的死有疑问,我也一样。她为何要来此处,你可知道?"

邓豪茫然摇头道:"裴公子,这我可真是不知道了。姑娘执意要来此地,我问她,她也不说,只叫我一直赶路……"

裴明淮道:"她什么都没有告诉你?"

邓豪道:"不曾。"

裴明淮问不出个究竟,只得道:"邓大哥能否将昨夜之事说上一说?"

邓豪浑身起了一阵战栗,过了半晌,方道:"……我上山之后,听见乐声,看见鬼灯,因已听姜明他们说过,也并不惧怕。我等顺着鬼灯的方向一路上去,到了一处平地,轿夫们将轿舆放下了,我家姑娘就从里面钻了出来,笑着说道:这鬼王在哪里呢?怎么还不出来呢?……我刚想搭话,就闻到一阵香风,然后就不省人事了……当我醒来时,我只觉得两眼剧痛,脸上湿润,伸手一摸,才知道两颗眼珠子已经被挖出来了!……"

几人都不自觉地感到一阵寒意,洪响问道:"那,你醒来的时候,是在哪里?"

邓豪苦笑一声,笑声甚觉凄凉。"我那时双目已盲,哪里还知道身在何处?我眼里剧痛,神志不清,只是乱跑……最后,我一头栽倒,便什么都不知道了。"

秦苦叹了口气,道:"邓老弟还是好好将息的好,二位,你们如果没什么要问的，就先请吧。"

裴明淮跟洪响一道出来，洪响道："裴公子，您刚才问的那位……吕什么，是谁？"

"是我的一个朋友，跟姜家没什么关系。"裴明淮心不在焉地说。洪响似乎还想问，却又不敢多说，又道："裴公子，今夜我就打算住在姜家，以防不测，您看呢？"

裴明淮自然不能说不，他又不是姜家人。

洪响拉着明珠，在姜家庄东晃西逛了一日，也不知在"查"些什么。好不容易天黑回来了，裴明淮本有心想向洪响打听一番，但洪响喝了几杯酒，不到一盏茶的工夫便鼾声大作。裴明淮看着洪响摊手摊脚四平八又地躺在榻上，除了叹气也无话可说了。

他本也毫无睡意，见窗外月明如水，便披了外衣，走了出去。院落里极之安静，一树木芙蓉，在月色下溶溶如雪，一阵风吹来如雪飘散。裴明淮目光投注在精舍门口所悬的那块匾上，喃喃道："好一个散霞阁。"

此时姜家庄园里悄无声息，就如头晚一般，非但不闻人声，连鸡鸣狗叫之声也不闻。裴明淮记起今日吃的食物，若非茹素，便是熏腊之物居多，难道这姜家是不养猪羊鸡鸭的？只是姜家的熏腊食物，着实鲜美，裴明淮想着居然觉得有几分饿了。大概是晚间被洪响拖着多喝了几杯，饭菜却没吃上几口。

裴明淮望了正中那座八卦塔一眼，他一直觉得这八卦塔令人见之不愉，只看了一眼便想移开目光。就在这时候，只见那八卦塔的塔身，自上而下，一层层地亮了起来。那亮光色呈鲜红，顿时整座八卦塔里血光闪烁，此刻正好一阵风吹过，吹得木芙蓉白色花朵四处乱飘，也吹得裴明淮背上一阵发冷。

他站在原地等了半响，那八卦塔却再无了动静，突然听得一阵琴声响起。这夜半琴音，本该是清雅动人，却不知是那弹琴之人心绪极乱，还是琴技太差，实在是难听得紧，听得裴明淮皱起了眉。

那琴音越来越高，铮铮铮几响，突然消失。裴明淮自然知道，琴弦已断，一时间不知所以，怔在那里。

他忽见白色花瓣飞舞，一团团地飘了过来，伸手接住几瓣，不由得一凛。那花哪里是风吹落的，是被剑气削落的！

难不成那弹琴之人，这时却在舞剑了？裴明淮凝神听去，却全无兵刃之声。他好奇心更浓，又听洪响鼾声更响，知道他一时三刻也不会醒转，身形一动，已没入了夜色里。他早知姜家庄园诸多古怪，但他已走过数次八卦塔与散霰阁那段路，因为对八卦塔十分好奇，每次都在默默暗记。按理说，八卦塔在正中，而散霰阁就在旁边，他只需要正对着八卦塔的方向走便是，那一路上只有些山石花木，绝无房屋挡路。但不论是碧玉带路，还是姜优带路，都是走得曲曲弯弯，本来片刻便能走完的路，硬生生地多绕上了翻倍的路。

一抬头，八卦塔已在面前。裴明淮松了口气，他对五行之术实在只知皮毛，凭这点皮毛和记忆能走这么一小段，他都有点佩服自己了，只是心里也明白，再要多走几步，怕也不得了。靠近看时，那悬在东南西北四面的姜黄色灯笼，在夜风里摇摇荡荡，更增诡秘之意。裴明淮藏身在一块太湖石之后，定睛看去，只见一个男子从北面而来，步伐极快，进了塔内。裴明淮虽只见到他背影，看身材装束，知道这人乃是姜亮。

姜亮进去了约莫小半个时辰，仍然不见出来。塔里血光映着月光，银白鲜红，却是一点动静也无。裴明淮再也忍耐不住，一纵身，自一块大石后蹿出，人已落到了塔内。

这还是他初次看到塔内景象。塔里除了一张极大的黑漆供桌外，空无一物。供桌上供着数十个牌位，裴明淮一眼望去，皆是姜姓。他心里略觉歉疚，暗道秦苦所言无虚，这里确是姜家供奉祖宗牌位的所在，自己擅自闯来，着实不敬。

他又一转念，这塔高七层，上面不知是些什么？正望着旁边楼梯犹豫，忽听到杏黄帐幔后略有响动，忙隐身到一根柱子之后的角落。

只见帐幔一动，走出来的，却是姜亮。牌位之后，本是塔壁，这姜亮就像是从墙里平空钻出来的一般。白烛下裴明淮见到他的脸，烛光摇曳中，姜亮脸上却像戴了个面具一样，平平板板，一无表情。他并未留意到角落里的裴明淮，大步地便走了出去。

裴明淮见他走远,忙至杏黄帐幔之后一看,地上果然有道暗门。姜亮匆忙之中,连暗门都敞了一道缝。裴明淮哪里抵挡得了好奇心,轻轻地将那暗门移开,只见下面透出微光,一路尽是石阶,煞是幽深。

他轻轻拾级而下,越往前走,越是明亮。待到眼前猛然一亮之时,裴明淮却陡然呆在当地,作声不得。

原来这地下暗室里,密密麻麻放的,都是黑漆棺材。裴明淮这时只骂自己呆,秦苦早已说过姜家素来把死者尸体停放塔中,而非下葬,自然是放在地室了。他正欲往回走,忽然见到一具棺材未曾合拢,再一瞟间,只见棺材上的名牌写着"姜峰"二字,心中一凛,慢慢地走到了那具棺材边上。

棺材盖甚是厚重,裴明淮伸掌运力,将那棺材盖缓缓推开了半边。他知道这姜峰已身亡月余,又是酷暑之际,心里也早已有所准备,见到怎样一具尸身也只索罢了。但棺材盖一推开,裴明淮却怔在那里。里面哪里有尸体,却满是金银珍宝之属,耀得人眼睛发花。

裴明淮呆了片刻,转身去推旁边一具棺材盖,上面写着"谢晴"之名,乃是姜峰之妻。里面也全是珍珠宝贝。他一连看了数具棺材,都是一般无二。裴明淮还从未遇到这等怪事,棺材不装死人装财物!他慢慢地将棺材盖推回原处,心里却是一片空白,想不出个究竟。

他在地室里面也再寻不出什么,便极小心地把暗门轻轻移开,一闪身便自地室里跃了出来。

上了楼,却只见杏黄帷帘重重,满室里一股闷塞香气,熏得裴明淮头晕。那重重黄帘无风自动,裴明淮定睛细看,不由得心下生了诧异。那杏黄帷帘上,以金线绣着符文,在烛火下闪闪生光。

他掀起一重杏黄帷帘,那帷帘是以质地极佳的绸缎制成,但却是真真上了年岁,裴明淮一触便觉着生脆,生怕用力一扯便会碎掉。

这塔中的种种物事,看起来都极是古旧,虽然打扫得纤尘不染,但却有股阴森之气盘旋不去。

裴明淮又揭起了一重杏黄帷帘,他双眼睁大,不自觉地后退了一步。他手上使力,那帘子竟被他拽了一角下来。

原来这塔室有张大案,两旁各摆一张黑檀木椅,一张空着,另一张上却端端正正地坐着一个男子,正朝裴明淮抬头而视。裴明淮一时心绪纷乱,他已侧耳细听了半晌,十分确定这塔室内绝无他人,若有人,又岂会不闻呼吸之声?但这端坐的,又是何方高人?

裴明淮定了定神,躬身施了一礼,道:"在下偶闯贵处,实属僭越,盼主人勿要见怪。"他说完此话,等了片刻,面前那人却无丝毫反应。裴明淮心下疑虑,又待了片时,方抬起头来。

这一细看,裴明淮险些失笑出声。那哪是什么男子?只是个蜡像罢了。只是这蜡像做得十分逼真,衣履精雅。这男子大约六十来岁,身材魁梧,满头银发,胡须却是漆黑,烛火下看来实与真人头发色泽无异。除了肤色惨白之外,真是如活人一般,连眼角的一丝丝皱纹都看得分明。尤其是他的眼珠,黝黑发亮,便如活人的眼珠一般,裴明淮方才也正是因为这人的眼睛精光灼人,才误以为是活人坐在此处。

"我今天还真是出丑了,幸好还没人看见。"裴明淮喃喃地说,话未落音,便听得不远处一个略带嘲弄的声音笑道:"裴公子,出丑是真,没人看见是假。在下不才,偏偏跟在后面,该看见的不该看见的都看见啦。"

裴明淮回过头来,只见卓子玉仍披着那件极暖和的貂皮大氅,手里抱着个白铜手炉,斜靠在木柱之前,一脸讥笑的神气。裴明淮却丝毫未露出吃惊的神色,只淡淡笑道:"阁下也跟在下一样,睡不着吗?"

卓子玉一笑,他脸色极其苍白,隐隐透着蜡黄之色,任谁看见,也会觉得他是病入膏肓了。"说起来,在下也是好意,见裴兄半夜里独自一人出来,去向却又是这八卦塔,怕裴兄有所闪失,才随后赶来一看的。"

裴明淮也是一笑,望着那个蜡像,道:"在下也正想请教,秦苦说这姜家特异独行,难道就是指的……他们只设空棺,却供奉这蜡像?"

蜡像之后的壁龛里,供着牌位。牌位上一书"姜源",另一牌位却是空着的。

卓子玉却哈哈大笑,笑声回荡在塔内,煞是阴森。"裴兄,这你却错了。从古至今,岂有供奉先人蜡像的道理?"他大步上前,把那些飘飘荡荡的杏黄帷帘一一撩开,裴明淮在旁看着,只有目瞪口呆的份儿。

原来这塔室内沿墙一圈,皆是蜡像,或站或坐,形容如生,个个穿的都是丝绸锦缎的衣衫，鲜艳如新。这些蜡像有老有少，有男有女，年长的坐在椅里，年少的侍立身后，或持扇，或捧茶，个个形容如生，仿佛随时会走会动似的。

裴明淮只觉阴风阵阵，勉强笑道："这可真算是个大家族了。"

"那是自然。"卓子玉冷冷地道，"这塔里层层如此，地儿够大。姜家人死一个，这里便多一个蜡像，这段时日，可是一连多了数个！"

裴明淮细嚼他这话的意思，更是打了个冷战。"……你这话……"

"我都说得够清楚了，裴兄还不懂？"卓子玉讥刺地道，"好吧，那我便再说得明白些。这些蜡像，是蜡像，也不是蜡像。早上吃饭的时候，我就告诉过你，姜家的腌腊东西可不能随便吃的。腊肉腌得好，这人肉蜡像自然也做得好！"

裴明淮其实也已隐约猜到，但自卓子玉口中说出，仍是惊悸不已。"卓兄，你的意思是……楼下石棺之所以没有尸体，都是因为……因为他们……他们……"

"裴兄怎么就说不出口呢？"卓子玉冷笑，"姜家人死了，都是把尸体制成蜡像，置于塔内！嘿嘿，裴兄，你如今明白了吧，你要看姜家老大的尸体，秦苦却是支支吾吾？他怎敢给你看？那尸体早风干了吧，要给你看，还不吓死人！棺材里面，是姜家历年来的积蓄，不是一般的丰厚哪！"

裴明淮实是找不到话来回答，只道："姜家怎会有这等……怪异至极的做法？"

"那我怎么知道？"卓子玉道，"我只知道，凡入了姜家门的人，哪怕是媳妇，像我姊姊，死了都得做成蜡像，放在这塔里。"他忽然嘿嘿地笑了起来，边笑又边咳，"这段时日，姜家人也忙得紧吧，死人不断，蜡像还得日夜赶工！七七四十九天之内，须得把人制为蜡像，送入塔中供奉起来，这是姜家雷打不动的规矩。否则……"

卓子玉说到此处，却不说下去了。裴明淮追问道："否则怎样？"

卓子玉嘿嘿一笑，他一边笑，一边咳，好像就要咳断了气一般，"否则，这些死人便会再次还魂，变成行尸走肉的怪物！"

裴明淮瞠视着他，也不知他是玩笑还是认真的。卓子玉又道："裴兄，你可发现这蜡像有何异处吗？"

裴明淮迟疑半晌，方道："那椅子空了一张，牌位也空了一个，原本是不是……"

卓子玉道："不错。"他指着那名叫"姜源"的蜡像，道，"这一位，便是姜亮他们的祖父。"

裴明淮道："他旁边的……"

卓子玉道："他未曾娶妻。"

裴明淮一呆，道："这可说不通了。他没娶妻，那姜家现在这三兄弟……"

卓子玉笑道："都是家族中人，也并非亲兄弟，堂侄之属。"

裴明淮"哦"了一声，若有所思。卓子玉笑道："裴兄如今应该明白，姜家几兄弟并无多少兄弟情谊了吧？"

裴明淮不答，却注视着姜源的蜡像，道："这姜源既未娶妻，那只设一座便是，为何要空一个座位，一个牌位？"

卓子玉的脸上，也似笼上了一层诡秘光影。"这乃是姜家的隐秘，我又怎能知晓？不过……"

裴明淮道："不过怎的？"

"这姜源，应该有一个兄弟。"卓子玉的眼中，也透出疑惑之意，"我有一次曾听到姜家兄弟说话，先是提到姜源，又说什么'手足之情'。他那个兄弟，想必是失踪了，才会不设牌位，亦无蜡像。"

裴明淮的目光又落到那空了的牌位处。若非夫妻，说是兄弟，倒也说得过去。他强笑了一下，道："这姜家，古怪之处甚多啊。不知令姊是如何嫁至姜家的？"

卓子玉叹息一声，道："家父从前是个小官，并不得志，郁郁而终。我母亲带着我与姊姊，投奔亲戚，途经凤仪山的时候……"

裴明淮一惊，道："凤仪山？"

卓子玉点头道："正是！我等那时又怎知凤仪山有此等怪事？夜里赶路，却遇上鬼王迎亲！"

裴明淮忙问道："那卓兄是见过的了？"

卓子玉摇头，道："我当时年纪尚幼，哪里记得什么。我那姊姊，被姜亮所救，便嫁了他。"

裴明淮道："令堂……"

卓子玉苦笑，道："家母不曾下得凤仪山，在山上便被害了。"

裴明淮"啊"了一声，道："那令姊……"

卓子玉的眼中，露出了极古怪的神色，冷笑道："也许是我姊姊太过美貌，连鬼王都不忍杀害吧？"

裴明淮只觉这个理由，不仅是牵强了，简直是荒谬绝伦。鬼王年年强娶新妻，遇上个绝色美人，岂肯放过？

6

正欲再问，只听脚步声响，由下而上，不出片刻，姜亮出现在塔室之内。姜亮仍是两眼通红，但脸色铁青，瞪着二人道："你们为何半夜里跑到姜家祠堂来？"

裴明淮自知冒失，不好答言，卓子玉却抢先道："我姊姊死得不明不白，你们姜家人又不肯细查，我若不半夜自己来，还能怎的？"

姜亮大怒，厉声道："我姜家祠堂，祖先灵位皆供奉在此，非姜家人不得擅入，你一介外人，怎敢进来？"

卓子玉冷冷道："我已来了，你待如何？嘿嘿，若非你姜家这八卦塔里有些见不得人的东西，又何必弄得这般神秘兮兮，分明就是一副做贼心虚的模样！"

姜亮怒极，喝道："子玉，你今天是打算跟我过不去吗？"

"三哥，你这又是怎么了？"姜优无声无息地出现在门边。她一身素装，一只雪白的纤手扶在黑檀门框上，越显得黑的愈黑，白的愈白。她的脸颊也是极白，双唇毫无血色，颇有病容。裴明淮见她这般脸色，不由得心下暗自奇怪，白日里他见姜优时，姜优还不是这般情状。姜优此刻柳眉高挑，脸有怒色，姜亮本来暴怒难抑，这时见了姜优，居然脸上还生了怯意，低了头却不答话。

姜优怒道："裴公子是贵客，子玉是嫂子的亲兄弟，你这岂是待客之道？"

姜亮道："可他们……"一言未尽，便被姜优截断，道，"三哥，不必说了，你先去吧。子玉，你也回房休息吧，我有话对裴公子说。"

卓子玉似对姜优颇为忌惮，自她出现后，便一言不发，这时听了她的话，向外便走。裴明淮对姜优一笑，道："失礼了，姜姑娘。"

姜优淡淡一笑，道："好奇乃人之常情，姜优自然体谅。只是此塔非塔，乃是我姜家祠堂，只姜家人能入，此亦常理，盼裴公子也能体谅。"

姜优此话，绵里藏针，软中带硬，说得裴明淮脸上也一阵发红，只得道："在下知道，真是对不住姜姑娘了。"

姜优沉默了半晌，方缓缓道："裴公子若有疑问，便问我吧，切莫再私入此地。"

裴明淮脸又一红，道："姜姑娘……"

姜优淡淡一笑，道："裴公子，有话请直说，不必客气。"

裴明淮心一横，问道："那卓子玉所言是实，姜家真是把死了的人……都制成蜡像？"

他见着姜优缓缓点头，淡然道："姜家祖训，须得将尸首完好保存。你所见的，裴公子，也并非蜡像，而是姜家祖传法门，不仅尸身不腐，还犹如金铁一般坚硬。只是须常常以药物擦拭浸泡，否则，蜡像脆弱，岂能长久？"

裴明淮苦笑道："在下从未见过这般的……"说了一半却住口了，说实话，姜家再行事怪异，如何下葬也是人家自己的事，也不好妄加评论。顿了一顿，方道，"姜姑娘，不知空着的那个座位，是何人的？"

姜优淡淡地道："是我那位祖父的兄弟。"

裴明淮好奇心大盛，也顾不了那么多了，又问："那为何不见牌位？"

姜优轻叹道："这里不是说话之处，且回散霰阁吧。"

奇怪的是，这半夜时分，姚碧却也在散霰阁外，似是知道姜优会来此处。她年纪不轻了，风致却丝毫不减，一身素白，难掩妖娆之态。见了姜优，姚碧上前道："姑娘，我已送他离开了。"

她这话却让裴明淮更是奇怪，这大半夜的，送谁离开了？姜优看出他的疑惑，微微一笑，道："刚才裴公子是不是听到我弹琴了？唉，我于音律实在是鲁钝，虽有明师，仍是毫无进展。"

裴明淮失声道："刚才祝筠也在？……"一言未毕，便知道此话不该说，果然姚碧皱眉道："公子，你认识他？"

姜优道："我与裴公子说话，你先去睡吧。"

姚碧道："姑娘，我方才见到子玉进塔里面，也不知道是想做什么，可要我去……"

姜优不待她说完，便截道："子玉年轻，对他姊姊的死心有疑问，也是合情合理。不必理会，我闲了会与他慢慢再说。"

裴明淮心里略觉得奇怪，即便小姑是娇客，姜优对待姚碧的态度，也未免太过了。但姚碧却似毫无芥蒂，替二人端了酒水来，便自行出去了。

姜优却不饮酒，面前只有一杯清水。裴明淮只见她莹白的纤纤玉指，轻触杯子，煞是动人。

"裴公子，你是什么时候认识祝公子的？"

裴明淮想来想去，这事好像也编不出谎话来，只得照实道："我前夜在凤仪山上见到他的。听他说，他在教姜姑娘学琴？"

姜优叹了口气，道："只可惜我实在鲁钝，白枉了这位明师了。"说罢又一笑道，"姜优的天分实在是差，看来也不必再在音律上费功夫了。"

裴明淮咳了一声，本想说两句客气话，诸如"功夫不负有心人"之类，但想了一想方才所听到的琴声，也闭嘴了。若在明师教导下学了若干时日，还是如此这般，趁早不学也罢。

当下试探道："姜姑娘虽说不擅音律，想必天赋在别的地方。姜姑娘使剑？"

姜优却是一笑，摇头道："我不用剑。已经不用了。"

她似是不愿在这上面多说，立即接道："鬼王之说，流传已久。传说鬼王居于凤仪山上，时常设宴广邀宾客，邻近乡民常闻乐声，甚或能闻到酒香飘来。只要不在夜里上凤仪山，便无甚大事，但若是有意冲撞，便会死无全尸！"

姜优说到最后四字，声音也变得尖厉。裴明淮也觉一寒，道："死无全尸？"

"要么便被挖眼，要么便被割舌，要么便被剜心！"姜优脸上犹如罩了一层寒霜，厉声道，"官兵上山也是一般，久而久之，再无人敢夜里上凤仪山！"

裴明淮道："那鬼王娶亲……"

姜优道："鬼王娶亲乃是近年之说，以前鬼王是不娶亲的。"

裴明淮奇道："此话怎讲？"

姜优道："鬼王之说在凤仪山至少已得三四十年，而只有这十来年，鬼王才要求进献女子给他。——阿蓉就是第一个。唉……阿蓉是个好姑娘……只可惜，命不好……"

她沉默了半晌，方缓缓道："明日晚间，我便上山去。裴公子，你可愿送我一程？"

裴明淮大吃一惊，姜优却道："裴公子，你是个聪明人，难道心里对我姜家，便无疑虑之意吗？"

她这话一针见血，倒让裴明淮尴尬了。半晌方道："只是方才，见了那空着的位置……"

姜优淡淡一笑，道："裴公子可是怀疑，我叔祖父那失踪的兄弟与鬼王有关？"

裴明淮见她已说了出来，只得道："不错，在下确实有此想法，还望姑娘能够为在下释疑。"

姜优秀眉微蹙，道："不瞒裴公子说，我也一样有此疑问。这一回，我准备自己去一趟，问个究竟。若真是我姜家祖辈，也不至于害我吧？"她转向裴明淮，玉容微带惨淡之色，叫裴明淮看着也一阵心悸。"裴公子，你可愿意？"

"……我自然愿意。"裴明淮道，"可是，姜姑娘，你孤身一人上山，总归……"

"裴公子不必说了。"姜优微笑道,"喜帖是下给我的,此事皆由姜优而起,也该由我一人承担,姜优便请公子相助,了结心愿。"

裴明淮叹了口气,起身一揖道:"在下自当遵命。"

他送姜优出去,心下却如乱麻一般。却见白影一晃,姚碧已然站在他身边,她面如寒霜,问道:"裴公子,我家姑娘对你说了什么?"

裴明淮心想姜优要上山这件事,众人也是必会知晓的,便道:"姜姑娘说,她明晚要上凤仪山。"

姚碧吃了一惊,两眼圆睁,盯着裴明淮。裴明淮苦笑道:"姜姑娘心意已决,我等劝也是无用,只能随她一起上山。"

姚碧脸色铁青,叫道:"姑娘怎能……"

她一言未毕,只听姜优的声音,轻柔婉转,在一旁道:"你何必打扰裴公子?有什么话,尽管来问我便是了。"

裴明淮一回头,只见姜优俏生生地站在花树之下,容貌体态,真是宛如仙子一般。姚碧见了姜优,脸上也生了怯意,一言不发。

姜优微笑道:"裴公子,不早了,你该睡了。记得,你答应过我的,送我上山。"

裴明淮只得拱手道:"遵命。"

次日黄昏,一乘喜轿便落在姜家门口。裴明淮站在轿旁,只觉心烦意乱。

这一日并无怪事发生,不仅姜亮不再露面,他想找卓子玉,却连卓子玉都不见踪影。洪响一睡醒,便回县衙去了,看情形,姜优并未告诉他自己要上凤仪山之事,否则,依裴明淮看来,洪响是会拼了命阻止的。

只听衣衫沙沙之声,姜优已走出府来,姚碧跟在她身后。裴明淮一瞬间只盯着她失了神,姜优一身白衣,腰结紫缨,清丽无伦,映得她一张脸便如羊脂白玉一般。

姜优对着裴明淮,微微一笑道:"裴公子,我们走吧。"

裴明淮深深一叹,道:"姜姑娘,我知你武功卓绝,但……在下还是再劝你一句,三思而行哪。"

"我已一思再思三思了。"姜忧笑道,"裴公子不必替我担忧,姜忧无论做什么,都是想得清清楚楚的。做了便是做了,再无后悔余地。"

说罢此话,她便上了轿,放下了轿帘,命轿夫起轿。正在这时,只听马蹄声响,洪响气急败坏地从马上跳了下来,人未到,声便到了。"姜姑娘,我的好姑娘,别去啊!算我求求你了,别去啊!那地方……有去无回啊!"

轿帘一动,姜忧露出了半张脸。她眼望洪响,微笑道:"洪大哥,这数年来,承你照顾,实不敢当。一切皆由姜忧而生,也该由我了结。姜忧就此告辞,你多多保重。"

洪响呆在当处,过了半晌,方才抬起头来。姜忧轿舆已远,裴明淮自马上回过头来,只见洪响面上神色,直是凄伤欲绝,一只手伸出似想抓住什么,良久方慢慢放下。

姜忧在轿中也不发一言,裴明淮只看着暮色渐浓,凤仪山渐渐沉入一片漆黑,半点灯光也不见。他心中暗暗有些发怵,入此深山,焉知会遇上什么?

"裴公子。"姜忧的声音,自轿内传来,十分娇柔。裴明淮牵马走近了些,道:"姜姑娘,何事?"

过了半晌,姜忧方幽幽道:"裴公子,你觉得,姜忧是何等样人?"

这个问题,问得裴明淮不明所以。"姜姑娘何出此言?我再劝姑娘一句,山上凶险,现在回头,还来得及……"

姜忧又是一声浅笑,裴明淮能想象到她唇边泛起笑意的绝色丽容。"既然来了,又怎能回头?我们上去吧,莫误了时辰。"

裴明淮问道:"如此漆黑一团,我们如何能辨清上山的路?……"

姜忧笑道:"我们有眼睛的,自然是辨不清的。但这些没眼睛的……"她略顿了一顿,"却能认出道路。"

裴明淮"啊"了一声,恍然大悟。姜忧所言无差,若是想在这夜里的凤仪山上不致迷失方向,恐怕还真只有天生的瞎子能办到。看来,这姜家的轿夫,抬喜轿上山,已是熟极而流?

念及此处,他身上又是一阵森森寒意。

只见轿夫更胜目明之人,抬了轿舆,便往凤仪山上而去。裴明淮与姚碧，都只得弃马而行。裴明淮回头望了一眼那如死水一般的潭水，黯黑碧沉，竟无一丝波纹。

"今夜既无鬼灯，亦无乐声。"裴明淮实在受不了这死水一般的寂静，没话找了句话来说。姚碧行在他后面，听他此言，冷冷地道："前夜已然有了。"

"二夫人，"裴明淮此时巴不得与她搭话，一路走得已无趣至极，"在下请问一句，为何前夜有了鬼灯，今日就不会有了？"

姚碧声音更冷。"这自然是因为前夜才是正日。玲珑已经上了山，只不过，我看她此刻也定然死了。这丫头……苦劝不听，真是自己找死啊！唉……"

她停下不言语了，裴明淮听她提到吕玲珑，心下黯然。只听姚碧又冷笑道："鬼王一恨违逆他之人，二恨欺骗他之人。若不犯他这两忌，倒也无碍。历来鬼王娶亲，与其说娶，不如说是买。"

此话倒是裴明淮初次听闻，当下忙问道："夫人此言何意？"

姚碧冷冷地道："鬼王娶亲，又不是强娶。他是下帖子到各村子去，谁家愿意以女换彩礼，谁家便献上女子。所得金帛绝非小数，是以鬼王娶亲，多年以来在凤仪山一带并未真正惹起民怨，这也是原因之一。"

裴明淮怔了半晌，无话可说。只听姜忧的声音，自轿中幽幽传来。"世人多好财帛，又有几人能免俗？重金尚能买死囚之命，更何况一民女之命？……"

这时轿夫忽然停了下来，此刻天色灰黑，浓雾密布，裴明淮虽目力极佳，但也看不甚远，只隐约辨出便是那晚初见祝筠的所在了。

只听姜忧幽幽长叹，道："我姜忧这辈子，实在是太过肆意妄为，也该有个了结了。"

裴明淮听她此言，只觉又是古怪，又是不祥，正要开口说话，忽见自喜轿上方，腾起了一股血雾，异香扑鼻，顷刻间那乘轿舆便被笼罩在血雾之中。裴明淮失声叫道："姜姑娘！……"

"别过来，裴公子！"他只听到姜忧低呼一声，裴明淮一时间犯了犹豫，姜忧声音十分决绝，就这一犹豫的当儿，那股血雾越来越浓，整处平地全被笼住，且裴明淮只觉两眼刺痛，连内息都难以凝聚，知道血雾有毒，当下也不敢逞强，只得闭眼屏息，直到血雾渐渐散去，才敢睁眼。

那乘轿舆尚在原地，轿夫却都倒在地上。裴明淮又调了半晌内息，才能行动。他掀开轿帘，哪里还有姜优的踪影？他大叫起来："姜姑娘！姜优！！二夫人！"

除了他的声音，再无声响。

裴明淮又气又急，他忽听到怪笑喋喋，猛然回头。

一个红衣老妇，正立于树枝之上，嘿嘿怪笑。她对面崖壁山洞之前，却站了一溜人，裴明淮这时方信了祝筠的说法，确有少年鬼使，装扮便如古画中一般，脸戴面具，却看不清究竟是男是女。众鬼使肃立在侧，或捧香炉，或捧香花，有十余人之多。

"姜优在哪里？"裴明淮大喝，那鬼媒婆却放声大笑，笑声刺得裴明淮耳膜微微作痛。"此女鬼王已然笑纳，速速退去，饶你性命！"

血雾这次来得更浓，再度散去之时，鬼媒婆连同一众鬼使，也都不见踪影。裴明淮怔在当处，只觉脑子里一团混乱。山洞里面全无灯光，裴明淮知道有异，正在犹豫要不要过去一探究竟，忽然听到有人奔跑之声，由远及近，夹杂着极奇怪的"嗬嗬"之声。他心中一凛，站住了脚。

那人越来越近，倒像是一路跌跌撞撞而来。裴明淮只听这人发出的声音，既非呼救，也非叫喊，已不似人所能发出的声音，倒像是野兽垂死挣扎时的吼叫。

突然天上一道闪电划过，照得四周一片白亮。裴明淮只觉眼前一花，一个人影已向他扑来，身法之快，动作迅猛，势如疯虎。裴明淮向旁一避让，那人一扑落空，刚落到地上，又一跃而起，向他扑了过来。裴明淮只听"刷"的一声，衣襟已被扯破。他低头一看，大吃一惊，自己衣衫倒像是被利爪撕裂的一般。

裴明淮心中一动，转头看去，电光照得四面如同白昼，只见一人披头散发，弯腰躬身口里"嗬嗬"而叫。那人的右手，却似虎爪一般，裴明淮失声叫道："卓子玉？！"

卓子玉披头散发，满脸扭曲，竟似完全认不出裴明淮一般，又朝他扑了过来。裴明淮看他神志已失，但劲道非同小可，只得再次闪身躲开。卓子玉这一扑，右手竟直插进了树身里。那是株老树，坚硬厚实，他的虎爪竟能深入树身，其坚利程度可想而知。

"是我，卓兄！"裴明淮连叫数声，卓子玉也毫无反应。裴明淮身形一动，卓子玉又再次扑上，这次裴明淮学了乖，又飘身闪在一株大树之后。趁卓子玉五指深陷入树干之际，裴明淮如电般闪至他身后，一掌劈在他颈后。

按理说他这一掌劈下，卓子玉功夫再好，也得昏迷不醒。但令裴明淮诧异的是，卓子玉虽然倒下，却又两眼圆睁，口里"嗬嗬"而叫，却仍说不出一句完整的话来。裴明淮弯腰扶住他，一叠连声地叫道："你醒醒！醒醒！"

电闪雷鸣交集，大雨倾盆而下，裴明淮浑身上下立刻湿透，那雨点大如黄豆，浇得他眼睛都快睁不开了。这时候，卓子玉双眼里突然闪过一丝清明之意，嘴唇嚅动，拼尽全力地似想说些什么。

"你有什么要告诉我的？快说！"

"姜……优……洞府里面……我姊姊……十三年前……在凤仪山……"卓子玉费尽全力，但口舌似早已僵硬，好不容易才挤出这些字句。裴明淮等了半晌，他却再也说不下去，只是双目圆睁，直视裴明淮，一眨也不曾眨。

如此大雨浇下，他竟能两眼不眨？裴明淮伸手一试，轻轻叹了口气。

卓子玉已死了。

裴明淮弯下腰，小心翼翼地把卓子玉右手上的那只虎爪除了下来，在虎爪之中，竟然紧握着一朵白色的优昙钵罗，还有一枚绿得极美的碧玉。卓子玉有极重要的事要告诉他，这一点裴明淮确定无疑。那优昙钵罗，佛经中的无俗艳之花，究竟藏着什么秘密？

裴明淮撕下衣襟，将那虎爪裹了起来，放于囊中。他本想到对面山洞一探究竟，忽然听到远远地自山下传来一声声惨呼。夜来寂静，声音传来之处，竟是姜家庄。

裴明淮寒毛直竖，只听惨叫声此起彼伏，倒似姜家发生了极恐怖的祸事一般。他本想去那山洞一探究竟，但这时候姜家庄定是出了大事，裴明淮心知不妙，负起卓子玉的尸首，急急下山。他也知道丢下姜优、姚碧在山上也一般的不妥，但此时也不知如何是好了。

好容易回到姜家大门前，已是半夜时分，姜家却是灯火通明。庄内无数大红灯笼，大书一个杏黄的"姜"字，在凄风冷雨中飘摇不定，煞是诡异。姜府大门也是洞开，不见一人。

忽听脚步声响，一人从大门里跌跌撞撞地奔了出来。黑漆大门上悬两盏黄皮灯笼，灯火甚明，裴明淮一看清那人的脸便吃了一惊，叫道："洪捕头？！"

洪响头发蓬乱，满脸惨白，他抬头一见到裴明淮，顿时如见到救命稻草一般，扑到了裴明淮面前，两手抓住裴明淮，高声嚷道："裴公子，姜家闹鬼了！"

裴明淮一呆，洪响脸上恐惧之色，真如见了鬼一般。洪响大口地喘了几口粗气，方道："裴公子，我们快走。赶快离开姜家，这里……这里不是人待的地方。姜家……这姜家……都是鬼！……"

裴明淮反手抓住洪响手腕，道："洪大哥，究竟出了什么事？"

洪响两眼犹如铜铃一般死死瞪着他，突然爆发出了一阵狂笑。"裴公子，我姓洪的素来不信神鬼，就连那鬼王之事，也是将信将疑。但如今……如今，哈哈，我一直有所耳闻，这姜家一族百年来都只设空棺，却把家人都制成蜡像，供在八卦塔内。但若是出了差池，这些死人便会复活……不不不，不是复活，只是行尸走肉！"

裴明淮怔住。"你是说……八卦塔里面的那些蜡像，现在都活了？"

洪响狂笑道："不错，不错，都活了！现在这姜家庄，都是死人，在四处乱走！本来是活人的，现在也变成了死人！"

裴明淮一惊道："我进去看看。"他转身便向里走，洪响大惊失色，忙回身拦在他面前。

"裴公子，千万不可。你若有了什么闪失，我项上这颗人头，哪里保得住？"

裴明淮冷笑道："那若是这些行尸现在自姜府大门里出来，你我又该如何是好？"

"裴公子，你有所不知。"洪响略微镇定了一下，道，"姜家状如迷宫，含五行生克之数，黑砖白瓦，这些行尸是断断走不出来的。他们庄子修建得如此诡异，便是为了这个缘由。就算大门敞开，一般的无法出来……只能困在这姜家庄里面……"

裴明淮"啊"了一声，道："原来如此！"他又笑道，"我还从未见过这所谓行尸，我还真想要见识一下！"

洪响瞪着他看了半响，他对裴明淮的性子已经相当清楚，"嘿"了一声，道："公子，裴公子，你懂五行之术吗？你进去了，出得来吗？我是拖了明珠给我带路，还没走到大门口，明珠便被……被杀了！我好歹也常来，总算这一小段路是拼命跑了出来！"

裴明淮听他这般一说，倒觉得森森地有些凉意。此时仍是细雨淋漓，裴明淮一个冷战，道："等我先把卓子玉找个地方放下来再说。"

洪响这时才察觉他负着一具尸首，大惊道："这……卓子玉……他死了？！"

"正是。"裴明淮叹道，"我在凤仪山上遇到他，想来是中了毒。"他将卓子玉的尸体找了个避雨之处放好，道，"回头再说吧。"

他又朝那两尊镇守于姜家门口的狴犴瞟了一眼，笑道："我如今才明白，为何姜家竟用狴犴镇门，原来，这姜家本来便是一座牢狱？只是我不明白，既然如此忌讳，为何定要将这个隐患留下？"

洪响脸色仍然惨白，他原本是张锅底一般的黑红大脸，如今这脸色活像糊了一层面粉上去，看起来十分瘆人。

裴明淮叹了口气，道："洪大哥，何必吓成这般？我还真不信，这世间能有什么东西如此可怕？"

7

此时风雨突止，半轮明月浮在云端。裴明淮见着一个女子，缓缓自树影里走了出来，站在姜家大门之后。她似乎是想走出来，走了一步却又退了回去，行动间极其怪异，仿佛一个提线木偶一般，动作迟滞僵硬。

裴明淮自月光下见到她的脸，顿时倒抽了一口凉气。

他曾在塔中见过这女子之像，站在姜峰身侧，便是他早亡的妻子，裴明淮记得名字是叫"谢晴"。她脸色惨白，便如套了一个蜡壳一般，怎么看都不似一个活人。

正在这时，有个小童自一处花木下钻出，却是碧玉。碧玉虽不能视物，却似知道身边发生了什么，吓得面无人色，朝大门的方向扑了过来。裴明淮叫道："碧玉，快出来！"伸手欲接，忽见谢晴伸出一只手，抓住碧玉的脖子，手中用力，只听"咯咯"两声，碧玉立时两眼翻白，头软软地侧在一旁，立即毙命。

裴明淮又惊又怒，只恨自己没早一刻出手，碧玉或许还能活命。只听身旁洪响低声道："这些活尸，力大无比，还好我今晚喝得不多，还算清醒，才能跑出来……姜亮，他是喝太多了……"

洪响无意间碰到了一根树枝，那树枝顿时弹开。谢晴头一侧，便朝他们这边"看"过来，寂静之中，裴明淮甚至觉着能听到她颈骨转动的声音，只见谢晴一步一步地朝大门走来，却在那里转来转去，始终不敢出门一步。

裴明淮实在是忍耐不住，他好奇心大炽，想看一看谢晴如今究竟是人是鬼？"铮"的一声，旁边的洪响只觉眼前一花，一道白光闪动，裴明淮剑已出鞘，夭如龙腾，一剑斩向了谢晴的右肩。

按理说这一剑斩下，只要是血肉之躯，必定会一条右臂应声而落。但裴明淮一剑斩下，竟听见金铁交鸣之声，仿佛长剑斩上的并非人身，却是金铁之属。裴明淮他这一惊实是非同小可。赤霄乃是神兵利器，他虽未用全力，但一样的可切金断玉，如今面前这"人"究竟是何物？

洪响见势不妙，大叫了一声："裴公子，我们快走吧！"

裴明淮却起了好胜之心，一剑回挑。他出手快极，洪响在旁还未看清，便见着一颗眼珠，被赤霄剑给旋了出来，一缕鲜血飞溅而出。

谢晴伸手缓缓举至脸上，在自己空空如也的左眼眶里抓了两下，却似毫不知痛一般。裴明淮剑尖一转，那颗眼珠便朝洪响飞了过来，裴明淮叫道："接着！"

洪响只得伸手去接，嘴里嚷道："裴公子，你好大的胆子！"

谢晴慢慢转身，朝庄园里面摇摇晃晃地走了进去。裴明淮一顿足便想追进去，洪响扑了过来，横在他面前。

"公子，不能进去！现在进去，哪里还有生路？那些……那些活尸……都在里面乱走啊！原本在塔里面的，都出来了……他们杀了……杀了庄里的人……"

裴明淮怒道："若是庄内还有活人，难道不救？"

洪响大叫道："裴公子，我亲眼所见，连姜亮都被他们杀了，还有什么活人！"

裴明淮道："方才碧玉不是还活着？"

洪响这一回，是"扑通"一声跪在裴明淮面前了。"裴公子，裴公子，算我求你了，你千万别进去！若你有一丁点儿闪失，我这颗脑袋，不，是我们这一县衙的人，脑袋还要不要？"说到此处，洪响凄声道，"我知道你心好，裴公子，但事已至此，你也一样无能为力！你能走进去多远？没人带路，你根本寸步难行！那里面的，姜家的，都不是人，不是人！你就信我一回，里面的人，都死了，我都看在眼里，你谁也救不了！"

他叫到最后，声音凄厉至极，令裴明淮也遍体生寒。再望了一眼姜家大门，裴明淮长叹一声，道："听你的便是。倒是这卓子玉的尸体，也请你送回县衙，叫仵作好生验视。"

他又何尝不知道，这姜家庄，他进去了，也未必出得来。

"裴公子，你好大的胆子。"洪响见他如此说，好歹松了一口气。他手掌里还抓着那颗被裴明淮剜出来的带血的眼珠子,裴明淮盯着那眼珠看了半晌,方道:"这些人真是古怪至极。"

洪响浑身一抖,那颗眼珠子落到了地上。他慌忙自地上捡了起来,捧在手里,道:"裴公子,我早说过,他们不是人!"

"但谢晴仍然会流血。"裴明淮皱眉道,"鬼岂会流血?"

洪响目注他,一字字道:"因为他们既不是死人,也不是活人,他们是活尸。"

裴明淮一怔,洪响说得十分肯定,倒叫他不知如何回答了。毕竟,活尸这东西究竟什么样?会不会流血?他也不知道。

二人一时无话,洪响此时方渐渐定下神来,问道:"裴公子,姜姑娘呢?你不是跟她一起上山的吗?"

裴明淮两眼正视他,道:"她一上山,便不见人影了。血雾中消失……倒跟吕玲珑的情形,颇为相似。"

洪响瞪着他,眼珠似要从眼眶里迸出来似的。"吕玲珑?她不是已经……不不不不……裴公子,我不信,我决不信!"他语无伦次,双眼已发红,"我要去找她!"

"这鬼王实在恶毒至极,我必将这凤仪山翻个底朝天!"裴明淮咬牙道,"若那鬼王还不出来,我就一把火把这山给烧了,不管他是人是鬼,是人我就要他烧成焦炭,若他真是鬼,我就要他三魂七魄,烟消云散!"

他说到最后一句话时,神色十分狠厉,就连洪响也打了个寒噤。裴明淮沉默了片刻,声音已平静下来。"洪大哥,我一直在想,鬼嫁娘恐怕并非是为了满足鬼王色欲,而是另有用处。我还想到,姜源那个失踪的兄弟……"

他这一句话,只惊得洪响面色如土,双手乱摇。"裴公子,你别说了,姜家敢做如此伤天害理的事?!……"

裴明淮淡然道:"正因为是伤天害理之事,才须假鬼王之名而行。姜家乃此地宗主,若明目张胆行此逆天之事,百姓也容不下。回去请你们县令来见我,我自有主张。"

洪响见如此说,忙道:"是是是,我这就去。我看,裴公子,你也一同去县衙吧?我这就禀报县令大人去,让他收拾屋舍,你好休息。"

裴明淮却摇头笑道："多谢了，不过我有更好的地方去。"他又道，"我打算去嫣红阁。"

洪响脸色微微一变。正如裴明淮所料，洪响实在不蠢。"裴公子，你诸事都要当心啊。那嫣红阁中……唉，我就实说了吧，总觉得有些什么怪异之处。我也说不清楚……"

"多谢洪大哥提醒。"裴明淮笑道，"我定然会小心在意。"

他果真到了嫣红阁里。老鸨一见他，便满面堆笑地迎上来，裴明淮打了个哈欠，道："现在我要睡觉，不用找人侍候。替我准备热水，再弄身衣服来，我这衣服都湿透了。"

估计花钱到妓院来睡觉的客人实在是很少，不过老鸨很快就回过了神，笑得更甜地把裴明淮送到了一间布置精雅的屋子。裴明淮洗了澡换了衣服，倒头便睡。房中原本就点着一种细细甜甜的香，中人欲醉。

也不知道睡了几时，裴明淮忽听到"笃笃笃"之声，有人在轻轻叩门。裴明淮极不情愿地扬起声音道："谁？"

只听一个极沉稳的男声，在门外道："下官池清波，应裴公子之命前来。"

裴明淮笑道："是池大人，来得好快。请进吧。"一面说，一面便起身整衣。他原本便和衣而睡，也没什么好整理的。

片刻之后，门才轻轻一响。裴明淮又是一笑，这池清波好生懂得进退之道，他自然知道裴明淮正在睡觉，有意等到裴明淮整衣完毕才进来。又隔了片刻，池清波才推门走了进来，躬身道："下官惊扰裴公子，请裴公子恕罪。"

"罢了，是我叫你立即前来的，何罪可恕？"裴明淮笑道，"池大人请坐。"

"不敢。"池清波侧身坐了，裴明淮这才看清这人模样，年约四十岁开外，一身便服甚是普通，却有股儒雅之态。当下笑道："池大人，我问你一件事。姜家在此，声名如何？"

池清波一怔，忙起身道："姜家乃是此地宗主，公子应该知晓。只是……不听朝廷册封，我们也……"

裴明淮笑道："这有什么不好说的，你们也等于是受他们供养着的，又不是什么见不得人的事。各地宗主督护，大多如是。要说此制不好，那也不是你们的首尾。池大人请坐，不必如此拘谨。"

池清波忙道："是，是，多谢公子体谅。"又道，"公子此来，不知是……"

裴明淮道："我不欲张扬，也请县令大人不要声张。今日请大人来，我有事相商。"

"洪捕头已对我说过了。"池清波道，"裴公子，调兵搜山，非等闲之事……"

"这事我会去办。"裴明淮打断他的话头道，"我倒是想问一问，这些年来，凤仪山频频出事，你们地方官吏，居然任那些可怜女子被送予鬼王，被凌辱杀害，毫无作为，实在是令人寒心之至。"

池清波哪里还坐得住，连忙站起垂头道："是，是，裴公子教训得是。"

裴明淮道："池大人，我并不是来兴师问罪的。我是想弄清楚这件事，替那些可怜的女子讨回一个公道，再不要有送上山的鬼嫁娘。"

池清波敛容道："是，这也是下官所望。下官已在这里当了多年县令，虽有升迁的机会，但下官曾发誓，此案一日不破，下官便绝不离开。"这番话说得十分严肃，裴明淮点了点头，道，"请坐吧，想来洪捕头已经把事情经过与你说了？"

"是。"池清波道，"下官实在觉得十分诧异，居然会有这等事发生。"

"我且问你，这姜家究竟是何来路？"裴明淮道，"这家人，实在是诡异至极。"

"裴公子，姜家是何来路，我也不知。"池清波道，"他们在此地已有百年之久，顺应天下大势为本地宗主，虽不接受朝廷册封，却也安分，这里的百姓都对姜家感恩戴德。前些年有流寇来犯，也是姜家率众打退。我自然也知道姜家有诸多诡异之处，下官多年来苦研《易》，姜家那座八卦塔，便是一个镇锁之地，而整座姜家庄院，设计建筑，颇多奇诡之处。"

裴明淮两眼一亮，笑道："这下好了，没想到池大人便是行家，我正愁不知哪里去请位懂行的来呢。"

"裴公子过奖了。"池清波道，"裴公子既然在姜家住过，自然见过姜家庄的诸般布置。那座塔四方皆悬八卦，正是一座锁妖之塔。我每次到姜家，总是心痒难当，真是想进去看看。我也曾推测过姜家的来历，姜家应是从蜀地迁来，那里古多巫蛊之术。"他两眼望定裴明淮，道，"是以姜家死人变为活尸，虽匪夷所思，尚不出意料之外。令下官特别困惑的，反而是……姜家几兄弟的死因。"

裴明淮道："池大人有何高见？"

池清波道："裴公子，我一直让洪响把案子进展报给我参详。姜家第一个死的，是大哥姜峰。裴公子，你来的当天晚上，姜明和三夫人卓子青被害，赤身裸体死于三夫人平日打坐念经的水阁之中。再后来，姜姑娘姜优上了凤仪山，和二夫人姚碧一同失踪。你在山上又撞见卓子青内弟卓子玉，死在你面前。姜亮昨晚也死了，尸体如今仍在姜家庄中，洪响亲眼所见。也就是说，到如今为止，姜家人几乎全部死于非命，姜优与姚碧很可能也已经死在凤仪山上，只是我们还未寻到罢了。照此看来，我十分怀疑，难不成有人与姜家有深仇大恨，势必要除其全家而后快？而且这杀人凶手定然与姜家极其熟稔，对姜家上下一举一动都极为了解，才能这般算无余子。若说姜家这几起人命案是一局珍珑，那凶手就是对这黑白子的来势去路了然于心之人。一个外人，决不能做到。"

裴明淮不由得对这池清波另眼相看，池清波神思清明，全然不受枝节干扰，直寻本源。便道："那依池大人之见呢？"

"下官确实不知。"池清波眉头深蹙，"不论怀疑谁，都实在没有充足的理由。于是，照下官看来，我们只有一条捷路可走。那就是看最后活着没死的是谁——可是，姜家庄如今已成鬼域，我等不敢擅入，连这条捷径也全然被堵住。那凶手究竟图谋的是什么？如此缜密严谨的计划，必是为了一个极重要的原因！"

裴明淮道："这'极重要的原因'，池大人可有头绪？"

池清波叹道："之前凤仪山上虽有鬼王，但还算无甚大事。自从十三年前，鬼王娶亲开始，凤仪山也渐成禁地，无人敢擅入。唉……"

裴明淮沉吟道："鬼王为何要娶亲？"

这个问题，问得池清波呆了一呆。池清波思索半晌，方道："裴公子，问得好。鬼王为何要娶亲？娶亲也罢了，每年都娶，娶了又杀了，这难道是鬼王的嗜好？……"

裴明淮微微点头，站起身来。"池大人，现在我们要做的两件事，其一，就是彻查姜家庄。不管里面那些是人是鬼，都要把姜家掀个底朝天。其二，我们得上一趟凤仪山，再搜鬼王老巢。"

池清波忙站起躬身道："下官遵命。"

"还有一件事。"裴明淮道，"我问你，这嫣红阁是不是有一个叫祝筠的琴师？"

"正是。"池清波道，"此人数月前来到嫣红阁，精于音律，琴箫笛筝无一不精。只是容貌丑陋，故他抚琴之时，都是隐于帘后。下官素来也好音律，虽不喜嫣红阁，也时常过来一聆佳音。"

裴明淮问道："这人现在还在嫣红阁吗？"

"这姓祝的琴师并非时时都在嫣红阁，有时一连十天半月都不在。"池清波道，"不过今儿个是在的，刚才在楼下，老鸨还对我说，晚上给我留了雅座，让我来听琴。"

裴明淮点了点头，道："那池大人请自便。"

见他起身走出房门，池清波忙起身垂手而立。站了半晌，待得裴明淮的身影全然不见，突然一笑道："老洪，你怎么一直躲在外面不进来？他早就走了。"

洪响应声从阴影里走了出来，他脸色更红得吓人，像是喝了几大缸酒似的，双眼通红。"我对这裴三公子十分畏惧，与他相对得打起全副精神，实在累人。他全然不似个富贵公子，不仅武功极高，而且心思缜密，更难得的是毫无骄狂之态。此人大不简单哪……"

"裴家岂有等闲之辈？"池清波冷冷地道，"裴氏一门权倾朝野，这裴三公子亲娘是清都长公主，姑姑是正宫皇后，可谓荣宠之至。皇上任命他为东道大使，出巡监察，加使持节可斩刺史镇将，这可是从没有过的事，百官无不惴惴。他手中那柄剑，赤霄，嘿嘿，高祖斩白蛇之剑……只是我看这裴公子，却颇有侠义之心，不似凉薄之人，唉……若真能把鬼王娶亲一事真相大白，倒也未尝不是好事。"

　　洪响握紧拳头，骨节咯咯作响。"是，只要能替阿蓉报仇，我长生牌位天天供着这位裴三公子也成。"

　　裴明淮下得楼来，此时嫣红阁冷清得紧，比不得晚间的莺声燕语。老鸨正在楼下，见了裴明淮，忙过来笑道："裴公子，您起来了？"

　　"祝筠在哪里？"裴明淮问道。老鸨一愣，赔笑道："裴公子，这祝筠多有傲气，若有得罪之处，请裴公子多多见谅……"

　　"他没得罪我。"裴明淮道，"带我去见他便是。"

　　老鸨亲自领他前去，祝筠住在后院一间背静的厢房，房前一丛芭蕉，那芭蕉还在往下滴水。裴明淮伸手推门，门也没关，"吱呀"一声便开了。祝筠果然在房中，手里拿了一支竹箫，正回转头来。房中黑暗，未点灯烛，裴明淮也看不清他脸。只听他道："是你？"

　　"不是我还是谁？"裴明淮笑道，"难道你以为我已经死了？"

　　祝筠发出一声低笑，把那支竹箫轻轻放在几上，随手点燃了烛台。烛火一亮，裴明淮本能地眨了一下眼，祝筠脸上那道从嘴角一直延伸到眼角的伤痕，实在是不那么容易看惯的。多看几眼还好，若是一眼乍看去，真得吓上一跳。

　　祝筠把他的神色举动都看在眼里，淡淡一笑，拿起茶壶，斟了两碗茶。"裴兄，你是不是想来问我，那晚我是如何从凤仪山回来的？"

　　裴明淮淡淡地道："我看也不必问了，你必定会说，是鬼王派身边的鬼使将你送回来的？"

　　祝筠笑了起来，道："正是，裴兄果然是聪明人。"

　　他端起一碗茶喝了一口，若有所思地道："方才见到了洪捕头和那位池大人一同出去，裴兄，你差他们做什么去了？"

　　"……九宫会月奇来此，所为何事？"隔了半晌，裴明淮方低声道。祝筠一怔抬头，道，"裴兄此话何意？"

　　"你就别装了。"裴明淮笑道，"我曾与你对坐弈棋，又岂会认不出你？就算你把脸扮成这般可怖之状，让人不愿多看，你身形行动，我仍能认出来。更何况，我们也不止在黄钱县见过一面，不是吗？"

祝筠低头半晌，方笑道："我跟裴兄还真是有缘。"

裴明淮道："我在金家北楼所见的确然是你。"

祝筠道："我不是已让那个捕快回来告诉你了吗？"

裴明淮道："人家又没得罪你，你为何伤他？"

祝筠笑道："他敢跟着我，我没要他的命还算是给你面子了。"

裴明淮笑了笑，道："左肃如今在你手里？若是如此，今日我可不能轻易放你走了。"

祝筠道："这都多少时日了，人早就不知道走哪儿去了！"

裴明淮道："跟金萱谋划的也是你？"

祝筠道："谁说是我？这等事我都谋划，我还谋划得完吗？我知道金萱的事，但跟她在飘香斋相会的人可不是我，她家的事跟我一概无关，我接了令，只设法把姓左的送出城，别的事我也一概不知。"

裴明淮道："那毕夫人呢？"

祝筠眼里闪过一丝寒意，道："那女子实在太贪心，为了一只镯子，险些坏了事。哼，金萱把毒药给她，叫她下在蜡烛里面，毒死那院子里面的人，她哄骗那小凤丫头去做了也罢，竟然还敢在人都死了之后进去取镯子。你进去的时候，怕那毒还没散尽吧？你就没觉得不适？"

裴明淮回思，确实那夜头有些昏昏沉沉的，只是不曾在意罢了。问道："你那时候已经不在了？"

"我早走了。"祝筠道，"我买通了江明夫妇和他们的养女，易容而来。他们要么就是瞎子，要么就眼神不好，也看不出什么。我也不曾想到，会连累他们。这毕夫人，哼……"

裴明淮回思他的手段，心知那毕夫人也必不会有好下场，心里倒舒坦了些。祝筠忽然一笑，道："你跟我对面相见，都认不出我，倒叫我有些好笑了。"

裴明淮道："那得赞你一句易容术高明了。你不仅容貌全然不同，就连声音也变了，想来是那辛仪的传授了？"

祝筠微笑道："要那丫头传授，确是不易，不过这门功夫，有用得紧，此次不是连你都瞒过了吗？"

裴明淮笑道："那也未必。你虽容貌声音都变了，我却自第一眼见到你时便隐隐觉着似曾相识。你再遮掩，你也藏不住你那双眼睛，所以你在邺都装作瞎眼之人，方能瞒过我。即便如此，你仍不像个江湖卖艺之人，你扮得不够好。"

祝筠还真细细听着，最后笑道："多谢裴兄指点，在下会学着改改的。"

裴明淮倒不提防他如此说，无言以对。祝筠望了他一眼，道："在这里见着你，着实让我吃了一惊。难不成与当日黄钱县一般，这里也有你的什么朋友，你才会来到此处？"

"那倒不是。"裴明淮道，"若你告诉我你来这里的原因，我就告诉你。"

祝筠又是一笑，道："裴兄，你明知道我是九宫会的人。能让我甘愿藏身嫣红阁，蛰伏于此，定是大事，我怎会告诉你？"

"难不成跟鬼王有关？"裴明淮问道，"这鬼王究竟是什么东西？"

"裴兄，你又何必定要为难我？"祝筠叹了一口气，道，"九宫会刑规严酷，你是要我受千刀万剐之苦吗？"

裴明淮重重地放下茶碗，道："我只是想把那为害一方的鬼王揪出来，还想找出杀害姜家人的凶手。"

"姜家如今已成鬼宅。"祝筠道，"在下提醒一句，若裴兄要去，务必小心在意。"

裴明淮抬头，烛火之下，祝筠一张脸被映得忽明忽暗，煞是诡异。"你为何要前去教姜优弹琴？你到此处，是不是就是为了混入姜家？姜家人，是不是你杀的？"

"你把我当成什么人了？"祝筠淡淡地道，"别当我会随便杀人，一般人给不起我要的价。而且，不妨告诉你，在九宫会里，我干的也不是杀人的勾当。"

裴明淮两眼紧紧地盯住祝筠，道："是不是鬼王与姜家，有我们外人所不知的关系？"

祝筠微微一怔，道："你为何如此问？"

"此间只有你我二人，天知地知，你知我知，你就说说又有何妨？"

裴明淮不耐道，"你来凤仪山有什么目的，与我无关。我只是可怜那些平白枉死的鬼嫁娘，想把这鬼王娶亲之事弄个清楚明白。那些女子都是些可怜之人。若你也有姊妹亲人，遭遇此等下场，你该当如何想？"

"我自幼便没爹没娘，又哪来姊妹亲人？"祝筠淡淡地道，却让裴明淮一呆，回不出话来。祝筠又笑道："也罢，你说得也有理。我就告诉你吧，我到这里是来找人的，但又不知那人究竟现在何处。所以我才会暂留嫣红阁，但意料之外的是姜优竟然请我教琴，我才得以进入姜家。"

"她怎会知道你？"裴明淮皱眉道，"她不会到这种地方来的。"

"她不来，可她的兄长会来。"祝筠道，"我对姜家人十分疑虑，老二、老三武功都不错，但都不及姜优万一。她是我见过的武功最高的女子。我曾经看过她在园中练剑，满园白霰飘飘，她的剑气能让园中百花俱落，我相信她已经练到了以气御剑的地步。"

裴明淮瞪大了眼，说不出话来。"她怎会如此厉害？她不过二十来岁……"

"也许她天赋异禀，也许她吃过什么灵丹仙药。"祝筠道，"我对她十分忌惮，在姜府中也不敢随意走动。姜家如此怪异，我极之怀疑，是不是鬼王之事，就是姜家暗中操纵？纵观这一方土地，也只有姜家有此可能了。况且，姜家离凤仪山，不过数里之地！"

裴明淮道："不错，我也有此想法。可是，他们为了什么？他们要的，只不过是未嫁的年轻女子！这有何难？何必这般大费周章？"

"当朝太师的公子，说话果然与众不同。"祝筠一哂道，"你说得轻松，你想想，每年失踪一个女子，都是被你掳到家中的，年年如此，总有一天要出事的。恐怕也只有你裴氏能将此事化于无形吧？"

裴明淮皱了眉，道："这种话，你再别出口。"

祝筠微笑道："话虽无礼，但道理是真。我的怀疑是有凭有据的，若真是姜家所为，一来可将女子失踪之事消于无形，二来凤仪山也成了禁地。姜家本为此地宗主，假借鬼王之名，这凤仪山岂不是成了他们的地盘，不论要在凤仪山上做什么，都能为所欲为？"

裴明淮点头道："不错，我也是如此想的。只是……我再怎么也想不明白，若真是他们所为，姜家如今为何连遭大祸，人人惨死？"

"不错，"祝筠道，"我也不是没好奇心的人，我也想知道缘故。"

裴明淮笑道："我一要再探凤仪山，二要再探姜家庄。你可愿与我一同前去？"

"也罢。"祝筠笑道，"反正我也是要去的，多你一个更好。"

裴明淮道："不过，我有一个要求。"

祝筠扬眉道："什么？"

裴明淮叹了口气，道："你能不能把你脸上的易容去掉？你把脸弄成这样，真是不想让人正眼看你？"

祝筠笑道："你若是想见我真面目，直说便是。"

裴明淮眼睛一亮，祝筠又道："只是我的真面目，又岂是人人可见？不瞒阁下，九宫会中，知我真面目者亦寥寥，此乃规训，在下不敢违背。非九宫会有令，不能露真面目于外人之前。"

裴明淮又叹了口气，却笑道："那也未必，定有一日，我能得见你真容。"

祝筠道："恕我直言，裴兄，你这人也太好奇了，不就两个眼睛一张嘴，有什么好看的？做人不要太固执的好。"

裴明淮一笑，起身道："你倒教训起我来了，我受不起。今夜子时，姜家见。"

祝筠道："你非得拣个闹鬼的时辰吗？"

裴明淮瞄了他一眼，道："我也想问你，你教姜优弹琴，非得要半夜去吗？"

祝筠一愣，裴明淮道："那晚我见着芙蓉被剑气摧落，是姜优？"

"……不错。"祝筠低声道。裴明淮双目直视他，道："琴弦断掉，想必弹琴之人，心烦意乱至极。你夜半与姜优见面，发生了什么事？那夜我见过她，她一定有什么变故。跟她在一起的人便是你，你们说了什么？"

祝筠不语，半响方道："裴兄请自便，子时见。"

这分明是下逐客令了，裴明淮叹了口气，只得出去，掩上了门。他睡了这多时，如今也饿了，总得先去寻些吃的。

8

他夜间到姜家庄门前时,却没见着祝筠踪影。裴明淮放声道:"喂,你在哪里?还不出来!"

只听衣袂声响,祝筠已落在他面前。原来他是藏身在那牌坊之后,牌坊有数丈高,裴明淮一时也未想到他会隐身其后。祝筠脸上却戴了人皮面具,裴明淮叹气道:"你还是不肯以真面目示人。"

"我已退让一步,你说我扮的那脸你看着难受,我便戴了面具,你还要怎的?"祝筠微愠道,"你不喜欢,我们各走各的便是。谁又愿意与你一道了?"

"得了得了,"裴明淮道,"别我说一句,你说十句的。走吧,我们进去。"

这已是他二探姜家庄。裴明淮手在那狴犴上一按,纵身跃起,摘了一盏贴着大红"姜"字的杏黄灯笼。"走吧。"

才走了几步,祝筠便道:"你认得路?"

裴明淮一呆,道:"我对五行之术只知皮毛,自然不知。若是知道,昨晚定然会冒险进去了。"说到此处,他心中一动,还未来得及细想,只听祝筠又道,"那若我不来,你今夜岂不是要陷在这里?"

裴明淮道:"看样子,你是个中高手了。"

"论武功,江湖上高手众多,我也不敢自吹自擂。但若论奇门之术,能胜得了我的,恐怕还没几个。"祝筠笑道,"姜家这宅子虽奇,但对我也不在话下,否则,我又怎敢前来?"

他一面说,一面往前走。这姜家花木极多,修剪整齐,但今日看来,残花遍地,月色下尤觉凄清。只听祝筠道:"也不过是个花阵罢了,虽然奥妙,但也不是不可解……"一语未尽,祝筠陡然顿住,连脚步都停了。

裴明淮原本跟在他身后，此时见祝筠情状，知道不妙，纵身上前，也不由得低呼了一声。只见一丛粉色芙蓉之下，倒着一个女子。

"姚碧？！"

裴明淮便伸手想去扶起姚碧尸身，只听祝筠喝道："不要动她！"但他这一声叫得略晚了些，裴明淮手已触到姚碧背部。裴明淮顿觉仿佛是触到一截行将碎裂的枯木，只听喀喀之声不绝于耳，她裹在湖色缎衫里的身子，竟然像是一块被震碎了的石块一般裂开！

裴明淮像是被烧着了一般，连忙缩回手来。祝筠越过他走上前来，手中竹箫一挑，那箫上定然藏着利刃，姚碧湖色衫子被划破，裴明淮见着她的背，也不禁"啊"了一声。

姚碧的皮肤看上去坚硬发光，祝筠竹箫击上之时，竟有金铁交鸣之声，但一击之下，便纷纷碎裂。

"她……不是姚碧吗？为何会变成这般模样？……"裴明淮喃喃道。

"你还真是孤陋寡闻，这是桃花姬的毒！"祝筠冷冷道，"人死之后，尸身碎如朽木，昔日江湖上，谁见了她不闻风丧胆！这女子纵横江湖多年，掀起多少血雨腥风，出了名的心狠手辣，却隐居在此？这凤仪山，究竟有什么能留住她的？"

月华溶溶，花木扶疏，一朵朵的淡色芙蓉残瓣，自枝上飘到姚碧的湖色衫子上。但她浑身上下的肌肤却在月光下反射光泽，便如擦得发亮的铜器一般。裴明淮注视着她，道："她为何会中自己的毒？"

祝筠皱眉摇头，道："走，去看看。"

裴明淮并不识路，只得随他前去。一路上，只见尸体遍地，约莫也有百十具之多，正如洪响所言，这姜家庄已成了一座鬼庄，再非人间所有。

"这是我那天见到的，你看。"裴明淮突道，他走到一块假山石旁，扶起一具女尸。那尸体正是那夜被他挑出了眼珠的谢晴，谢晴的眼眶有一个空洞，似乎正在瞪着裴明淮，却并不见血迹。

"有什么好看的？"祝筠怒道，他这股气来得莫名其妙，裴明淮还未回话，祝筠已一掌挥来，裴明淮急忙闪身避开，祝筠这一掌却不是对他而来的。他一记劈空掌拂来，谢晴的尸身顿时像是被炸过的石块，全身碎裂，纷纷坠地。

裴明淮叫道:"你这是干什么?"

祝筠不语,过了半晌,森然道:"我要找的,不是这些废物。"

裴明淮看了他半晌,方道:"你究竟为何而来?"

祝筠不答。裴明淮又道:"死了便死了,碎了便碎了,你在这里恼怒,又于事何益?"

"你懂什么!"祝筠怒道,"九宫会凡领命而无功而返,若没个缘由,不是那么容易能复命的!"

裴明淮问道:"你究竟要找的是什么人?"

祝筠已冷静下来,无声地叹息一声,终于缓缓道:"一个故人。"

说罢这句话,他又道:"你是说,姜亮也死在这里?"

裴明淮道:"洪响是这般说的,我也想去看上一看。"

祝筠问道:"那你可知道姜亮住在何处?"

"那边。"裴明淮伸手一指。祝筠也不言语,便往他手指的方向而去。

一路上,二人见到尸体众多,大都是如碧玉一般被折断颈骨而死,也有的是被重物击碎头颅而亡。那些活尸,却也都倒在地上,身体如碎了的蜡壳一般纷纷裂开,煞是骇人。

裴明淮一眼看到两眼蒙着白布的邓豪,脖子折断,倒在路侧,不由得叹了一口气。

到得姜亮房外,便闻着一股酒气。裴明淮道:"看来洪响所言无虚,这姜亮是喝得太多了。"

祝筠显然颇恶那酒气,一言不发。进到房内,果然见着姜亮死在榻上,脸上扭曲,满是恐惧震惊。他的肋骨尽碎,倒像是被重石在胸膛上压过的一般。那张大红缎面的喜帖,就落在他的身边,鲜红如血,妖异无比。

祝筠并不言声,一拂袖走了出去。裴明淮追了上去,道:"怎么,要走了?你可别把我一个人丢在这里,我就得在这里转圈子了。"

祝筠冷冷地道:"我倒想,就怕你跟定了我,甩也甩不开。我怎么到哪里,都会遇上你?"

裴明淮无言,只苦笑道:"明明是我到哪里,都遇上你,你怎么全怪我头上了？"

见祝筠不语，裴明淮又道："你到这里究竟是干什么的，就说说何妨？只当是我们聊天罢了。"

"……我说了，你可得帮我。"祝筠沉默半响，终于说了一句。

裴明淮奇道："你也会说这话？"见祝筠瞪他，忙道，"帮，帮，你都出口了，我必定全力助你，决不推辞。"

祝筠似笑非笑地道："若是要你做不仁不义之事呢？"

裴明淮也笑道："你如此聪明之人，又怎会难为我？"

祝筠叹了一口气。"我如今告诉你的，是九宫会的秘密。你千万不能再透露给第三人知晓。"

裴明淮笑道："泄了九宫会的密，是何种刑罚？"

祝筠淡淡地道："千刀万剐，你满意了吗？"

裴明淮道："那你还敢告诉我？"

"我若无功而返，不死也得少半条命。"祝筠道，"我还不如赌上一赌，赌你的嘴还算紧。你裴家三公子，大富大贵，也不见得会多管江湖草莽的事吧？更何况，你还欠我一个人情呢。"

裴明淮道："行了行了，你说便是。"

祝筠缓缓道："你已经猜到，我是月奇。你也知道，九宫会的星奇，是个女子。"

裴明淮道："传闻如此，难道有错？"

"无错。"祝筠道，"星奇向来便是女子。只不过……"他又犹豫了半响，方道，"上一位星奇，已于多年前离开九宫会，从此不知所终。"

裴明淮奇道："九宫会不追究？"

祝筠道："那位星奇，乃是九宫会尊主的夫人，与尊主一同建了九宫会，自当别论。"

裴明淮"啊"了一声。祝筠又道："她离开九宫会时，带走了一些东西。这些东西，我这一回，一定要找到。"

裴明淮沉吟。"都过了这么多年了，却要来找？"他也知道这个问题，祝筠是绝然不会答的，又问，"你为何会找到这里来？"

祝筠叹了口气，道："她自离开九宫会后，便销声匿迹，再无一丝音信。直到最近，我才得知，她有可能隐居在此。我甚至怀疑鬼王便是她，以鬼王之名让周围众百姓退避三舍，轻易不敢上凤仪山……"

裴明淮怔了半晌，道："你看不出鬼王是男是女？"

"只闻其声，未见其人。声音以内力送出，哪里知道原来是什么样。"祝筠道，"昔日星霜仙子与其夫反目，我实在不知道她如今是个什么情状，若我轻易披露身份，她却又不欲人知晓她的下落，出手杀我，那可不妙了。"

裴明淮道："星霜仙子？那不是个江湖传言吗？"

祝筠道："确有其人。据说容色绝丽，如星如月。但她脾气古怪，说要杀人，便要杀人，惹着了她，不管你什么人，都是一个死字。她武功奇高，我可不认为自己是她对手。"

裴明淮道："算一算，这星霜仙子到如今，也得快七十岁了吧？"

祝筠笑道："红颜易老，再是绝色美人，也一般的会老。"

裴明淮道："我倒真想一睹她年轻时的风采。"

祝筠一哂道："裴兄，你想多了。再绝色的美人，到了这年纪……"

裴明淮沉吟道："你是说，这星霜仙子这么多年，一直住在凤仪山上？"

"照我看来，她在十几年前，一定练功出了岔子，所以才会出现鬼嫁娘的事。"祝筠道。

裴明淮听他如此说，失声道："是她练功，需要年轻女子？她到底练的是什么功？"

祝筠缓缓摇头，道："不是练功需要，而是她不知怎的练岔了。那原是一种如今已然失传的内功心法。若是练成，威力极大，但也十分危险……"

裴明淮叫道："御寇诀？！"

祝筠微微一震，道："裴兄，你也知道？"

裴明淮道："可那是九宫会的镇教之宝。星霜仙子就练了这个？"

祝筠瞅了他一眼，道："裴兄，看不出来，你这般皇亲贵胄，对江湖上的旧事，还真是清楚。恕我多问一句，你师承何处？"

裴明淮干笑一声，道："家师有严命，不能说出他姓名。"

祝筠微笑道："裴兄不说，我也看得出来，你练的是道家的正宗内功，而且必是从小就开始练的。与大代皇族有如此深的渊源的道家高人，也就那么一位。"

裴明淮笑笑不语，祝筠也不再追问，又道："听说练那御寇诀，十分艰险，而且并无止境。一旦出了岔子……便是气血倒逆，筋脉尽碎。你可知为何当年星霜仙子与她丈夫反目，离开九宫会？"

裴明淮道："难道是星霜仙子要练这功夫，她夫君不让她练？"

祝筠笑道："正是，裴兄一猜便中，果然聪明人。"

裴明淮问道："你多次见过鬼王，为何不问？"

祝筠笑道："不算多次，就两三次。我本待再多看些时日，却发生了这等事。我十分怀疑，星霜仙子便是鬼王。我甚至怀疑，姜家八卦塔中，空着那个位置，便是她的。我也怀疑，姜优的武功，便是她所授。"

裴明淮道："你没问过姜优？"

祝筠叹道："我极之忌惮姜优，又未带常用的兵刃，毫无把握能跟她交手而全身而退，要从她口中知道什么，更是别想，她可是老成得很。"

裴明淮沉吟道："照这么说，我看姜优上山，是去找这个星霜仙子了。看来，我不必操心姜优了，她应该无恙。不过，凤仪山是必得搜的，你明日一同去如何？我在山上等你。你只是应命而来，对姜家之事，你就一点也不关心了？"

祝筠微笑道："我脸上戴着这东西，会吓着人的。"

"那晚我在凤仪山见到你，真是鬼王找你上山的？"裴明淮问。

"我没骗你。"祝筠道，"确实是鬼王要我上山的。我便也装作不懂武功，任鬼使带上凤仪山。但我不敢轻举妄动，始终未能一窥鬼王真面目。他始终隐于绣帘之后，头戴鬼面，我实在是什么都不曾见到。"

裴明淮摇头道："我不相信，你好奇心这么重的人，去了好几次，居然毫无作为？"

他说到此处，忽然右手伸出，一掌拍向祝筠面门。祝筠吃了一惊，举箫去格，裴明淮变掌为抓，仍旧去抓他脸上面具。祝筠侧头让过，怒道："姓裴的，你好奇心也未必太大了！我长什么模样，与你何干？"

裴明淮连接两下出手都未见功，又不能真下杀手，只得笑着收回了手。

"确实无干，只是见你一直不肯以真面目示人，心痒难搔罢了。"

祝筠怒瞪他一眼，骂道："无聊！"一扬手，竹箫上的利刃已弹了出来。裴明淮也不敢再造次，问道："明天来不来？"

祝筠再不答话，往外便走。裴明淮只得跟上，一出了姜家庄的大门，便不见祝筠的影子了。

裴明淮喃喃地道："走得还真快。"

次日清晨，裴明淮便上了凤仪山。官兵从他处另调，当地人人知凤仪山异处，就算有命在身也未必敢上。此时天方蒙蒙亮，山间雾气蒸腾，翠色笼烟，无数异草琼花，若不说这是一座鬼山，倒真是个清幽胜地。

洪响跟在裴明淮身边，肩上扛了一柄金背大砍刀，敢情就是他常用的兵器。他头晚大约是喝多了，此时一说话仍是满嘴酒气，裴明淮只得躲着他走。"裴公子，我已经很久没来这里了，这地方，以前是个好地方，现在……"

裴明淮笑道："天色已明，不必担心迷路了。洪大哥，让人搜山吧，发现任何蛛丝马迹，都向我回报。"

洪响带人离去，裴明淮朝身旁一株老树望了一眼，道："下来吧，人我都支走了。"

衣袂声响，祝筠已站在他面前。裴明淮一见他脸上那个人皮面具便叹气，祝筠冷冷地道："我已如约前来，你还要怎的？"

裴明淮苦笑道："不怎的，走吧，去鬼王的住处。"

鬼王所居的洞穴仍如那日一般，奇藤异果，苍翠娇红。走了进去，却见竹帘后多了一榻。裴明淮的目光又停留在那个玻璃杯子上，祝筠道："你为何对这个杯子特别留意？"

裴明淮笑笑不语，见那坐榻右首处有个圆球，磨挲得光洁无比，便伸手握住圆球，笑道："那鬼王便是坐在这里听你弹琴的？"

祝筠淡淡地道："你把那圆球向右转三下，记得，第三下转到尽头，立即在圆球上运力拍一下，力一定要用足。"

裴明淮依言而行，只听见咯咯声响，座后石壁上垂着的碧色帘幕竟缓缓移开，露出一个大洞。裴明淮问道："你一直知道这机关消息？"

祝筠道："这般显眼，就放在你面前，傻子都能看到了。"

裴明淮无话可说，当下二人举步进去，裴明淮一愣，里面竟然别有洞天。这山洞极深，按天然地势修成了一进又一进的屋舍，陈设精雅，外面一间是打坐的静室，角落放了一只青玉香炉。里室设有床幔妆台，裴明淮拿了一个妆盒，里面的香粉还剩了大半盒。

裴明淮道："看来确有一个女子住在这里。"

祝筠已走至里面，道："这里药物极多，看来是她炼药的地方。"

裴明淮看了那一屋子的柜子，还有个丹炉，鼻端闻的都是药香，叹了口气，道："要练她这功夫，也真不容易。"

祝筠忽然咦了一声，伸手在柜子上连击三下。"后面是空的。"

裴明淮道："里面还有？"

祝筠游目四顾，伸指弹向墙角。他已经使上了内力，三下之后，裴明淮只见柜子缓缓移开，露出了一个黑黝黝的大洞。

祝筠一皱眉，道："好难闻的味道。"

裴明淮的脸色也沉了下来。那是一股极阴冷的秽气，夹杂着腐臭之气。裴明淮低声对祝筠道："小心些。"

祝筠见他脸色郑重，便道："怎么了？"

"……不好说。"裴明淮已拔剑出鞘，只听一声龙吟，寒光一闪，映得祝筠一张脸也冷如朗月。祝筠脱口而出："好剑！"

裴明淮回头看他，道："你也爱剑？"

祝筠两眼仍不离那宝剑，一笑道："就算是再不懂行的人，也知道你这把剑是好剑。裴兄此剑，七彩宝珠、九华美玉镶饰，剑身澄如秋水，想来便是传说中的赤霄了？"顿了顿又道，"传说此剑乃被朝廷收罗，原来是真的。"

裴明淮笑道："皇上赐的，我也不能不接啊。"

二人沿着那山洞曲曲弯弯行了片刻，裴明淮忽然停住了脚。他脚下踩着了一件软绵绵的物事，举起火折子低头一看，地上竟有一具女尸。

那女尸面容已然腐烂，蛆虫蠕动，在她鼻孔耳间爬来爬去。可怖的是，这女尸竟然身穿新娘服饰，衣料倒是上好的，全未褪色。

他忽觉壁角有莹光闪动，幽绿惨白。裴明淮心中一动，转头看去。洞中漆黑，唯见壁角丝丝缕缕，青白相呈。裴明淮失声道："优昙钵罗？！"

《妙法莲华经》云：佛告舍利弗，如是妙法，诸佛如来，时乃说之，如优昙钵华，时一现耳。

裴明淮并非初次见此花。让他诧异的是，这优昙钵罗竟生在如此黑暗污秽之地，幽光闪烁，看来遍布鬼魅之气，绝非佛家仙花。

9

"你认得这花？"祝筠在他身后问道。裴明淮微微点头，道："见过。"

祝筠皱眉道："优昙钵罗乃是佛经中的仙花，只是传说罢了。世间居然真有此花？"

裴明淮道："我在姜家所见的，是长在树上的。"

祝筠伸手欲碰，裴明淮伸剑拦住了他。

"小心，恐怕有毒。"

祝筠自怀中取了一柄古玉，刚触到那白花，古玉便变了颜色。祝筠脸色微变，道："我倒不料这传说中的仙花，毒性却大成这样。"

裴明淮看那花，实在与姜家见到的一模一样。"难不成是自树上移下来的？"

祝筠道："不无可能。天下之花，又哪有如此相似的？"他见裴明淮两眼光芒闪烁，神色有异，便道，"裴兄，有何不妥？"

裴明淮道："不瞒你说，我这趟来此见到此花，真是喜出望外。"

祝筠奇道："哦？我虽不知此花有何妙用，但若你我推想无误，星霜仙子长年避居此处，为的便是她练的内功，那么这花想必于此有奇效？"

裴明淮道："不错，家师是这么说的。"

祝筠道:"我看裴兄是自律得紧,不至于练什么容易出岔的功夫啊。"

裴明淮叹了口气,道:"反正也不是什么秘密,说给你听也无妨。你可知道,本朝有两位皇帝,都爱服食寒食散?"

祝筠一怔,道:"这有谁不知道。道武皇帝服食寒食散多年,到后来已有些癫狂,对诸大臣说杀便杀,暴戾非常,最后才引来了杀身之祸……"说到此处,笑了笑道,"裴兄恕我失言。"

"你说的是实,有什么失不失言的。"裴明淮道,"太宗也一样,嗜服此丹药,早早崩逝。"

祝筠微笑道:"听起来,裴兄十分不以为然。"

裴明淮道:"家师自幼便嘱咐,不许我沾丹药半分,大约也是有这前车之鉴吧。只是他管得了我,却劝不了别人,皇上也一般的嗜寒食散。"

祝筠恍然道:"啊,你是为了当今天子来的?"又朝那花瞅了一眼,道,"只是此花什么性子,除了鬼王自己怕是没人知晓,裴兄若贸然移之,怕是不成。"

"自然不成。"裴明淮道,"我虽不懂,令懂行之人来看便是。"

祝筠道:"姜家的那些,生得倒比这里的好。"

裴明淮嗯了一声,道:"再往里面走。"

这洞穴极其狭窄,仅容一人通行,裴明淮是避无可避,脚下踩着的,若非绵软尸体,便是森森白骨。洞中皆是女尸,个个身穿新娘盛装,戴了若干首饰,枯骨之上沉甸甸的黄金手镯,望之可怖至极。生在角落的优昙钵罗青白幽光闪耀,如白骨森然。

"看起来,历年送与鬼王的女子,尸骨都在这里。"祝筠低声道,"着实可怜,花一样的年轻女子,就这般……"

裴明淮脸色阴沉至极,一拳击在洞壁之上,震得洞壁嗡嗡作响。"好个鬼王,干出这丧尽天良的勾当,我决不饶他!"

祝筠却道:"你一介凡人,纵有权势,又怎斗得过这幽冥鬼王?"

裴明淮冷笑道:"就算他是阎罗王,我也敢一把火烧了他阎罗殿!"

"好大的口气。"祝筠冷笑道,"当朝太师的儿子,果然口气不小,果然你裴家权势倾天,非为谣传。"

裴明淮转头看他，眼中神色变幻不定。"你的胆子也不小，敢对我裴家评头论足。"

祝筠笑道："那又如何？你打算治我的罪？"

裴明淮冷冷地道："若我真要计较，凌迟了你也不为过。"

祝筠却似并不在意，只笑道："我看，你还是先把这鬼王凌迟了比较好。我只是言语冲撞了你，你大人有大量，莫要计较。"

裴明淮恨声道："这鬼王实在是罪大恶极。只可怜了这凤仪山一带的女子，受此摧残。"他沉默了片刻，道，"这些尸骨如何处理，倒是一桩难事。"

祝筠道："你莫不是想带下去与她们的家人？别傻了，你这不是空寻些事来？照我看来，付之一炬，将骨灰带下去送与她们家人掩埋便可。就算你带下去，又能分出谁是谁？"

裴明淮叹了一口气。"此话虽有理，却不尽人情。"

祝筠道："否则你还能怎样？"

裴明淮叹了一声，目光又投在石壁角落所生的那些青白之花上面。"优昙钵罗，优昙钵罗。唉……卓子玉临死之前，也在说这优昙钵罗。在他手中，也发现了优昙钵罗……青白无俗艳，三千年一开……"

那优昙钵罗，丝丝缕缕，青白争艳。裴明淮突地想到初见姜优，她腰肢不盈一握，白衫飘飘，俏生生地立于花树之下，肌肤胜雪，犹如仙子。

"你怎么了？"祝筠在他身后问道。

"……我在想姜优。"裴明淮缓缓地道，"她现在在哪里？……"

祝筠道："若依你我所想，她不会有事。"又指了一指，道，"裴兄，里面还有一进。"

这一进山洞并无什么机关消息，只外面全是藤蔓，将洞口遮得严严实实，加之光线昏暗，一时不易发觉罢了。裴明淮望了祝筠一眼，道："你的眼力可真不错。"

一进去，裴明淮便觉得满目生辉。地上随处抛着珍珠宝石，居然都是打造精美的珠宝首饰。珠宝之中竟然躺着一具无头女尸。那女尸却不似别的尸体那般年久腐烂，肤色如生，看来刚死不久。

裴明淮一时间只觉得身上冰凉，喃喃道："是姜优？"

"头颅是被利刃割下的。"祝筠道，"不是剑，应该是更加沉重的兵器——像那位洪捕头用的金背大砍刀。自然，洪捕头对姜姑娘，是真又敬又爱，我不信他会杀姜优。"

裴明淮道："我也不信。他哪里杀得了姜优？"他望着祝筠，道，"你说……她是不是姜优？"

祝筠眼珠转动，漆黑流光，道："无头女尸，我怎会知道她不是姜优？这倒难了。"

裴明淮拉起女子右手，问道："姜优是左手用剑，还是右手用剑？"

"她不用剑。"祝筠答道。裴明淮一怔道："这话差了，分明是你自己说的，姜优剑术高强……"

"没错，可是真正的剑术高手，飞花摘叶俱可伤人，我只见过她折花枝以做剑。"祝筠道，"裴兄，这也是我对这具女尸是不是姜优深深疑惑的原因。我实在觉得，这世上能一剑斩下姜优头颅之人，恐怕没有。我办不到，阁下呢？"

裴明淮摇头。"如果那夜削掉芙蓉的人是姜优，那我不是她的对手。"

那女尸手腕肌肤细腻，肤色白腻，确似个大家闺秀。裴明淮拉着她手看了半晌，叹道："她确实像姜优，但是……"

祝筠的目光已经转到了那散落一地的珠宝之上。大约有数十件之多，都是不可多得的精品，宝光流动，将这洞窟都映得发光。祝筠喃喃道："若是以这些东西来诱惑女子，恐怕即使是鬼王娶亲，也会愿意前来吧……"

裴明淮又是好气，又是好笑，道："说什么胡话，都变成了一堆白骨了，还要这些身外之物做什么？"

祝筠随手抓起一串珠子，任光洁圆润的珍珠自指缝里滑出。"是吗？裴兄，你是什么都有了，没有你要不到的东西。是以你不会有这等感觉……"

裴明淮随手拿起一支青玉钗，那钗子细丝盘花，顶上有一只青鸾，展动欲飞，嵌着数颗翠玉。裴明淮一看之下，便"咦"了一声。祝筠道："怎么？"又道，"想来这些物事，便是鬼王送众女子的聘礼了？他这生意做得可真不亏本，送来送去，又回来了。"

"这是贡品。"裴明淮道,"我决不会看错的。"

祝筠道,"你能确定?"

裴明淮道:"自然,若连这个都看走眼,我这脸面还往哪儿搁?"

祝筠讶然道:"你的脸面?你的脸面在何处?我怎么没见着啊?"见裴明淮无语,又问道,"既然如此,照你看来,这些珠宝是如何流到此处的?"

裴明淮两眼一亮,道:"我知道了。这必定是十多年前,失窃的那一笔贡物。听说本来是皇上特意要的物事,居然半道被劫,龙颜大怒,责令彻查,但最后还是不了了之。据说盗贡品之人,是个身手极高的蒙面女子,常人要行窃盗之事,都会着夜行衣,可那人却着白衣,脸蒙白纱,真是自恃艺高,胆大至极啊。那批贡品都有记录,我将这些珠宝带下山去,逐一清点,很快就能知道结果。"

"可是,裴兄,你看看,这些珠宝都被人随意抛至此处,可见得那盗贡物之人,意不在这些珠宝。"祝筠道,"你可否令人将详细名册送来?"

"自然。"裴明淮道,"我即刻命人去取。"他又笑道,"跟你一同办事,倒是挺轻松的,不必对着一群白痴说话。"

祝筠轻哼一声,道:"接下来,你想说什么?"

裴明淮一呆道:"我没有想说什么啊。"

祝筠冷笑道:"接下来,裴兄是不是就想说,我误入九宫会,若是早日回头是岸还来得及?"

裴明淮不由得笑出了声,道:"你多虑了,我从未有此想法。你才华出众,但非为官之才,明淮虽不才,亦懂得量才而用。我对你从无成见,祝筠,官场与九宫会比,只有更污浊不堪的,我等是生来便在其中,由不得我,个中滋味,外人不足道矣。"

祝筠沉默不语,裴明淮又笑道:"九宫会别的我不知,但用人之才确是有的,这一点我绝对心服口服。"他顿了顿,又道,"如你所言,以姜优的武功,要杀她实在是难如登天。若这女尸真是她,又有谁能杀了她?"

"你在怀疑什么?"祝筠问道。裴明淮仍然缓缓摇头,道:"姜优那手流云袖我见过,她功力实在深厚。到了她这等高手的地步,还有什么毒药能伤到她?"

祝筠道："你还忘了一个人。"

裴明淮道："鬼媒婆？"

祝筠道："不管鬼王是不是星霜仙子，鬼媒婆你我都是亲眼所见。如今鬼王，鬼使，鬼媒婆一个都不见了，裴兄，你觉得，这是何故？"

裴明淮目注祝筠，道："你是想说，姜家灭门，所以，鬼王与他的手下，自然也尽数不见了？"

祝筠苦笑，目光又落在地上那具新娘打扮的女尸身上。"即便鬼王是星霜仙子，即便姜家便是鬼王的老巢，她又为何要杀姜优？姜优是她家人啊！"

这个问题，两人却都答不出来了。裴明淮咳了一声，道："你教姜优弹琴，与她总比我要熟得多。你就什么都不知道吗？"

祝筠又是苦笑，道："教琴？真是说笑罢了……姜优对音律，真的是一窍不通……我还没见过学音律这等鲁钝的女子。对音律这么不通之人，居然会嗜乐如狂，也真有趣。"他低低一笑，"照我看来，她还是练武的好，学什么琴呢？她偏要学，说是琴也好，箫也好，什么都行，只要是乐器就可以。"

裴明淮重复道："什么都行？只要是乐器？"

祝筠嗯了一声，一转念间，脸色却微有变化。"难不成她……"

裴明淮替他说了出来："传说那御寇诀与音律大有干系，若是以乐器辅以内力，威力将大大增加。姜优学琴，难不成是为了这个？"

祝筠沉吟半晌，缓缓道："极有可能。看她的模样，还真不是喜好音律，倒像是非得要学一般……"

两人忽听得洪响在洞外，大声叫道："裴公子，你在哪里？"

祝筠摇头道："这洪捕头对姜优可谓是情深一片了，待会儿看到这女尸，还不知道如何发作呢。我且回避吧，他要是哭起来，可不得了。"

祝筠所言无虚，洪响一见到那无头女尸，便方寸大乱。裴明淮在旁劝道："这也未必就是姜姑娘了……"

洪响却摇头，道："不，我知道，她就是姜姑娘。我知道，她就是……"说到这里，他哪里还说得下去，两眼发红，双手握成拳头，骨节咯咯作响。

过了片刻，他往地上一蹲，双手掩面，放声大哭起来。他这一哭，倒弄得裴明淮呆在那里，说不出话来。

裴明淮忽觉得这山洞之中，有什么东西在动，目光一转，忽见墙角那些青白花朵似有些变化，觉着有什么活物在上面爬动。裴明淮还以为自己看花了眼，揉了揉眼睛再看时，吃了一惊。

有无数小虫在花上爬动，那花身已被虫身占据。

裴明淮一时间怔在那里，思潮涌动。

此花难道原本便非花？

裴明淮推开窗户，只见院中月色如霜，花影细碎。他在嫣红阁中耽了两日两夜有余，也实在是闷得慌了。

池清波并非吹嘘，他确实精通奇门之术，众官兵才能在姜家庄中走得畅通无阻，收拾那百余具尸身。裴明淮留神看池清波走动，知道他全不会武，却通晓五行，倒是少见。

洪响从凤仪山下来之后，便一直失魂落魄一般，两眼一直是通红通红的，也不知道究竟是没睡好觉，还是哭得多了。

"裴公子，待得天明，下官便会令人在姜家庄内生火。"池清波躬身说道，语声颇带厌憎之意，"那等恶处，早该烧了的是。姜家那些尸体，也委实怪异，待得仵作验视完毕，也早些烧掉的好，以免百姓议论。"

裴明淮道："我要找的吕玲珑的尸身，不曾找到？"

池清波道："下官惭愧，在凤仪山上找了良久，也不曾找到。照下官看，恐怕是已经被山上的野兽……"

他不说下去了，裴明淮脸色黯淡，道："那吕谯呢？可在姜家庄内？"

池清波摇头，道："多数尸身裂开损毁得不成样子，实在难以辨认了。下官有罪……"

裴明淮摆了摆手，道："人既已死，那也只能罢了。我还有事，明日一早便会离开，这几天多扰了池大人了。"

池清波忙道："下官前来送裴公子……"

裴明淮一笑摆手道："不必了，我还是一个人走的好。"

池清波已颇知裴明淮性格，哪敢相强，只道："是，公子一路当心。"

"你去吧。"裴明淮道，"我今晚要早些歇息，莫让人吵着我。"

"是，是。"池清波连声答应，躬身退出。裴明淮待得门外全无声响，又等了半晌，忽然一笑，笑容中颇有诡秘之意。

裴明淮悄悄进了姜家，如今姜家庄中早按池清波的意思，设了路标，有些花木也被砍去，再不至于迷失方向。

裴明淮听得有箫声自水阁处传来，一缕低音，呜呜咽咽，知道是祝筠在此，当下便往水阁那边而去。

只见绣帘随风而动，水光如雪，月洞门上所悬那副偈子，又映入他的眼帘。

一切有为法，如梦幻泡影

如露亦如电，应作如是观

裴明淮踏上竹桥，刚走到月洞门前，一股劲风便袭面而来，直刺他眉心。这一着来势太过凌厉，裴明淮只得拔剑，只见白光一闪，"叮"的一声，那兵器断为两截，竟是一支竹箫。

他再定睛看时，夜凉如水，清风拂起绣帘，祝筠一身衣衫淡如远山，那花树纷纷落英，月色溶溶，虽看不见他本来面目，裴明淮仍能觉着他浑身上下的怒气。

"你竟敢断我兵刃，裴明淮？"

裴明淮叹气道："若非你下手狠毒，一招便可取人性命，我挡无可挡，我又怎会断你兵器？"

"谁叫你做贼一样摸来了，我不知底细，能不下杀手吗？"祝筠怒道，"你仗着赤霄剑之利，一剑斩我兵刃，这我不服！"

裴明淮苦笑道："我都赔过不是了，这事你我两人都有份儿，你还要怎的？"

祝筠怒气未平，仍愤愤道："待得下次见面，我必定携我兵刃前来，看是你的剑利，还是我的剑利！"

裴明淮奇道："你也用剑？那更好了，我们可以好好切磋一番。"

祝筠冷笑道："天下名剑，并不止你那一柄赤霄。"

"我从未说过赤霄天下无敌，你这人怎么如此不饶人。"裴明淮笑道，"何况，赤霄也是我这一两年才用的剑，以前我不是用赤霄的。"

祝筠奇道："你以前用何剑？"

裴明淮道："工布。"

祝筠拍掌笑道："好，好，我就猜你必不会用无名之剑。妙极妙极，据说'釽从文起，至脊而止，如珠不可衽，文若流水不绝'，此剑早已失传，我以为不存于世，原来竟在你手中。今后若有见面之期，可否一见？"

裴明淮笑道："那是柄重剑，其重尚在赤霄之上，我也是慕其名方用之。那柄剑确实特异……"

祝筠忙问道："什么？"

"古书记载无差，工布剑身纹饰如水，奇的是若舞起来，便如弹珠不绝，若是舞得妙了，其音如乐。"裴明淮道。祝筠一怔道："还有这奇事？"

"正是。"裴明淮道，"我得此剑后，苦练过此技。"

祝筠眨眼笑道："我明白了，这玩意儿练起来想必伤神，其实也只是炫技，无甚用处。你也必是练来御前献技的，可是？"

"不错。"裴明淮苦笑，"你心里必是在嘲笑我，觉得无趣吧？"

"那倒没有。"祝筠笑道，"只是在下身份低微，那等场合无缘得见，否则我还真想一睹呢。"

"言重了。"裴明淮道，"如今工布不在身边，他日若在，必舞给你看看。"他顿了顿又道，"这话可说远了，你在这里做什么？"

祝筠朝水阁里面指了一指。"你看。"

裴明淮定睛看去，一个竹编花瓶，插了几枝白色花朵，其中却有几点莹白的珠光闪耀，竟是夜明珠。当下走近前去，祝筠却把他一拉，朝他使了个眼色。

"那是一小串珠子，大约是从钗子上掉下来的。"祝筠道，"不知道是哪个女子的首饰？"

裴明淮脸色微变，道："难道是吕玲珑的？她的钗子上，就少了几颗珍珠。"

祝筠道："说起来，裴兄，我们在洞中发现的女尸，并不见吕玲珑。

她也许尚在人世？"

裴明淮黯然，道："她应该已经死了……玲珑不该自己来的。……她怎的不来找我？不管有什么事，我都不会袖手旁观啊。她为何要独自跑到这里找姚碧？我真是不明白……"

祝筠摇了摇头，问道："名册呢？"

裴明淮道："刚到手。"

祝筠望了他一眼，道："并不见裴兄身边带了随从，也不知是如何在这般短的时间送来的？"

裴明淮笑笑道："你好奇心还真大。"说着将册子抛给祝筠，"除了珠宝之外，另有一批极名贵的药材。天山雪莲，老山人参，人形何首乌，千年续断……还有些我根本听都没听过的奇花异草，想必也是入药的。"

祝筠"啊"了一声，道："原来如此。我们一心想着珠宝，却忘了那批药材。那盗贡品的人，要的本是那些药材。若要她去慢慢收集，恐怕得穷十数年之工，有此便宜，她为何不捡？珠宝药材，占地无多，以星霜仙子之能，轻而易举！"

裴明淮道："可是，贡品里面却并无……"

祝筠见他不说下去了，问道："什么？"一转念间，道，"啊，我明白了，你是说那个玻璃的杯子。"

裴明淮缓缓点头，道："贡品名册中并无此物。那个杯子，看镂工刻字分明是大凉皇宫之物，她是从何处得来的？"

祝筠笑道："优昙钵罗怎么来的？若非大凉国主点头，她能移走？"

裴明淮道："你是说姜优跟大凉皇族有渊源？荒唐，大凉灭国的时候，姜优怕还是没出生吧！"

祝筠道："有何荒唐？你难道不知道，传说练成了御寇诀，便是地仙境界，从此无生无灭？"

裴明淮心里早有一个念头，却一直不肯说出，此时方道："难道她……"

祝筠打断他道："你为何不就直接说出来？就算什么无生无灭是荒唐之说，但容颜不老也并非什么不可能的事！若非如此，双十女子，就算打从娘胎里开始练武，也练不到那个境界！"说罢长叹一声道，"我一直以为，我要找个年近七十岁的老妇人，很可能就是藏在凤仪山里的鬼王。却没想到，一直在我眼前的姜优，就是我要找的星霜仙子！"

裴明淮问道："那天晚上，你究竟对姜优说了什么？"

祝筠又是一声叹息，道："我当时虽然不曾怀疑她是星霜仙子——江湖上驻颜之术是听得多了，但真见到，反倒想都不曾那般想。但我想她必定跟星霜仙子极有渊源，因此我将九宫会老尊主的死信说了出来。没想到她反应十分古怪，琴弦弹断了不说，一院子的芙蓉，都被她的剑气摧落了。那是我第一回见她如此展露武功，也就是在那时候，我隐隐约约开始疑心，却不敢相信……"

裴明淮喃喃道："传闻她颜若天人，这倒是一点无假……"他声音中忽添了恐惧之意，"那些女子……那些被鬼王掠上山的女子……"

"那都是她干的。"祝筠道，"照我看来，老尊主不愿她练这门功夫，恐怕还是因为太难练，太易自伤。她练了那么多年，竟然还是出了岔子。姜家便是星霜仙子出身之地，凤仪山又有她需要的药饵，她最后回了这里，一应供应，必定是姜家侍奉。姜家是此地宗主，势力极大，她依然过得逍遥至极。听说，鬼王每月都在山上宴请宾客，纵酒享乐，也不知是不是真的。……直到十三年前……"

他的声音也微微有了变化，"姜优杀了一个少女，以她的精血为药引。从此之后，大约每年的这时候，她都得这么做……那个少女，定然是她身边的人，想必……想必是她的贴身侍婢？……"

裴明淮涩然道："她炼丹的药饵，定然有那形似优昙钵罗的毒花？真真是……"

他未曾说下去，祝筠却替他说了出来。"红颜枯骨，裴兄可是这般想？姜优天仙化人，实则她这副相貌皮囊，却是腥血白骨所化，毒花供养而出。她不是仙子，她真真是鬼！"

祝筠说到最后几字，声音也提高了些，裴明淮听在耳里，只觉着头皮发麻，喃喃道："卓子玉发现了洞府里面的女尸，非死不可。这么多年，他毕竟住在姜家，不可能对鬼王娶亲之事一无所知。他必定发现了，那容颜损毁、赤身裸体死于水阁之中的三夫人，不是他姊姊。那么真正的姜家三夫人卓子青……"

忽听衣衫细碎响动,一个白衣蒙面的女子,自一株木芙蓉后缓缓走了出来。

10

裴明淮两眼紧紧盯视她,道:"三夫人,在下自到姜家以来,从未睹过你的真容,今日可愿给在下这个机会?"

那白衣女子略为迟疑一下,将蒙面的白纱拉了下来。裴明淮一惊,这女子容颜美极,但也清冷至极,肤色如雪,浑如月华,只是她一边眼眶中空空如也,眼珠已经不见,这般绝丽的脸上,却少了一只眼珠,可怖至极。

"你便是卓子青。"裴明淮喃喃道。"姜亮竟娶了个这等绝色?……"

卓子青淡淡一笑,道:"正因为这副容貌,才留下了这条性命。不过,阁下剜了我一只眼睛,再美貌也无用了。"她声音更是极清极冷,犹如冰雪。裴明淮记起卓子玉之言,说他这姊姊,冷到一丝活人气也无,今日看来,并非虚言。

裴明淮思及当时情景,一阵发寒。"我的剑挖了你的眼珠,你居然忍得住一声不响?!"

卓子青淡然道:"为了报仇,莫说是一只眼睛,便是两眼全盲,又有什么?"

裴明淮无言,半晌叹道:"你的遭遇我十分同情,但你灭姜家满门,也未免太毒了些。"

卓子青一声冷笑,道:"毒?我有姜家人毒?我卓家乃世代书香,姜亮救了我和幼弟,我无依无靠,只得嫁与他了。我对姜亮本无情意,但有一日……"她的声音更冷,"我听见他们三兄弟说话,才知道当年凤仪山之事。他并不是我的恩人,是我的仇人!我竟与不共戴天的仇人,同床共枕若许年！"

裴明淮与祝筠对视一眼，均觉不忍。祝筠低声道："这实属姜家造孽。"

卓子青道："从那时起，我便起誓要这姜家上下全数灭门。我早就觉得姜优有不对，哪有人数年容颜全然不变的？就算姜家佣仆都是瞎子，姜家兄弟就一点不觉不妥？我巧言狐媚姜亮，向来我冷淡于他，突然对他示好，他受宠若惊，一次醉酒之后，终于把姜优的秘密告诉了我……"

她冷笑数声，道："姜家那几个兄弟，都是她的侄孙辈。只是她容貌不变，他们为了替她隐藏身份，称她为四妹罢了。他们哪里敢忤逆于她？她才是这一方的宗主！"

裴明淮道："与姜源对坐，空着的那个位置，本来就是姜优的？"

卓子青道："不错，大家都以为姜源有个嫡亲兄弟，除了姜家人，没人知道是个女子。姜优一直在凤仪山上，便住在洞府之中，姜家着人服侍。但最近几年，她回了姜家庄，对外只说是姜家小妹幼时多病，这几年身子好了，才能见人。"

祝筠问道："她为何突然要回姜家庄？"

卓子青缓缓道："听姜亮口气，大约还是练功的原因。姜家庄的那优昙钵罗，可生得比山上的好了十倍不止，自然是在姜家庄炼丹更好些了。她那内功，若是稍有差池，便会气血倒逆，骨断筋碎。她初次练功遇险，人还是在山上的，身边只有她那个丫头……那夜恰逢我一家人过山，若非姜亮对我一见倾心，我姊弟又在轿中未曾亲眼看到她当时情形，也一样的活不下来！"

祝筠与裴明淮二人，都听得背后一阵寒意。裴明淮道："你母亲……"

"我娘便是死在她手里！"卓子青冷冷地道。

裴明淮道："山下众人见着轿舆与灯笼，以讹传讹，便生成了鬼嫁娘之说？第二年，杀阿蓉，她便如法炮制？还杀了白水村一村的人？"

卓子青道："是毒，桃花姬的毒！只须把毒放进村子水源，就能让一村的人都死了！"

裴明淮疑惑道："桃花姬姚碧？她究竟跟姜优有何渊源？"

卓子青道："她是从西域跟随姜优回来的。论起年纪，她比姜明还长几岁，只是从姜优那儿学了些驻颜的法门，看起来年轻美貌罢了。"

裴明淮这才明白，为何姚碧在姜优身边，举止那般恭谨。当下问道："姚碧是如何死的？"

卓子青冷笑道："我知道那夜她会陪姜优上山，也知道她会如往常一般，扮成鬼媒婆，是以早早偷了她的毒药，浸在她衣服之上。她虽长年用毒，但我用数倍的分量，慢慢渗入肌肤，待她发现之时，哪怕是赶回姜家庄取解药，也是无用！只有姜优，她内功深厚，百毒不侵，我这点微末功夫，在她面前，毫无施展的余地，要杀她，真真是难于登天！这一回，姜峰、姜明暴毙，你二人来得又奇，她大概也感觉到诸事不妙，准备离开姜家……我若再不下手，她一旦离去，再无机会！"

裴明淮道："你已经计划多年了？听姜优说，姜峰死当晚，你行动十分反常，也是在她面前故意做作？"

"我一直苦练武功，但天资所限，也不过如此。在姜优面前做作，只是见她出来，怕她去找姜峰，想拖住她。"卓子青冷然道，"姜峰不懂武功，杀他吊于房梁上，十分容易。姜明对我早有染指之意，要设计也属易事。我弟子玉有一虎爪兵器，我正好借用。"

裴明淮道："卓子玉难不成是你杀的？"

卓子青犹豫片刻，祝筠道："她只有这么一个弟弟，长姊如母，她怎会杀卓子玉？卓子玉不是她杀的。"

卓子青打断了他的话头，道："是我杀的，都是我杀的。"

裴明淮一笑，道："向来有人这般说时，那便一定不是他杀的。"他沉吟道，"其实，我早该想到的。你一介女流，很多事不便做。十几个鬼嫁娘中，只有一个，是全村被杀，鸡犬不留。那个女子叫阿蓉，也曾是姜优的贴身婢女。我早该知道了，实在鲁钝……"

卓子青脸色雪白，不发一言。祝筠接道："阿蓉之所以会死，便因为她也发现了姜优的秘密，恐怕还告诉了家里人。姚碧一不做二不休，以鬼王娶亲之名，除去阿蓉，毒杀她全村人，还割掉了阿蓉的舌头，方泄心头之恨，从此也再不敢有村子拒不献女。但有人对阿蓉情深意诚，定要为阿蓉复仇！"

裴明淮道:"那天晚上,姜家庄出事,我就应该知道了。我对五行之术还算略懂一点,也不敢妄进姜家庄,这个人却从里面逃了出来,又一力阻止我进去。他说是有明珠带路,可我仍然有些怀疑……而你,若是无人帮忙,又怎能将姜峰吊在房梁上?姜亮胸骨尽碎,又必是一个力大之人所为。洪大哥,我说得可对?"

只听一声大笑,另一株花树之后,洪响转了出来。他手持一柄金背大砍刀,也不知又灌了多少酒下去,黑红脸膛更红得发紫。"不错,不错,裴公子,我就知道,什么都瞒不过你去。计划得再周密,总会有想不到的破绽。姜优是我杀的,我便是用这把刀把她的头砍下来的。我总算手刃了阿蓉的仇人。我把她的头扔在凤仪山上喂野兽,她永远不得全尸。阿蓉对她又敬又爱,她竟能下此毒手,我对她实是恨之入骨,恨不得食肉寝皮!"

裴明淮道:"那夜,我送姜优上山之后,便是你和卓子青将姜家人尽数灭门的?上百人,你们也够狠!"

洪响哈哈大笑,道:"姜家庄中人,没一个不是姓姜的。他姜家人不少都是天生宿疾,生下来便眼瞎,哪怕碧玉、明珠这等小童,也是货真价实的姜家族人。鬼使,轿夫,管药的童子,哪一个不为鬼王出了力?我们杀谁,都不冤!大概也是造孽太多,姜家几兄弟都没孩子,也不知是常用丹药所致,还是为何……他们这一家人,绝后了最好!我们先是在庄子的水里面下了毒,待得众人昏迷过去之后,再一个个杀掉!没喝水的,也不是我的对手!为了让你相信是活尸作祟,子青扮成谢晴,刻意在你面前杀了碧玉。没料到你胆子实在不小,竟然剜了她一只眼睛。我想救,却又不能救……我真是怕,怕你硬要闯进去!"

裴明淮问道:"那些活尸……不,蜡像,都是你们移出来的?"

"不错。"卓子青道,"我听姜亮说过,那些蜡像,须得时时以他们祖传秘制的某种药油擦拭浸洗,否则就会朽坏。"

裴明淮这才明白,为何那些原本在八卦塔中的"蜡像",会变成那副样子。又盯了卓子青一眼,道:"那夜我不曾斩下你一条手臂,你身上穿了什么甲胄吗?"

"我除了戴蜡制面具扮成谢晴之外,还在身上穿了一件混以五金的铁甲。这铁甲乃是姜家祖上所传，听姜亮说以前是他祖先上阵杀敌时所穿的，他吹嘘说什么神兵利器也难以穿透，原来还真没胡说，连你的赤霄也奈何不得。"卓子青道，"洪响想要你亲眼看到姜家庄的异事，却又怕你胆子太大要闯进去，一再嘱咐我要小心防备，我才记起了那塔里放着的铁甲。没想到……没想到你比我们想的胆子还要大。"

裴明淮道："姜亮是你所杀？"

卓子青冷冷地道："姜亮武功甚高，我一击不中，洪响只得现身，与我合力杀了他！他之前便已对我十分疑虑，只是不曾说出来罢了！"

裴明淮道："你杀了姜明，然后把他与吕玲珑的尸身移到水阁之中？"

卓子青道："不错！"

祝筠忍不住道："你们胆子不小，也不怕有人看到？"

卓子青缓缓摇头，道："我那水阁，本来就在庄园最僻静之处。夜深之后，不能在庄中随意走动，本就是姜家定下的规矩，不止你这等客人，庄中人也是一般的要遵守的。我知道那夜吕玲珑上山，姜优、姚碧必定不在，正好让我行事，没想到，你却意外出现在凤仪山，姜优便赶了回来，留姚碧在山上料理。"

裴明淮回思当日情景，果然未见姚碧。便问道："她们一早便打算杀吕玲珑？"

卓子青道："那倒不是。若非吕玲珑坚持要上山，也不会送命。这姑娘……也是注定了……"

裴明淮黯然，洪响却道："那姑娘甚是聪慧，我看她是发觉了端倪，才会被杀。姚碧总是她亲戚，要找年轻女子十分容易，何必打主意到她头上？她会武，料理起来麻烦得多。而且，那姑娘对姜优，一点用处都没有。"

裴明淮一怔道："什么意思？"

洪响道："她被杀后，尸体就被弃在林中，我找了回来，以充作子青尸体。损毁严重，若不仔细查验，是不会知道她死的时辰其实早了些。"

裴明淮道："为何无用……"

不待他说完，祝筠便道："裴兄，你怎的变呆了？洪捕头说得十分清楚了，她对姜优没有用处！她不是处女之身！"

裴明淮"啊"了一声，却是十分诧异。祝筠又笑道："洪捕头实在精明，令仵作验姜家庄众人尸首之事，都在他掌握之中。再以活尸作祟之名急急烧掉，便无人再会查知真相。今晚，你们是不是来取姜家的那些财物的？"

洪响哈哈一笑，大声道："不是！如今金银财宝，对我还有什么意义？我来，就是打算把姜家这鬼魅之地给一把火烧掉的！"

裴明淮望定他，慢慢道："我实在不明白，以姜优的武功，你是怎么杀了她的？"

祝筠苦笑道："以洪响的武功，如何杀得了姜优！除非是她自己已萌了死志……"

洪响沉默多时，道："是吗？"

祝筠笑道："你自己心里有数。哪怕姜优相信你对她一片痴心，你要对她下手，哪怕你就站在她身边，恐怕也难以如愿。"

洪响喃喃道："是啊，那晚，陪裴公子到了嫣红阁，我又悄悄上了山，进了鬼王洞府。我知道她上了山必定会练功……我在她身后，挥起了我的刀……她背对我，仍然望着那些花……那些优昙钵罗……一动都没有动……我看见她雪白的脖子，一缕缕的头发……我在心里狂喊，阿蓉，阿蓉，我替你报仇，我这就替你报仇……可是，这一刀，我却怎么都砍不下去。这时候，她却说话了。她说，洪大哥，你来了。我等你多时了。我知道你会来的。我本来认定她这时候必是在练功，我才有机可乘，没料到，她就像是脑后长了眼睛一样……我当时只想，这回是完了，我不能替阿蓉报仇了……我只听到她的声音，幽幽地传过来……她说……姜优只后悔一件事，昔日阿蓉……唉，再说已无益处，她已死了……听她提到阿蓉，我眼前一黑，刀已经挥了出去……"

他两眼直直地盯着前方，面无表情，却让祝筠和裴明淮都盯住他不放，同时一股寒意升了上来。

祝筠缓缓道："我一直在想，为什么洪响会知道姜优的事？当时，洪响并不在这里。等他回来的时候，白水村已经成了野狗的天下了。姚碧竟狠毒如斯，为了灭口，拿一村子的人命不当命！"

洪响道："你如今想通了？"

祝筠点头道："平日里来嫣红阁听琴之人，还有一个人。"

裴明淮道："池清波？"

一声长笑，有人自花树之中缓缓走来，只见树身颤动，花落如雨，池清波一身便服，含笑而立。他朝裴明淮深深一揖，道："裴公子，不愧是裴太师之子。下官自以为算无余子，却被你看破，心服口服。"

裴明淮道："我只不知道，你为何要如此做？"

"死在姜优手下的第一个女子，是我女儿。战乱之中，我与妻女失散，找了她们多年。"池清波淡淡地道，"我知道我妻子已经过世，很是伤心，但机缘巧合，终于见到了我女儿。"

他面上突然又现出微笑，十分温和，"她生得与她母亲一个模样，我一眼便认出她了。……她流落到此地，在姜家当婢女，姜姑娘待她很是不错，这我看得出来，也放下了心。那时候，我立刻就要去另一个地方当县令，可那处叛乱不断，实在是不太平，她留在姜家庄更好些。"

他脸上神色忽然变得狰狞至极，"可是，待我再回来之时，她已经死了，连坟墓都没见到！姜家人说她染病暴毙，但这说辞，我哪里相信？那时候，鬼嫁娘之事，已有了些年了……"

祝筠叹道："她是遭了姜优的毒手。姜优那时想必是惊惶至极，是以杀了身边的婢女，以她的精血为药饵，方得活命。第二年……是阿蓉？"

洪响冷笑道："阿蓉发现了姜优杀婢女的事——她服侍姜优日久，姜优练功的事，并不瞒她。在洞府里面，阿蓉发现了那具女尸！阿蓉惊吓不已，跑回了家，告诉了家人，却累得白水村的人都死无葬身之地！"

"洪响好酒，有一次我听了他的醉话，慢慢想通。"池清波道，"这个计划，我已想了多年，又有洪响帮助，自认破绽甚少。"

祝筠道："那卓子青呢？"

裴明淮望了一眼卓子青，迟疑道："她说她来这里投亲，难道……"

池清波点头道："不错，她是我表妹！姜家庄我等都不敢擅入，子青若要与我等商议，便在夜里偷偷到嫣红阁来！若非确有必要，洪响也不敢妄入姜家庄！洪响在你面前提在嫣红阁见过子青，也是因为子青反正'已死'，不妨对你胡说八道一番，引你误入歧途，不至于早早疑上我等。"

裴明淮皱眉道："既然如此，卓子玉是谁杀的？你们是亲戚，定然不会杀卓子玉吧？"

池清波长叹一声，道："若非姜优，便是姚碧！子青一直瞒着她弟弟，怕姜家疑心，又不敢让子玉先行离开。我们不该瞒着他，他偷偷跟着姜优上山，千不该万不该，发现了姜优洞府里面的女尸……他终于想明白了，当年是谁杀了自己的娘……"

洪响道："姜优不屑用毒，定是姚碧下的手。"

池清波道："有何区别？"

洪响大笑，笑声震耳，厉声道："没有！"

裴明淮此时，却记起那晚卓子玉出现在塔内，之后姚碧与姜优的说话。看起来，姚碧在那时便起了杀心，虽然当时被姜优喝止。正如祝筠所言，哪怕卓子玉未曾发现洞内的女尸，恐怕也一般的难逃厄运。

卓子青淡淡一笑，这一笑，却让裴明淮都看得有些痴了。哪怕她一眼已失，仍旧清极美极。

"子玉自小有病，我也明白，他活不了多长时间。但他……他就这样死了……我这个做姊姊的，对不住他……就只能陪着他，一路下黄泉吧……"

卓子青哇的一声，吐出一口黑血，血染白衣，雪白脸庞也泛出青黑之色。她再也站立不住，缓缓倒地。

"裴公子，我一世薄命，只余一幼弟，却因子青之故，惨遭毒手。求公子将我姊弟二人葬在母亲身边。子青即便身入黄泉，也谢公子大恩。"

裴明淮心中一酸，低声道："遵命。"

卓子青一笑，脸缓缓侧向一旁。只听她低声呢喃道："一切有为法，如梦幻泡影。我空读十年佛经，抄经无数，仍无法消心中之恨……唉……我终不能悟……"声音渐细，终不可闻。只余满树芙蓉，落英纷纷散于她身上，宛如花冢。

洪响放声狂笑，犹如狼嚎。"好，好，好，她都能这般痛快，我又如何不能！"随手挥刀在脖子上一抹，一股鲜血便随他一颗头颅飞出，尽数喷到卓子青衣衫之上。只听他的吼叫声，尚未断绝。

"阿蓉惨死你手下,我却痴恋于你。我哪怕是死了,也对不住她!……"

鲜血四溅,裴明淮与祝筠都扭过头去,不忍正视。

裴明淮低声道:"他那一刀,如何能杀了姜优?他知道自己武功跟姜优天差地远,认定自己那一刀未到,早已命丧姜优手下。但……姜优……她……她竟然就让他那一刀砍了下去?"

祝筠默然片刻,方道:"姜优虽无自决之意,却恐怕也无续命之愿了。我一直在想,姜优要上山也罢了,为何要穿新娘衣裳上山?鬼王喜帖是卓子青等人发的,她自然知道是假的,又为何要坐喜轿去凤仪山?"

裴明淮道:"为何?"

祝筠道:"我又怎会知道?……也许她终于想明白了,哪怕她容颜不改,那个曾与她琴瑟和谐的人也再无法相见了。她美若天仙,又武功高强,这等女子,自然是要什么便是什么了,任性无情到妄顾他人性命,连自己丈夫也能抛之脑后。我就不信,姜优这几十年,不管她身在何处,做了些什么,哪怕夜夜笙歌,她又真能快活了?"

裴明淮听他如此说,只怔怔无言。祝筠又道:"她要你陪她上山,便是找你做个见证,从此姜优便会自这个世上消失不见了。自决当然不是星霜仙子的作风,但若能一死,岂不更痛快?"

池清波对他二人对答,恍如未闻,面色如常,淡淡而笑道:"黄泉路上,有人结伴倒也未尝不好。下官十数年前,痛失妻女,悔之莫及。功名富贵又如何?只盼有一日骨肉相聚,此之极幸也。然我女惨亡,我亦心如死灰,今生今世,除仇恨之外,再无念想。诚如子青所言,纵阅尽天下佛经,抄经至指尖生茧,恨犹未绝。我等亦连累无辜,心有戚戚,姜家被灭族,我等自知罪孽深重,却又不得不为之。下官知道裴公子终有一日能窥破真相,并无意抵赖。事事皆出我等之手,洪响杀姜优,乃天经地义,她貌似仙子实如厉鬼,此一方土地被她以鬼王之名搅得腥风血雨,罪无可恕,他是为民除害。若裴公子不察真情,我等也自会了断,只是真相将永远不得人知,我等怕也无法留个清名。池某也有私心,不愿身后留下恶名,裴公子有宽仁之念,恻隐之心,还望公子成全。姜家财物,我等绝无丝毫染指之意,如何处理,全凭公子,只请公子多加照拂那些死于姜优之手的女子亲眷。"

祝筠转头去看裴明淮，裴明淮沉默半响，道："好，我答应你。你死后，自当嘉励，洪响是殉职，也是一般。"

池清波双膝跪地，朝裴明淮磕首道："多谢裴公子。拙妻爱女已于九泉下等候下官良久，下官已急不可待，本待将姜家付之一炬后再赴黄泉，如今下官已等不及了，请裴公子恕池某不恭之罪，容下官先走一步了。"

说完此话，池清波一声轻哼，人已朝一侧倒了下去。祝筠看时，他嘴角一缕黑血，面色发黑，但脸容平静安详至极。

祝筠眼中颇有不忍之意，裴明淮看了他一眼，道："我还以为九宫会中，都是无情之人呢。"

"……我们又何苦揭破？"祝筠低喟道，"其实这个真相，原也不必我们揭破，是不是？"

"我想是。"裴明淮道，"心愿已了，虽死无怨。就算我不揭穿他们，他们也会自绝，世间空留一段谜案罢了。"

祝筠叹道："洪响看似粗人，心思却精细如斯。唉……他心爱女子被杀，他却恋上仇人，这……"

裴明淮涩然道："情之一字，谁能做主？我亦觉着被姜优迷惑，洪响被她摄了心魄，也不足为奇。我记得当日姜优上山之际，神情便甚是怪异，也许她已有所感吧？洪响那一刻脸上凄伤，犹豫不决，都不是作假……虽知她便是鬼王，作恶多端，但看她容颜无玷，实不愿信她是两手沾满鲜血之人……"

他缓步走至竹桥上，只听竹桥嘎吱作响，意甚凄凉。

"祝兄，想必你已经在星霜仙子的洞府之中，找到了你要的东西吧？机关消息之术，你是大行家，你发现了什么，也不会告诉我吧？"

祝筠笑道："不错，是找到了。你想不想知道是什么？"

裴明淮道："自然想。"

祝筠道："她的兵器。"

裴明淮缓缓道："星霜仙子说过，她已经不用剑了。也就是说，她以前是用剑的。你找到的，就是她的剑？"

祝筠笑道："正是。孔周三剑，神乎其器！"

裴明淮道："你就光嘴说，也不拿出来给我看看，还怕我要你的不成！"

祝筠只当没听到，又道："说来有趣，原来御寇诀的心法，她还真留下来了。这本是道家的至高法门，道家从来便讲究延年益寿，御寇诀乃是上上等的心法，她的驻颜之术全来自于此，江湖上传说练成御寇诀容貌不变，竟是真的。"

裴明淮道："你也想练？"

祝筠摇头道："岁月变迁，容颜老去，乃是常情。若定要反其道而行之，违乎天命，必不得善终。姜优的教训，还不够吗？"

裴明淮叹道："此言有理。"

二人一时沉默无言，忽听一个苍老的声音，呵呵冷笑。裴明淮与祝筠向发声之处看去，却见花树深处，又转了一个人出来。祝筠禁不住冷笑道："裴兄，这姜家庄真像是在变戏法，来了一个，又是一个。"

裴明淮笑道："秦老伯，我以为你已跟邓豪一般，死在洪响手下了，没想到你还活得好好的啊。"

"我就知道你们会来的。"秦苦嘿嘿笑道，"你们果然未负我所望，将那几人都给逼死了。大好，大好，省了老夫一番手脚。"

祝筠奇道："这又是为什么？"

秦苦冷笑道："你二人都是极聪明之人，又岂会想不到？"

祝筠朝裴明淮瞅了一眼，道："你想杀我也罢了，你敢杀他，也未免胆子太大了。"

秦苦又是嘿嘿一笑，道："你可知老夫是什么人？"

裴明淮道："什么？"

秦苦傲然道："我不是人，是鬼！"

祝筠眼神一变，道："你是'天鬼'的人？"

秦苦道："正是！"

裴明淮淡淡道："'天鬼'自命兴天下之利，除天下之害。当真好大的口气！"

祝筠道："天鬼中人，为何在此？"

秦苦不答，目光却落到了那花瓶中的白花之上。

"裴公子于佛理甚是精通，又岂不知晓，优昙钵罗是世间本无之花呢？不过是佛经所云幻梦空花罢了。想来二位也见到那花的异象了吧？"

裴明淮点头道："见到了。秦老伯是名医圣手，还请赐教。"

"那是一种剧毒之虫的虫卵。"秦苦道，"那虫名'丽蛉'，会得分泌黏液，细细如丝，悬挂其卵。远远看来，便如那传闻中三千年一现的祥瑞之花，真真好笑……"

裴明淮道："但姜家的那种花树，绝非虫卵。我亲眼所见，确实是花。"

秦苦一笑，道："此花毒性极烈，却又能蛊惑这种毒性极烈之虫，拼死也要爬过去。一夜之后，便死在那处，但它的毒性却留在了毒花之中，而此毒又可入药。常人服了，自当暴死，但对于某些人……像姜忧，却是救命的良药，为此她远赴凉国，方求得此花。"

裴明淮沉默半晌，方道："秦老伯对星霜仙子看来知之甚详哪。"

秦苦笑道："姜忧的药，自然也有我的一份功劳。"

祝筠奇道："天鬼如何要助姜忧？"

"此节便不为外人道知了，我言尽于此！"秦苦叹道，"一声令下，却苦了老夫，在这里挨了多少年！"

裴明淮淡淡地道："看来天鬼中人，也并非尽遵天道啊。阁下就不怕鬼神之罚吗？"

秦苦沉下了脸，道："我怕什么？我一直都是奉天鬼之令在此的啊！"

祝筠笑道："你与姜家兄弟乃是一丘之貉，这些年来与他们同流合污，却不知从何处得知卓子青这三人密谋……是不是在嫣红阁偷听到的？我记得，你也是常客哪。你虽不得其详，却在静观其变。姜家可是积蓄多年，丰厚得很，那塔底的金子宝贝，如今也是无主了，想必你垂涎已久了吧？也能弥补你在此处挨了多年的辛苦？"

秦苦笑道："不错，不错，这位祝公子实在聪明。我知道他们就要下手，早早地躲了开去。不过，难道二位如今就没觉着毒气攻心？那花瓶和珍珠之上，我早已涂了剧毒。我就猜，你们见到吕玲珑的东西，定会上前查看！"

"若我不知，恐怕真会中毒。"祝筠笑道，"可是若我有了防备，你又怎会毒到我？"他双手一分，月华下只见他手上泛着淡青之色，竟如戴了一副水晶的手套一般。秦苦脱口而出："水精纨！"

裴明淮冷冷地道："姜家一案，惹出多少鬼怪，令人齿冷。"

秦苦已面无人色，步步后退。裴明淮只听身边祝筠一声低笑，道："裴兄，让与我吧。"

裴明淮只觉青影一晃，一柄极薄的利刃，已自秦苦的左眼眶内透了出来。那正是祝筠竹箫里所藏之刃，他竹箫被裴明淮断去，但箫中刃尚可用。只是这刀刃极薄极轻，竟能自人脑后穿入，面门透出，这份手劲着实惊人。

秦苦眼中黑血涌出，喉咙里发出咯咯之声，双手在空中乱抓了几下，便颓然倒下。裴明淮这才知道原来祝筠的箫刃之中是喂了剧毒的，回思方才水阁前那一次交手，不由有几分心悸。

"好快的剑，好毒的招数。"

祝筠回头，人皮面具下不见他面容，但裴明淮仍可看出他眼里嘲弄之意。"九宫会中人原本便手段毒辣，何况我只是杀一个阴毒小人罢了，裴兄又何苦跟我过不去？就算我不动手，天鬼也必不容他。"

裴明淮叹道："我只是想留个活口罢了。"

祝筠笑道："裴兄又不须向人邀功，留不留活口，有何区别？在下却有些不明白，天鬼的手，为何会伸到这里来？这'天鬼'，自称乃顺天志者，向来是与朝廷为死敌的，裴兄可得多加小心在意了。"

裴明淮道："多谢提醒。"

祝筠一笑，朝裴明淮拱手道："在下这就告辞了。"

裴明淮道："下次再见面时，就不能以真面目见我？说起来，我连你的名字都不知道！祝筠不是你真名吧？"

祝筠无奈一笑，道："裴兄，不是我不愿以真面目相对，是九宫会的规矩所限。至于我的名字……叫什么名字又有什么打紧？你认得我就是我，那不就行了。"

裴明淮道："那你得一辈子戴面具或是易容，不见天日？也得一辈子无名无姓，无情无爱？"

祝筠涩然一笑，道："何必讽我？这样你便觉得好受了？"

　　裴明淮也觉着后悔，正想赔礼，祝筠一声清啸，人已飘出数丈之外。只听他的声音远远传来，清朗如碎玉之声。"裴兄，后会有期，只盼下次见面时，所叙者唯清风朗月，闲草落花，而非血雨腥风，刀光剑影。"

　　裴明淮独自立于水阁竹桥之上，水影映月，水声泠泠，一时间只觉得天地间独余自己一人而已。

　　洪响的头颅仍立于他面前，双目圆张，脸上依稀可见一抹笑意。

　　裴明淮又忆起初见姜优之时，她手拈青白之花，容颜清丽，巧笑嫣然，竟似连星辉月华也在她面前失了色。

　　裴明淮弯下腰，将洪响双目轻轻抹上。唯有洪响，死时仍圆睁双目，卓子青和池清波，都死得极之安详宁静。

　　情之一字，如火焚于身，无可奈何。痴恋恨极之人，想来便如冰火两重天，时时刻刻煎熬于心，唯有一醉以暂解。

　　醉了醒来仍是无解，只能以死相偿。

　　裴明淮喃喃道："姜优临死之前，自然是想明白了，九泉之下也不会怨你吧？"忽听到身后有轻微声响，也不回头，道："来了？"

　　只听有人低声道："公子，麒麟官已至，别的事便不劳公子费心了。"

　　裴明淮嗯了一声，只见身畔芙蓉如雪，将那花冢堆得越来越高，几不见卓子青身影。

　　　　　　　　　　　　　　　　——《血昙花》　终

　　　　　　　　——《九宫夜谭》之朝天阙、酥油花　敬请期待凌羽着装风格分析（入宫前）：

　　书中提到凌羽居处为"世外之境"，其中"这些少女打扮也是稀奇，浑不似这时的人，直裾深衣，头挽椎髻，颇有古韵"，结合凌羽所修功法"御寇诀"，由此得知其师门为修习道家功法的隐世门派，至少在南北朝之前的魏晋时期已经遁入山中。故凌羽着装并非南北朝时期的道士形象，道家在南北朝之前基本没有十分成体系的着装标准，道家名士在魏晋时期与其他隐者高士的褒衣博带、宽袍广袖的着装风格并无明显差别。凌羽的服饰风格综合参考魏晋名士的着装风格和后世流传下来的南北朝及之前的道家代表人物画像，如列子、葛洪、寇谦之、陆修静等。

紫玉短笛

凌羽形象概念设计图

玄鸟玉簪（材质参考：3D打印后涂装）

饕餮纹玉璜（材质参考：3D打印后涂装）

交领大袖袍
（面料参考：20姆米丝麻混纺面料）

垂结腰带
（面料参考：14姆米丝麻混纺面料）

衣缘（材质与衣身相同，绣云气纹）

中衣：领口袖口层次丰富
（面料参考：12姆米真丝电力纺）

下裳：下摆有大量辟积
（面料参考：16姆米砂洗素绉缎）

方口圆头布履

———— 小冠（材质参考：3D打印胚模后附杭罗，营造漆纱效果）

———— 中衣，领口袖口层次丰富（面料参考：12姆米真丝电力纺）

———— 内衬圆领衫（面料参考：20姆米真丝电力纺）

———— 腰束草带，垂带结，上附细革带装饰

（材质参考：2毫米疯马皮，带结部位饰以皮雕图案）

———— 对襟大袖褶衣（面料参考：40姆米真丝重缎）

图案参考北魏同时期织物图案

———— （图案手法：数码印花渐层消失结合重点部位刺绣）

大口裤，有大量辟积

———— （面料参考：双层结构，下层使用20姆米素绉缎，

上层使用8姆米真丝雪纺，渐层染色效果）

———— 笏头履，履头翻卷高翘，做棱状肌理

设计思路：以现有考古资料中的服饰形制为蓝本（主要参考杨机墓出土男侍俑），融合当代审美倾向，进行二次设计创作，将符合当代审美的元素加以着重运用，将与视觉审美效果相背离的细节适当弱化。

庆云发式概念设计图

枝状步摇
（综合参考大同司马金龙墓壁画与朝阳草田沟晋墓出土实物）

十字抱鬓髻（参考西安草厂坡北魏墓女俑）

兽纹宝钿
（参考西晋时期内蒙古乌兰察布盟凉城县小坝滩
鲜卑贵族墓葬出土金饰牌）

华胜
（参考北朝内蒙古达尔罕茂明安联合旗西子河窟藏鲜卑贵族饰物造型）

面靥（施于面颊酒窝的妆饰，汉至盛唐间流行圆形）

圆领内衫（参考洛阳杨机墓女俑）

敞领高腰襦裙（参考洛阳杨机墓女俑）

花帔（参考西安草厂坡北魏墓女俑）

概念设计：宋鸽

北京服装学院设计艺术学硕士，大连工业大学讲师
主要任教课程：中西方服装史、服装创意设计
参与项目：电视剧《光绪皇帝》服饰造型设计，
大连营城子汉墓博物馆汉代服饰复原专题展览工程

第12夜（第二部）：埃及神庙之谜

璇儿／著

程启思收到前女友曲琬一封古怪的来信。曲琬在埃及随同考古学家李教授从事考古工作，最近似乎相当困扰，急切地希望程启思去一趟。

遥远的古埃及诅咒，亘古不变的人心的邪恶与贪婪。太阳神拉从东方升起的时候，又有谁会下到奥西里斯统治的冥国？

隔世侦缉档案（上）

璇儿／著

有着奇特生辰八字的导游杜润秋，遇到了两个神秘女孩——丹朱和晓霜，开始了步步惊魂的前世追寻之旅。深山灵湖，大漠戈壁，与世隔绝的竹林村寨，楼兰古国的遗迹……

在旅程中，他们总会碰上各种各样诡异无比的事，然后一步一步地接近真相！

原《噬魂师之印》《彼岸花之殇》全新再版！

云顶学院事件簿1

璇儿／著

谁都会说谎，尸体不会说谎。
不会欺骗我，也不会对我有所隐瞒。
没有什么传说是空穴来风，
当染血的枫叶飘落，就会有人死去，
那是云顶学院"枫红祭"的死亡预告！